C. A. Fletcher
Ein Junge, sein Hund und das Ende der Welt

C. A. FLETCHER

# EIN JUNGE, SEIN HUND UND DAS ENDE DER WELT

Roman

Deutsch von Vanessa Lamatsch

penhaligon

Die Originalausgabe erschien 2019 unter dem Titel »A Boy and His Dog at the End of the World« bei Orbit, an imprint of Little, Brown Book Group London.



5. Auflage

in der Penguin Random House Verlagsgruppe GmbH,
Neumarkter Straße 28, 81673 München
produktsicherheit@penguinrandomhouse.de
(Vorstehende Angaben sind zugleich Pflichtinformationen nach GPSR.)

Redaktion: Catherine Beck
Umschlaggestaltung: Max Meinzold, München, nach einer Idee
von © 2019 Hachette Book Group, Inc.
Umschlagdesign: Lauren Panepinto
Umschlagfotos: Eren evik/EyeEm/Getty Images; Shutterstock.com
BL · Herstellung: sam
Satz: Vornehm Mediengestaltung GmbH, München
Druck und Bindung: GGP Media GmbH, Pößneck
Printed in Germany
ISBN 978-3-7645-3232-1

www.penhaligon.de

*Für die Mitternachtsschwimmer – und alle ehemaligen und gegenwärtigen Mitglieder des Two O'clock Tea Clubs. Besonders Jack, Ari, Molly und Hannah. Möge es an euren Stränden immer Feuer, Hunde und Lachen geben, egal, wie das Wetter auch sein mag.*

*Ein Wort zu Spoilern*
*Es wäre freundlich gegenüber anderen Lesern – um nicht zu sagen gegenüber dem Autor –, wenn die Entdeckungen, die ihr mit Griz auf seiner Reise durch die Ruinen unserer Welt macht, unser Geheimnis bleiben …*
*C. A. F.*

*Ein Mann hat meinen Hund gestohlen.*
*Ich habe ihn verfolgt.*
*Schlimme Dinge sind geschehen.*
*Ich kann niemals nach Hause zurückkehren.*

# 1
# DAS ENDE

Hunde haben uns von Anfang an begleitet.

Als wir noch Jäger und Sammler waren, Afrika verlassen und angefangen haben, uns in der Welt auszubreiten, waren sie an unserer Seite. Sie haben unsere Feuer bewacht, während wir schliefen, und uns in der langen Morgendämmerung des Menschen, als wir unser Essen noch gejagt haben, statt es anzubauen, dabei geholfen, Beute zu erlegen. Später, als wir Bauern wurden, haben sie unsere Felder und Herden bewacht. Sie haben auf uns und wir auf sie aufgepasst. Noch später, als wir Dörfer und Städte gebaut haben, haben sie mit unseren Familien in unseren Häusern gelebt. Von all den Tieren, die uns durch die Jahrtausende begleitet haben, waren uns die Hunde immer am nächsten.

Und diejenigen, die übrig geblieben sind, begleiten uns immer noch, hier am Ende der Welt. Es mag keine Gesetze mehr geben außer jenen, die man selbst macht, aber wenn du meinen Hund stiehlst, kannst du zumindest damit rechnen, dass ich dich verfolge. Wenn wir denen gegenüber, die wir lieben, nicht loyal sind, was soll das Ganze dann? Das wäre, als hätte man kein Gedächtnis. Dann hört man auf, ein Mensch zu sein.

Es ist eine Art von Tod, selbst wenn man weiteratmet.

Also. Es hat sich herausgestellt, dass das Ende der Welt nicht von einem großen Knall begleitet wurde. Oder auch nur von einem Wimmern. Versteh mich nicht falsch: Es gab Explosionen, manche groß, manche klein, aber das war am Anfang, bevor die Leute richtig verstanden haben, was vor sich ging.

Doch die Explosionen waren nicht der Grund für das Ende. Sie waren Symptome, nicht die Ursache.

Es endete mit der Kastration, auch wenn die Auslöser dafür nie geklärt wurden – oder falls doch, dann erst, als es zu spät war, um etwas dagegen zu unternehmen. Es gab so viele Theorien für die plötzlich kinderlosen Menschen: eine Salve kosmischer Strahlen, eine außer Kontrolle geratene Chemiewaffe, Bioterror, Umweltverschmutzung (ihr habt die Welt wirklich ins Chaos gestürzt), irgendeine Art genetischer Mutation, die von einem Virus aus dem All ausgelöst wurde, oder sogar wütende Götter verschiedener Glaubensrichtungen. Das ›Wie‹ und ›Warum‹ wurden immer unwichtiger, als die Leute sich an das ›Was‹ gewöhnten und ihnen klar wurde, dass das große finale ›Wann‹ auf sie zukam wie eine Sturmfront. Eine, vor der nicht mal die Schnellsten, Reichesten, Klügsten oder Mächtigsten fliehen konnten.

Die Welt – der menschliche Teil davon – war kastriert worden oder vielleicht unfruchtbar geworden – vielleicht auch beides –, und die Leute hörten einfach auf, Kinder zu bekommen. Mehr brauchte es nicht. Die letztgeborene Generation – die Kinderlosen, wie sie sich selbst nannten, was beweist, dass Ironie zu den letzten Dingen gehörte, die untergingen – ist einfach immer älter und älter geworden, bis sie gestorben sind, wie Menschen es schon immer getan haben.

Und als sie weg waren, war es das. Kein Knall, kein Wimmern. Eher ein müdes Seufzen.

Es war eine weiche Apokalypse. Und obwohl sie denen, die sie durchleben mussten, wahrscheinlich hart vorkam, ist es geschehen. Und jetzt sind wir wenigen – wir unendlich wenigen – ganz allein, hängen auf der anderen Seite dieses Ereignisses fest.

Wie kann ich dir das erzählen und nicht tot sein? Ich gehöre zu den Ausnahmen, die die Regel bestätigen. Schätzungen zufolge sind ungefähr 0,0001 Prozent der Weltpopulation irgendwie der Kastration entkommen. Sie sind als die Sonderfälle bekannt. Das bedeutet, wenn es vor der Kastration 7000000000 Menschen gab, konnten weniger als 7000 von ihnen noch Kinder bekommen. Einer von einer Million. Mehr oder weniger. Und nachdem man zwei Leute braucht, um ein Baby zu zeugen, waren es eher zwei von zwei Millionen Menschen.

Willst du wissen, ein wie großer Sonderfall ich bin? Auf dem alten Foto, das ich von dir habe, trägst du ein T-Shirt mit dem Namen eines noch älteren Fußballclubs darauf. Du siehst wirklich glücklich aus. In meinem gesamten Leben habe ich nicht genug Menschen getroffen, um zwei Mannschaften für ein Fußballspiel zu bilden. So leer ist die Welt.

Wenn das hier eine richtige Geschichte wäre, würde sie vielleicht ruhig anfangen und sich zu einer Katastrophe aufbauen, und dann würde sich vielleicht ein Held oder eine Gruppe Helden darum kümmern, dass alles wieder gut wird. Ich habe jede Menge solcher Geschichten gelesen. Ich mag sie. Besonders diejenigen, in denen sich eine große Gruppe Leute zusammentut – weil schon die Vorstellung einer großen Gruppe Menschen für mich interessant ist. Denn auch wenn ich schon viel gesehen habe, *das* noch nie.

Aber das ist nicht diese Art von Geschichte. Sie ist nicht erfunden. Hier gibt es nur mich als Chronist der Realität, um zu erzählen, was ich weiß, und zu berichten, was tatsächlich geschehen ist. Und alles, was ich weiß, selbst meine Geburt, geschah lange, lange nachdem diese Apokalypse zum letzten Mal gekeucht hat.

Ich sollte damit anfangen, mich vorzustellen. Ich bin Griz. Das ist nicht mein richtiger Name. Ich habe noch einen hochtrabenderen Namen, aber Griz werde ich schon sehr lange genannt. Sie haben gesagt, ich hätte als Kind immer geweint und ein Geräusch gemacht, das an meinen Namen erinnert. Also wurde ich zum kleinen Grizzler. Und als ich größer wurde, wurde mein Name kürzer, und jetzt bin ich einfach Griz. Ich weine nicht mehr. Dad sagt, ich sei stoisch – und er sagt das, als wäre es etwas Gutes. Stoisch heißt, dass ich mich nicht oft beschwere. Er sagt, es wirke, als hätte ich all mein Jammern schon erledigt, bevor ich reden konnte, und dass ich – auch wenn ich zu viele Fragen stelle – Dinge inzwischen einfach erledige. Und auch das klingt bei ihm, als wäre es etwas Gutes. Ist es auch. Jammern sorgt nicht dafür, dass Dinge erledigt werden.

Und wir haben immer eine Menge zu tun, hier, am Ende der Welt.

*Hier* ist mein Zuhause, und mein Zuhause ist eine Insel, und *wir* ist meine Familie. Meine Eltern, mein Bruder und meine Schwester, Ferg und Bar. Und natürlich die Hunde. Meine beiden heißen Jip und Jess. Jip ist ein langbeiniger Terrier, braun und schwarz, mit rauem Fell und Augen, die nichts übersehen. Jess ist genauso groß, aber sie hat glattes Fell, ist schmaler gebaut und hat einen weißen Fleck auf der Brust.

Sie sind Mischlinge, Bruder und Schwester, aber trotzdem verschieden. Jess ist eine Seltenheit, weil jeder Wurf heutzutage nur noch aus Männchen zu bestehen scheint. Vielleicht hat das auch mit der Kastration zu tun. Vielleicht hat das, was uns getroffen hat, auch die Hunde getroffen, wenn auch weniger schlimm. Auf jeden Fall werden nur noch sehr wenige Hündinnen geboren. Vielleicht ist das ein Nachteil für die Hunde – eine Bestrafung für ihre Loyalität. Vielleicht sind sie ein kosmisch unfairer Kollateralschaden, weil sie uns all diese Jahrhunderte lang begleitet haben.

Wir sind die einzigen Menschen auf der Insel. Das ist in Ordnung, weil sie klein ist und genau für uns fünf ausreicht, auch wenn ich manchmal denke, sie würde besser zu uns passen und wäre weniger klaustrophobisch, wenn wir zu sechst wären. Die Insel heißt Mingulay. So hieß sie auch, als du noch am Leben warst. Sie liegt auf der Atlantikseite von etwas, das einmal Schottland war. Westlich gibt es nichts außer Meer und dann Amerika, aber wir sind uns ziemlich sicher, dass dieses Land nicht mehr existiert.

Im Norden liegen Pabbay und Sandray, niedrige Inseln, auf denen wir unsere Schafe und Pferde grasen lassen. Nördlich davon gibt es eine größere Insel namens Barra, doch dort landen wir nie an – was eine Schande ist, weil es dort eine Menge große Häuser und andere Sachen gibt. Doch wir betreten die Insel nie, weil irgendetwas passiert und das Land schlecht ist. Es ist seltsam, ein ganzes Leben lang an einem Ort vorbeizusegeln, der so groß ist, dass mitten im Hafen sogar eine klein Burg steht, ohne dort jemals an Land zu gehen. Wie ein Juckreiz, an den man nicht herankommt und wo man sich niemals kratzen kann. Doch Dad sagt, wenn man heute Barra betritt, bekommt man etwas viel Schlimmeres als Juckreiz.

Und nachdem es seine Eltern getötet hat, gehen wir dort nicht hin. Die Insel bringt Unglück, und heutzutage leben dort nur Kaninchen. Selbst Vögel scheinen Barra nicht zu mögen; nicht einmal die Möwen, die nie höher landen als auf dem feuchten Sand unterhalb der Flutlinie.

Nordöstlich von uns zieht sich eine lang gezogene Inselkette entlang, die Uist heißt, und dort liegt auch Eriskay. Diese Orte bringen kein Unglück, und wir sind oft dort. Und obwohl es dort keine Menschen mehr gibt, gibt es doch jede Menge Wildtiere und wilde Kartoffeln. Einmal im Jahr fahren wir hin und campen dort eine Woche oder so, während wir die Gerste und den Hafer von den alten Feldern an der Küste ernten. Und manchmal fahren wir dorthin, um zu wikingern. »Den Wikinger machen« nennt Dad es, wenn wir länger als einen Tag segeln und auf dem Trip übernachten, um plündern zu gehen wie die uralten Seefahrer in den Büchern, mit ihren Langbooten und heroischen Taten. Wir allerdings sind keine Helden; wir wikingern nur, um zu überleben, suchen nützliche Dinge aus der alten Welt oder nach verschiedenen Materialien, die wir aus den verlassenen Häusern bergen können. Und Bücher, natürlich. Bücher sind ziemlich haltbar, wenn man sie vor Feuchtigkeit und Ratten schützt. Sie können locker Hunderte Jahre überleben. Lesen ist auch etwas, das wir tun, um zu überleben. Es hilft zu wissen, woher wir kommen und wie wir an diesen Punkt gelangt sind. Und jedes Mal, wenn man ein Buch öffnet, ist es, als würde sich eine Tür öffnen – selbst für mich, obwohl diese flachen, leeren Inseln alles sind, was ich je kennengelernt habe. Doch mit einem Buch kann ich reisen, über weite Strecken und durch die Zeit.

Selbst die weite See und der freie Himmel können klaustrophobisch wirken, wenn man ihnen niemals entkommt.

Also, das bin ich … womit nur noch du bleibst. In gewisser Weise weißt du, wer du bist, oder zumindest wusstest du es. Natürlich bist du tot, wie jeder Mensch, der früher auf der Erde gewandelt ist. Schon lange.

Und wieso rede ich mit einem toten Menschen? Dazu kommen wir noch. Doch zuerst sollte ich die Geschichte weitererzählen. Ich habe genug gelesen, um zu wissen, dass ich die Erklärungen nach und nach einstreuen sollte.

# 2
# DER REISENDE

Hätte er keine roten Segel gehabt, hätten wir ihm wahrscheinlich weniger vertraut.

Das Boot war schon aus der Ferne zu erkennen, viel früher, als es ein Boot mit weißen Segeln vor dem Dunst im Nordwesten gewesen wäre. Diese roten Segel waren ein Schock aus Farbe, der den Blick einfing und Aufmerksamkeit erregte wie ein plötzlicher Schrei, der eine lang andauernde Stille zerreißt. Das waren nicht die Segel von jemandem, der versucht, sich anzuschleichen. Sie hatten die ehrliche Strahlkraft von Mohnblüten. Vielleicht haben wir ihm deswegen vertraut. Deswegen, und wegen seines Lächelns und seiner Geschichten.

Vertraue niemals jemandem, der gute Geschichten erzählt, zumindest nicht, bevor du nicht weißt, warum er es tut.

Ich befand mich hoch oben auf Sandray, als ich die Segel sah. Ich war müde und mehr als wütend. Ich hatte den Morgen damit verbracht, einen Anker zu retten, der sich letzte Woche von Fergs Boot gelöst hatte … schwere Arbeit, die er meines Erachtens selbst hätte machen müssen, obwohl er behauptete, dass seine Ohren ihm nicht erlaubten, so tief zu tauchen, wie ich es konnte, und dass Anker nicht auf Bäumen wuchsen. Nachdem ich das geschafft hatte, war ich jetzt damit beschäftigt, einen Hammel zu retten, der in einen schmalen Felsspalt unterhalb der Weide gefallen war und dort feststeckte. Das Tier war nicht schlimm verletzt, aber es war stur und undankbar, wie die meisten Schafe, also ließ es nicht zu, dass ich ein Seil um ihn legte. Er hatte mich schon zweimal gerammt. Beim ersten Mal hatte er mich heftig genug unter dem Kinn erwischt, dass mir unten rechts ein Zahn abgebrochen war. Ich hatte den Hammel verflucht und es dann erneut probiert. Meine Knöchel waren übel verkratzt, weil er beim zweiten Angriff meine Hand gegen den rauen Stein geschlagen hatte, und ich stand gerade ein Stück von ihm entfernt, leckte meine Faust und fluchte, als ich das Boot entdeckte.

Das plötzliche Aufblitzen von Farbe ließ mich erstarren.

Ich war zu schockiert, um bei dem Geschmack von Blut in meinem Mund an das Rot der Segel zu denken, aber andererseits besitze ich auch nicht die Gabe der Prophezeiung. Keine im Vergleich zu meiner anderen Schwester Joy, die anscheinend immer wusste, dass Leute nach Hause zurückkehren würden, kurz bevor sie tatsächlich kamen, oder die an einem sonnigen Tag den nahenden Sturm riechen konnte. Inzwischen glaube ich nicht mehr an solche Dinge ... auch wenn ich es getan habe, als ich noch kleiner war und weniger gedacht habe ... als ich noch mit ihr frei über die Insel lief, glücklich und ohne Sorgen außer der Frage, was es zum Abendessen geben würde. In diesen Tagen nahm ich Joys scheinbare prophetische Gabe als so alltäglich und real hin wie das kalte Wasser aus der Quelle hinter dem Haus. Später, als ich größer wurde und anfing, mehr zu denken, habe ich beschlossen, dass es überwiegend mit Glück zu tun hatte. Und nachdem sie letztendlich für immer über die schwarze

Klippe am höchsten Punkt der Insel verschwunden ist, war ihr Glück nicht mal zuverlässig.

Hätte sie wirklich eine prophetische Gabe besessen, hätte Joy nicht versucht, ihren Drachen zu retten und wäre nicht in diesem einsamen Moment aus dem Leben gestürzt. Hätte sie eine prophetische Gabe besessen, hätte sie gewartet, bis wir auf die Insel zurückgekehrt waren, um ihr zu helfen. Ich habe den Drachen hinterher in einer Felsspalte hängen sehen und wusste, dass wir ihn mit einer langen Harke hätten erreichen können, sodass niemandem ein Leid hätte geschehen müssen. Doch Joy musste versucht haben, ihn selbst zu erreichen, und war in die freie Luft zweihundert Meter über der Stelle gestürzt, an der die Wellen zweitausend Meilen Zeit hatten, um Schwung aufzunehmen, bevor sie gegen das erste unbewegliche Objekt brandeten, das ihnen je begegnet war: die dunkle Klippe, die unser Zuhause bewacht. Joy allerdings hätte nie darauf gewartet, dass wir kamen, um ihr zu helfen. Sie war immer ungeduldig. Ein zähes kleines Ding, das es immer eilig hatte, mit Ferg und Bar Schritt zu halten und alles zu tun, was sie taten, obwohl sie viel jünger war. Bar meinte später, man könnte meinen, dass sie immer so in Eile gewesen war, weil sie gespürt hatte, dass ihr nicht so viel Zeit blieb wie dem Rest von uns.

Wir haben Joys Körper nie gefunden. Und mit ihr verschwand auch meine Kindheit, obwohl ich zu diesem Zeitpunkt acht Jahre alt war und sie nur ein Jahr älter. Zwei Geburtstage später, inzwischen ein Jahr älter, als sie je werden würde, war ich geistig so wie jetzt: erwachsen. Obwohl mich Bar und Ferg selbst heute, viele Jahre danach, immer noch Kind nennen. Aber sie sind auch sechs und sieben Jahre älter als wir. Also waren Joy und ich immer die Babys. Unsere

Mutter hat uns so genannt, um uns von den anderen beiden zu unterscheiden.

Doch nachdem Joy abgestürzt ist, hat Mum keinen von uns je wieder irgendwie genannt. Sie hat überhaupt nie wieder gesprochen. Wir haben sie auf halbem Weg auf dem Hügel gefunden, der zum Fuß der Klippe führt, und hätten sie fast ebenfalls verloren. Soweit wir es nachvollziehen konnten, musste sie den Hang hinuntergerannt sein, so schnell sie konnte – vielleicht verrückt vor Trauer, vielleicht auf dem Weg zum Dory, in der verzweifelten, sinnlosen Hoffnung, das Boot ins Meer zu schieben und gegen die Flut um die Insel zu fahren, um ein Kind zu retten, das diesen Sturz in Wirklichkeit niemals hätte überleben können. Sie hat niemals wieder gesprochen, weil sie sich fast das Hirn zerstört hat, als sie gestürzt und mit dem Kopf gegen einen Stein geknallt ist, sodass eine große Wunde an ihrer Schläfe klaffte und wässriges Blut aus ihren Ohren drang.

Das war der schlimmste Tag von allen, obwohl die folgenden kaum fröhlicher waren. Mum ist nicht gestorben, aber sie war nicht mehr da und ihr Hirn zu schwer verwundet oder zu vernarbt, um ihren eigenen Kopf jemals wieder zu verlassen. Im Vorher wäre sie in ein Krankenhaus gebracht worden, und sie hätten sie operiert, um den Druck im Schädel zu mildern, hat Dad gesagt. Doch wir leben im Danach, also hat er beschlossen, es selbst zu tun, mit einem Handbohrer. Und er hätte es auch getan, wenn er den Bohrer gefunden hätte. Doch das Werkzeug war nicht dort, wo es hätte sein sollen, und dann hörte die Blutung auf, und sie schlief einfach für lange, lange Zeit, und es drang keine Flüssigkeit mehr aus ihren Ohren. Also war es vielleicht besser, dass er nicht versucht hat, ihr ein Loch in den Kopf zu bohren, um sie zu retten.

Ich hoffe es, weil ich weiß, dass Ferg den Bohrer versteckt hat. Er hat gesehen, dass ich ihn beobachtet habe, aber wir haben niemals darüber gesprochen. Würden wir es tun, dann würde ich ihm sagen, dass ich ihn dafür bewundere – weil Dad Mom umgebracht hätte und dann zusätzlich zu allem anderen auch noch mit diesem Wissen hätte leben müssen. Und obwohl sie inzwischen in ihrem Kopf gefangen ist, kann man neben ihr sitzen und ihre Hand halten. Manchmal drückt sie einem die Finger und lächelt fast. Es ist tröstend, dass dieses winzige Stück von ihr geblieben ist … die Wärme ihrer Hand, der Hautkontakt. Dad hat gesagt, an diesem Tag sei das Schlimmste passiert, was uns je zugestoßen ist, und dass wir jetzt weitermachen und weiterleben müssen, genau wie im großen Zusammenhang der Welt das Schlimmste zugestoßen ist und sie trotzdem fortbesteht.

Manchmal hält Dad Mums Hand, in der Dunkelheit neben dem Feuer, wenn er denkt, dass es keiner von uns bemerkt. Er tut es im Geheimen, weil er glaubt, wir würden es als Zeichen von Schwäche deuten, dass ein erwachsener Mann diesen Moment der Wärme braucht. Vielleicht ist es schwach. Vielleicht verbirgt sich unter der Schwäche nur Bedürftigkeit. Das hat Bar an einem Abend zu Ferg gesagt, als sie aufgebracht war, und niemand wusste, dass ich zuhörte.

Mir blieb genug Zeit, den Hammel zurückzulassen, meine Hunde mit einem Pfiff von ihrer Kaninchenjagd zurückzurufen und die kurze Seemeile nach Hause zu fahren, um die anderen zu warnen, lange bevor der Reisende an Land kam. Ich hätte mir Zeit lassen können, weil die scharfsichtige Bar die roten Segel ebenfalls gesehen hatte und alle bereit waren – was bedeutete, dass sie und Dad an der Küste standen und

Ferg nirgendwo zu entdecken war. Bar war sich nicht sicher, ob es wirklich nötig war, dass er sich versteckte und mit dem Gewehr über uns wachte. Sie fand, das Boot unter den roten Segeln sähe aus wie das, was die Lewisleute benutzten, also hatten sie vielleicht einfach neue Segel gefunden. Die Lewisleute waren eine sechsköpfige Familie, die fünf Inseln weiter nördlich lebten. Wir wussten von niemandem, der näher bei uns wohnte, und wir kannten sie gut. Bar trug ihr Haar in einem langen Zopf, der ihr weit über den Rücken fiel, und sie würde sich irgendwann mit einem der Jungs zusammentun. Das hatte sie bereits beschlossen. Doch da sie Bar war und daher in jeder Hinsicht eigenwillig, sagte sie, dass sie keinen Grund sah, die Entscheidung zu überstürzen, wer von den vieren es werden sollte. Es war ja nicht so, als würden sie irgendwohin verschwinden oder als gäbe es vier andere Mädchen, mit denen sie sich zusammentun könnten. Die Lewisleute waren praktisch veranlagt, und manchmal arbeiteten wir zusammen, um Dinge zu erledigen, bei denen man mehr als vier Paar Hände brauchte. Doch wir griffen ihren Vorschlag, näher zu ihnen zu ziehen, nie auf, und sie dachten nie daran, nach Süden umzusiedeln. Oder wenn sie darüber nachdachten, hielten sie nicht viel von der Idee. Aber sie waren unsere Nachbarn und die einzigen anderen Menschen in einem Umkreis von hundert Meilen. Sie waren für uns einfach die Lewisleute, obwohl sie auch einen Familiennamen hatten, der Little lautete.

Als die roten Segel näher kamen, sahen wir alle, dass Bar sich geirrt hatte; es war ein ganz anderes Boot. Es war größer, und der Mann am Ruder hatte Haare, die wie ein Banner hinter ihm im Wind flatterten. Alle Lewisleute schnitten sich das Haar kurz, selbst Mary, die Mutter. Allerdings wirkte sie sowieso eher wie ein Mann, obwohl sie vier Jungen geboren hatte.

Der langhaarige Reisende entpuppte sich als der einzige Mensch auf dem Boot, obwohl es auf den ersten Blick zu groß wirkte, um von einem allein gesegelt zu werden. Geschickt steuerte er in das Flachwasser im Windschatten der kleinen Landzunge vor unserem Strand, womit er sein gutes Auge für sichere Liegeplätze verriet, und rief uns einen Gruß zu, als er Anker warf. Seine Stimme war heiser, aber laut, und er sagte, er sei allein und würde gern an Land kommen, wenn wir es erlaubten. Er habe Dinge zum Tauschen und von den Lewisleuten, bei denen er vor zwei Tagen aufgebrochen war, von unserem Aufenthaltsort erfahren. Er hatte auch einen Brief von ihnen dabei, mit dem er in der Luft herumwedelte, das Papier weiß vor der dunkler werdenden See hinter ihm.

Dad winkte ihn heran.

Der Mann senkte ein kleines Beiboot über die Reling und ruderte zum Ufer. Ich half ihm an Land, dann zogen wir gemeinsam das Boot über die Flutlinie.

Ich spürte Dads Hand wie eine Warnung auf meiner Schulter, als wäre ich zu enthusiastisch und unbedacht, doch dann wuschelte er mir durch die kurzen Haare am Hinterkopf, was er nur tut, wenn er freundlich gestimmt ist.

Ich bin Abraham, sagte Dad und nickte dem Fremden zu. Nenn mich Abe. Und das ist mein Junge, Griz.

Hallo Griz, sagte er mit einem Grinsen, das mir gefiel, kaum dass es seinen dichten roten Bart in einem Aufblitzen von Weiß teilte.

Und dann rasten die Hunde heran, um ihn zu umringen, bevor ich nach seinem Namen fragen konnte. Sie bellten und knurrten und tobten in einem Durcheinander aus Zähnen und

Schwänzen. Als er sich hinkniete, um sie zu begrüßen, fingen die Schwänze an zu wedeln, und das Knurren verwandelte sich in Winseln, weil offenbar alle Hunde von diesem Fremden, der vom Meer gekommen war, gestreichelt und gekrault werden wollten. Er konnte mit Hunden umgehen und erzählte uns, dass er seine eigene Hündin erst vor wenigen Wochen verloren habe, als sie in einem Sturm am Nordkap über Bord gespült worden sei, und dass er sie vermissen würde wie einen Arm. Sie war ein halber Husky-Mischling namens Saga gewesen, clever wie ein Mann, sagte er, weiß, schwarz und braun mit einem braunen Auge, das zu ihren Ohren passte, und einem blauen, das die Farbe des Himmels aufgriff. Er hatte sie sicher unter Deck in der kleinen Kabine untergebracht, doch als er stürzte und sich verletzte, weil das Boot in den Sog einer ungewöhnlich hohen Welle geriet, hatte Saga seinen Schmerzensschrei gehört und – da sie ein cleverer Hund war – den Riegel geöffnet, um ihm zu helfen. Die nächste Welle hatte sie über Bord gespült, und er hatte sie nie wiedergesehen, nicht einmal als Kopf, der in den berghohen Wellen hinter dem Heck trieb. Der Wind hatte sein Boot fortgetrieben, sodass er keine Chance hatte, sie wiederzufinden. Er zeigte uns die Narbe an seinem Kopf, und daran, wie er beim Reden sanft das Fell unserer Hunde liebkoste, konnten wir sehen, dass der Schmerz tiefer ging als seine geheilte Haut.

Wie ich schon sagte, es war eine gute Geschichte. Und wie ich später herausgefunden habe, waren Teile davon sogar wahr. Der Hund mit einem braunen Augen und einem blauen, clever wie ein Mann, der war so wahr wie der Tod selbst.

Ich nehme an, du hättest es nicht so interessant gefunden wie wir, einen neuen Menschen zu betrachten. Du hast in einer Welt gelebt, in der dir ständig neue Leute begegnet sind. Wenn du in einer Großstadt gewohnt hast, müssen sie um dich herumgeflossen sein wie ein riesiger Makrelenschwarm, und du wärst nur einer von Tausenden oder Millionen gewesen. Zweifellos immer noch du selbst und in deinem eigenen Kopf, aber auch Teil von etwas Größerem. Hier ist jedes neue Gesicht ein Ereignis, fast ein Schock – jeder Neue selten genug, dass er einem fast wie eine andere Spezies erscheint. Der Reisende sah ganz anders aus als die Menschen, die ich bisher getroffen hatte. Zum Beispiel war sein langes Haar dicht und wellig und hatte die Farbe von Flammen. Ein Rotschopf. Etwas, wovon ich gelesen und was ich auch auf verblassten Bildern gesehen hatte, aber im wahren Leben war es mir noch nie begegnet. Die Haare hatten eine erstaunliche Farbe, so fremd und abrupt wie die Explosionen orangefarbener Blumen, die wir regelmäßig auf anderen Inseln entdeckten, immer in der Nähe alter Gärten. Blumen, die meine Mutter Krokus genannt hatte, als sie noch sprach. Sie kannte alle Blumen und Pflanzen. Bar hat mir erzählt, dass Mom gesagt hat, die Krokusse seien eigentlich nicht auf den Inseln heimisch gewesen, seien aber Überlebenskünstler, so wie wir. Und der Reisende war nicht nur ein Rotschopf, sondern auch ein Rotbart. Der Bart war ein Urwald, der fast genauso tief vor seinem Gesicht herunterhing wie das Haar dahinter. Seine Haut war fahl, aber wettergegerbt, und seine Augen, die unter einer schroffen Stirn in die Welt hinausspähten, zeigten ein gefährliches Blau. Ich weiß nicht, warum ich das Blau gefährlich fand, aber das war das Wort, das mir in den Kopf kam, als ich sie sah. Vielleicht, weil sich diese Augen in diesem Moment auf mich richteten und ich sie nur für einen Moment – als er mich dabei ertappte, wie ich ihn anblickte – ohne das Lächeln sah, das folgte. Und ich weiß, dass ich das Wort in diesem Moment gedacht und nicht erst hinterher, nachdem alles passiert war, hinzugefügt habe: Ich habe definitiv *gefährliches Blau* gedacht, doch dann habe ich diesen Eindruck wieder verworfen.

Vielleicht warst du, der du in einer Welt voller Unterschiede und Wahlmöglichkeiten gelebt hast, besser darin, deinem Bauchgefühl zu folgen, wenn es um Menschen ging. Ich hatte – und habe immer noch – wenig, womit ich Leute vergleichen kann. Also habe ich das gefährliche Blau seiner Augen abgetan und entschieden, dass diese Bläue einfach anders war, weil ich bisher nur braune oder grüne Augen gesehen hatte. Und als er lächelte, fiel es schwer, diese Augen kalt zu finden. Aber vielleicht fiel es mir so schwer, weil ich mit zwei Dingen gleichzeitig umgehen musste: dem Feuer in seinem Haar und dem Eis in seinen Augen. Wenn er nicht lächelte, war das Gesicht hart wie ein Hammer, aber wenn das Lächeln auf dich gerichtet war, schien es die Welt zu erwärmen.

Du siehst aus wie ein Wikinger, waren die ersten Worte, die ich zu ihm sagte. Und so war es. Ich hatte ihn, oder Gesichter wie seines, in Geschichtsbüchern und auf alten Bildern gesehen – Männer in gehörnten Helmen, die Äxte und Raubgut trugen.

Und da fragte mich dieser Mann, der aus dem Norden hergesegelt war: Was ist ein Wikinger?

Es zeigt, dass sogar eine Frage eine Lüge sein kann, wenn sie richtig gestellt wird.

# 3

# WER BIST DU?

Ich habe dich in einem Sommer gefunden, als wir zum wikingern unterwegs waren. Als Feg anfing, mich aufzuziehen, weil ich Dinge aufschreiben wollte – denn wer in dieser ganzen leeren Welt sollte das jemals lesen? –, sagte Dad, das sei eine natürliche Folge davon, dass ich zu viel lese. Er sagte, wenn man eine Menge liest, fängt man an, wie ein Schriftsteller zu denken, so wie man, wenn man mit einem Fiedelspieler im Haus aufwächst, anfängt zu pfeifen und die Melodien zu lernen, wie Ferg es getan hatte.

Ich lese eine Menge. Dazu komme ich noch. Dad spielt die Fiedel. Ich habe ihm gesagt, Ferg hätte vielleicht durchaus recht, weil ich nicht wusste, für wen ich schreiben sollte. Alle um mich herum kennen meine Geschichte, weil sie Teil davon sind. Aber ich wollte vielleicht eine Art Tagebuch führen, also sagte er, dann schreib einfach, wie du redest, sei nicht hochtrabend. Und ich sagte, aber wenn man spricht, dann spricht man mit jemandem, zumindest meistens.

Und Dad sagte, dann setz deine Vorstellungskraft ein. Stell dir jemanden vor und behalte ihn im Kopf, während du schreibst.

Und ich habe an dich gedacht, den Jungen mit meinem Gesicht.

Also. Du.

Du bist auf einem Foto zu sehen, das ich in einem Sommer in einem Haus auf North Uist gefunden habe. Diesmal haben wir nach Teilen für die Windmühle gesucht, die uns Strom verschafft, und Dad wusste, dass es Windmühlen desselben Typs oben im Norden gibt, wo North Uist durch den alten Damm mit Bernaray verbunden ist. Wir sind mit der Lugger nach oben gesegelt, und er und Ferg haben die Turbine aus einer alten, umgefallenen Mühle ausgebaut, während ich das große Haus am Horizont durchsucht habe. Wir hatten beschlossen, über Nacht in dem Haus zu bleiben, das wir schon kannten. Ein solides, aus Stein errichtetes Gebäude mit einem Dach, das immer noch einen Großteil des Wetters abhielt. Noch besser: Es gab dort eine Menge voller Bücherregale und etwas, das sich Snooker-Tisch nannte.

Es war eines der alten Gebäude, ein großes Bauernhaus, an das man über die Jahre immer wieder angebaut hatte, sodass es im Vergleich mit anderen Inselhäusern sehr weitläufig war. Die Wände waren einst gekalkt gewesen, doch von der Farbe war kaum etwas übrig, also war es ein graues Haus mit einem dunklen Schieferdach und intakten Glasfenstern, die mich scheinbar beobachteten, während ich die alte Einfahrt hinaufging. Ein Auto, das bis auf die Achsen verrostet war, stand im hohen Gras neben der Hintertür, als lauere es darauf, mich anzuspringen. Die Tür war nicht so leicht zu öffnen wie bei unserem letzten Besuch vor drei Jahren, aber ich war inzwischen größer und schaffte es, sie so vorsichtig aufzutreten, dass sie sich später auch noch schließen lassen sollte. Ich ließ sie offen, während ich darauf wartete, dass die Hunde vor mir in den Flur stürmten und alle wartenden Ratten vertrieben.

Jip und Jess rasten ins Haus. Ihre Krallen kratzten über

den aufgesprungenen Plastikboden, als sie verschwanden, winselnd und bellend, wie immer, wenn sie aufgeregt waren. Doch es folgte kein Geräusch von Rattenmord, ob nun nah oder fern, und bald endete ihr Gebell, und sie trotteten zu mir zurück, wobei sie wie so oft enttäuscht und ein wenig verletzt wirkten, als hätte ich ihnen einen Spaß versprochen, der dann nicht geliefert wurde.

Etwas hatte sich im Haus verändert, seit wir das letzte Mal hier gewesen waren. Ich konnte nicht sagen, was es war, und ich konnte es auch nicht hören oder riechen, was mich nervös machte. Aber es gab einen Unterschied. Bisher war das Gebäude gewesen wie so viele der Häuser, die wir betraten, feucht und schimmelnd, voller Dinge, die man als ergreifend oder sinnlos empfinden konnte, je nachdem, wie man die Welt sah. Dad zum Beispiel drehte Fotos von Menschen mit den Gesichtern zur Wand, wenn er durch verlassene Häuser ging. Ich weiß nicht, warum er das tat. Er sagte, es wäre, um den Geistern Frieden zu schenken, aber eigentlich glaubt er nicht wirklich an Geister, oder zumindest behauptet er das. Bar, meine Schwester, hat diese Angewohnheit übernommen, aber sie sagt, sie täte es, damit uns diese toten Augen nicht ständig beobachten.

Ich glaube nicht, dass das wirklich stimmt.

Ich glaube, sie versucht nur, mir Angst einzujagen, weil sie immer Witze reißt und mich aufzieht, wenn sie guter Laune ist. Abgesehen von den Büchern, faszinieren mich an den leeren Häusern die kleinen Sammlungen von Dingen, die Leute früher auf ihre Regale gestellt haben. Es sind nicht nur die Fotos, von denen viele so verblasst sind, dass sie nur noch aussehen wie nass gewordenes Papier – es sei denn, die Räume sind dunkel. Es sind auch die kleinen Porzellanfiguren und

Tassen und Karaffen und Gläser und Schnitzereien und das andere Zeug. Schmuck. Trophäen. Erinnerungsstücke. Dinge, die Leuten einmal etwas bedeutet haben – genug bedeutet haben, dass sie Platz dafür geschaffen und sie ausgestellt haben, um sie jeden Tag zu sehen. Wir haben eigentlich keinen Schmuck oder Zeit für Erinnerungsstücke. Alles, was wir tun, dreht sich ums Überleben, darum weiterzumachen. Wir haben keine Zeit für Relikte oder Souvenirs. Immer wenn wir wikingern gehen, sagt Dad, nehmt nur die nützlichen Sachen. Vielleicht habe ich deswegen beschlossen, das hier zu schreiben. Ein Souvenir, das ich in der Tasche herumtragen kann. Na ja.

Das Bild von dir.

Das Bild von dir war definitiv ein Erinnerungsstück. Du hast jemandem etwas bedeutet, selbst wenn dieser Jemand du selbst warst. Ich habe dich unter dem Snooker-Tisch gefunden. Und wie ich dich gefunden habe, war seltsam und geheimnisvoll, und weil ein Foto etwas Kleines ist, habe ich dich mitgenommen, ohne dass jemand etwas davon wusste. Und jetzt lebst du zwischen den Seiten des Notizbuchs, in das ich all das hier schreibe. Bis jemand das hier liest, bist du wohl immer noch ein Geheimnis.

Ich hatte das Snooker-Zimmer schon mal betreten, als wir das letzte Mal im Haus gewesen waren. Der Raum wurde fast ganz eingenommen von dem Tisch, bedeckt von einem Staublaken, das an den Ecken bereits in Fetzen hing, weil vielleicht hundert Jahre des eigenen Gewichts dort Löcher gerissen hatten. Wir hatten das Laken abgenommen und die bunten Bälle über die hellgrüne Spieloberfläche gleiten lassen, um sie in den Taschen zu versenken. Früher hatte es Stöcke gegeben, mit denen man die Bälle anstieß, aber jetzt waren die Regale, in denen sie gestanden hatten, leer. Mir hatten die gleichmäßige Bewegung der Kugeln gefallen, und das Klappern, wenn sie gegeneinanderstießen. In unserer täglichen Welt läuft nicht viel so glatt, so zusammengeschustert, wie alles ist. Es gab eine große Wand aus Büchern auf der linken Seite, mit einem Fenster im rechten Winkel dazu. Ich hatte die Bücher bereits durchgesehen. Doch jetzt, da ich älter war, wollte ich schauen, ob mein erwachsenes Ich Bücher finden würde, die mir beim letzten Mal noch nicht gefallen hatten.

Die Fensterläden hatten sich verklemmt, und obwohl ich sie hätte öffnen können, tat ich es nicht. Mangelnder Lichteinfall schützte die Bücher, und ich wusste, dass ich die Läden zerstören würde, wenn ich sie öffnete, sodass es hinterher schwerer fiele, sie wieder zu schließen. Scharniere rosten. Und wenn nicht sie, dann die Schrauben, bis sie irgendwann aus dem alten Holz fallen. Also zog ich meinen Feuerstahl heraus und entzündete meine Öllaterne. Dann fiel mir der Feuerstahl aus den Händen und rollte unter den Snooker-Tisch.

Bei unserem letzten Besuch hatten wir dich wegen der Kisten nicht gefunden. Jemand hatte Kisten voll alter Korkfliesen unter dem Tisch gestapelt, sodass alles damit ausgefüllt war. Es waren dieselben Korkfliesen, die sich in der Küche und den Flur entlang langsam vom Boden lösten. Wir hatten übersehen, dass die Kisten um den Rand des Tisches gestapelt waren und die Mitte leer war, wie eine viereckige Höhle, ein Raum versteckt in einem Raum. Mein Feuerstahl war in den schmalen Spalt zwischen zwei Kisten gerollt, und ich habe das Geheimnis nur entdeckt, weil ich einen der Kartons verschieben musste.

Fischöl-Laternen verströmen mehr Geruch als Licht, aber selbst im sanften Glühen meiner Lampe konnte ich sehen, dass jemand den Platz als geheime Höhle genutzt hatte. Es war die Reflexion meiner Flamme in den Glasgefäßen auf der anderen Seite, die meine Aufmerksamkeit erregte. Gefäße mit Kerzenstummeln darin. Alte Kerzen brennen besser als die, die Bar anfertigt, also war mein erster Gedanke, die Stummel mitzunehmen und zu sehen, ob ich vielleicht noch ganze Kerzen finden konnte. Also kroch ich in die Höhle, und so fand ich die geheime Kammer.

Jemand hatte hier geschlafen, vor langer, langer Zeit. Es gab einen ausgerollten Schlafsack, Decken und Kissen, und Bücher und Dosen und Erste-Hilfe-Kästen standen an den Wänden aus Kisten aufgereiht. Eine Kette aus winzigen Lichtern war an den Rändern der Kammer unter den Boden des Tisches geklebt worden, die Art Lichter, wie sie in den alten Bildern, die ich gesehen habe, an Weihnachtsbäumen leuchten. Aber natürlich brannten sie nicht und würden das auch nie wieder tun. Doch das brachte mich dazu, darüber nachzudenken, wie dieser versteckte Ort wohl damals ausgesehen hatte – gemütlich, fröhlich, sogar ein wenig magisch. Am Boden des Tischs, der aus Schiefer bestand, hatte jemand ein paar der Korkplatten geklebt, um ein verziertes Dach für die Höhle zu schaffen. Ein Dach und eine Pinnwand, denn der Kork war mit Fotografien und Zeichnungen bedeckt.

Vielleicht lag es an dieser Lichterkette, die niemals wieder brennen würde, aber ich stellte fest, dass ich sehen wollte, wie es hier aussah, wenn es mehr Licht gab als meine rauchende Fischöl-Lampe. Also habe ich ein paar der Kerzenstummel entzündet und mich auf den knisternden Schlafsack gelegt. Ich fühlte, wie der synthetische Stoff unter meinem Gewicht zu Staub zerfiel, und in diesem Moment sah ich dich. Du warst das Bild direkt über den Kissen. Du musst das Letzte gewesen sein, was jemand, der hier schlief, gesehen hat, bevor er das Licht ausgeschaltet hat, und das Erste, was er am Morgen erblickte. Oder vielleicht warst du es sogar selbst. Vielleicht war dies deine Höhle. Auf jeden Fall warst du jemandem wichtig. Du wurdest geliebt. Vielleicht betrauert. Oder gefeiert. Oder beides.

Auf dem Foto machst du gerade einen Sternsprung am Strand, und neben dir ist ein Mädchen, das deine Schwester sein muss. Es ist ein strahlend sonniger Tag. Ihr seht euch sehr ähnlich. Sie ist kleiner. Das Bild hat euch beide auf dem Scheitelpunkt eures Sprungs eingefangen, für immer eingefroren zwischen Sand und Himmel, eure Arme und Beine weit ausgebreitet, lachend, ein fröhliches Blitzen in den Augen. Du schaust direkt in die Kamera. Sie dagegen sieht dich an, mit einem wilden, glücklichen Ausdruck, so wild, dass es fast schmerzt, ihn zu betrachten. Neben euch auf der anderen Seite ist ein kurzbeiniger Terrier, der ebenfalls springt und zu deinem Gesicht aufschaut, das Maul geöffnet in einem Lächeln oder einem Bellen. Und genau wie ich manchmal denke, dass du mir sehr ähnlich siehst, wirkt auch das Mädchen vertraut. Wenn ich die Augen zusammenkneife und meine Fantasie einsetze, sieht es ein wenig aus wie Joy. Vielleicht habe ich das Bild deswegen mitgenommen. Denn natürlich habe ich kein Bild meiner einst größeren, aber jetzt für immer kleineren Schwester. Vielleicht dachte ich, das Foto würde mir helfen, mich zu erinnern, wenn ich älter werde und sich mehr Erinnerungen aufhäufen und den Platz fordern, der einst nur uns beiden gehört hat. Vielleicht ist die leichte Ähnlichkeit auch einfach nur der Grund, warum ich diesen Bericht an dich richte. Ich weiß nur, dass ich noch nie ein Bild gesehen hatte, dass mich gleichzeitig so glücklich und so traurig gemacht hat. Selbst ohne das Mädchen – so sieht das Foto aus, nachdem ich es gefaltet habe, damit es in mein Notizbuch passt: Es zeigt dich und deinen Hund. Ihr wirkt wie die letzten glücklichen Leute am Ende der Welt, bevor das Danach begann.

Vielleicht schreibe ich aber auch mein Leben für dich auf, weil die Leute, mit denen ich reden konnte, nicht mehr da sind oder mir nicht mehr antworten können. Dad sagt, ich denke zu viel. Sagt, ich stelle zu viele Fragen. Sagt, er glaubt, dass der Mangel an Antworten mich unglücklich macht. Ich weiß nicht, ob das stimmt. Aber ich weiß, dass er die ständige Fragerei hasst. Als nähme es ihm etwas weg, wenn er nicht weiß, wie er antworten soll. Ich suche einfach nur Informationen und will ihm keine Verantwortung für etwas aufladen, das sowieso zu groß ist, um von ihm verursacht worden zu sein. Und wieso verbringt er fast die gesamte Zeit, wenn er nicht arbeitet oder die Fiedel spielt, mit dem Kopf über einem Buch voller Fakten, als suche auch er nach Antworten?

Und das war das andere, was ich aus der geheimen Kammer mitgenommen habe. Die Bücher. Wer auch immer diese Höhle gebaut hatte, hatte an einer Seite eine ganze Reihe Bücher aufgestellt. Nachdem ich auf dem Rücken gelegen hatte, um mir die Fotos anzusehen, rollte ich mich auf die Seite und betrachtete die Bücher. Ich ließ den Blick mehrmals über die Rücken gleiten, dann fing ich an, sie aufs Geratewohl herauszuziehen, um die Klappentexte zu lesen. Es waren keine praktischen Bücher, wie die Geschichtsbände oder die technischen Anleitungen, die Dad uns immer unterjubeln wollte, damit wichtiges Wissen nicht verloren geht – etwas, das ich später leibowitzen getauft habe. Dies waren Romane, erfundene Geschichten. Es kostete mich ein paar Sekunden herauszufinden, was all diese Bücher gemeinsam hatten. Als ich es begriff, zuckte ich zusammen, weil ich einen Schock verspürte, fast so was wie Aufregung, obwohl ich nicht weiß, wieso mich das so begeisterte. Alle Bücher drehten sich um erfundene Zukunftsvisionen, in denen deine Welt, das Vorher, zusammengebrochen war. Es waren alles Geschichten über mein Jetzt, das Danach, geschrieben von Leuten, die nicht wussten, wie es aussehen würde.

Ich stopfte den Schatz aus Büchern in meinen Rucksack und fand noch eine Tüte auf dem Dachboden, die ich mit dem Rest füllte. Dad und Ferg versuchten, mich dazu zu bringen, die Bücher zurückzulassen, doch sie waren guter Laune, weil sie zwei funktionierende Teile der alten Windmühlen gefunden hatten, und außerdem gefielen ihnen die dreieinhalb Kartons voller Kerzen, die ich unter dem Tisch hervorzog. Ich erzählte ihnen allerdings nichts von der versteckten Kammer. Nachdem ich herausgekrochen war, schob ich die Kiste wieder an ihren Platz. Wenn das also dein geheimer Ort war, dann ist er immer noch geheim. Jedenfalls, soweit ich weiß.

In diesem Herbst las ich die ganzen Bücher, manche sogar zweimal (da habe ich angefangen, Dads Besessenheit mit technischen Handbüchern ›Leibowitzen‹ zu nennen, nach einem Buch namens *Lobgesang auf Leibowitz.* Darin geht es um Menschen in einer zerstörten, weit entfernten Zukunft, die versuchen, anhand eines elektrischen Handbuchs, das sie in der Wüste gefunden haben, die gesamte Welt wieder aufzubauen). Ich habe die Bücher in der Hoffnung gelesen, auf gute Ideen zu stoßen, doch ich bekam Albträume und eine Art von Traurigkeit, die meinen Geist wochenlang beschmutzte.

Ich weiß, dass man keine Nostalgie nach etwas empfinden kann, das man nie wirklich gekannt hat, doch so ähnlich war die Sehnsucht, die diese Bücher oft in mir ausgelöst haben. Dad hat es gehasst, dass ich sie las. Er fand, sie wären das Sinnloseste, was es geben kann – veraltete Prophezeiungen, die sich sowieso als falsch herausgestellt haben. Ich mochte sie. Tue ich immer noch. Sie mögen das Leben nach dem Ende der Welt nicht akkurat dargestellt haben, aber wenn man sie beim Lesen aus dem Blickwinkel des Geistes betrachtet, stellt man fest, dass sie viel darüber aussagen, wie die Dinge im Vorher waren. Sie sind wie Antworten auf Fragen, die man nicht stellen konnte, weil man dafür nicht genug wusste. Doch Dad so etwas zu sagen, würde ihn nur noch wütender machen. Die Vergangenheit ist verschwunden. Er sagt, wir haben nur das Jetzt, und die einzigen Antworten, die nützlich sind, sind diejenigen, die uns dabei helfen zu überleben, um eine Zukunft zu haben.

# 4

# DIE GESCHICHTEN DES REISENDEN

Der Fremde mit den roten Segeln sagte uns, sein Name sei Brand.

Er hatte eine Tasche dabei. Sie war schwer genug, um seine Schulter nach unten zu drücken, während er die Hügel hinaufstieg, vorbei an den mit Fisch gefüllten Trockengestellen. Regen hing in der Luft, aber noch fiel er nicht, also hielten wir an und genossen die letzten Strahlen der Abendsonne auf der Bank vor dem Haupthaus. Er stellte die Tasche vorsichtig vor seine Füße, während er dankbar eine Tasse Wasser aus dem Bach entgegennahm.

Gutes Wasser, sagte er. Sauber und kalt.

Er betrachtete den Kabeljau und die Makrelen auf den Trockengestellen.

Wenn ihr Fisch übrig habt, habe ich etwas, mit dem wir handeln könnten, sagte er.

Wir haben alles, was wir brauchen, sagte Dad.

Ihr habt keinen Spannungswandler für die Windmühle, grinste der Reisende. Aber dazu kommen wir vielleicht morgen. Eure Freunde auf Lewis haben mir erzählt, dass ihr Probleme hattet.

Dad sah aus, als hätte ihn der Reisende bereits in einem Handel übertrumpft, an dem er bisher nicht einmal Interesse angemeldet hatte. Doch es stimmte. Die Windmühle war in ihrer Funktion etwas exzentrisch, und Dad hatte das Gefühl, es läge am Spannungswandler und grummelte schon seit ungefähr einem Jahr herum, dass er eine Reise machen sollte, um einen neuen zu finden.

Hmm, sagte er. Iss heute Abend mit uns. Handeln werden wir morgen. Wir haben Zeit.

Es gibt zwei Fragen, die Dad meiner begrenzten Erfahrung nach den wenigen Reisenden, die wir treffen, immer stellt: Gibt es jemand anderen? Und: Kommen sie? Ich bin mir nie sicher, ob die Fragen Hoffnung oder Angst entspringen – da wir nie selbst suchen gehen, glaube ich aber eher an Letzteres.

Bevor ich geboren wurde, sind Mom und Dad aufs Hauptland gereist, ein gutes Stück die Inselkette entlang und den Fluss hinauf, der Clyde heißt. Sie sind mit einem Boot aufgebrochen und mit vieren zurückgekommen. Jeder segelte sein eigenes Boot, mit einem kleineren im Schlepp, alle vier mit den meisten der Dinge beladen, mit denen ich aufgewachsen bin. Mein eigenes Boot ist das, das Mum geschleppt hat. Ich dachte immer, sie hätte es unter all den anderen wegen seines Namens ausgesucht: die *Sweethope*. Dad erklärte mir später, dass sie es gewählt haben, weil es von allen Jachten, die sie in dem verkanteten Chaos des langen, verlassenen Hafens sahen, dasjenige war, das am wenigstens gestunken hat, als sie die Luke öffneten.

Sie hatten zwei Reisen in die leere Stadt unternommen, die einst Glasgow gewesen war, sind aber niemals dorthin zurückgekehrt. Ferg hat einmal gefragt, warum, und Dad hat geantwortet, dass es dort etwas gab, das keiner von ihnen richtig erklären konnte, aber es habe sie ausgelaugt und sehr mitgenommen. So sehr, dass keiner von ihnen die Idee einer dritten Reise ertragen konnte, egal, wie viel es in der Stadt immer noch zu holen gab. Eine meiner Erinnerungen aus der Zeit, als Mom noch sprach, war, wie sie mir von der riesigen Bibliothek erzählte, die sie dort gefunden haben – mit kilometerlangen Regalen und weit offen stehenden Türen. Sie hatten dort mehrere Nächte geschlafen, in einem sicheren Lager, geschützt durch eine Festung aus Büchern. Als sie aufgebrochen waren, hatte Mum die Türen geschlossen, um die Katzen und Füchse fernzuhalten. Und sie sagte, wenn irgendetwas sie verlocken könnte, doch noch einmal zurückzukehren, dann das. Sie liebte Bücher, als sie noch lesen konnte, besonders erfundene Geschichten, und ich nehme an, auch das hat sie mir geschenkt.

Also stellte Dad seine ersten Fragen, und Brand sagte Ja, aber nicht viele und offenbar jedes Jahr weniger, und Nein, sie kommen nicht.

Und dann, ohne dass wir ihn groß drängen mussten, fing er an, uns seine Geschichte zu erzählen. Er war ein guter Redner. Seine tiefe Stimme und das lockere Lächeln verzauberten einen langsam und sanft, so geschmeidig, dass man nicht merkte, dass man an seinen Lippen hing, bis seine scharfen Augen den eigenen Blick einfingen. Und selbst dann war es noch, als teile er etwas Fröhliches mit einem, wie einen Witz. Es fühlte sich nie an wie ein Köder.

Was wie ein Lockmittel wirkte, waren die Versuchungen, die er großzügig aus seiner Tasche zog und auf dem Gras zu unseren Füßen ausbreitete, während er sprach, offenbar ohne irgendeine andere Absicht, als sie zur Seite zu legen, bis er am Boden der Tasche endlich fand, wonach er suchte. Bald war er von einem

Fächer interessanter Dinge umgeben: Messer und Fernstecher und Erste-Hilfe-Kästen, die nach Militär aussahen. Dazu ein Paar handgekurbelte Funkgeräte und verschiedene Dosen und Flaschen, deren Inhalt er uns zweifellos verraten würde, wenn wir uns entschließen sollten, danach zu fragen.

Ich weiß, dass es irgendwo hier drin ist, sagte er, während er geistesabwesend eine weitere Kostbarkeit auf den Boden legte und seine Hand in der scheinbar bodenlosen Tasche vergrub.

Wir wechselten Blicke über seinen gebeugten Kopf hinweg, doch in keinem lag etwas anderes als Interesse. Dads Blick enthielt keine Warnung. Einem Vorbehalt gegen unseren Gast am nächsten war noch die Miene samt gerümpfter Nase, die Bar in meine Richtung schickte.

Ich wusste, was sie meinte. Er roch anders. Nicht schlecht, aber eben nicht wie wir.

Als die Welt noch voll war, haben da alle Menschen gleich gerochen? Oder habt ihr euch alle in eurem Duft unterschieden? Auf den alten Fotos kann man erkennen, wie eine Menschenmenge aussah, aber ich weiß nicht, wie sie gerochen hat. Oder auch nur geklungen. Darüber denke ich oft nach. Haben sich all die Stimmen zu einem großen Lärm verbunden, wie sich das einzelne Klackern von Steinen an einem Kiesstrand in den Wellen zu einem Röhren aufbaut? So stelle ich es mir immer vor, denn sonst hätten einen all diese Millionen Stimmen, die man gleichzeitig und doch alle einzeln hörte, wahrscheinlich in den Wahnsinn getrieben. Vielleicht haben sie das ja auch getan. Auf jeden Fall fand Brand irgendwann, wonach er suchte, und zog es mit einem befriedigten Brummen aus den Tiefen seiner Tasche. Es war eine lange, durchsichtige Glasflasche, die er mit einem Grinsen an Dad übergab.

Ein Gastgeschenk, sagte er.

Aber es kam mit einer Warnung. Wir sollten vorsichtig sein. Es wäre starkes Zeug und könne einen benommen machen, wenn man zu viel davon trank.

Dad lachte und erklärte, dass wir alles über Alkohol wussten, weil wir sowohl Heidekraut-Ale als auch Met brauten. Aber diese Flasche stammte aus dem Vorher und war noch verschlossen. Die Flüssigkeit war fast klar, wie torfiges Wasser, und auch wenn das Papieretikett lange verschwunden war, erhoben sich um den Hals der Flasche stolz geprägte Buchstaben, die das Wort ›Aquavit‹ bildeten.

Eine ungeöffnete Flasche aus der fernen Vergangenheit ist selten. Die Kinderlosen hatten schließlich eine Menge Kummer zu ertränken. Doch Brand spielte das Geschenk herunter. Er habe noch mehr, sagte er. Im fernen Norden habe er im Wattenmeer ein auf Grund gelaufenes Militärschiff gefunden, vielleicht norwegisch. Darin befanden sich ungeöffnete Kisten voller Dosennahrung – alle vom Alter aufgedunsen – und medizinische Ausrüstung. Und der Aquavit. Jede Menge Aquavit. Er sei gut, sagte er, schmecke aber nach Kräutern. Vielleicht Dill. Unerwartet, aber nicht schlecht, wenn man sich daran gewöhnt habe.

Als der Himmel seine Schleusen öffnete, gingen wir hinein und halfen ihm, den Inhalt seiner Tasche ins Haus zu tragen und erneut auszubreiten, diesmal auf der Matte vor unserem Herd. Dann öffnete Dad die Flasche, während Bar und ich das Abendessen machten, ein Stew aus gepökeltem Kabeljau und Kartoffeln. Wir alle nahmen einen Drink, außer Mum, die einfach neben dem Kamin saß, wie sie es immer tat. Ihre Augen waren unverwandt auf das Gesicht des Rotschopfs gerichtet. Verständlich, weil er etwas Neues war und sie so etwas selten sah ... obwohl sie weniger interessiert als vielmehr entsetzt wirkte. Dad erklärte, dass sie sich vor langer Zeit verletzt hatte, und Brand nickte Mum lächelnd zu, bevor er sein Glas in ihre Richtung hob.

Auf die Dame des Hauses, sagte er. *Skol.*

Der Alkohol schnürte mir die Kehle zu. Der erste Schluck fühlte sich an wie Feuer, und zuerst dachte ich, dass Brand uns vergiftet hatte. Doch dann leerte er sein Glas in einem Zug und grinste mich an.

Feuerwasser, sagte er.

So fühlte es sich an, als es mich von innen heraus wärmte. Ich nickte hustend.

Besser als das, sagte Dad, während er in die Runde sah. Es ist eine Zeitreise.

Es folgte ein langer Moment der Stille. Ich wusste nicht, was er sagen wollte.

Wir schmecken die Vergangenheit, sagte Bar.

Genau, meinte Brand. Das denke ich jedes Mal, wenn ich den Aquavit trinke. Dass es das ist, was sie gern getrunken haben. Das so das Vorher geschmeckt hat.

Bitter. Harsch. Und kein bisschen süß, dachte ich. Nicht wie der Honigmet, den wir machen.

Aber eine Zeitreise war nicht das einzige Geschenk, das er uns am Abend dieses unausgeglichenen Handels machte. Er hatte noch einen Trick auf Lager, der süßer und damit natürlich das war, was uns einfing. Und wie bei allem, was Brand tat, wurde das Geschenk so geschickt in eine Geschichte eingewoben, dass wir die Gefahr nicht kommen sahen.

Er stammte aus einer Familie im Süden auf der anderen Seite des Festlands. Aber seine Familie war krank geworden und gestorben, zwei Schwestern und ein Vater, schon vor langer Zeit. Seitdem war er unterwegs. Das überraschte uns, weil wir davon ausgegangen waren, dass das Festland leer war. Brand sagte, jetzt sei es das, soweit er wisse – aber er und seine Verwandten waren in einer vergessenen Wildnis aus Schilf und Wasser an der südöstlichen Küste aufgewachsen, die Broad oder The Broads genannt wurde. Ein Ort, so leer und einsam, dass ihm seine Heimat sicher erschienen war, bis sie es nicht mehr war. Sie hatten in einem großen Haus auf einer flachen Insel in einer Flussmündung gelebt. Sie lag auf beiden Seiten nah genug am trockenen Land, dass man hin und her schwimmen konnte, und nicht wie wir am wellengepeitschten Ende der Welt.

Sein Vater war etwas gewesen, das er einen Bastler nannte – ein Mann, der die alten Maschinen verstand und wusste, wie man mechanische Geräte baute und reparierte. Er war gut im frankensteinen, sagte Brand, um dann zu erklären, das Frankenstein ein Monster aus den uralten Geschichten war, das aus Gliedern und Stücken verschiedener Menschen bestand. Ich sagte ihm nicht, dass er sich irrte oder dass ich das Buch gelesen hatte und wusste, dass Frankenstein der wahnsinnige Doktor war, der das Monster geschaffen hatte. Brand wollte damit nur sagen, dass sein Vater gut darin war, alte Maschinen zusammenzuflicken oder sie mit anderen zu verbinden, sodass sie etwas Neues machten. Zum Beispiel hatten sie ein Wasserrad auf dem Hauptland gefunden und es so umgebaut, dass eine von den Gezeiten angetriebene Pumpe entstand, die sauberes Wasser aus einem tiefen Bohrloch auf der Insel nach oben holte. Ich sah, wie Dads Augen aufleuchteten. Wir frankensteinen jetzt alle, weil nichts Neues mehr geschaffen wird und wir unsere Technik aus den alten, nicht zerfallenen Stücken der zurückgebliebenen Dinge zusammenbauen müssen.

Brand hatte es von seinem Dad gelernt, doch nachdem alle gestorben waren, blieb er nicht dort. Er verließ The Broads und fuhr zur See, um, wie er sagte, nach anderen zu suchen.

Er sei, erklärte er, ein Kartograf von Leuten, ein Wanderer und Händler, obwohl er nicht vom Handel lebte, sondern vom Fischen und Sammeln, weil er so selten anderen begegne. Doch mit uns wollte er Handel treiben. Und obwohl er von gepökeltem Kabeljau und Gemüse und anderem Essen sprach, das wir entbehren konnten, sah ich, dass sein Blick auf unsere Hunde gerichtet war. Besonders auf meine. Er war sehr eingenommen von Jip und Jess, das hatte ich von Anfang an bemerkt, obwohl ich zugeben muss, dass er kein Geheimnis daraus machte. Er ging in die Hocke und streichelte sie, bevor er ihre Lefzen zurückzog, um in ihre Mäuler zu schauen. Auf den ersten Blick wirken die beiden klein, doch sie haben lange Schnauzen und spitze Zähne. Er nickte.

Gute Jäger, eure Hunde, wette ich, sagte er und sah Dad an. Dad nickte mir zu.

Griz' Hunde, sagte er. Und du hast recht. Die beiden sind der Tod jedes Kaninchens.

Und tatsächlich, wenn Jip und Jess einen Fehler hatten, dann, dass sie Kaninchen als besondere Herausforderung betrachteten und sie am liebsten den ganzen Tag gejagt hätten. Auf unserer Heimatinsel gab es keine Kaninchen – so war es schon mein ganzes Leben lang –, aber auf Sandray gab es ein paar Bauten. Und auf Uist wimmelte es nur so von Kaninchen – jetzt, da die Menschen verschwunden waren. Es war eine Besessenheit, die Jip und Jess von ihren Eltern geerbt haben mussten: Ihre Mutter Freya war eines Tages in den Dünen jagen gegangen und nie zurückgekommen, obwohl wir gesucht und gesucht haben. Ihr Vater Wode ist so alt, dass er sich inzwischen noch weniger bewegte als Mom, zu deren Füßen er den Großteil des Tages verschlief, aber früher war auch er ein stolzer Kaninchenkiller gewesen. Jip und Jess fingen schon eine halbe Meile vor dem Ufer an zu wimmern, wenn wir zu den großen Inseln fuhren, und waren immer als Erste von Bord, um durch die Dünen auf den Machair zu sausen, wo sich die Kaninchen sonnten. Das Einzige, was sie noch besessener jagten als Kaninchen, waren Ratten, und davon gab es in den leer stehenden Häusern jede Menge. Die Kaninchenjagd schien für sie ein Spiel zu sein. Sie jagten sie in mörderisch glücklicher Hingabe über Sand und Gras hin und her ... Ratten hingegen nahmen sie persönlich, als eine Art finstere Beleidigung, und ihre Angriffe auf sie waren definitiv Krieg und kein Sport. Wann immer wir ein leer stehendes Haus betraten, schickten wir die beiden zuerst hinein, um es von Ratten zu säubern.

Während er die Hunde streichelte, erzählte uns Brand, dass er seit dreizehn Jahren auf Reisen war und auf seiner Suche nach Menschen fast die ganze Welt gesehen hatte. Er war durch die Ostsee und in die Fjorde von Skandinavien gesegelt, dann war er den verlassenen Küsten von Europa gefolgt, den ganzen langen Weg bis hinunter nach Gibraltar und schließlich die atlantische Küste von Afrika entlang. Er war nicht ins Mittelmeer eingedrungen, obwohl er einige der schiffbaren Flüsse, die in den Kontinent führten, recht weit hochgefahren war. Wir beugten uns vor, während er erzählte, was er gesehen und was er nicht gesehen hatte – wie die drei Familien, die zusammen in einem großen, uralten Haus auf den Schären vor Stockholm gelebt hatten, einer Ansammlung von winzigen Inseln rund um die alte Hauptstadt von Schweden.

Als ich sie zuerst entdeckt habe, dachte ich, sie wären Geister, sagte er. Sie waren sich ähnlich wie Kopien – mit fahlen Augen und fahler Haut und wehendem weißblonden Haar, das an Wollgras erinnerte.

Er sagte, die Frauen wären sehr schön gewesen, aber er hätte sie unheimlich gefunden, und das nicht nur wegen der großen Ähnlichkeit, die die drei Familien inzwischen aufwiesen. Er sagte, sie hätten ein wenig zu oft gelächelt, und ließ es dabei bewenden. Es hatte ihm nichts ausgemacht, sie zurückzulassen, und es störte ihn auch nicht, dass er von ihnen nur ein paar seltsame Erinnerungen mitgenommen hatte, sowie die Angewohnheit, *Skol* zu sagen, wenn man sich zuprostete.

Er erzählte uns von einem unheimlichen Segelschiff, das er plötzlich an einem windlosen, trüben Tag auf der Nordsee entdeckt hatte. Es hatte abgedreht, kaum dass er auf sich aufmerksam gemacht hatte, um dann in einer Nebelbank zu verschwinden und nie wiedergesehen zu werden. Das alles war so schnell passiert, dass er es fast als Halluzination abgetan hätte, bis Minuten später sein in der Flaute liegendes Boot von der Bugwelle des mysteriösen Schiffs getroffen worden war, das sich – noch mysteriöser – scheinbar aus eigener Kraft bewegt hatte … obwohl es keinen Wind gab, den die Segel hätten einfangen können.

Er war in den Kanal gesegelt und die Seine hinaufgefahren, wo er nicht nur das verbrannte Paris gefunden hatte, sondern im Mündungsgebiet davor auch ein Dorf, wie er es vorher noch nie gesehen hatte. Es gab fünf oder sechs Familien, die lebten wie wir – als Fischer und Bauern.

Ich mochte sie sehr, sagte er. Ich dachte, eines Tages, wenn ich genug gereist bin, würde ich zurückkehren, ihre Sprache lernen und bei ihnen leben. Doch als ich zwei Jahre später wieder zu ihnen gesegelt bin, weil ich von meiner großen Reise nach Spanien und Afrika wieder nach Norden kam, waren sie verschwunden.

Kein Hinweis auf sie, sagte er. Und ihre Felder waren so überwuchert, dass sie genauso gut nie hätten da gewesen sein können. Sie hätten auch etwas sein können, das ich nur geträumt habe.

Und für einen Moment schienen seine Augen viel mehr zu sehen als das Feuer, das er eigentlich betrachtete.

Afrika, sagte Bar. War es heiß?

Ständig, antwortete er.

Ich würde gern reisen, sagte Bar und ignorierte den Blick, den Dad ihr zuwarf. Einfach, um zu wissen, wie es woanders aussieht.

Und dann stand Brand auf und sagte, er müsse mal zum Pissen nach draußen, und in meiner Eile, ihm die Baracke zu zeigen, in der unser Erdklosett lag, stolperte ich über die Sachen, die auf dem Boden verteilt lagen. In Wahrheit versuchte ich nur, ihn davon abzuhalten, als Erster vor die Tür zu treten, für den Fall, dass er Ferg überraschte. Ich wusste, dass er in der Nähe der offenen Tür stehen würde, um zuzuhören, was gesagt wurde.

Ich sah, wie er davonglitt, als ich in der Tür anhielt und vorgab zu niesen, um meinem Bruder Zeit zu erkaufen. Dann trat ich in das verblassende Licht des Abends und deutete auf die Außentoilette. Der Wind hatte nachgelassen, und der Regen war verklungen.

Da, sagte ich.

Brand betrachtete die hoch aufragende Baracke, die sich vor den anderen, niedrigen Außengebäuden abhob wie ein bunter Hund.

Nun, grinste er. Nur gut, dass du mitgekommen bist, um es mir zu zeigen. Allein hätte ich das nie gefunden.

Ich fragte mich, ob ich ihn wohl misstrauisch gemacht hatte, doch sein Lächeln entschärfte seine Worte. Ich beobachtete, wie er über das niedrige Heidekraut zur Toilette ging, und bemerkte, dass sein Blick dabei die ganze Zeit über die Insel glitt. Damals dachte ich, er wüsste, dass er beobachtet wurde.

Nach dem, was passiert ist und wie es passiert ist, bin ich mir nicht mehr so sicher. Aber das Ergebnis war genauso schlimm.

# 5
# MARMELADE

Das Stew roch gut. Die Gespräche um den Tisch herum waren noch besser, und die Aufregung, jemand Neuen zu haben, mit dem man sich unterhalten konnte, verlieh der gesamten Mahlzeit etwas Festliches. Wir halten immer noch an Feiertagen fest, weil Dad sagt, man muss den Verlauf der Zeit und der Jahreszeiten kenntlich machen – also feiern wir Geburtstage und Mittsommernacht und Weihnachten, auch wenn wir keine Religion dazu haben. Ich fühlte mich schlecht wegen Ferg, der draußen saß, versteckt und wachsam. Immer wieder sah ich zu Dad rüber, weil ich damit rechnete, dass er einlenkte und verkündete, dass sein anderer Sohn jede Minute zurückerwartet wurde. Das wäre das Signal für Ferg gewesen, noch eine Weile zu warten und dann reinzukommen – ganz unschuldig –, um sich uns fünfen am Feuer anzuschließen. Doch das tat Dad nicht.

Ich sah, wie auch Bar Dad fragend ansah, und bemerkte sein kaum wahrnehmbares Kopfschütteln. Ein paar Minuten später stand Bar auf und ging zu dem Topf hinter Brand, weil sie, wie sie sagte, zu wenig Kabeljau und zu viele Kartoffeln auf dem Teller habe. Ich war tief in ein Gespräch mit Brand versunken, sah aber, wie sie das kleine Fenster in der hinteren Wand neben dem Feuer öffnete und eine Schüssel in die Dunkelheit reichte.

Tut mir leid, sagte sie, als Brand sich umdrehte, weil er den kalten Zug im Nacken spürte. Hier drin war es ein wenig stickig.

Es ist nichts falsch an sauberer Luft und einer Brise am Rücken, sagte er. Ich war so lange auf See, dass ich einen Anfall von Ich-muss-hier-raus bekomme, wenn ich zu lange in einem Haus festsitze. Inzwischen kann ich gar nicht mehr an Land schlafen. Ich brauche die See, die mich wiegt, bis ich eindämmere.

Dad setzte sich neben Mum und fütterte sie, abwechselnd einen Löffel für sich und einen für sie, wie er es immer tat. Bar setzte sich auf die andere Seite und wischte Mum das Kinn ab, wenn sie kleckerte. Das war eine Routine, die für mich so normal war, dass ich bis dahin nie darüber nachgedacht hatte, dass andere sie seltsam finden oder es ihnen unangenehm sein könnte, es zu beobachten. Obwohl ich natürlich einen sehr geringen Teil meines Lebens überhaupt damit verbracht hatte, mir zu überlegen, was Fremde von uns und unserer Lebensart halten würden, da es so wenige von ihnen gab.

Brand allerdings schien sich nicht wohlzufühlen beim Anblick einer erwachsenen Frau, die gefüttert wurde wie ein Kind. Er wandte den Blick ab und entdeckte einen Stapel Bücher an einer Wand. Er ertappte mich dabei, wie ich ihn beobachtete, und fragte mich, wofür die Bücher waren, und dann fingen wir an, uns über sie zu unterhalten – für ihn eine Möglichkeit, Mom die Privatsphäre zu schenken, die sie seines Erachtens wohl verdient hatte. Als ich ihm erzählte, dass es meine Bücher seien, und zwar nur Romane – nichts, was irgendwer sonst für nützlich hielt –, fing er an, mich darüber auszufragen, welche ich mochte und warum. Es war ein ganz neues Gefühl, jemanden zu haben, der sich nach mir erkundigte … wahrscheinlich habe ich mich ihm deshalb geöffnet.

Ich sagte, ich mag besonders die Dystopien und alles über Apokalypsen, weil es immer interessant ist zu sehen, wie das Vorher dachte, dass das Danach aussehen würde. Er sagte, er kenne das Wort Dystopie nicht, also erklärte ich es ihm. Dann fragte er mich, welche die schlimmste sei, und ohne darüber nachdenken zu müssen, erzählte ich ihm von *Die Straße*, ein Roman über einen Dad und seinen Sohn, die durch etwas reisen, was ich für Amerika halte. Ich hatte von Anfang an gewusst, dass das Buch nicht gut enden würde … und das tat es auch nicht. Ich erzählte Brand davon, und er nickte, als hätte ich etwas sehr Weises gesagt, statt ihm nur die kurze Inhaltsangabe einer Geschichte zu geben.

Vielleicht ist es das, was in Amerika passiert ist, ganz zum Schluss. Vielleicht gab es nach dem Austausch genügend kräftige alte Bastarde, um diese Sorte Horror wahr werden zu lassen.

Ich hoffe es nicht, sagte ich, und meinte es ernst – das war eine Zukunft, in der niemand hätte leben sollen. Nicht mal die Leute, die verrückt genug waren, am begrenzten Austausch teilzuhaben.

Die Erwähnung des Austauschs brachte Dad zurück in unser Gespräch. Deswegen und weil Mom genug gegessen hatte, verlagerte sich das Gespräch wieder an den Tisch, als Brand fragte, welche Geschichten uns dazu überliefert worden waren. Dad sagte, niemand wisse, wer den Austausch angestoßen habe, und dass alle Beteiligten – also diejenigen, die überlebt hatten – hinterher behaupteten, es wären die anderen gewesen. Als die Welt noch mit sich selbst sprach, war das ungefähr das letzte Mal, dass sich Nationen darum sorgten, was andere Nationen über sie dachten, bevor sich alle endgültig sich selbst zuwandten. Fünf oder zehn Jahre später, sagte Dad, hätten sie einfach aufgehört, miteinander zu reden.

Brand nickte. Das ähnelte sehr dem, was ihm von seinen Eltern berichtet worden war.

Das war ungefähr siebzig Jahre nach der Kastration gewesen. Eine volle Lebensspanne nach Bibelzeit. Das weiß ich, weil einer der Kinderlosen das an die Wand der alten Kirche auf South Uist gesprüht hat und das Wetter die Buchstaben noch nicht ganz getilgt hat, obwohl die Schrift jedes Jahr, wenn wir daran vorbeikamen, blasser wirkte:

> *Unser Leben währet siebzig Jahre, und wenn's hochkommt, so sind's achtzig Jahre, und wenn's köstlich gewesen ist, so ist es Mühe und Arbeit gewesen; denn es fährt schnell dahin, als flögen wir davon. Psalm 90.10.*

Ich glaube, wer auch immer das geschrieben hat, befand sich tief in der Mühe-und-Arbeit-Phase seines Lebens, weil die Buchstaben gleichzeitig zittrig und wütend wirken. Bar sagt, es ist wie ein Aufheulen der letztgeborenen Generation.

Zu dieser Zeit war die Weltbevölkerung bereits dramatisch geschrumpft. Dad hat mir die Aufgabe in einem Mathetest gestellt, also kenne ich die Zahlen. Zur Zeit der Kastration gab es ungefähr 7,7 Milliarden Menschen. Siebzig Jahre danach war die Anzahl bereits auf weniger als zehntausend geschrumpft. Mir wird schwindelig, wenn ich versuche, mir so große Zahlen vorzustellen … und mir auszumalen, wie die Population unserer Spezies einfach eingebrochen ist, in einer Kurve, so steil wie die Klippe am Ende unserer Insel. Nach siebzig Jahren gab es noch genau achttausendfünfhundert. Nur dass die Sterblichkeitsrate natürlich schlimmer gewesen sein muss, weil noch jede Menge anderer Dinge schlecht waren.

Wir wissen eigentlich weniger über diese relativ jungen Ereignisse – wie den Austausch oder den Aufruhr oder den Hunger – als über das, was lange davor geschehen ist … weil alle zuverlässigen geschichtlichen Aufzeichnungen, die wir kennen, Bücher sind. Daran besteht kein Mangel. Doch nach der Kastration wurden Bücher seltener und seltener, bis sie fast vollkommen verschwanden, wie es auch die menschliche Population tat. Als hätten die Leute keinen Sinn mehr darin gesehen, für die Zukunft zu schreiben, obwohl es keine Zukunft geben würde. Oder sie schrieben im Internet – ein Spinnennetz aus elektrischen Netzwerken, die nicht mehr existieren. Also werden die wahren Geschichten der letzten Jahre mündlich weitergegeben, und obwohl sie uns zeitlich näher sind, wirken sie mehr wie Mythen und Legenden als alles, was vorher geschehen ist – weil diese früheren Dinge in Geschichtsbüchern festgehalten wurden. Wenn man Fremde trifft, redet man deswegen immer über diese letzten Tage des Vorher – den langen Abschied. Man vergleicht die Versionen dessen, was man ihnen erzählt hat, in der Hoffnung, dass der Neuankömmling ein unbekanntes Stück des Puzzles besitzt, das doch niemals vollendet werden kann.

Und die Geschichten, die in unserer Familie überliefert wurden, sind nicht gerade aus der Vogelperspektive erzählt, weil meine Vorfahren natürlich nur die Ränder von allem sehen konnten oder sie über weite Entfernung gehört haben. Für einen Teil dieser Zeit wurden sie außerdem sowieso von der Welt ferngehalten – nicht unbedingt in Lagern, aber auch nicht ganz frei, bis die Kinderlosen beschlossen, dass es keinen Sinn hatte, sie zu studieren, um die Kastration rückgängig zu machen … oder zu versuchen, die Welt mit ihnen neu zu besiedeln. Sie waren einfach so wenige. Das war der Zeitpunkt, zu dem Dads Eltern hierhergekommen sind, an den Rand von allem, um sich von der Welt fernzuhalten, bis sie verschwunden war. Ich glaube, sie haben das mehr aus Höflichkeit getan als aus anderen Gründen, weil Dad sagte, er erinnert sich daran, wie seine Mutter erzählt hat, dass die Kinderlosen – die inzwischen alle jenseits der fünfzig waren und langsam auf das Ende zuhielten – sie in ihrer Jugend und mit ihrer glatten Haut mit seltsamen Blicken angesehen hatten. Sie hatten zwischen Trauer, Eifersucht und einer nicht immer kontrollierten Wut geschwankt.

Sie haben die Tore geöffnet und uns gehen lassen, hatte sie gesagt. Und obwohl sie immer betont hatten, dass wir natürlich jederzeit gehen konnten, zeigte gerade, dass sie das extra sagen mussten, dass das Gegenteil wahr war. Also gingen wir. Und wir sind weitergegangen, bis wir Land und See zwischen uns gebracht hatten, und dann haben wir die Sache ausgesessen.

Alles auf einer Insel auszusitzen ist nicht seltsam, und es war auch nicht verrückt, sagte Dad.

Brand nickte, und natürlich sahen wir das alle ein: über Land zu reisen wurde im letzten Aufbäumen des Vorher immer unzuverlässiger und dann auch immer unsicherer.

Aber das Meer ist überall eine Straße, sagte Brand. Stolz schwang in seiner Stimme mit, als wären die Wasserstraßen sein persönliches kleines Königreich. Aber laut seiner eigenen Erzählungen war er halb um die Welt gesegelt, also hatte er sich dieses Recht vielleicht erworben.

Bevor das Land durch Straßen gezähmt wurde, waren diese Inseln nicht so abgelegen, sagte Dad. Einst waren sie wichtige

Orte auf den großen Durchgangsstraßen der wirklich alten Welt.

Das erzählte er oft. Deswegen kam einer der frühen christlichen Gottesleute und baute sein Haus auf etwas, das heute wirkt wie der abgelegenste Punkt der Welt, südlich von hier auf einer Insel namens Iona, von der ich gehört, die ich aber noch nie besucht hatte, erzählte Dad. Dieser Gottesmann tat das nicht, um sich von allem zu entfernen: Er positionierte sich in der Mitte einer viel befahrenen Wasserstraße.

Das stimmt. Und ich weiß das nicht nur, weil es eine von Dads liebsten Erzählungen ist, sondern weil ich es gelesen habe, in mehr als einem der Bücher, die wir besitzen.

Das Gespräch wandte sich den seltsamen Glaubenssystemen und Sekten und Religionen zu, die im langen Abschied an die Oberfläche drängten. Zuerst wurden die Irren irrer und diejenigen mit den längsten Stöcken immer ungeduldiger, und das führte zu Dingen wie dem Austausch. Der Austausch bedeutete den Abschied vom Öl aus dem Nahen Osten – aus den heißen, trockenen Ländern, die jetzt noch heißer und trockener waren. Dann gab es, vielleicht später, die Pedanten, die ihre Angelegenheiten geordnet hinterlassen wollten, für den Fall, dass sie den Verbliebenen damit helfen konnten. Oder dem Leben, das sich auf unserem Planeten entwickelt, nachdem wir alle verschwunden sind … wenn die Geschichte denn so endet. Die Pedanten haben eine große Samenbank in Spitzbergen und verschiedenen Gensafes hinterlassen, die sie Archen nannten, überall auf der Welt verteilt … doch sie haben auch angefangen, Dinge zu sammeln. Wie die Autostapel.

Und sie haben zumindest versucht, die alternden Atommeiler sicher zu machen, sagte Brand.

Das ist nicht so gut gelaufen, nicht überall, sagte ich, obwohl ich noch gar nicht wusste, was das in der Realität bedeutete. Als ich klein war und bevor ich so viel gelesen habe, habe ich immer, wenn sie ›nuklear‹ sagten, ›neu klar‹ verstanden und mich gefragt, wieso sie sich solche Sorgen um etwas machten, das so frisch und sauber klang. Dann habe ich gelernt, dass nuklear etwas Altes und Dreckiges meinte. Sehr dreckig. Und sehr, sehr langlebig.

Soweit ich gehört habe, sagte Brand, waren diese Pedanten das Gegenteil der Exzessiven. Die verdammten Exzessiven haben einfach beschlossen, alles aufzubrauchen … denn wer zum Teufel sollte es schon benutzen, wenn sie weg waren?

Sie haben alle Kuchen aufgegessen, sagte Dad. Eine alte Art auszudrücken, dass sie über jedes vernünftige Maß hinaus gierig waren.

Sie sind wahrscheinlich diejenigen, die am Ende die Hunde gegessen haben, sagte Bar.

Das ist ein schrecklicher Teil der Vorher-Geschichte, den ich nicht ganz glaube, obwohl Ferg schwört, dass Mom ihm erzählt hat, dass ihre Mutter es wirklich gesehen habe … und dass dies der Grund sei, warum Hunde fast so selten sind wie wir. Auch wenn das nicht erklärt, warum Hündinnen noch seltener sind.

Ich habe gehört, sie wurden vergiftet, als die Städte immer leerer wurden und die Menschen anfingen, sich davor zu fürchten, dass sie Rudel bilden und wieder wild werden könnten, sagte Brand. Ich weiß nicht, welche Geschichte wahr ist.

Keine davon ist gut, sagte ich.

Das Gespräch blieb auf diesen dunklen Pfaden, als Dad und Brand die von ihren Familien überlieferten Versionen der Vergangenheit verglichen. Beide stimmten darin überein, dass manche Leute sich selbst das Leben nahmen – überwiegend sanft, oft zusammen, um den Schmerz und die Hilflosigkeit zu vermeiden, wenn sie zu alt wurden und es keine leistungsfähigen jüngeren Menschen mehr gab, die sich um sie kümmern konnten.

Oder vielleicht sind sie einfach früher aufgebrochen, um dem Gedränge zu entgehen?, fragte ich. Ein Witz, den ich in einem der alten Bücher gefunden habe. Für mich ergab er gar keinen richtigen Sinn, weil ich noch nie eine Menschenmenge gesehen hatte, aber ich konnte aus dem Zusammenhang ableiten, dass es witzig sein sollte – und ich versuchte, gegenüber dieser neuen Ergänzung meines Lebens gegenüber clever zu erscheinen.

Brand und Dad sahen mich an, keiner von beiden lächelte. Ich zuckte in Bars Richtung mit den Achseln. Sie verdrehte die Augen, als wäre ich ein Kind, das nicht hätte versuchen sollen, sich in das Gespräch der Erwachsenen einzumischen.

Und andere haben sich einfach am Leben festgeklammert, so zäh wie Kletten, sagte Brand. Haben darauf gewartet, zumindest zu sehen, wie Armageddon aussieht, bevor sie in die lange Dunkelheit gehen.

Und jetzt sind sie alle weg, dachte ich, und dann merkte ich, dass Brand mich ansah, als könnte er meine Gedanken lesen. Er nickte.

Die letzte Welle, die Kinderlosen, ist gebrochen. Und dann herrschte das neue dunkle Zeitalter. Vielleicht, wahrscheinlich, das letzte dunkle Zeitalter. Er lächelte breit, als wollte er die Ernsthaftigkeit brechen, die unsere festliche Stimmung vertrieben hatte.

Du wolltest wissen, wie ein heißes Land ist?, fragte er Bar. Ich kann es dir zeigen.

Erneut griff er in seine Tasche, und diesmal musste er nicht groß graben. Er zog ein niedriges Glas heraus, das mit etwas gefüllt war, das so rötlich leuchtete wie sein Haar. Ich konnte sehen, dass es ein Gelee war, keine Flüssigkeit wie der Aquavit – als er das Glas neigte, bewegten sich die dunkleren Streifen darin nicht. Das Gelee erinnerte mich an die einzelne Bernsteinperle, die Mum um den Hals trägt und in der ein kleines Insekt gefangen ist. Erleuchtet vom Herdfeuer, sah der Inhalt des Glases aus, als hätte jemand in den Himmel gegriffen, ein Stück der sinkenden Sonne genommen und in ein Glas gefüllt.

Ist das Konfitüre?, fragte Bar.

Irgendwie schon – aber auch nicht, sagte er. Es ist Marmelade.

Wie die Katze?, fragte Bar und sah mich an. Die in dem Buch?

Bar hat uns immer ein Kinderbuch über eine Katze namens Marmelade vorgelesen. Das war Joys Lieblingsbuch, als wir klein waren – das und ein Buch namens *D'Aulaires' Buch der griechischen Mythen*. Das wurde so sehr geliebt, dass es auseinandergefallen ist und mit einer großen Papierklemme zusammengehalten werden musste. Ich weiß nicht, was damit passiert ist. Vielleicht hat jemand es versteckt, um nicht an Joy erinnert zu werden. Ich hatte seit Jahren nicht daran gedacht, aber die Erinnerung löste etwas in mir aus. Meine Augen brannten.

Ich wette, ihr habt so was noch nie gekostet, sagte Brand. Also Marmelade.

Sie wird aus Orangen gemacht, erklärte Bar, das Kinn vorgeschoben – eifrig bedacht zu zeigen, dass sie einiges wusste.

Habt ihr je eine Orange geschmeckt?, fragte er und sah uns nacheinander an.

Wir schüttelten die Köpfe.

Hier oben ist es wärmer als früher, sagte Dad, aber immer noch nicht warm genug für Zitrusfrüchte.

Zitrusfrüchte. Dad mochte es auch nicht, wenn Leute dachten, er wäre unwissend.

Brand öffnete den Deckel und hielt uns das Glas entgegen.

So ist ein heißes Land, sagte er. Füllt erst eure Nasen damit.

Wir beugten uns vor und atmeten tief ein. Es war ein Duft, wie ich ihn so noch nie zuvor gerochen hatte: sauber, aber würzig. Der Geruch hatte eine gewisse Schärfe, und doch wirkte er gleichzeitig sonnig, auf eine Art, die ich für wundersam hielt.

Ihr habt Brot und Butter, sagte er. Wir werden als Nachspeise Marmeladenbrote essen. Eine Leckerei. Als Dank für eure Gastfreundschaft.

Und dann lächelte er, breit und mit weißem Leuchten im dichten Wald seines Barts, und wackelte mit den Augenbrauen, so als wäre die ganze Welt ein guter Witz, und wir hätten Glück, zusammen darin zu leben.

Außerdem will ich euch Honig um den Mund schmieren, weil ich euch morgen zu meinem Boot bringe und den Spannungswandler zeige. Und dann will ich euch davon überzeugen, mir im Tausch dafür viel zu viel Fisch und Essen zu geben. Ich könnte sogar versuchen, euch davon zu überzeugen, mir diese schöne Hündin dort zu überlassen.

Bar schnaubte.

Nur über Griz' Leiche, sagte sie und erwiderte sein Lächeln.

Oh, dazu wird es nicht kommen, sagte er. War nur ein Gedanke. Aber sie ist ein sehr schöner Hund.

Wir werden etwas finden, das wir gegen den Spannungswandler eintauschen können – wenn es der richtige Spannungswandler ist, sagte Dad. Mir wurde klar, dass die Schärfe in seiner Stimme etwas damit zu tun hatte, dass es ihm nicht gefiel, wie sich die beiden anlächelten.

Deine Freunde auf Lewis haben gesagt, er wäre es, sagte Brand. Aber ihr werdet es selbst sehen. Morgen.

Das Brot wurde geschnitten, ein Stück Butter auf jede Scheibe gelegt, und dann verteilte Brand eine dicke Schicht Orangengelee darauf.

Was sind das für Stücke?, fragte Bar.

Die Schale, sagte Brand. Ich habe sie selbst geschnitten. Ich habe die Marmelade nach einem alten Rezeptbuch gekocht. Ich habe sie gemacht, als ich in Spanien war, wo es keine Leute gab, aber zu viele Orangen. In einem zerfallenen Hotel habe ich Zucker gefunden und ihn benutzt. Sie ist süß und doch auch sauer. Selbst wenn ihr sie nicht mögt, werdet ihr wissen, wie der Süden ist, wenn ihr sie geschmeckt habt.

Der Geschmack war geradezu schockierend intensiv, vielschichtig und komplexer als alles, was ich bisher gegessen hatte. Wie Brand gesagt hatte, schmeckte die Marmelade scharf und doch süß, aber nicht süß wie Honig: Sie hatte eine Intensität, die den ganzen Mund auszufüllen schien – aber ich konnte die Sonne darin nicht schmecken, weil die Süße sich in den Zahn fraß, den der Hammel hatte abplatzen lassen, und einen schmerzhaften Stich durch meinen Kiefer jagte.

Ich fühlte mich, als hätte mich dieser Mundvoll Brot gebissen, und obwohl ich das Gesicht verzog, merkte es niemand, weil alle diese neue Köstlichkeit auf ihre eigene Art genossen. Bar lachte. Dad hatte die Augen geschlossen, als wollte er die Welt ausschließen, um die Erfahrung umso mehr zu genießen. Brand sah meine Mutter an.

Ich klappte das Brot zusammen und versteckte das Sandwich in der Hand.

Erstaunlich, sagte Bar. Es ist wie ein Mund voller Sommer.

Schmeckt, wie es riecht, sagte Dad. Danke. Es ist wunderbar.

Besser als das Feuerwasser, sagte ich, weil anscheinend von jedem erwartet wurde, etwas zu sagen.

Mehr, nehmt mehr, sagte Brad und griff nach dem Brot. Sobald man das Glas geöffnet hat, verschwindet der Geschmack sehr schnell. Morgen wird sie schon schmecken wie Schlamm. Wir müssen sie genießen, solange noch Magie darin ist.

Ich entschuldigte mich, indem ich sagte, jetzt müsste ich mal pissen. Ferg stand draußen in der Dunkelheit, wo er zugehört hatte – und bevor er fragen konnte, gab ich ihm das Brot. Er grinste und boxte mir gegen den Arm, was seine Art war, Zuneigung zu zeigen.

Dann gingen wir hinter das Haus, und er aß das Brot. Ich beobachtete sein Gesicht dabei und sah das Glück, das es ihm schenkte.

Es schmeckt nach Sonnenlicht, flüsterte er. Es ist wundervoll.

Es tut meinem Zahn weh, sagte ich. Ich werde dir mehr rausschmuggeln, wenn ich kann … oder es verstecken, bis er schlafen geht. Er sagt, er schläft immer auf seinem Boot.

Ich hoffe, er ist müde, sagte Ferg und zog den Mantel eng um sich. Weil es langsam kalt wird hier draußen.

Ich weiß nicht, ob Dad ihm schon vertraut, sagte ich.

Das ist Dad, der Dad ist, antwortete er. Aber das ist okay. Geh zurück, bevor er sich wundert, wo du geblieben bist.

Als ich zurückkam, redete Brand mit Dad über den Spannungswandler, und Dad lächelte und gähnte und sagte, morgen wäre früh genug, um über den Handel zu reden. Bar aß ihr zweites Sandwich, und Mum war eingeschlafen.

Bar und ich räumten den Tisch ab, und ich steckte das Sandwich ein, das sie für mich übrig gelassen hatten. Bar sah es und nickte stumm. Sie wusste, dass ich es für Ferg aufhob. Dass ich meines wegen meiner Zahnschmerzen nicht gegessen hatte, wusste sie nicht.

Dad gähnte wieder und sagte, es wäre Zeit zum Schlafen, dann fing er an, Mum in ihr Schlafzimmer zu bringen. Er schüttelte sie wach und führte sie vor sich her. Er sagte Brand, dass er gern an Land schlafen könnte, doch Brand meinte, er würde noch bleiben und sich mit Bar und mir unterhalten, um dann wie immer auf seinem Boot zu schlafen.

Bar gähnte inzwischen auch, und als Brand und ich uns weiter über die Bücher unterhielten, die ich mochte, und über diejenigen, die er gelesen hatte, sank ihr Kopf nach unten, und sie schlief neben mir am Tisch ein. Ich sprach einfach weiter – und jetzt weiß ich, dass ich diese neue Freundschaft auch genoss, weil ein neuer Freund für mich ungefähr so exotisch war wie für die anderen die Marmelade.

Während wir uns unterhielten, wuschelte Brand Jess durchs Fell und kraulte sie hinter den Ohren. Sie lehnte sich an ihn. Ich fühlte einen weiteren Stich in der Brust, aber Hunde sind offenherzig, und man ist nicht eifersüchtig auf die Zuneigung eines Hunds, also verdrängte ich das Gefühl und fing an, den Tisch fürs Frühstück zu decken. Ich kann mich nicht genau erinnern, über welches Buch wir gesprochen haben, und wir redeten noch eine ganze Weile, als warteten wir beide darauf, dass der andere zugab, müde zu sein. Nur wollte keiner von uns der Erste sein. Ich erinnere mich daran, über eine Zeile in einem anderen Buch namens *Das Tal des Lebens* gesprochen zu haben, die mich beunruhigt hatte. Der Satz, um den es ging, stand nicht im hinteren Teil der Geschichte, wo die

Gesellschaft auseinanderfällt und die Leute anfangen, sich umzubringen, zu vergewaltigen und wieder in wilde Tiere zu verwandeln. Der Satz stand weiter vorne im Roman, bevor das Gras und der Weizen und alle anderen Nutzpflanzen verkümmerten und die Hungersnot begann. Es war ein einfacher Satz, etwas wie »Die Kinder kamen zum Halbjahr nach Hause und fuhren für einen Urlaub ans Meer«. Das unterschied sich so sehr von meiner Danach-Welt, dieses Vorher, als Kinder von zu Hause weggeschickt wurden, um in eine Schule zu gehen. Alles, was ich gelernt hatte – und das war eine Menge, weil Dads Leibowitzen bedeutete, dass er darauf bestand, dass wir unsere Hirne mit allem füllten, was nützlich war und nicht verloren gehen sollte –, hatte man mir in meinem Zuhause oder in Sichtweite davon beigebracht. Und für einen Urlaub ans Meer fahren? Noch nie in meinem Leben hatte ich das Meer *nicht* gesehen, nicht mal einen Tag lang. Ich habe keine Ahnung, wie das wäre. Die See ist in meinem Blut.

Brand nickte, dann hob er die Hand und stieß seine Faust gegen meine. Ich erzählte ihm, dass ich nicht wusste, ob ich noch frei atmen könnte, wenn nicht wenigstens am Horizont Wasser glitzerte.

Das kannst du laut sagen, meinte er.

Das sind die letzten Worte, an die ich mich erinnere, weil ich dann wohl gegähnt habe und an Ort und Stelle eingeschlafen bin, töricht gewärmt vom Feuer und dem Gefühl, einen neuen Freund gefunden zu haben.

Ich wusste nicht, dass ich mich irrte. Oder wie bald ich herausfinden sollte, wie frei ich entfernt von der Sicherheit der See atmen würde.

# 6
# DER DIEBSTAHL

Schon beim Erwachen wusste ich, dass irgendwas absolut nicht stimmte. Mein Kopf tat weh, und als ich vor dem erloschenen Feuer auf die Füße stolperte, war es, als hätten meine Beine vergessen, wie sie zusammenarbeiten mussten. Im Haus war es still, niemand sonst war wach. Doch draußen hörte ich Geräusche, die mich aus der Tür und in den Nieselregen stolpern ließen.

Das Boot mit den roten Segeln lag nicht mehr an seinem Platz.

Es umrundete gerade die Landzunge im Süden der Bucht, schon fast außer Sicht, sodass der Bug bereits hinter den Felsen verschwand. Brand stand am Ruder und entdeckte mich im selben Moment wie ich ihn. Und in der Sekunde, bevor er hinter dem vorragenden Land verschwand, lächelte er. Seine Zähne leuchteten im Rot seines Barts auf, dann zuckte er mit den Schultern und winkte kurz, bevor er verschwand.

Zwei Dinge sorgten dafür, dass ich wie angewurzelt stehen blieb – neben dem Umstand, dass er verschwand, ohne sich zu verabschieden oder um den so angepriesenen Spannungswandler zu verhandeln. Das eine war, dass er die Regenjacke meines Vaters trug, die gute gelbe mit der spitzen Kapuze, was mir vollkommen rätselhaft erschien. Das zweite war die späte Erkenntnis, was sein Lächeln, sein Achselzucken und das kurze Winken bedeutet hatten: Es war eine Verabschiedung und gleichzeitig ein seltsames, fast gut gelauntes Eingeständnis von Schuld. Ehrlichkeit war in diesem Bild ein Strich, während die Unehrlichkeit im rechten Winkel dazu lief, wie die Kett- und Schussfäden in Fergs Webarbeiten. Brand war in diesem Moment zwei Dinge gleichzeitig. Doch nur eines zählte.

Er hatte meinen Hund gestohlen.

Das wurde mir mit eisiger Klarheit bewusst, als ich Jip allein im Wasser sah, wie er bellend weit draußen in der Bucht schwamm – so weit draußen, dass er gefallen oder von dem Boot geworfen worden sein musste, in dessen Kielwasser er um Auftrieb kämpfte. Ich sah seinen Kopf auf- und absteigen, hörte sein schrilles Kläffen und wusste, dass Brand Jess mitgenommen hatte, die nirgendwo zu entdecken war.

Und dann brüllte ich, um die anderen zu wecken, und rannte zum Dory. Brand hatte unsere Boote nicht losgeschnitten, aber er hatte die Ruder ins Wasser geworfen, wo die Ebbe sie langsam aufs Meer zog.

Im Laufen bemerkte ich, dass die Trockengestelle, die voller Fisch gewesen waren, jetzt leer standen. Er hatte auch unser Essen gestohlen.

Die Kälte des Wassers biss mir in die Haut, als ich mich hineinwarf, um die Ruder zu holen. Dann platschte ich zurück zum Dory und wollte es gerade losbinden, um zu meinem Boot zu fahren. Es lag im Windschatten der Felsen, die Brand gerade umrundet hatte – doch als ich tief durchatmete, stellte ich fest, dass Jip es auch aus eigener Kraft an Land schaffen würde. Da kam mir ein anderer Gedanke: Was sollte ich tun, wenn ich Brand eingeholt hatte? Ich musste nicht darüber nachdenken, ob ich ihm folgen sollte, um Jess zurückzuholen: Das war ein natürlicher Reflex. Mein erster Gedanke war, Jip aus dem Wasser zu ziehen, dann an der *Sweethope* die Segel zu setzen und die Jagd zu beginnen, ohne noch einen Moment zu warten … weil ich wusste, dass jede Sekunde Verzögerung mehr Wasser zwischen mir und meine Beute bedeutete.

Doch dann wurde mir klar, dass ich vielleicht eine Waffe brauchen würde, also ließ ich das Ruderboot angebunden und rannte zurück zum Haus, um meinen Bogen und ein Gewehr zu holen. Während ich lief, packte mich die plötzliche Sorge, die anderen könnten tot sein – weder sah ich jemanden, noch reagierte irgendwer auf meine Rufe oder Jips Bellen.

Aber sie waren nicht tot. Sie standen unter Drogen, und nach dem Wachschütteln mussten sie sich übergeben und waren desorientiert. Brand hatte sie in den Schlaf gezwungen, indem er irgendetwas in die Marmelade getan hatte. Dieser sture Hammel, der mir am Tag zuvor den Zahn zerbrochen hatte, hatte mich gerettet … denn ohne den Schmerz hätte auch ich genug Marmelade gegessen, um so betäubt und nutzlos zu sein wie die anderen. Brand wäre einfach entkommen, und wir hätten nie erfahren, in welche Richtung er aufgebrochen war oder wie wir ihn finden sollten.

Es sollten noch Tage kommen, in denen mir klar wurde, dass das nicht die schlechteste Lösung gewesen wäre. Doch zu diesem Zeitpunkt, in diesem Moment voller Adrenalin und Wut und erfüllt vom Gefühl des Verrats, konnte ich nur daran denken, so schnell wie möglich die Verfolgung aufzunehmen. Ich versuchte es Bar zu erklären, die noch am wenigsten von der Marmelade betroffen war, während ich gleichzeitig Essen in eine Tasche stopfte. Dann küsste ich Mum, die mich vollkommen leer anstarrte, aber meine Hand drückte, als ich sagte, dass ich aufbrechen und mit Jess zurückkommen werde. Ich nahm Fergs Gewehr und vergewisserte mich, dass er auf der Seite lag, damit er nicht an seinem eigenen Erbrochenen erstickte, bevor er aufwachte. Dann schnappte ich mir meinen Bogen und den Köcher mit Pfeilen von dem Haken neben der Tür und rannte zum Dory, wo Jip auf mich wartete und ungeduldig bellte.

Dad versuchte mich aufzuhalten. Er stolperte hinter mir her und murmelte etwas davon, dass er mich begleiten werde und ich warten solle, bis sein Kopf wieder klar sei. Und dann beugte er sich vor und erbrach sich, gab offenbar alles von sich, was er je gegessen hatte, und ich sagte, ich könne nicht warten. Er mag mich gehört haben oder auch nicht, weil er vornübergebeugt stehen blieb und würgte, während Bar herauskam und ihn stützte. Und dann drehte ich mich einfach um und ließ sie zurück, rannte auf Jip und das Ruderboot zu, und innerhalb von vier Minuten hatte ich die *Sweethope* erreicht, schob den Hund über die Reling, folgte ihm in den Steuerstand und warf meine Tasche über die Kajütenleiter nach unten in die kleine Kabine. Zwei weitere Minuten später hatte ich die Leinen von der Boje gelöst und kreuzte auf das offene Meer, ständig auf der Suche nach diesem auffälligen, verräterischen Rot.

Ich war so darauf konzentriert, diesen kleinen Fleck Farbe aufzuspüren, der sich inzwischen auf halber Strecke zum Horizont befand, dass ich, als ich ihn endlich entdeckte und es wagte, mich umzudrehen, um zu winken, bereits die Landzunge umrundet hatte und mein Zuhause nicht mehr sehen konnte.

Ich war aufgebrochen, ohne mich zu verabschieden.

Ohne mir ihren Segen zu holen.

Oder auch nur zu wissen, ob sie sich wieder erholen würden.

So schnell kann man aus seinem sicheren Leben herausfallen – und nichts von dem, was man gewusst hat, wird je wieder gleich sein.

Aber solche Gedanken kamen mir erst später.

In diesem Moment, in der großen, leeren Welt, war alles, was für mich und Jip, der zitternd an der Spitze des Bugs stand, zählte, dieser kleine rote Punkt in der weiten See vor uns.

So begann die Jagd.

Zu diesem Zeitpunkt war alles noch einfach.

Da dachten wir noch, wir würden einfach einen Hundedieb jagen. Es war, bevor wir in das leere Hauptland eindrangen und feststellten, dass wir etwas ganz anderes jagten – etwas, von dem wir gar nicht wussten, dass wir es verloren hatten.

Darum ging ich dorthin, wo ich gewesen bin. In die Ruinen unserer verlassenen Welt. Um zu sehen, was ich gesehen habe, und zu tun, was ich getan habe.

Und so bin ich hier gelandet. Allein. Ohne irgendwen, mit dem ich reden kann, abgesehen von einem Foto eines vor langer Zeit verstorbenen Jungen mit seinem Hund und seiner Schwester. Mit nichts anderem zu tun als das alles für Leute aufzuschreiben, die es nie lesen werden.

Einsamkeit ist eine ganz eigene Art von Wahnsinn.

Wie die Hoffnung.

# 7
# VOR DEM WIND SEGELN

Ich konnte keine roten Segel sehen. Der Wind blies aus Nordosten, und Brand hatte den Windschatten der großen Klippe hinter unserer Insel eine gute Viertelstunde hinter sich gelassen, bevor es mir gelang, die *Sweethope* von der Boje zu lösen. Mein Boot war klein genug, auch wenn man es vielleicht Jacht hätte nennen können. Man konnte die *Sweethope* allein steuern, wenn man schnell genug auf den Beinen war und wusste, was man tat – aber natürlich lief sie mit zwei Leuten immer etwas glatter. Und die beiden Betten unter Deck erinnerten mich immer daran, dass das Boot für zwei gedacht war. Aber ich war daran gewöhnt, sie allein zu steuern. Als ich es aus der Bucht schaffte und die Felsen im Süden umrundete, hatte Brand bereits jeden verfügbaren Fetzen Segel setzen können. Er konnte mit voller Kraft vor dem Wind segeln, womit er mehr und mehr See zwischen sein Boot und meinen Hund und mich brachte, während ich noch darum kämpfte, in den Wind zu kommen.

Und kämpfen war das richtige Wort. Es war, als kämpfte sich mein Boot durch ein Moor. Ich wusste, dass das nur an meinem Frust lag – doch die See um uns herum wirkte so klebrig, als versuchte sie, am Heck zu ziehen, um uns zu verlangsamen. Ich glaube, Jip empfand das ähnlich. Er stand an der äußersten Spitze und bellte seine eigene Frustration in die Meereswüste vor uns. Ab und zu sah er zu mir zurück, als könnte ich etwas an unserem langsamen Fortkommen ändern.

Die Sicht war gut, und ich hätte Brand eigentlich sehen müssen, während ich den Blick über die leere See vor meinem Schiff gleiten ließ. Doch da war nichts. Angesichts der Stärke und der Richtung des Winds ergab es Sinn, dass er nach Süden fuhr, also konzentrierte ich mich darauf, Fahrt aufzunehmen, mit so viel Segel, wie das Boot ertragen konnte. Und dann, als ich endlich spürte, wie sich die Luft in den Segeln verfing, und hörte, wie das Wasser neben dem Kiel rauschte, duckte ich mich in die Kabine, um den Fernstecher zu holen.

Jip musste Brand vor mir entdeckt haben, weil er aufhörte zu bellen und einfach steif im Bug stand, die Nase nach vorne gerichtet, die Hinterbeine auf eine Art zitternd, die Dad den Terrier-Tremor nannte und ich immer als unterdrückte Aufregung gedeutet hatte. Eine Minute später entdeckte ich die Segel ... weit vor uns und auf dem Weg zum Horizont.

Als ich sie endlich sah, passierte irgendwas mit meinem Magen – erst machte er einen seltsamen Sprung, dann schien er sich zu verkrampfen. Ich glaube, hätte ich die Segel nicht wiedergesehen, wären Brand und sein Diebstahl zu einem Albtraum geworden, der mich für den Rest meines Lebens verfolgt hätte. Auch wenn dieses Leben vielleicht länger gewesen wäre als das, auf das ich jetzt hoffen kann. Ich hätte angefangen zu glauben, sein Verschwinden wäre zu plötzlich, zu unmöglich gewesen, um real zu sein ... und hätte mich vielleicht sogar gefragt, ob da etwas Übernatürliches im Spiel war. Das war nach dem Sprung und dem Krampf, die ich in meinem Bauch spürte – Erleichterung darüber, dass die rationalen Wände, die ich so sorgfältig um meine Weltsicht aufgebaut hatte, gehalten hatten. Vielleicht habt ihr in eurer geschäftigeren Welt mit mehr Ablenkungen wie Internet und Fußballspielen und anderen Leuten den Sog des Unheimlichen nie so drängend empfunden wie ich. Jetzt, da ich allein bin und hier festhänge, ohne eine Aufgabe außer der, all das aufzuschreiben und nachzudenken, wird mir erst klar, wie viel Zeit ich früher mit der Nase in einem Buch verbracht habe, um die Leere meiner Welt zu füllen und mich durch die Schrift von der Dunkelheit in den Schatten hinter mir ablenken zu lassen. Ich habe viel Mühe darauf verwendet, mir den Glauben an das Übernatürliche zu verbieten. Das haben wir wohl alle getan. Unter all den Geschichten, die wir uns abwechselnd am Feuer vorgelesen haben, waren niemals Geistergeschichten. Und das war kein Fehler. Jedes leere Haus, an dem wir vorbeigekommen sind, hätte mühelos voller Geister sein können – wenn wir uns denn entschieden hätten, so zu denken. Aber hätte Brand sich einfach in Meeresluft aufgelöst, hätte das wahrscheinlich einen ersten Riss in meinen Schutzmauern erzeugt.

Das andere Gefühl in meinem Bauch war Angst. Nicht so sehr Angst vor Brand selbst – mein Blut kochte immer noch vor Wut –, sondern eine Angst vor dem, was ich jetzt tun musste. Die Wahrheit lautete, dass ich keinen Plan hatte. Ich hatte ein Ziel, nämlich, meinen Hund zurückzubekommen. Mein Blick fiel auf das Gewehr und den Bogen, die ich in die Kabine geworfen hatte. Ich hatte keine Angst um mich. Ich war jung und wütend genug, um keine Furcht zu empfinden, obwohl das nichts mit Mut zu tun hatte: jung und wütend ist nicht dasselbe wie mutig. Ich hatte in diesem Moment keine Angst vor Brand ... und das war eine weitere Dummheit. Die Angst war eine Angst vor mir selbst. Davor, wie weit ich gehen würde.

Du, auf dem Bild, das ich gefunden habe, hast in deiner Miene nichts als Lachen und Sonnenschein. Deine Augen leuchten, während du in deinem Sprung mit weit ausgebreiteten Armen und Beinen in der Luft hängst, für immer leichter als sie, gefangen zwischen Gras und Himmel, zwischen einer Schwester und einem Hund, die dich lieben. Deine Gedanken können niemals diese plötzliche finstere Last getragen haben, die ich empfand, als ich das Gewehr ansah.

Eine Jagd auf See mit dem Wind im Rücken dauert lange, und es bleibt einem jede Menge Zeit zum Nachdenken, während die Meilen vorbeisausen. Im offenen Meer, das sich zwischen den letzten Ausläufern unserer Heimat und den südlichen Inseln und dem großen Festland ausbreiten, war es außerdem kalt. Ich hatte einen langen ärmellosen Mantel in der Kabine, aus drei zusammengenähten Schafshäuten, mit der Wolle nach außen. Ich holte ihn und nahm meinen Gürtel dazu, um den Mantel geschlossen zu halten. Der Geruch der Wolle erinnerte mich an zu Hause. Genau wie die Kappe, die ich mir über die Ohren zog – ein dehnbares gestricktes Ding, das Bar für mich genäht hatte, aus einem alten Pulli, den wir im letzten Sommer gut erhalten in einer Plastiktüte ganz hinten in einem großen Schrank in einem niedrigen Haus auf Eriskay gefunden hatten. Die Fäden waren mehr als ein Jahrhundert alt, und Bar hatte unendlich oft übergenäht, damit es hielt ... sodass die Mütze ebenso sehr aus Naht wie aus Stoff bestand. Aber da war etwas von ihr in jedem dieser Stiche, also fühlte ich mich ein bisschen weniger allein, wenn ich die Mütze trug. Ich hatte Bar den gesamten Winter dabei beobachtet, wie sie daran arbeitete, und war ganz versessen darauf gewesen, sie zu besitzen. Und dann schenkte sie mir die Mütze unerwartet und fast beiläufig, als wäre das gar nichts.

Du brauchst eine Mütze, sagte sie. Und das war's. Nur dass es für einen Moment – und um ehrlich zu sein, noch lange Zeit danach – alles war. Bar redete nicht viel, aber sie tat eine Menge. In ihren Handlungen zeigte sie, was sie dachte, und dieses Wissen hielt mich genauso warm wie die Mütze selbst.

Der Gedanke an Bar brachte mich dazu, noch einmal in die Kabine zu gehen und die Makrelen-Leine zu holen. Es ließ sich nicht vorhersehen, wie lange diese Jagd dauern würde, und Bar hätte gesagt, dass es sinnlos sei zu hungern. Ich konnte mehr als eine Sache gleichzeitig tun.

Allerdings nicht gut, wie sich herausstellte, weil ich beim Packen der Leine einen scharfen Schmerz fühlte, während sich einer der Haken tief in meinen Finger bohrte.

Ich hatte keine andere Wahl, als die Zähne zusammenzubeißen und meinen Leatherman herauszuholen. Der Leatherman ist immer in meiner Nähe, genau wie die Hunde. Er gehört zu meinen wertvollsten Besitztümern – ein relativ kleines, längliches und immer noch rostfreies Stahlrechteck, das man auffalten kann, um dann eine Zange und einen Drahtschneider zu entdecken, mit zusätzlichen Klingen und Sägen und Schraubenziehern und jeder Menge nützlicher Werkzeuge in den Griffen. Ich habe ihn im Handschuhfach eines verrottenden Autos auf Eriskay gefunden. Ein wunderbar nützliches Teil. Ich verfluchte mich für meine Dummheit, während ich den Haken durch das Fleisch an meinem Finger schob, bis das Metall sichtbar wurde, dann durchtrennte ich den Haken mit dem Drahtschneider. Erst dann konnte ich den Rest des Metalls entfernen, ohne mir selbst das Fleisch aufzureißen.

Als ich mit meiner Hakenentfernung fertig war, ragte die lang gestreckte Landmasse der nächsten zwei Inseln vor mir auf, und ich warf die Makrelen-Leine über Bord. Ich musste immer ein Auge auf die weit entfernten roten Segel halten … die plötzlich eher zu einer Tarnung wurden, als sie sich vor das Land schoben. Als die Lücke zwischen den Inseln sichtbar wurde, die die lange Masse in zwei Teile trennte, hatte ich dreizehn ausgenommene Fische in einem Eimer vor meinen Füßen, und meine Hände waren blutig von der Arbeit.

Es gibt einen alten Leuchtturm an der Küste, und als ich daran vorbeifuhr, wurde mir klar, dass ich mich jetzt weiter nach Süden vorwagte als jemals zuvor in meinem Leben. Die Insel auf der anderen Seite war wie Barra – man durfte sie betrachten, aber nicht betreten. Als wir das letzte Mal so weit nach Süden gesegelt waren, hatten wir in dem umgestürzten Dickicht aus Windmühlen am Ende des Eilands nach Turbinenteilen gesucht. Doch plötzlich war das Meer erfüllt gewesen von den treibenden Kadavern von Robben, vielleicht dreißig oder so. Wir hatten sie gerochen, bevor wir sie entdeckt hatten – und als wir sie sahen, wendete Dad das Boot, mit dem Kommentar, dass die See hier sauer war. Die saure See war der Grund, warum wir nie wieder hierhergekommen sind.

Damals war ich noch klein gewesen und aufgeregt, dass ich auf eine Expedition mitgenommen wurde. Ich hatte gedacht, ich würde ohne einen exotischen Fund nach Hause zurückkommen müssen, vielleicht gewikingert aus der kleinen Hafensiedlung an der östlichen Seite der Insel. Stattdessen nahm ich etwas anderes, ebenso Unvertrautes mit nach Hause – die Erinnerung an die Angst, die über das Gesicht meines Vaters gehuscht war, bevor er daran gedacht hatte, sie zu verbergen.

Weder wirkte die See sauer, noch konnte ich irgendwo aufgedunsene Robben-Bäuche entdecken. Die Luft war frisch, und der Wind blieb stark. Nur das Licht begann zu verblassen, als ich die Entscheidung traf, die letztendlich alles veränderte. Zu diesem Zeitpunkt erschienen mir die Möglichkeiten relativ überschaubar – nur eine Navigationsentscheidung, um die Meerenge vor mir bestmöglich zu durchsegeln, ohne auf Grund zu laufen. Weil ich diese südliche Grenze meiner Welt noch nie überschritten hatte.

Irgendwo in meinem Hinterkopf erklärte mir eine Stimme, dass ich an dieser Grenze besser umdrehen sollte. Ich sah Jip an und dachte an Jess. Sie war genauso zäh wie er … aber während Jip immer einen kleinen Teil seines Selbst für sich behielt – selbst wenn er einem erlaubte, ihn zu kraulen, oder sich entschloss, in den Wintermonaten an mich gekuschelt zu schlafen –, schenkte Jess sich ganz her, ohne etwas zurückzuhalten. Ihr Schwanz wedelte ein wenig schneller, und sie rannte immer ein kleines Stück vor Jip, wenn die beiden heraneilten, um uns zu begrüßen, wenn wir nach Hause kamen. Die Stimme in meinem Kopf fragte sich, ob es vielleicht an ihrer unvorsichtigen Natur lag, dass sie sich von Brand hatte schnappen lassen. Doch an ihre freundliche Art zu denken sorgte nur dafür, dass mir Tränen in den Augen brannten, also verdrängte ich die Stimme, bis ich sie nicht mehr hören konnte, und hielt in der unbekannten Passage vor mir nach Untiefen oder Schären Ausschau. Und indem ich mich auf die anstehende Aufgabe konzentrierte, segelte ich über die bekannten Grenzen meiner Welt hinaus, ohne den Moment wahrzunehmen, in dem es wirklich geschah.

Jenseits der Meerenge zwischen Coll und Tiree änderte sich alles. Der Himmel verdunkelte sich, und der Wind, der konstant in meinem Rücken geblasen hatte, wurde wechselhaft und schwierig. Als hätte auch er gespürt, dass wir eine unsichtbare Linie übertreten hatten, ließ Jip den Kopf sinken und rollte sich neben mir auf der Bank zusammen. Er schloss die Augen nicht, sondern ließ nur seine Schnauze auf die Pfoten sinken, seufzte und starrte dann fatalistisch an die leere Wand des Steuerstands vor sich. Sein Blick wirkte ein wenig entmutigend, doch die gesellige Wärme an meinem Bein war mir sehr willkommen.

Die mächtigen, gleichmäßigen Wogen der normalen Atlantikdünung hatte die *Sweethope* gut durchschnitten, doch im Schutz der Düneninseln veränderten sich die Bewegungen des Boots. Es begann zu rollen, als sich das Wasser um uns herum zu unangenehmem Wellengang aufbaute. Den Großteil des Tages über war die Sicht gut gewesen – doch jetzt wirkte es, als würden mehrere Regenschauer zwischen den Inseln hin und her geworfen und warteten nur auf unsere Ankunft. Innerhalb von fünf Minuten wurde einer dieser Schauer durch die Lücke zwischen uns und den roten Segeln geweht … und dann wurden wir mit kurzen, aber scharfen Regensalven beschossen, die so schnell über uns hereinbrachen, dass mir kaum genug Zeit blieb, meine Ölzeugjacke wieder über die Schafhaut zu ziehen. Jip sprang von der Bank und rutschte mit kratzenden Krallen in den Schutz der Kabine, wo er sich Nase an Po auf einen Haufen Fischernetz legte, aber so, dass sein Blick durch die schmale Luke auf mich gerichtet blieb.

Die Sicht auf der anderen Seite des Regenschauers war wieder gut genug, um zu erkennen, dass die roten Segel von der größeren Regenbank vor uns verschluckt worden waren. Ich schob die tropfende Kapuze der Ölzeugjacke nach hinten und starrte in das Wetter, zum ersten Mal nicht mehr in der Lage zu sehen, was wir jagten. Ich wusste, dass es da sein musste. Meine Sicht war nur kurz eingeschränkt gewesen, nicht ansatzweise lang genug, damit Brand hätte entkommen können – also verunsicherte mich die Abwesenheit der Segel.

Wenn ich jetzt zurückblicke, kann ich nicht fassen, wie dumm meine Wut mich gemacht hat. Abgesehen von Streitigkeiten mit meiner Familie – die für uns so natürlich waren wie das Wasser für die Fische –, hatte ich keinerlei Erfahrung mit ernsten Auseinandersetzungen … noch dazu mit einem Fremden, der mir Böses wollte. Dass ich das Gewehr mitgenommen hatte, bedeutete, dass ich mir irgendwo im Hinterkopf bewusst war, dass Gefahr drohte; doch der Bogen und die Pfeile begleiteten mich immer, so wie ihr in eurer volleren Welt überall ein Telefon mit euch herumgetragen habt. Es geht schneller, ein Kaninchen zu erschießen, als eine Schlinge dafür auszulegen, wenn man ohne Nahrung weit von zu Hause festhängt. Tiere für den Topf zu erlegen war uns zur zweiten Natur geworden, egal, ob wir uns auf unserer Insel aufhielten oder nicht.

Die roten Segel nicht zu sehen war besorgniserregend, riss mich aber auch aus meinem einspurigen Denken. Ich musste über andere Wege nachdenken, die meine Zukunft vielleicht einschlagen könnte. Obwohl Brand bei meinem letzten Blick auf ihn dieses nervtötende Lächeln gezeigt hatte, musste ich darüber nachdenken, dass er mich vielleicht verletzen würde. Davon ging ich allerdings nicht wirklich aus. Wenn er diese

Art Monster gewesen wäre – die Art, über die ich so viele Geschichten gelesen habe –, hätte er uns einfach alle im Schlaf ermordet und unser Haus in aller Ruhe geplündert. Doch er hatte uns nur bestohlen und dann versucht, sich davonzuschleichen, bevor wir wieder aufwachten. Also war er ein Dieb, kein Killer. Doch wenn man ihn konfrontierte, konnte auch ein Dieb gewalttätig werden.

Wie sich herausstellte, ist es sehr dumm, ohne guten Plan zu einer Jagd aufzubrechen. Es ist fast so dumm wie zu glauben, man wäre clever. Wäre ich clever gewesen, wäre ich entweder wieder nach Hause gesegelt, oder ich wäre ihm gefolgt, bis wir uns nah genug gekommen waren, um reden zu können. Um ihn dann zu erschießen. Ich war niemand, der leicht aufgab. Aber ich war auch kein Killer.

Beides stimmt heute noch.

Mein cleverer Plan lautete, Feuer mit Feuer zu bekämpfen. Ich vertraute nicht darauf, Brand seinen Diebstahl ausreden zu können. Und ich wäre nicht fähig, ihn zu besiegen, wenn es zu Gewalttätigkeiten kam. Also hatte ich beschlossen, den Dieb zu bestehlen. Das brauchte List und Schläue. Ich wusste, dass ich eines davon besaß, und dachte, ich besäße auch das andere. Idealerweise bedeutete es auch, nicht gesehen zu werden, was auf offener See wirklich nicht einfach ist. Aber als ich mich umsah, wurde mir klar, dass wir uns gar nicht mehr auf dem offenen Meer befanden, sondern zwischen den Inneren Inseln. Die Sonne ging in meinem Rücken unter und musste Brand direkt in die Augen leuchten. Noch besser: Die dunklen Formen von Coll und Tiree lagen direkt in meinem Rücken, während die Sonne hinter den niedrigen Hügeln unterging. Es würde Brand schwerfallen, mich zu erkennen. Und nachdem ich die letzte dünne Sichel des abnehmenden Monds noch gestern über den vertrauten Klippen meines Zuhauses gesehen hatte, wusste ich, dass die kommende Nacht mondlos und dunkel werden würde.

Wenn ich nach vorne sah, konnte ich die lange Hügelform der nächsten Insel und dahinter des Hauptlands entdecken. Sie erstreckten sich rechts und links neben der Regenfront, von der ich wusste, dass sich Brand darin verbarg. Nachdem ich beide Enden der Insel sehen konnte, vertraute ich darauf, dass ich ihn entdecken würde, wenn er rechts oder links am Land vorbeifuhr … und dieses Wissen ließ mich etwas versuchen, das ich zu diesem Zeitpunkt für unglaublich clever hielt.

Ich raffte die Segel und warf den Treibanker aus. Jetzt, als sich der Materialkegel mit Wasser füllte und die Leine hinter mir spannte, konnte ich das Boot gegen Gezeiten und Wind stabil halten … und hoffentlich innehalten und beobachten, getarnt durch die untergehende Sonne und das Land achtern. Brand würde denken, ich hätte ihn verloren – oder vielleicht einfach zu viel Angst, um ihm zwischen die zwei Inseln zu folgen.

Mein Plan, clever, wie er war, beruhte auf der Annahme, dass niemand nachts segeln wollte – besonders nicht dort, wo wir uns gerade befanden. Ich wusste, dass Brand ein Lügner und Dieb war, aber auch, dass er kein Narr war. Diese Zwischengewässer waren voller Felsen und Schären, und das Segeln im Dunkeln konnte schnell in Ertrinken im Dunkeln umschlagen.

Die *Sweethope* lag tief im Wasser, und obwohl mein nackter Mast sich hoch über mir in die Luft erstreckte, ertappte ich mich dabei, dass ich mit einem Knie auf der Kajütenleiter hockte, als könnte mir das dabei helfen, mich zu verstecken.

Jip bemerkte, dass etwas vor sich ging, und stand von dem Nest auf, das er sich in den Netzen gemacht hatte. Jetzt stellte er sich neben mich.

Ich hielt das Ruder eng am Schenkel … spürte, wie es gegen den zweifachen Druck von Wind und Gezeiten kämpfte und uns stabil hielt. Und dann, als die Sonne sank und die Welt sofort kälter zu werden schien, verschob sich die Regenfront nach rechts, und die Sicht wurde gut genug, um Brands Segel zu enthüllen, die sich um eine Landzunge schoben, die ich bisher nicht gesehen hatte. In meiner vermuteten Cleverness nahm ich an, dass er vorhatte, für die Nacht in einer versteckten Bucht zu ankern und sich damit vielleicht sogar vor mir zu verstecken. Ich stand auf. Jip wimmerte. Ich legte ihm eine Hand auf den Kopf und bat ihn, still zu sein. Geräusche können weit über Wasser tragen.

Ich war aufgeregt. Das alles war natürlich nur ein zeitlicher Zufall – doch in meiner Hybris dachte ich, Brand tappe in eine Falle, die ich ihm gestellt hatte. Du weißt wahrscheinlich schon, was Hybris bedeutet. Ich musste den Begriff in einem Wörterbuch nachschlagen, als ich zum ersten Mal in einem Roman darauf gestoßen bin. Falls du es nicht weißt: Es bedeutet, dass man sich so sehr in Selbstgefälligkeit suhlt, dass man das Böse übersieht, das sich von hinten anschleicht.

Ich war so aufgeregt, dass ich in dem Moment, als die roten Segel auftauchten, meine wieder nach oben zog, den Treibanker vergaß und fast über Bord gefallen wäre, als der böige Abendwind, der immer einsetzt, wenn die Sonne untergeht, überraschend die Segel füllte. Das Boot legte sich schief, und der Baum schwang gegen mich und ließ so viele Sterne vor meinen Augen tanzen, dass ich schon glaubte, der Aufprall hätte mir den Schädel gespalten.

Ich fluchte, und Jip bellte … und ich ließ es zu, während ich mich wieder auf die Beine kämpfte und mich daran machte, das Chaos zu beseitigen, das ich auf dem Boot angerichtet hatte. Drei Minuten später war der Hund ruhig, der Treibanker an Bord und ich wieder unterwegs, mit Kurs auf die kleine Insel vor mir.

Ich schaffte es über das Wasser, bevor es in der Dunkelheit zu gefährlich wurde – doch um ehrlich zu sein, befand ich mich an keiner guten Stelle, um Anker zu werfen. Ich lag auf der Wetterseite der Insel. Überall um mich herum gab es felsige Ausläufer – hungrige Riffe, die darauf warteten, das Boot zu erwischen und ihm den Kiel aufzureißen. Letztendlich beschloss ich, zwei Anker zu werfen, um das Boot ein wenig weiter draußen zu verankern, als ich es bei besseren Lichtverhältnissen getan hätte. Ich entschied, das Kajak zu lösen und an Land zu paddeln. Ich würde Jip zurücklassen, was ihm nicht gefallen würde. Doch die Verstohlenheit, mit der ich mich bewegen wollte, wäre dahin, wenn er bellte.

Ich dachte, es wäre etwas, das ich besser allein tun sollte.

Also: Cleverness. Hybris. Und ein sehr vager Plan.

Was konnte schon schieflaufen?

# 8

# DIE BUCHT AM RANDE DES OZEANS

Später fand ich den Namen der Bucht, in der ich geankert habe, auf ein paar alten Karten – doch vom Wasser aus gesehen, wirkte sie nicht bedeutend genug, als dass sich jemand diese Mühe hätte machen sollen. Ich konnte Jips vorwurfsvolles Knurren hinter der Kabinentür hören, als ich das Kajak über das Heck schob und es dort im dunkler werdenden Wasser festhielt, während ich vorsichtig einstieg und mich von der Reling abstieß. Ich hatte beschlossen, das Gewehr zurückzulassen. Wenn ich gezwungen wäre, den Abzug zu betätigen, gab es keine Garantie, dass es auch wirklich eine Kugel abschießen würde. Die Munition, die wir haben, wurde vor langer Zeit angefertigt, und bei der Hälfte der Versuche hörte man nur ein Klicken, wenn man abdrückte. Wenn ich das Gewehr mitnahm, riskierte ich, dass ich es auf jemanden richtete und es nur *Klick* machte ... und dass derjenige es durchaus falsch auffassen und mit etwas reagieren könnte, das über ein Klicken hinausging.

Ich hatte kein Interesse an Gewalttätigkeit. Die schlimmsten Geschichten, die ich je gelesen habe, waren diejenigen, die in Gewalt endeten. Als ich klein war, besaßen wir einen

Stapel alter illustrierter Magazine über Superhelden. Für eine kurze Weile habe ich sie geliebt, weil sie so bunt waren und mit solcher Liebe für Bewegungen und Design gezeichnet waren – manche so plastisch, dass es wirkte, als würden die Leute jeden Moment von den Seiten in meine Welt springen. Diese Superhelden neigten dazu, in sehr enger Kleidung herumzulaufen, und sosehr die Autoren diese Tatsache auch zu verbergen suchten, und wie sehr die Helden auch ständig zu überlegen schienen, was sie tun sollten, endeten doch alle Geschichten immer in einem großen Kampf. Dad sagte, sie seien eigentlich für kleinere Jungs geschrieben worden. Ich mochte die Geschichten trotzdem … bis ich sie nicht mehr mochte. Und als mir das klar wurde, wusste ich auch, dass die ganzen Geschichten immer nur eine Ausrede für eine große Prügelei waren. Als könne man ein Problem nur beseitigen, indem man darauf einschlug. Vielleicht mochte man in deiner Welt den Kampf so sehr, dass man dachte, man müsste Kinder mit dieser Art Geschichten darauf vorbereiten. Oder vielleicht war es genau andersherum, und deine Welt mochte den Kampf, weil das die Art Geschichten war, die ihr gelesen habt, als euer Geist noch jung und formbar war. Ich wollte nicht, dass diese Geschichte in einem Kampf endete. Ich wollte nur meinen Hund zurück.

Ich fühlte mich nicht wie ein Held, ob nun super oder nicht, als ich mich vom flachen Heck der *Sweethope* abstieß und anfing, um die Felsen zu paddeln, die das Land umringten. Mein Mund war trocken, und mein Herz schlug so laut, dass es fast den Wind in meinem linken Ohr übertönte, während ich paddelte. Mein Bogen, der normalerweise so natürlich über meiner Schulter hing, dass ich ihn gar nicht bemerkte, schien sich plötzlich bei jeder Bewegung in meinen Rücken zu bohren – wie ein scharfknochiger Ellbogen, der versuchte, mich an etwas zu erinnern, das ich vergessen hatte.

Ich sehe gut im Dunkeln, besser als Bar oder Ferg, aber das Licht verging schnell. Ich konnte die offensichtlichsten Hindernisse sehen, um ihnen auszuweichen, doch als ich vorsichtig die niedrige Landzunge umrundete, kratzte das Kajak über einen Felsen, der direkt unter der Oberfläche lauerte. Die Gezeiten hatten den Stein glücklicherweise ausreichend flachgeschliffen, dass es keine scharfen Kanten gab, die mir den Kiel aufreißen und damit meinen Plan stoppen konnten, bevor er wirklich in Schwung gekommen war. Ich paddelte noch ein paar Schläge lang, dann ließ ich mich von der einsetzenden Flut in den Kanal tragen, ohne mehr zu tun, als mich aufrecht zu halten. Ich wollte kein Platschen erzeugen, das Brand auf meine Anwesenheit aufmerksam machte, falls er die kleine Bucht im Blick behielt, die sich vor mir auftat. Leise glitt ich hinein.

Das tat er nicht. Und es stellte sich heraus, dass es auch keine Bucht gab. Stattdessen entdeckte ich einen gewundenen Kanal, der die kleinere Insel von der größeren Landmasse zu meiner Rechten trennte. Ich konnte im Wasser keinen Hinweis auf sein Boot entdecken. Mein erster Gedanke entsprang einer tiefen Angst – und zwar der, dass er mich zum Narren gehalten hatte, indem er direkt durch den Kanal gesegelt war, um dann auf der anderen Seite der kleineren Insel weiterzufahren. Für einen Moment sah ich voll panischer Klarheit ein Bild vor meinem geistigen Auge, in dem Brand in diesem Moment an Bord der *Sweethope* stand, mich auslachte und auch noch Jip stahl … und meine Muskeln begannen, das Kajak zu wenden, bevor mein Hirn sich einschaltete und sie davon abhalten konnte, weil meine Augen etwas entdeckt hatten.

Wäre Brand nicht an Land gegangen, hätte ich sein Boot in der Dunkelheit nie entdeckt. Doch ich sah ein seltsames Aufblitzen von Licht innerhalb eines Gebäudes, das er offensichtlich erkundete … und das Licht war seltsam wegen des Fensters, das es umrahmte. Es war groß und alt. Nicht *alt* wie *hundert Jahre alt* oder *kurz vor der Kastration,* sondern alt wie von vor mehreren Jahrhunderten. Es sah aus wie die Burgfenster, die ich in Büchern gesehen hatte, nicht nur wegen der hohen, spitzen Bogenform, die sich in der Nacht erhob, sondern auch wegen der Steinwände und des hohen Balkendachs, auf die ich einen kurzen Blick erhaschen konnte, als Brands Licht darüberglitt. Natürlich war es keine Burg. Es war eine Kirche. Vielleicht sogar eine Abtei. Doch in diesem Moment war es mehr als das. Es war eine Gelegenheit. Denn das andere, was dieser Moment des Lichts enthüllte – wie eine Form, die mit scharfer Schere aus der Dunkelheit geschnitten wird –, war die Silhouette seines Masts am Ufer. Brand war neben eine steinerne Mole gesegelt und hatte das Boot daran vertäut, so eng angeschmiegt, dass ich in der Dunkelheit problemlos hätte daran vorbeirudern können, ohne es zu entdecken.

Doch jetzt hob sich meine Stimmung. Ich konnte sehen, dass er nicht auf dem Boot war. Ich musste nur hinrudern, mein Kajak an der Heckreling vertäuen und schnell genug an Bord kommen, um Jess aus der Kabine zu befreien, wo er sie sicherlich eingesperrt hatte … um dann zur *Sweethope* zurückzukehren, ohne dass er je erfuhr, was geschehen war.

Ich handelte schnell, weil ich nicht groß denken musste. Das Kajak bewegte sich leicht und leise über das Wasser. Es war so sehr Teil von mir, dass ich kaum mehr darüber nachdenken musste, wie ich mit ihm vorankam, als du es beim Schwimmen oder Laufen getan hättest.

Ich glitt neben Brands Boot und hielt mich fest, vorsichtig und leise, wobei ich den Sog der Strömung mit einer Hand am Bug ausglich. Ich hörte kein Geräusch außer dem leisen Schlagen der Wellen und dem Wind, der durch die Takelage glitt. Rasch drückte ich mein Ohr an den Kiel, konnte aber auch unter Deck nichts hören.

Vorsichtig zog ich das Kajak ans Heck, damit es nicht lautstark gegen den Kiel schlug. Dann befestigte ich es mit einem Knoten, der sich mit einer schnellen Bewegung lösen ließ.

Es war seltsam, sich auf dem fremden Boot zu bewegen. Irgendwie falsch. Ich fühlte mich unwillkommen und wie ein Eindringling. Obwohl Brand uns bestohlen hatte, war dies ein Zuhause. Ich verdrängte diese Gefühle, so gut ich konnte, kroch am Steuerstand vorbei zur Kajütenleiter und drückte mein Ohr gegen die geschlossene Luke. Ich hörte kein Geräusch. Nicht die Geräusche eines Mannes und auch nicht – und darauf hatte ich gehofft – die eines Hunds. Ich hatte gefürchtet, dass Jess meine Witterung aufnehmen würde und anfangen würde zu jaulen, oder – noch schlimmer – zu bellen. Ich hob den Kopf und sah über die Kabine hinweg zur Insel, nur für den Fall, dass Brand leise auf dem Rückweg war. Doch das Licht im Kirchenfenster war noch da, also galt wohl dasselbe auch für ihn.

Ich riskierte es, leise zu pfeifen. Keine Antwort von Jess. Das war kaum überraschend, denn nachdem ich die Luke geöffnet und einen Blick in die Kabine gewagt hatte, befanden sich dort kein Hund und kein Brand – aber jede Menge anderer Sachen. Die Kabine war vollgestopft mit Dingen. Kisten, Flaschen, Maschinenteilen und Säcken, in denen offenbar Trockenfisch lagerte. Beutel hingen von der Decke. Der einzige freie Platz war der Kartentisch. Ich duckte mich unter den Beuteln hindurch und ging in den vorderen Teil der Kabine, zu einer kleinen Tür ins Schott. Wenn ich vorhätte, einen gestohlenen Hund einzuschließen, während ich die Insel erkunden ging, wäre das genau der Ort, den ich wählen würde. Auf der anderen Seite dieser dünnen Holztür mit dem Metallgitter darin.

Ich pfiff wieder, doch auf der anderen Seite gab es weder Geräusche noch Bewegung. Er musste Jess mit an Land genommen haben. Meine Finger fanden ein Vorhängeschloss mit einem Schlüssel, doch es stand offen. Und als ich es aus dem Riegel hob, schwang die Tür auf, um noch mehr Dunkelheit und einen noch schlimmeren Gestank zu enthüllen. Ich konnte überhaupt nichts sehen … und irgendetwas an diesem intensiveren Gestank erzeugte in mir einen Unwillen, hineinzugehen und mich durch den Raum zu tasten. Ich schob das Schloss wieder in den Riegel und kauerte in der Dunkelheit, fühlte das sanfte Heben und Senken der See unter mir, während ich versuchte, meine Enttäuschung zu verarbeiten. Mein vager Plan war zum Teufel, und ich wusste einfach nicht, was ich jetzt tun sollte. Tatsächlich konnte ich nicht viel sehen, tief in dieser mir fremden, vollen Kabine mit der mondlosen Nacht draußen. Es konnte an dem Geruch der Säcke voller gestohlenem Fisch liegen, aber ich fühlte mich wie Wie-hieß-er-noch im Bauch eines Wals. Kanntest du diese Geschichten? Nicht die aus der Bibel – die bessere. Der Mann war ein Holzschnitzer, und sein kleiner Junge war nicht das, wofür alle ihn hielten. Er war eine hölzerne Puppe. Pinocchio. So lautete sein Name – nicht wie der des alten Kerls in den Eingeweiden eines Wals. Der Junge war ein Lügner, und jedes Mal, wenn er log, wurde seine Nase länger. Er war aber nicht böse, dieser Junge-der-nicht-wirklich-ein-

Junge-war. Nicht gemein. Nur noch nicht erwachsen genug, um schon ein Herz zu besitzen. Als ich klein war, hatte ich diese Geschichte gemocht. Bar meinte, sie würde irgendwie zu mir passen … besonders nachdem Joy weg war und wir alles taten, um uns anzupassen.

Auf jeden Fall, aufgrund des Fischgestanks und der Dunkelheit, bekam ich einen Anfall von dem, was Brand Hol-mich-raus genannt hatte, sodass ich einen Moment lang meine Panik unterdrücken und meine Atmung beruhigen musste. Bar hat mir das beigebracht. Sie hat mich auch den Unterschied zwischen Angst und Panik gelehrt. Angst ist nichts Schlechtes. Unter den richtigen Umständen ist sie sogar recht nützlich, eine gute Reaktion auf eine Gefahr. Panik hat keinen Nutzen, weil man nur um sich schlägt und ziemlich wahrscheinlich in genau das hineinläuft, wovor man Angst hat.

Ich konnte in der Kabine wirklich so gut wie nichts erkennen und tastete mich zurück zum Führerstand, wobei ich mir die Schienbeine an irgendetwas Scharfkantigem anschlug. Dann stolperte ich über noch etwas anderes und fiel auf den Kartentisch, wobei mir im Fallen auch noch einer der von der Decke hängenden Beutel gegen den Kopf knallte. Eine Karte war mit Magneten am Tisch befestigt. Sie verschob sich ein wenig und riss, als ich darauf fiel. Ich drückte eine Hand an die Kabinenwand, dann streckte ich die andere Hand aus, um mich abzustützen, empfand Schmerz wie von einem Bienenstich und stellte fest, dass ich mir das nadelbesetzte Ende von einem dieser Dinger, mit denen man Kreise auf Papier ziehen kann, in den Daumen gerammt hatte. Begleitet von einem Fluch, zog ich die Spitze aus meinem Fleisch und saugte an dem kleinen, aber schmerzhaften Loch, das sie hinterlassen hatte.

Als ich dort stand, hatte ich Zeit zum Nachdenken. Das Papier, das sich unter meiner Hand bewegt hatte, brachte mich auf eine Idee. Diese Karte war Brand wichtig. Mit ihr fand er sich auf dem Meer zurecht. Also würde ich sie ihm wegnehmen. Langsam richtete ich mich auf und faltete die Karte zusammen, um sie in meine Ölzeugjacke zu schieben, bevor ich zurück zum Steuerstand ging. Ich dachte, es wäre vielleicht gut, das Messer einzusetzen, das ich bereits aus der Scheide an meinem Gürtel gezogen hatte, um die Takelage um mich herum zu zerschneiden, vielleicht sogar die Segel aufzuschlitzen. Doch es fällt mir nicht leicht, Dinge zu zerstören. Zu viel Zeit in meinem Leben – in unserem Leben – wurde damit gefüllt, Dinge zu erschaffen und zu reparieren und zu versuchen, zerstörte Dinge zu retten und wieder benutzbar zu machen. Und ein gutes Boot, das fährt – selbst das Boot eines schlechten Mannes –, war trotzdem etwas, das ich einfach nicht beschädigen wollte. Das nennt man Skrupel. Aber es gab andere Möglichkeiten, Brands Weiterreise zu verlangsamen.

Vorsichtig duckte ich mich zurück in die Kabine und suchte mir meinen Weg zu der Tür zum Schott. Dort nahm ich das Vorhängeschloss. Den Blick auf das immer noch erleuchtete Fenster an der Küste gerichtet, schlich ich mich an der Seite des Boots entlang, bis ich die Ankerkette erreichte. An ihr zog ich, bis ich genug Spiel hatte, um sie mit dem Schloss an einer Ringschraube an Deck zu befestigen. Wenn es dazu kommen sollte, dass er mich jagte und versuchen musste, schnell abzulegen, konnte er das kaum mit einem Anker, der sich nicht heben ließ. Ich lächelte, als ich mir das ausmalte. Und obwohl ich das Boot nicht beschädigte, erlaubte ich mir die kleine Genugtuung, den Schlüssel in das dunkle Wasser jenseits der Reling zu werfen.

Ich überlegte, ob ich mir Zeit nehmen sollte, seinen Hort zu plündern … vielleicht ein paar Dinge zu stehlen, um sie gegen meinen Hund einzutauschen, wenn es so weit kam. Doch ich fühlte mich hier an Bord beschmutzt. Ich weiß, dass das ein seltsames Wort ist. Es ergibt überhaupt keinen Sinn, aber so fühlte ich mich. Nicht, weil ich mich widerrechtlich hier aufhielt. Eher wegen irgendetwas, das das Boot ausstrahlte. Dieser Gestank aus dem Schott war kein Geruch, den man nur mit der Nase wahrnahm. Er trug eine Geschichte in sich – und obwohl ich nicht wusste, welche, wusste ich doch, dass sie genauso traurig wie schlimm war. Wie gesagt: Ich glaube nicht an Geister oder ähnliche erfundene Dinge. Aber ich glaube an Atmosphäre. Und die Atmosphäre auf diesem Boot – in dieser Nacht, in der tiefen Dunkelheit, mit niemandem außer mir an Bord und keinem freundlichen Mond am Himmel – vermittelte ein lebendigeres Gefühl als normalerweise. Ich fühlte mich, als beobachte sie mich; als warte sie nur darauf, dass ich etwas Falsches tat. Es war nur diese Atmosphäre, eine Stimmung vielleicht – aber sie besaß bessere Nachtsicht als ich.

Ich verließ das Boot, bevor es noch mehr Kälte in meine Knochen jagen konnte, obwohl die Nacht für die Jahreszeit eigentlich mild war. Der Verankerungsknoten löste sich nicht mit einem einzigen Zug, wie ich es geplant hatte, und es kostete mich länger, als mir lieb war, das Chaos zu ordnen, doch dann trieb ich frei. Die Erleichterung spornte meine Arme an, während ich ans trockene Land paddelte – das eigentlich feucht und glitschig war, mit heimtückischem Blasentang und langen Strängen Seegras auf den Felsen. Endlich festen Boden zu finden war eine riesige Erleichterung, auch wenn ich Brand jetzt in der Dunkelheit auflauern musste, ohne einen klaren Plan, wie ich ihn konfrontieren sollte oder – noch besser – ihm Jess zu stehlen, bevor er etwas merkte.

Ich zog das Kajak auf das Gras über der Flutlinie und sah mich um, konnte jedoch nicht herausfinden, wo Brand sein Dinghy angelandet hatte. Aber es gab so viele Felsen und kleine Erhebungen in der Dunkelheit, dass ich eine Menge Zeit auf die Suche hätte verschwenden können, also verwarf ich meinen halb entwickelten Plan, es loszuschneiden, und hielt auf die Kirche zu.

Es fiel mir leicht, mich leise zu bewegen, nachdem das Gras weich unter meinen Füßen lag. Doch selbst wenn ich lauter gewesen wäre, hätte ich trotzdem gehört, was mich abrupt anhalten ließ.

Ich wusste, dass es Musik war – aber es war nicht die Art von Musik, die wir machten, wenn wir an einem Feuer sangen. Und es war auch nicht die Art von Musik, die Bar erzeugte, wenn sie die Blechflöte spielte, die sie im alten Künstlerbedarfsladen auf Uist, noch an ein Anleitungsbuch gebunden, gefunden hatte. Es klang auch nicht wie Fergs Klimpern auf irgendeiner der Gitarren, die er gerettet hatte.

Es klang, als würden Engel weinen.

Ich weiß nicht, ob Engel wahrscheinlicher existieren als Geister. Aber wenn sie es täten und irgendetwas sehr betrauern würden – das Vergehen der Welt, vielleicht –, dann würden sie so klingen. Denn Engel sollen rein sein. Und diese Geräusche, diese Musik, war vieles, was ich noch nie gehört hatte, aber vor allem war sie rein. Die Melodie war hoch und scharf. Sie hob und senkte sich über allem anderen, und dann sammelten sich all diese hellen Noten, die sich dort oben versammelt hatten, um miteinander zu tanzen und in einer verzweifelten, unausweichlichen Trauer nach unten zu stürzen, die ein Loch in meiner Brust erzeugten – eine Leere wie einen Kloß im Hals, den ich nicht schlucken konnte, egal, wie sehr ich mich auch anstrengte. Der Klang ließ meine Augen feucht werden. Und als ich blinzelte, dachte ich an Joy. Ich hatte dieses schwere Loch in meiner Brust schon einmal empfunden, und zwar, als sie aus der Welt gestürzt war. Diesen sauberen, schrecklichen Kummer in der steinernen Höhle der Kirche widerhallen zu hören brachte meine Schwester nicht einfach nur zu mir zurück. Es sorgte dafür, dass ich mich als Verräter fühlte, weil ich zugelassen hatte, dass die Zeit den scharfen Schmerz ihres Verlusts abschliff. Zu vergessen ist eine Art von Verrat, auch wenn das mit jeder Art von Trauer geschieht. Die Zeit schleift wohl alles glatt, während sie an uns vorbeirauscht.

Ich war zu klein, um durch die hohen Fenster zu spähen und herauszufinden, was dieses wunderschöne Geräusch erzeugte, also schlich ich mich an die Tür, die einen Spalt offen stand und einen dünnen Lichtstrahl auf das Gras davor hindurchließ. Ich hielt mich eng an der Wand, spürte das alte Mauerwerk, während ich mich weiterschob und hineinsah.

Das Geräusch stammte, natürlich, von Brand. Vor seinen Füßen stand eine Laterne, und er hatte in der Mitte des Steinbodens in diesem riesigen Raum ein kleines Feuer entzündet. Ich hatte noch nie eine so hohe Decke gesehen. Sie war so hoch, dass sie immer wieder verschwand, wenn das Feuer darunter flackerte und Schatten warf.

Brand trug den Mantel meines Vaters und hatte eine Violine unter den langen flammenfarbigen Vorhang seines Barts geschoben. Er war halb von mir abgewandt, während er das Instrument mit einem langen Bogen spielte, den er langsam über den Seiten hin und her schob. Seine Augen waren geschlossen, und er wiegte sich im Rhythmus seines Spiels. Sein langes Haar wogte vor und zurück, weil sich sein Kopf in einem ganz eigenen Tanz bewegte. Es war, als wäre die Musik ein Traum, den er erschuf, um sich gleichzeitig darin zu verlieren.

Weil seine Augen geschlossen waren, erlaubte ich mir länger als beabsichtigt, ihn zu beobachten. Und weil die Musik so schön war – so unerwartet, etwas, das ich noch nie gehört hatte –, verschwand für einen Moment jeder Gedanke an Jess und daran, wie ich sie zurückbekommen sollte.

Sich in Musik verlieren. So haben sie es früher genannt. Auf Eriskay gab es ein Haus mit einem ganzen Regalbrett, das nicht mit Büchern gefüllt war, sondern mit dünnen bunt bedruckten Kartonhüllen, in denen sich schwarze Plastikscheiben befanden. Dad sagte, das seien Platten, auf denen Musik eingefangen war – doch die Abspielmaschine hatte auf einem Tisch neben einem zerbrochenen Fenster auf der Wetterseite des Hauses gestanden. Sie war zerbrochen und der Mechanismus verrostet, also konnten wir die Musik auf diesen Platten nie befreien. Stattdessen habe ich einen Tag damit verbracht, sie herauszuziehen und mir alle Cover anzusehen. Eine der Platten hieß *Lost in Music.* Ich erinnere mich daran, weil vier Leute auf der Vorderseite abgebildet waren, die aussahen wie ich – oder zumindest fand ich, dass sie so aussahen. Nicht genau wie ich, aber sie hatten normal gefärbte Haut wie wir. Nicht fahl und kalt wie die von Brand, dessen Haut und die meeresfarbenen Augen immer im Kontrast zu der Wärme seines Haars zu stehen schienen.

Es stellte sich heraus, dass sich in Musik zu verlieren – selbst in dieser erstaunlichen Violinen-Musik – genauso so dumm ist, wie sich irgendwie anders zu verlieren. Hätte ich aufgepasst, dann hätte ich das Ding, das sich an mich heranschlich, vielleicht gehört, bevor es knurrte und bellte und mich zwischen den Schulterblättern traf, sodass ich nach vorne gegen den unbeweglichen Teil der offenen Kirchentür geworfen wurde, die mich dann wie ein Vorschlaghammer in die Dunkelheit beförderte.

# 9
# IONA

Die Welt kehrte zurück, doch sie lag auf der Seite und war voller Schmerz. Ein schweres Gewicht presste meine Hüfte und Knie auf den Steinboden – und es war dieser Schmerz, der mich aus der Dunkelheit zerrte und auf die Seite warf. So starrte ich ins Feuerlicht, die Wange an den Steinboden gedrückt. Ich spürte ein pulsierendes Ziehen an der Stirn, wo sie gegen die Kante der Tür geknallt war … genau an der Stelle, wo mich vorher der Segelbaum getroffen hatte. Ich fühlte mich, als wäre mein Schädel aufgeplatzt.

Als ich versuchte, die Stelle zu befühlen, um herauszufinden, ob sie blutete, stellte ich fest, dass meine Hände hinter meinem Rücken festhingen und ich sie nicht bewegen konnte. Da verfiel ich in Panik und warf mich herum, um aufzustehen und meine Hände zu befreien, und dann fesselte das große Gewicht – das natürlich Brand war – meine Handgelenke endgültig aneinander und stand auf.

Die Entlastung meines Knies und meiner Hüfte war gut, doch der Blick, den er mir zuwarf, als er zur Seite trat, war es nicht – kein bisschen. Es war ein kalter, wilder Blick, so gefährlich wie das Messer, das er sich von dem Stuhl neben dem Feuer griff. Ich wusste, dass es rasiermesserscharf war, weil es meine Klinge war und ich sie jedes Mal schärfte, wenn ich das Messer benutzt hatte.

Wo sind sie?, fragte er.

Wer?, antwortete ich, bevor ich mich eines Besseren besinnen konnte.

Die anderen, sagte er. Dein Vater. Dein Bruder. Der Rest von euch. Du wärst nicht allein gekommen.

Das Feuer knisterte. Mein Blut rauschte in meinen Ohren, und mein Kopf fühlte sich an, als müsste er jeden Moment platzen.

Sie sind draußen, sagte ich, weil ich inzwischen genug Zeit gehabt hatte, mich zu fangen.

Er sah mich an.

Du hast meinen Hund gestohlen, sagte ich.

Wie viele sind gekommen?, fragte er. Und lüg nicht und schrei nicht nach ihnen, oder ich schneide dir die Zunge heraus.

Vor diese Wahl gestellt, schien es mir eine gute Idee zu sein, nichts von alledem zu tun.

Wie viele?, fragte er.

Du hättest meinen Hund nicht mitnehmen sollen, sagte ich.

Er sah mich noch eine Weile an, doch dabei hielt er den Kopf schräg, und ich konnte sehen, dass er auf Geräusche von draußen lauschte.

Ungefähr zu diesem Zeitpunkt klärten sich meine Gedanken ausreichend, dass mir wieder einfiel, was auf der anderen Seite der Schwärze passiert war, aus der ich gerade aufgetaucht war … und ich fing an, mich zu fragen, wer genau mich von hinten geschlagen hatte, während ich Brand dabei beobachtet hatte, wie er all diese traurige Magie aus Musik in die Luft entließ. Der Brand, der jetzt vor mir stand, schien ein vollkommen anderer Mensch zu sein als der selbstvergessene Musiker, der sich im Traum seiner eigenen Kreation verlor. Dieser Brand war nervös, die Nerven angespannt, und lauschte mit mehr als nur seinen Ohren.

Plötzlich steckte er zwei Finger in den Mund und stieß einen Pfiff aus. Laut. Schrill. Zweimal.

Aus der Dunkelheit jenseits der Tür erklang als Antwort ein Geräusch. Ein Bellen. Aber nicht Jess oder Jip. Kein Bellen, wie es Terrier von sich geben, scharf und heiser gleichzeitig. Ein tiefes Bellen, eher ein Grollen als ein Wau. Das Geräusch, das ein großes Wesen erzeugt. Ein Wesen, das groß genug ist, um einem Menschen in den Rücken zu springen und ihn gegen die Kante der Tür zu rammen.

Brand sah mich an.

Du bleibst dort. Beweg dich nicht. Schrei nicht. Dann behältst du vielleicht deine Zunge, sagte er. Und dann glitt er aus der Kirche, in einem geduckten Sprint … und ließ mich zurück, um die Feuerschatten anzustarren, die über die hohe, gewölbte Decke über mir huschten.

Lügner, dachte ich. Dieb und Lügner.

Sein Hund war gar nicht tot. Aber wo war Jess?

Das alles ergab keinen Sinn. Er hatte sie gestohlen. Aber sie war nicht auf dem Boot. Und sie war nicht hier. Sie hätte gebellt, wenn sie mich gewittert hätte. Ich fragte mich, ob sie ihr wohl etwas Schreckliches angetan hatten. Oder war sie über Bord gesprungen, um nach Hause zu schwimmen, und war ertrunken? War ich so sehr darauf konzentriert gewesen, den ganzen Tag diesen roten Segeln zu folgen, dass ich im Vorbeifahren den Kopf eines kleinen und loyalen Hunds in den Wellen übersehen hatte? Hatte sie vor Erleichterung gebellt, als ich näher kam, nur um dann zu beobachten, wie die *Sweethope* an ihr vorbeiglitt und sie allein und verwirrt in der Wellenwüste zurückließ, bis die Kälte sie überwältigte?

All diese Gedanken kreisten in meinem Kopf – Bilder, die mit jedem Mal schlimmer und detailreicher wurden. Und je mehr ich versuchte, nicht über Jess' letzte Momente nachzudenken, desto klarer schienen die Bilder zu werden. Ich hätte das Bellen eines Hunds im Rauschen des Winds leicht überhören können. Jip hätte ihre Witterung verpassen können. Während meine Gedanken um diesen Punkt kreisten, vertiefte sich meine Überzeugung immer mehr. Wir hatten sie verraten. Vor allem ich.

Es tat weh, so wie vor all den Jahren Joy zu verlieren – und sogar noch schlimmer, weil dieser Verlust nicht meine Schuld gewesen war. Als Brand nach einer Zeitspanne zurückkehrte, die mir vorkam wie eine Stunde oder mehr, hatte ich mich selbst davon überzeugt, dass Jess tot war … und genau auf die schreckliche Art gestorben war, die ich mir ausgemalt hatte.

Brand wirkte irgendwie größer als bei seinem Aufbruch. Er bewegte sich langsamer, war ruhiger – ging nicht mehr geduckt. Ein großer Hund tapste neben ihm her, ein Hund mit dichtem grauschwarzen Fell und einem weißen Gesicht und den am wenigsten hundeartigen Augen, die ich je gesehen haben. Sie waren blau wie Brands Augen – aber weder in diesem Moment noch jemals danach habe ich gesehen, dass sie warm wurden, wie es seinen möglich war. Diese Augen waren immer kalt und wandten nie den Blick von einem ab. Hunde mögen es nicht, Leuten in die Augen zu starren. Saga war anders. Saga hätte ein Blickduell mit einem Felsen gewonnen.

Guter Hund, Saga, sagte Brand. Sitz.

Der Hund setzte sich vor mich und sah mich an. Brand hatte sein Feuer aus Stühlen entzündet. Er hatte einen guten

Vorrat dieses Feuerholzes. Es gab jede Menge Stühle, in Reihen hinter ihm – als warteten sie auf eine Menge von Gläubigen, die nie wiederkommen würden. Er griff nach dem nächststehenden Möbel, trat es in Stücke und nutzte die Trümmer, um das Feuer anzufachen, das in seiner Abwesenheit zu Glut und Asche verblasst war. Auf einem Regal an der Wand standen jede Menge gleicher roter Bücher. Aus einem davon riss er die Seiten heraus und fütterte die Glut damit, bevor er den leeren Umschlag wie einen Fächer verwendete, um die Flammen anzufachen. Dann trat er einen weiteren Stuhl in Stücke und fütterte das aufflackernde Feuer damit.

Er holte noch einen Stuhl und trug ihn nah ans Feuer, sodass er über den Flammen sitzen, sich die Hände wärmen und mich gleichzeitig beobachten konnte.

Du bist allein gekommen, sagte er. Damit hatte ich nicht gerechnet.

Ich blieb stumm.

Du musst mir nicht sagen, dass ich recht habe, erklärte er mit einem Nicken zu dem Hund. Saga und ich sind kreuz und quer über die Insel gelaufen. Sie ist nicht groß. Und sie hätte sie gewittert, wenn sie hier wären. Die anderen.

Ich weiß nicht, ob dir einmal die Handgelenke gefesselt wurden, als du noch gelebt hast. Es ist ein schreckliches Gefühl – besonders, wenn sie hinter dem Rücken festgemacht sind. Du hast deine Hände verloren, und alles an dir ist offen und entblößt. Es fällt einem sogar schwer, normal zu atmen. Brand sah mich an und schien wieder zu hören, was ich dachte. Das war unheimlich und zermürbend. Er lächelte. Kein fieses Lächeln, sondern eines der guten.

Du kannst reden, sagte er. Er zog mein Messer aus seinem Gürtel und rammte es in die Sitzfläche des Stuhls neben sich, sodass es dort stecken blieb – im Holz gefangen – und das Licht des Feuers auf mich reflektierte.

Ich werde dir die Zunge nicht herausschneiden, sagte er. Das jemandem anzutun wäre wirklich schrecklich. Ich habe das nur gesagt, um deine Aufmerksamkeit zu erregen. Du musstest still bleiben.

Ich blieb auch jetzt still. Wie ich schon sagte, mit hinter dem Rücken gefesselten Händen fühlt man sich machtlos … und das Einzige, was ich unter Kontrolle hatte, waren meine Worte. Also wandte ich den Blick ab und biss die Zähne zusammen, um sie nicht freizugeben.

War nur eine Drohung, sagte er. Fass es nicht falsch auf. Wenn man eine Lüge erzählt, ist es immer besser, sie mit einem Körnchen Wahrheit zu würzen, damit sie besser schmeckt, hm? Die Sache bei Drohungen ist, dass man sie mit einem kleinen Bild verbinden muss. Mit etwas Konkretem, das sich im Kopf einnistet. Wenn man dieses kleine Bild hinzufügt, hat derjenige, den du bedrohst, in seiner Fantasie mehr daran zu kauen, und dieses Kauen sorgt dafür, dass sie die Drohung richtig verdauen. Und bevor sie wissen, wie ihnen geschieht, ist sie ein Teil von ihnen, und sie glauben die Drohung viel eher, als wenn es nur Worte von außen wären, verstehst du?

Das tat ich nicht. Aber ich fragte mich, von wem in dieser ganzen leeren Welt er das gelernt hatte. Oder wem er das angetan hatte. Vielleicht hatte er davon gelesen.

Mein Schweigen machte ihn nervös, glaube ich.

Sag etwas, sagte er. Folgen sie dir?

Saga bellte mich an … und der Schreck dieses tiefen Geräuschs und ihrer Zähne so nah vor meinem Gesicht rissen mir die Worte aus dem Mund, ohne dass ich es wollte.

Wo ist Jess?, fragte ich.

Wer?, fragte er.

Mein Hund, sagte ich. Der Hund, den du gestohlen hast.

Jess, sagte er, lehnte sich leise lächelnd zurück und kraulte Sagas Ohren, um sie dafür zu belohnen, dass sie die Worte aus mir herausgeängstigt hatte.

Ich kannte ihren alten Namen nicht, sagte er. Ich hatte vor, sie Freya zu nennen.

Was hast du mit ihr gemacht?, fragte ich.

Sie brauchte Disziplin, sagte er. Sie hat Saga gebissen.

Gut, dachte ich. Guter Hund, Jess.

Ich habe sie in einem Schuppen dort drüben eingesperrt, sagte er und zeigte in die Dunkelheit. Kleiner Raum, keine Nahrung, harter Boden. Bei Tagesanbruch wird sie sich besser benehmen, oder sie bleibt hungrig.

Das zu hören war eine echte Erleichterung. Das Gefühl breitete sich in mir aus wie warmes Wasser, spülte die Bilder von Jess' einsamem Tod in den Wellen hinweg.

Dies war ein heiliger Ort, sagte Brand, als er sich umsah. Dieser Tisch dort war der Altar. Wo sie ihre Opfer gebracht haben und so was. Neben dem Schuppen ist eine Metalltafel mit Schrift darauf. Sie erklärt alles. Wenn man lesen kann. Nicht nur die Kirche. Die ganze Insel.

Ich wollte ihm nicht zuhören. Besonders auf diese Art, so locker und freundlich, als hätte er nicht noch vor Kurzem damit gedroht, mir die Zunge aus dem Mund zu schneiden.

Gib mir einfach meinen Hund, sagte ich.

Sie gehört mir, sagte er. Oder zumindest hörte es sich für mich an wie *I own her*.

Nein, sagte ich. Du hast sie gestohlen.

Er sah mich seltsam an. Dann grinste er, warf den Kopf in den Nacken und stieß ein kurzes Lachen aus.

Nein, sagte er. Das ist der Name der Insel.

Und er grinste noch breiter und buchstabierte es für mich.

I-O-N-A, sagte er. Iona. Nicht *I own her.*

Dann wurden seine Augen wieder kalt und ernst.

Obwohl ich das auch tue, sagte er. Das ist eine Tatsache, an die du dich besser gewöhnen solltest.

Ich will meinen Hund, sagte ich. Du hast sie gestohlen.

Du sagst immer wieder gestohlen, sagte er.

Ja. Du bist ein Dieb.

Wenn ich jetzt aufschreibe, was ich damals gesagt habe, klingt es, als wäre ich mutig gewesen, in diesem dunklen, hallenden Raum neben dem Feuer. Aber das stimmt nicht. Ich war wütend und verängstigt und fühlte mich sehr ungeschützt mit meinen hinter dem Rücken gefesselten Händen. Mein einziger Schutzschild waren Worte.

Jetzt bin ich ein Dieb, hm?, fragte er und betonte das Wort, als hätte er es noch nie zuvor gehört. Ein Dieb? Nun, dann. Das klingt übel.

Mir ist egal, wie es klingt, sagte ich. Gib mir meinen Hund. Und den Fisch. Und den Mantel meines Dads.

Da lächelte er und sah auf den gelben Ölzeug-Mantel hinunter.

Das ist ein guter Mantel, sagte er. Aber er gehört mir. Ich habe ihn eingetauscht. Genau wie den Hund, der einmal dir gehörte und jetzt mir gehört.

Das hast du nicht, sagte ich.

Und woher willst du das wissen?, fragte er. Da du zu dieser Zeit geschlafen hast?

Sein Blick war ruhig. Fast offen. Ich konnte keine echte Anklage darin erkennen. Vielleicht ein wenig Enttäuschung.

Ah, Griz, sagte er. Ich dachte, wir wären Freunde. Dein

Vater ist ein Mann, der ein gutes Angebot versteht. Man kann nicht nur Gleiches mit Gleichem tauschen. Er wollte dieses Windmühlen-Teil wirklich dringend. Und während du geschlafen hast, sind wir zu einer Übereinkunft gekommen.

Für einen kurzen Moment ließ ich zu, dass sein warmes Lächeln und seine sanften Worte Zweifel in mir erzeugten. War ich losgestürmt, bevor mir jemand sagen konnte, dass ich alles vollkommen missverstanden hatte? Hatte ich den ausgeladenen, am Strand liegenden Spannungswandler übersehen? Waren alle zu krank gewesen, um mich mit der Wahrheit aufzuhalten?

Und ein Lügner, sagte ich. Dieb und Lügner.

Ah, Griz, sagte er wieder. Solche Worte können eine Freundschaft vergiften, weißt du das?

Ich weiß, dass du lügst. Wenn du einen Handel abgeschlossen hättest, wärst du nicht voller Angst losgelaufen, nachdem du gefragt hast, ob die anderen hier sind, sagte ich. Ein ehrlicher Mann hätte das nicht getan.

Eines musste man ihm lassen: Sein Lächeln verblasste kaum.

Na ja, sagte er. Na ja. Niemand mag es, wenn andere schlecht über ihn denken.

Sie kommen, sagte ich. Sie waren direkt hinter mir. Also solltest du mich besser gehen lassen.

Er schüttelte den Kopf.

Jetzt sind hier zwei Lügner. Und dabei befinden wir uns in einer Kirche. Doppeltes Gift, denkst du nicht auch?

Ich antwortete nicht. Keine der Antworten, die mir auf der Zunge lagen, ergaben dafür genug Sinn. Brand streckte sich, dann schob er ein Stuhlbein tiefer in das Feuer.

Sie haben die Hunde vergiftet, wusstest du das?, fragte er.

Am Ende. Sie haben ihnen etwas gefüttert, das schreckliche Auswirkungen hatte. Deswegen gibt es nicht mehr von ihnen. Deswegen sind sie so selten.

Ich blieb still. Brand mochte die Stille nicht. Wenn er eine Schwäche hatte – und ich weiß immer noch nicht, ob es wirklich eine war –, dann die, dass er keine Stille mochte, wenn es Gesellschaft gab. Er redete gern. Es gefiel ihm, im Mittelpunkt zu stehen. Vielleicht, weil er so viel allein war. Ich hatte mit vier – früher einmal fünf – anderen zusammengelebt. Ich hatte es nicht nötig, gehört zu werden. Wenn ich wissen wollte, wie ich klang, konnte ich Dad und Ferg und Bar zuhören. Sie klangen genauso wie ich.

Brand redete weiter. Die alten Bastarde hatten Angst davor, dass sich die Hunde zu gefährlichen Rudeln zusammenschließen könnten, sagte er. Also haben sie ihnen etwas verabreicht.

Ich hätte ihn fragen können, woher er das wusste. Denn natürlich kann das nur eine Geschichte über eine Zeit gewesen sein, lange bevor einer von uns gelebt hatte. Die Fabel eines Reisenden. Ein Gerücht. Eine Lüge. Eine Geschichte eben. Ich sagte nichts.

Was auch immer sie den Hunden gegeben haben, es hat sich stärker auf die Weibchen ausgewirkt als auf die Männchen, sagte er. So wie ich es sehe, haben die verbliebenen Hündinnen Würfe mit weniger Weibchen darin als früher. Also weniger Weibchen und auf lange Sicht weniger Hunde. Männchen allein vermehren sich nicht. Männchen in einem Rudel, in dem es keinen Nachwuchs gibt? Nun, Griz, du kannst dir vorstellen, wieso sie bösartig werden. Du bist erwachsen genug, um zu glauben, dein Körper würde dir sagen, worüber ich rede … aber du hast noch keine Haare am

Kinn, also hat es dich vielleicht noch nicht erwischt, dieses Sehnen, das nie erfüllt wird. Aber wenn es so weit ist, wirst du an meine Worte denken. Männer ohne Chance auf Fortpflanzung sind die fiesesten Kreaturen der Welt.

Mir gefiel der Blick nicht, den er mir zuwarf. Doch er ging schnell vorüber, als wäre Brand davon ebenso so überrascht wie ich unangenehm berührt. Also schickte er ihn einfach mit einem Achselzucken zurück in die Ecke, aus der er hervorgekrochen war.

Auf jeden Fall, sagte er und kraulte Saga erneut die Ohren, mögen die verbliebenen Hunde dünner gesät sein, aber sie sind gefährlicher. Es ist, als hätten die Menschen das Problem nur eingekocht, wovon es dickflüssiger und dunkler geworden ist. Wie Knochenbrühe.

Ich hatte diesen Begriff noch nie gehört, wusste aber, was gemeint war. Wir hatten immer einen Suppentopf auf dem Herd stehen. Der Gedanke traf mich hart, fast, als könnte ich ihn riechen; als würde mich die Erinnerung an den Geruch über eine Abkürzung direkt an einen Ort zurückführen, an dem ich sicher und glücklich gewesen war. Das genaue Gegenteil meines momentanen Aufenthaltsorts: in höchster Gefahr, mit entsprechender Stimmung.

Und vielleicht war die Vergiftung der Hunde nicht nur eine Geschichte. Vielleicht war es wahr. Vielleicht auch nicht. Einfluss darauf zu nehmen, ob eine arme Kreatur einen normalen Wurf bekommen kann oder nicht, erinnerte mich sehr an das, was mit der Menschheit geschehen war. Wäre ich in der Stimmung gewesen, mit ihm zu reden, hätte ich vielleicht gesagt, dass die Kastration ein sehr viel wahrscheinlicherer Grund dafür war, dass es weniger Hunde gab. Ich ging nicht davon aus, dass die alte, aussterbende Menschheit – die Kinderlosen – Zeit oder Interesse gehabt hätte, Hunde zu vergiften, einfach, weil sie gemein sein wollte.

Zu diesem Zeitpunkt wusste ich noch nicht genau, für welche Gemeinheiten manche Kinderlose Zeit gefunden hatten. Ich dachte nur: Wer würde Hunde vergiften wollen? Das ergab keinen Sinn. Aber ich war von einer Insel aufgebrochen. Ich hatte nie gesehen, was ein Rudel Hunde oder Wölfe anrichten kann, wenn sie hungrig und aufgeregt waren. Das kam erst später.

Brand griff hinter sich und zog eine Tasche nah genug an sich heran, um einen Schlafsack daraus hervorzuholen.

Ich werde jetzt schlafen, sagte er. Tu das auch. Eine Nacht auf den Steinen hier neben dem Feuer wird keine Schäden hinterlassen. Und wenn dir kalt wird, bist du daran nur selbst schuld. Bleib auf deiner Seite des Feuers und versuch nichts – denn auch wenn ich vielleicht keinem die Zunge herausschneiden kann, würde Saga hier dir in einem Wimpernschlag die Kehle herausreißen. Ich habe das schon gesehen. Und das ist keine Lüge.

Damit legte er sich auf seine Bettrolle und schloss die Augen, und der Hund legte sich zwischen uns und hielt die Augen offen und direkt auf mich gerichtet.

Ich wusste, dass meine Position zu unbequem war, um zu schlafen, also konzentrierte ich mich darauf, gleichmäßig zu atmen und den Blick des Hunds zu erwidern.

Eine Stunde später fühlte ich mich unbehaglicher als jemals zuvor in meinem Leben, und meine Hände schienen langsam taub zu werden.

Ich dachte darüber nach, Brand zu wecken und es ihm zu sagen … doch gerade, als ich dachte, dass ich nie wieder schlafen würde, tat ich genau das.

# 10
# BLIND PADDELN

Das Aufwachen war kein bisschen schön. Mein Körper war so kalt und steif, dass meine Gelenke knackten, als ich aufzustehen versuchte. Alles tat weh. Und der Schmerz in meinem Kopf hatte sich noch verschlimmert. Mein Auge war halb zugeschwollen und so verklebt, dass eine Menge Reiben und Blinzeln nötig war, um es überhaupt öffnen zu können. Doch durch das Bogenfenster fiel ein dünner wärmender Lichtstrahl, obwohl das Feuer nur noch aus grauer Asche bestand. Und Saga war verschwunden.

Brand saß auf einem Stuhl und packte seine Schlafrolle ein.

Also so wird es jetzt weitergehen, sagte er, und ich hörte für ein paar Herzschläge auf zu atmen, als er das Messer aus dem Stuhl zog. Ich muss mich auf den Weg machen. Und nur für den Fall, dass du die Wahrheit darüber gesagt hast, dass die anderen hinter dir sind, sollte ich das besser bald tun. Die Sonne geht auf, und es gibt ausreichend Licht, um die Felsen im Wasser zu sehen.

Mit dem Messer nahm er schnell noch ein paar der roten Bücher aus, um die Seiten auf die Glut zu legen. Dann trat er einen weiteren Stuhl in Stücke und legte ihn darauf.

Wenn du da drauf bläst, kommt es wieder in Fahrt, sagte er.

Ich konnte sehen, dass er sich nicht die Zeit nehmen wollte, die Flammen für mich anzufachen.

Ich bin kein Monster, sagte er. Aber ich habe mich allein durch mein Leben gekämpft, Griz, und das ist die Wahrheit. Ich will nicht, dass du oder die deinen mir folgen. Bleibt alle schön hier oben, weit weg von der Welt. Ihr habt es da sicher genug. Harrt einfach aus. Vielleicht kommt die Welt ab und zu vorbei und nimmt euch hin und wieder ein paar Dinge weg, aber überwiegend kommt ihr schon klar. Weißt du, was Steuern sind?

Das tat ich, aber ich schüttelte trotzdem den Kopf.

Nun, das ist etwas, das die Leute früher bezahlt haben, wie ein Geldopfer. Sie haben Steuern gezahlt, um ihre Ruhe zu haben und leichter zu leben, hat man mir gesagt. Wenn also ich vorbeikomme, oder jemand anderes, ist das, was wir mitnehmen, wie eine Steuer.

Das ergab für mich überhaupt keinen Sinn. Ich interessierte mich viel mehr für die Art, wie er das Messer in der Hand wog.

Wenn ich dich herumlaufen sehe, bevor ich verschwunden bin, werde ich dir das übel nehmen, sagte er.

Du kannst mich nicht gefesselt zurücklassen, sagte ich.

Es ist nur Seil, sagte er. Und ich werde dir nicht mal dein Messer wegnehmen. Da draußen gibt es einen Friedhof, vielleicht bist du auf dem Weg nach oben durchgekommen? Dort gibt es einen Stein, der ganz anders ist als die anderen. Da werde ich das Messer zurücklassen. Du wirst es erst im vollen Tageslicht finden, aber du wirst. Der Stein fällt auf, weil er so anders ist. Ich bin kein Monster.

Saga tauchte klappernd hinter ihm auf. Sie klapperte, weil Jess mit einem Stück rostiger Kette an sie gebunden war, Hals an Hals, mit gerade genug Spiel, um dem größeren Hund zu erlauben, den kleineren zu beißen, wenn sie wollte. Gerade genug, um Jess zu erlauben, neben Saga herzulaufen, zwei Schritte für einen. Jess könnte nicht zurückbeißen, weil sie etwas über der Schnauze trug.

Es war nicht eng genug, um sie davon abzuhalten, aufgeregt zu jaulen, als sie mich entdeckte. Ihr Schwanz begann so heftig zu wedeln, dass ihr gesamtes Hinterteil hin und her wackelte und Saga anstieß. Saga knurrte und biss sie, nicht nur einmal, sondern zweimal. Der Maulkorb dämpfte Jess' schmerzerfüllten Schrei nicht. Sie versuchte zurückzubeißen, weil ein Terrier das eben tat, da keinerlei Unterwerfung in ihr angelegt war – doch sie konnte nur mit ihrer zugebundenen Schnauze gegen den anderen Hund stoßen, und das führte nur zu einem weiteren Knurren und einem präzisen Biss in dieselbe Stelle.

Kette den neuen Hund an den alten Hund, sagte Brand. Das lehrt sie, wie sie sich benehmen müssen. Es wird nicht lange dauern, sie so zu brechen, dass sie unseren Regeln folgt.

Den Schmerz und die Verwirrung in Jess' Blick waren schlimmer als die Bilder, die ich mir in meinem Kopf ausgemalt hatte; schlimmer als die Vorstellung, dass sie allein ertrunken war. Sie sah mich direkt an, und die Frage in ihren Augen – wieso hilfst du mir nicht? – konnte nur auf eine Art beantwortet werden. Mein Körper reagierte, bevor mein Hirn wusste, was er vorhatte. Ich kämpfte mich auf die Beine und versuchte, zu ihr zu kommen, doch dann trat Brand zwischen uns und rammte mir die offene Handfläche gegen die Brust, was wehtat und mir die Luft zum Atmen raubte. Außerdem warf es mich nach hinten, sodass ich wild stolperte, wobei ich mir plötzlich sehr bewusst war, dass ich mir auf dem harten

Kirchenboden ohne die Hilfe meiner Hände problemlos den Schädel spalten konnte.

Als wäre ihm das ebenfalls bewusst geworden, sprang Brand nach vorne und packte meine Schafshaut. Für einen Moment standen wir uns Auge in Auge gegenüber. Ich überlegte, ihm meine Stirn ins Gesicht zu rammen, doch dann stieß Jess ein Geräusch zwischen Knurren und Bellen aus und versuchte, sich auf ihn zu werfen, um mich zu verteidigen, und Saga biss sie wieder, um sich dann umzudrehen und wegzurennen, womit sie Jess aus dem Gebäude zerrte.

Wieder waren Jess' Instinkte besser als meine … und wieder war es das Schlimmste, was ich je gesehen hatte: wie Saga sie neben sich herschleifte wie ein gebrochenes Körperglied.

Brand setzte mich auf einen der Stühle. Dann warf er sich seine Tasche über die Schulter und griff nach einem langen Koffer, in dem sich meiner Vermutung nach seine Violine und damit sein anderes Selbst befand.

Sie zu brechen bedeutete nicht, ihr dauerhaft zu schaden, sagte er. Es bedeutet nur, ihr den Kopf zurechtzurücken, damit sie weiß, wem gegenüber sie ab jetzt loyal sein muss. Und mach dir keine Sorgen. Ich werde gut zu ihr sein, solange ich sie habe. Sie ist voller Pisse und Essig, genau wie du. Das mag ich an einem Hund.

Wieder huschte eine Wolke über sein Gesicht. Tatsächlich will ich dich gar nicht sehen. Nie wieder. Weil … wenn ich das tue, Griz, wenn es dazu kommt, wird es schlecht laufen, und der Tod wird mitspielen. Also bleib hier, bis die Sonne ganz aufgegangen ist und ich hinter dem Horizont verschwunden bin.

Sein Kinn ruckte.

Finde einfach deinen Weg nach Hause und bleib dort. Die

Welt ist nicht das, wofür du sie hältst, aber das muss dir hier draußen an ihrem Rand keine Sorgen machen. Aber sie ist leer genug, also such nicht nach mir. Sobald ich verschwunden bin, bin ich verschwunden.

Du hast meinen Hund gestohlen, sagte ich.

Ist das alles, was du sagen kannst?, seufzte er. Es wird nicht besser, je öfter du es sagst.

Und mit einem halben Winken und einem Anflug seines früheren Lächelns drehte er sich um und ging, ließ mich mit den Stühlen, dem vergammelnden Bücherstapel und einem Feuer zurück, um das ich mich nicht kümmern wollte. Stattdessen stand ich auf und wanderte durch die Kirche, auf der Suche nach etwas, womit ich das Seil durchschneiden konnte.

Ich entdeckte ein metallisches Glitzern hinter dem Altartisch, doch das war nur ein Kreuz auf einem Halter, dessen Metall keine scharfen Kanten hatte. Ich versuchte, das Seil an einer Kante des Altars zu reiben, doch der Stein war zu stumpf und das Seil zu fest.

Und dann wurde ich wieder wütend und ertappte mich dabei, wie ich neben der Tür stand, die sich dahin öffnete, wo das Boot angebunden gewesen war und wo ich jetzt nichts als Wasser sehen konnte. In diesem Moment beschloss ich, dass Brand mich nicht sehen konnte, wenn ich ihn nicht sehen konnte. Also verließ ich die Kirche und suchte nach dem Friedhof. Er war nicht so überwuchert, wie ich erwartet hatte, und der Grund dafür war offensichtlich, obwohl ich erst einmal erschrak, als ich aus dem Augenwinkel die Bewegung eines Schafs sah und dachte, es wäre Saga. Auf der Insel gab es wilde Schafe. Die drei Schafe und der Bock beobachteten mich misstrauisch, während ich vorsichtig durch den Garten aus Grabsteinen wanderte. Der Friedhof war kleiner als erwartet, doch andererseits befand ich mich auf einer kleinen Insel – und die wenigen Gebäude, die abgesehen von der Kirche noch standen, hätte keiner großen Bevölkerungszahl Unterschlupf geboten.

Die Steine waren alle rechteckig und verwittert. Ich sparte mir die Mühe, die Namen zu lesen, wie ich es normalerweise tat, wenn ich an Grabmalen auf Uist vorbeikam. Ich ging einfach zu dem einen Grabstein, der sich von den anderen unterschied, weil er ein runder Findling war, von niemandem behauen.

Jemand hatte Buchstaben eingemeißelt – Buchstaben, die mir verrieten, dass ich auf dem Grab von jemandem stand, der Smith geheißen hatte. Mein Messer lag im Gras im Schatten des Findlings, und ich nutzte Mr. Smiths Stein, um mich vorsichtig daraufzusetzen und meine Hände nach unten zu schieben, bis ich das Messer hinter dem Rücken packen konnte. Dann nutzte ich den Stein als Stütze, um mich aufzurichten. Ich sprach einen lautlosen Dank … denn obwohl es keine Geister gibt und man tot bleibt, wenn man es einmal ist, schien es mir höflich zu sein. Ich kehrte in die Kirche zurück und schob mich vorsichtig rückwärts gegen die dicke Holztür, um die Messerspitze so tief wie möglich hineinzudrücken. Dann hob ich meine Handgelenke behutsam über die Klinge und fing an, sie zu bewegen.

Das Messer fiel zweimal aus dem Holz, sodass ich es ungeschickt aufheben und wieder in die Tür drücken musste, bevor meine Hände endlich freikamen. Und als sie wieder mir gehörten, stieß ich einen Schrei aus und rannte auf die Spitze des höchstens Hügels der Insel, um nach der *Sweethope* zu sehen.

Sie war weg.

Brand hatte sie nicht ins Schlepptau genommen, ich konnte seine roten Segel in der Ferne sehen … doch er musste die Anker losgeschnitten haben. Vielleicht als Vergeltung dafür, dass ich seine Ankerkette verriegelt hatte. Ich sah sie ein Stück näher an Land, aber immer noch zu weit draußen, um zu ihr zu schwimmen. Und sie bewegte sich mit der Ebbe immer weiter aufs Meer hinaus.

Mein Herz begann erneut zu rasen, doch ich machte mir keine allzu großen Sorgen, als ich den Hang zur anderen Seite der Insel hinunterlief, wo mein Kajak lag. Ich konnte schnell paddeln – schneller als die Ebbe –, und obwohl es eine Weile dauern würde, wusste ich, dass ich das Boot erreichen konnte.

Und ich musste es schaffen. Nicht nur, weil es mein Boot war, sondern auch, weil Jip in der Kabine eingeschlossen war. Wenn ich die *Sweethope* nicht einfing, würde er langsam verdursten und verhungern. Allein. Und in dem Glauben, ich hätte ihn vergessen.

Dieser Gedanke sorgte dafür, dass ich schneller lief – was ein Fehler war, weil ich stolperte und mir den Knöchel verstauchte und dann Probleme hatte, die letzten hundert Meter zurückzulegen.

Brand hatte mein Kajak gefunden. Und das hatte ihn offensichtlich genervt. Das Paddel lag zerbrochen am Strand, als hätte er die Teile ins Wasser geworfen, das sie wieder an Land gespült hatte. Er hatte außerdem in das Kajak getreten, sodass jetzt ein fußgroßes Loch in der oberen Abdeckung klaffte, ungefähr dort, wo sich normalerweise meine Knie befanden.

Ich fluchte und drehte das Kajak um, um mir den Rumpf anzusehen, dann atmete ich erleichtert auf. Man konnte sehen, wo sein Fuß den Boden des Boots gegen die Felsen geschlagen hatte, aber dabei war kein Loch entstanden.

Mein Herz raste wie wild, und meine Hände bewegten sich zu schnell, sodass ich den Bogen fallen ließ, als ich ihn aus dem Kajak zog. Ich ließ ihn auf dem Boden liegen und holte mir das zerbrochene Paddel. Wieder bewegte ich mich zu schnell und hätte mir fast den Daumen aufgeschlitzt, als ich das Tau zerschnitt, das zusammengerollt dalag. Ich benutzte es, um einen langen Stock vom Strand als Schiene zwischen den zerbrochenen Teilen zu befestigen. Meine Finger schienen vergessen zu haben, wie man die richtigen Knoten band, weil der Roringstek immer wieder aufging und dafür sorgte, dass das gesamte Tau sich löste. Ich schloss die Augen und zwang mich, sehr langsam bis zwanzig zu zählen. Dann zog ich den ersten Knoten so fest, dass es mir in den Händen wehtat, hielt die Spannung aufrecht und verband den Bogen mit dem Paddel. Ich band den letzten Knoten besonders sorgfältig und testete dann das reparierte Paddel. Schwerfällig, aber solide.

Ich verschwendete keine Zeit darauf, zur Kirche zurückzusehen; ich biss einfach die Zähne zusammen, erklärte mir selbst, dass es mir gut ging und ich nicht hungrig oder durstig war und auch keine Schmerzen an den falschen Stellen empfand … und paddelte los.

Ich fuhr um die Landspitze und ließ den Blick über die See vor mir gleiten. Kein Zeichen von den roten Segeln, was nicht so schlecht war, aber auch keins von der *Sweethope*. Und das *war* schlecht. Erneut stieg Panik in mir auf, während ich mich umsah, um herauszufinden, wo genau ich auf dem Hügel in der Mitte der Insel gestanden hatte, um dann die ungefähre Richtung abzuschätzen, in die das Boot getrieben war.

Und da wurde mir klar, dass einer der Gründe, warum ich die *Sweethope* nicht sehen konnte, vielleicht war, dass ich an Land alles aus einem besseren Winkel gesehen hatte – während ich mich jetzt auf Meereshöhe befand. Dass ihre Segel gesenkt waren, sorgte dafür, dass ich sie noch schwerer erkennen konnte.

In einem Kajak aufzustehen ist fast unmöglich, aber ich tat es. Sehr, sehr vorsichtig. Dann entdeckte ich den Mast und den Rumpf, und als ich mich hinsetzte, wurde mir klar, dass ich beides immer noch sehen konnte. Es war, als hätte die Panik mich blind gemacht. Als hätte ich geglaubt, ich hätte Boot und Hund verloren, und genau deswegen war es auch passiert.

Der Wind wurde stärker und blies mit der Ebbe, was mir gar nicht gefiel. Ich richtete den Blick auf die *Sweethope* und begann die Jagd durch die unruhigere See zwischen den größeren Inseln und dem Festland dahinter. Ich behielt die Hügel in der Ferne im Blick und achtete darauf, die Richtung einzuschätzen, in die die *Sweethope* trieb, indem ich diese Hügel als Marker verwendete. Wenn sich der Abstand zwischen uns vergrößern sollte, wegen des Winds oder weil meine Arme müde wurden, könnte ich das Boot immer noch wiederfinden, indem ich seine Position bestimmte.

Dann wehte plötzlich ein Regenschauer über meine Schulter heran, und ich riss den Blick vom Boot los, um das Loch oben im Kajak zu betrachten. Ob der Regen wohl den Rumpf füllen würde? Ich entschied, dass ich meine Schafhaut ausziehen und ins Loch stopfen sollte, um zu verhindern, dass Regenwasser eindrang … und als ich den Blick wieder hob, konnte ich weder die *Sweethope* noch die Berge dahinter sehen.

Wieder entschied ich mich, nicht in Panik zu verfallen.

Stattdessen schloss ich die Augen und konzentrierte mich auf das Gefühl des Kajaks und der Strömung darunter.

Wenn man in offenem Wasser paddelt, gibt es immer eine Spannung zwischen dem Meer, dem Boot und einem selbst. Man selbst will nach A, die See zieht einen in Richtung B, und dein Körper spürt die Spannung zwischen diesen zwei Punkten mit jedem Ruderschlag, während er gegen B kämpft und das Kajak auf A ausrichtet. Inzwischen paddelte ich seit mehr als einer Stunde, vielleicht sogar schon zwei Stunden … und ohne es zu merken, hatte mein Körper dieses Gefühl entwickelt. Ich konzentrierte mich darauf, die Spannung wiederzufinden, den Sog des Wassers und den ausgleichenden Druck zu erzeugen, während ich das Kajak dorthin lenkte, wo ich hinwollte.

Ich paddelte im wahrsten Wortsinne blind.

Es war wie ein Spiel, das ich früher immer auf den großen, weiten Stränden auf Uist gespielt hatte: Schließ die Augen und schau, wie weit du gehen kannst, bevor du sie öffnest. Auf dem festgedrückten Sand ging es darum, Schritte zu zählen und die Neigung des Strands zu fühlen, damit man nicht ins Flachwasser geriet. Zu Anfang war es immer ganz einfach, doch dann begann man sich zu fragen, ob nicht ein heimtückisches Stück Seegras oder Treibgut einen schon beim nächsten Schritt zu Fall bringen würde. Irgendwann hatte mich immer eine Art horizontaler Höhenangst erfasst, und ich hatte die Augen geöffnet – nur um festzustellen, dass der Strand vor mir sauber war und alle Stolperfallen nur in meinem Kopf.

Ich zählte bis hundert, dann noch mal und dann noch einmal bis zur Hälfte, bis ich fühlte, wie der Regen aufhörte. Ich öffnete die Augen, und da war die *Sweethope*, fast direkt vor mir. Ich grinste und fühlte mich gut. Und dann wurde mir klar, dass ich viel näher am Boot war, als ich erwartet hatte, und ich fühlte mich noch besser. Da hörte ich ein entferntes Bellen, mein denkendes Hirn holte meine Aufregung ein, und sofort ging es mir mies.

Die *Sweethope* drehte sich langsam – und dass sie näher war als erwartet, lag daran, dass sie sich an einem Felsen verfangen hatte. Flache Ausläufer scharfkantiger Steine gibt es um die Inseln sehr häufig. Sie lauern direkt unter der Wasserlinie, bereit, jedem Boot den Rumpf aufzureißen, das zu blind ist, sie zu entdecken. Als die *Sweethope* weiter gierte, entdeckte ich ein weißes Strahlen im Wasser dahinter, wo einer der hinterlistigen Felsvorsprünge die Wasseroberfläche durchstieß.

Angst durchfuhr meine zitternden Arme und schenkte mir eine Energie, die ich in meinem Körper gar nicht mehr vermutet hatte. Das Bellen war hoch und drängend, während ich näher kam, und das half ebenfalls.

Als ich ungefähr hundert Meter vom Boot entfernt war und gerade anfing zu glauben, dass alles gut werden würde, hörte ich ein Knacken. Das Boot schwankte wie betrunken in die entgegengesetzte Richtung, denn die Strömung hatte es von einem Felsen gerissen und auf den nächsten geschleudert. Ich sah vor mir, wie es in der Kabine aussehen würde, wenn der Rumpf aufgerissen wurde. Bildete mir ein, dass das Geräusch bedeutete, dass nun Wasser eindrang. Ich fing an zu rufen und zu pfeifen, damit Jip wusste, dass Hilfe unterwegs war.

Brand hatte es eilig gehabt, also hatte er nur die Ankerseile durchschnitten, um das Boot treiben zu lassen. Sie peitschten im auffrischenden Wind frei an den Seiten des Rumpfs entlang, also ließ ich meine Hand vorschießen und packte ein loses Ende, um mich daran ans Boot zu ziehen. Ich rief nach Jip und knallte gegen das Boot … und als sein Bellen immer aufgeregter wurde, warf ich mein Paddel in den Führerstand und kletterte ungeschickt an Bord, wobei ich fast das Kajak verlor. Als ich mich auf den Bauch warf, um es festzuhalten, wäre ich beinahe selbst ins Wasser gefallen.

Es ist okay, Jip!, schrie ich. Es ist okay.

Aber das war es nicht. Bereits als ich das Kajak über die Heckreling zerrte, konnte ich fühlen, wie der Kiel der *Sweethope* über die Felsen unter uns schrappte. Ich fragte mich, ob ich das Kajak festbinden sollte, so wie immer – oder ob ich es für eine schnelle Flucht bereithalten sollte, falls das Boot ein Leck hatte und anfing zu sinken. Die Gewohnheit gewann, und ich band es mit einem schnell zu lösenden Knoten fest, sprang in den Führerstand und riss die Tür zur Kabine auf. Jip rammte mich wie eine pelzige Kanonenkugel und sprang dann mit wedelndem Schwanz um mich herum, während seine Vorderpfoten mich kratzten und er glücklich jaulte und bellte. Wie alle Terrier war er gewöhnlich nicht besonders gefühlsduselig, aber offensichtlich hatten ihm seine Gefangenschaft und die Abwesenheit vertrauter Menschen Angst gemacht, als das Boot plötzlich anfing zu treiben.

Tut mir leid, Junge. Tut mir leid, sagte ich und drückte ihn an mich.

Ich erlaubte mir, das Gesicht für einen langen Moment in seinem Pelz zu vergraben, während er meinen Hals leckte. Ich glaube, wir hatten den Körperkontakt mit jemand Vertrautem, der uns liebte, beide nötig.

Dann schlingerte das Boot, und ich schob Jip von mir und duckte mich in die Kabine. Ich musste wirklich nachsehen, ob es ein Leck gab. Ein schneller Blick schien zu zeigen, dass der Rumpf noch unbeschädigt war. Der Boden war bis zum Bugraum trocken. Das war gut. Doch das knirschende

Geräusch klang unter Deck noch schlimmer als oben, weil ich das Kratzen sogar durch die Sohlen meiner Stiefel fühlen konnte. Aus solcher Nähe gab es da noch einen unheilvollen Unterton, als biege sich etwas unter dem Boot. Ich dachte, es wäre der Kiel, der vielleicht in einem Spalt zwischen den Felsen festhing. Für mich wirkte es, als bestände die realistische Chance, dass er einfach abbrach oder aus dem Boden des Boots gerissen wurde. Jip stand hechelnd an der Kabinenleiter und sah mich an.

Ich schnappte mir den alten Stieltopf, den wir als Schöpfkelle und Hundeschüssel verwendeten, und füllte ihn mit Wasser aus meiner Feldflasche. Jip tapste die Treppe hinunter und trank gierig. Ich erklärte ihm, ich würde ihn später füttern, trat in den Führerstand, duckte mich unter dem Baum hinweg und sah über die gezeitenabgewandte Reling, um zu erkennen, woran wir festhingen.

Es waren keine Felsen. Wären es Felsen gewesen, hätten die Wellen die *Sweethope* wohl mehr beschädigt. Das Boot hing an einem beweglichen Objekt, das sich ebenfalls mit der Strömung bewegte. Zuerst dachte ich, es wäre ein Boot, das halb versunken unter der Oberfläche trieb, doch die Seiten und Kanten waren alle flach und rechteckig. Dann wurde mir klar, dass es ein großer Frachtcontainer aus Metall war, so groß wie eine Hütte. Es gab einen davon auf Eriskay, überwiegend verrostet, auf einem fahrbaren Anhänger auf Rädern neben der Straße. Von diesem Container war der Großteil der Farbe abgeblättert, und es wuchs eine dicke Schicht Algen und Seepocken auf seiner Hülle, die aus einem verknoteten Fischernetz bestand. Ich ging auf die andere Seite des Führerstands und sah, dass im Netz noch eine zweite Metallbox hing, die mit einem Ende nach oben schwebte, während das andere tief im Wasser versenkt war. Der erste Container musste Luft enthalten, sodass er Auftrieb bekam. Es schien, als hätte sich der Kiel des Boots in dem Spalt zwischen den zwei Containern verklemmt. Da das Boot sich über Wasser befand, versuchte der Wind, es schneller zu bewegen, als die Strömung es mit den versunkenen Metallboxen tat, und deswegen wurde der Kiel gebogen.

Ich würde das Netz durchtrennen müssen. Es gab eine Menge Netz, und der Wind frischte auf. Also musste ich mich beeilen, bevor der Kiel wirklich abbrach. Denn wenn der sich verabschiedete, würde er den Boden des Boots mit sich reißen, oder das Boot würde kentern.

Mit Bootshaken und Messer machte ich mich an die Arbeit. Ich fing das Netz mit dem Haken ein, zog es an die Oberfläche und begann einfach, daran herumzusägen. Ich hatte von Anfang an keinen richtigen Plan – doch während ich arbeitete, hielten der Druck der Strömung und die Bewegungen des Boots die Nylonfäden gespannt, sodass ich an einer Reihe entlangschneiden konnte, einen Strang nach dem anderen. Das Plastik, das ihr hergestellt habt, ist wirklich widerstandsfähiges Zeug. Wir finden immer noch so viel davon – ich frage mich fast, ob es uns überleben wird. Das Netz wehrte sich, als ich es durchtrennte. Scharfe Stränge gaben plötzlich nach und verkratzten mir die Hände, während ich mit dem Messer arbeitete … und auf der Handfläche meiner rechten Hand bildeten sich Blasen, die im Salzwasser aufplatzten und brannten.

Ich erinnere mich kaum noch an diesen Nachmittag, weil die Arbeit zermürbend und monoton war. Meine Seite schmerzte von der Reling, und mein Rücken tat weh, weil ich mich über das Wasser lehnen musste. Ich weiß, dass ich kurz innehielt, um etwas zu trinken und ein Trageband an meinem Messer zu befestigen. Meine Position wurde irgendwann so schmerzhaft, dass ich fürchtete, ich könnte es ins Wasser fallen lassen. Und ich erinnere mich, dass das Heft meinen Fingern tatsächlich mehrfach entglitt, als das Licht langsam nachließ. Jedes Mal riss ich die Klinge wieder aus den Tiefen und hackte weiter auf die harten Plastikstränge ein. Ich weiß auch noch, wie das Netz einmal plötzlich nachgab und mir den Arm seitlich mit der Girlande aus scharfkantigen Muscheln aufriss, die daran wuchs. Diese zwei Narben habe ich immer noch. Und dann – vielleicht, weil der Teil des Netzes, der dem Sonnenlicht am nächsten war, schneller verrottet war als die Stücke, an denen ich gerade arbeitete – löste sich das Ding plötzlich in Nichts auf, und der schwerere, nach unten hängende Frachtcontainer versank in den Tiefen des Meeres. Weil er sich bereits unter Wasser befand, gab es kein Geräusch, und es war ein seltsam finaler, aber undramatischer Moment, als er verschwand. Der andere Container war lebhafter – befreit von seinem Gegengewicht, hob die darin eingeschlossene Luft ihn höher empor, und obwohl ich mich schnell bewegte, riss er mir trotzdem die Haut vom Unterarm, als die grobe Kruste aus Seepocken darüberkratzte. Ich fluchte und zog mich ins Boot zurück.

Der schwebende Container drehte sich langsam an der Oberfläche – wie ein fauler Wal, der dem Himmel seinen Bauch präsentiert –, bevor er davonzutreiben begann, als hätte er uns nie schaden wollen.

Endlich frei, vermittelte mir das Deck der *Sweethope* unter meinem Rücken sofort ein ganz anderes Gefühl. Sie bewegte sich mit dem Wellengang – plötzlich ganz munter –, als wollte sie dringend lossegeln. Und obwohl ich eigentlich liegen bleiben und eine Weile schlafen wollte, wusste ich, dass das Boot recht hatte: dass ich die Segel setzen und einen Liegeplatz für die Nacht finden musste.

Wieder habe ich kaum Erinnerungen an den Rest des Nachmittags – allerdings weiß ich, dass ich die Segel gesetzt und den Wind eingefangen habe und dass Jip mich daran erinnerte, ihn zu füttern. Und ich weiß, dass das Boot sich plötzlich ein wenig anders steuern ließ als bisher, doch diesen Gedanken schob ich erst mal weg. Vor allem aber erinnere ich mich, dass ich, obwohl ich einen starken Drang verspürte, die *Sweethope* nördlich auszurichten und nach Hause zu segeln, nach Südosten fuhr, in Richtung Festland. Damals dachte ich, ich täte es, weil das Land nun schon so nah war und die beste Chance auf einen sicheren Ankerplatz bot. Heute glaube ich, ich wusste schon immer, dass ich fest entschlossen war, Jess zurückzuholen. Und zusätzlich war ich noch nie auf dem Festland gewesen. Die Neugier, verstehst du? Sie ist nicht nur der Katze Tod.

# 11
# GEGEN RIESEN KÄMPFEN

Ich fand keinen guten Ankerplatz – aber die schmale Bucht, die ich entdeckte, war für die milde Nacht ausreichend geschützt. Es war reines Glück, dass ich immer noch Fergs Anker an Bord hatte, den ich an dem Tag, an dem Brand in unser Leben gesegelt war, aus dem Wasser gerettet hatte. Ohne ihn wäre es wirklich schwierig geworden, da die anderen Anker immer noch auf dem Meeresgrund westlich von Iona lagen. Ich deutete es als gutes Omen und fühlte mich ein bisschen besser, während ich den Knoten band, ihn über die Seite warf und nervös wartete, bis ich mir sicher war, dass er sich im Boden eingehakt hatte. Dann ging ich nach unten, zündete die Lampe an und tat die zwei Dinge, die ich schon den ganzen Tag hatte tun wollen. Ich aß ein paar Haferkekse und etwas von dem windgetrockneten Schafsfleisch, das ich mir aus der Küche zu Hause geschnappt hatte, und ich griff in mein Schaffell und zog die Karte heraus, die ich von Brands Boot gestohlen hatte, um sie auf dem Tisch auszubreiten.

Jip sprang neben mir auf die Bank und rollte sich mit dem Kopf auf meinem Schenkel zusammen, während ich die Karte musterte. Wenn er das zu Hause tat, hatte Jess oft eine ähnliche Position auf meiner anderen Seite eingenommen, sodass ich beim Lesen von meinen Hunden eingerahmt war. Ich kraulte ihm die Ohren, und meine andere Hand sank automatisch ebenfalls unter den Tisch, bevor mein Hirn mich daran erinnerte, dass Jess nicht hier war. Das versetzte mir einen Stich, also konzentrierte ich mich stattdessen auf das, was vor mir lag: eine Karte des Festlands. Das Papier war auf beiden Seiten bedruckt, die obere Hälfte des Lands auf der einen, die untere Hälfte auf der anderen Seite. Die Landteile waren gefüllt mit Namen und Linien, die verschiedene Straßen in verschiedenen Farben zeigten. Die weite See drumherum war mit handgeschriebenen Notizen und Nummern überzogen, ohne dass irgendwas davon für mich Sinn ergab. Erst als ich die Karte umdrehte, bemerkte ich, dass das Lampenlicht durch unzählige winzige Löcher fiel, die in das Papier gestoßen worden waren. Die Löcher schienen vollkommen zufällig angeordnet, bis ich die Karte wieder wendete und das Muster entdeckte, das sie bildeten: Die Stiche markierten auf jeder Seite Orte an der Küste – was natürlich bedeutete, dass sie von der falschen Seite der Karte aus betrachtet vollkommen wahllos verteilt wirkten. Ich dachte an die scharfe Spitze auf dem Tisch von Brands Kabine, an der ich mich verletzt hatte. Das war eine Karte von den Orten, an denen er gewesen war oder wo er noch hinwollte – oder beides.

Am interessantesten war, dass es in einer bestimmten Gegend eine ganze Ansammlung von Punkten gab. Auf einer Seite der Karte lag der Bereich mitten im Meer, aber auf der anderen genau über dem, was ich als Kind für den Hintern des Lands gehalten hatte. Damals fand ich, das Festland sähe ein wenig aus wie ein sitzender Mensch, den man von der Seite betrachtet. Es gab keine andere Stelle mit einer solchen Ansammlung von Löchern, und keinen anderen Punkt, von dem so viele verschiedenfarbige Linien ausgingen. Als ich genauer hinsah und das Wort *Norfolk* auf dem Land daneben erblickte, spürte ich einen kleinen Stich der Aufregung. Brand hatte gesagt, er sei in den Norfolk Broads aufgewachsen.

Ich erinnerte mich daran, wie er sich auf verquere Art für die Drohung entschuldigt hatte, mir die Zunge herauszuschneiden. Er hatte gesagt, wenn man eine Lüge erzählt, sollte man sie immer mit einem Funken Wahrheit würzen, um sie glaubwürdiger zu machen. Ich beschloss, dass er auch die Lüge seiner Lebensgesichte mit einem Funken Wahrheit gewürzt hatte. Und Norfolk war dieser Funke. Die Lüge war, dass er diesen Landstrich hinter sich gelassen hatte und niemals dahin zurückgekehrt war. Vielleicht wollte ich das nur glauben, um vor mir selbst zu rechtfertigen, dass ich ihn immer noch finden wollte; vielleicht brauchte ich diese Ausrede, um auf Erkundungstour zu gehen. Aber in diesem Moment wusste ich einfach – vielleicht auch nur, weil ich irgendwas wissen musste, um nicht ohne Anker und Ruder durchs Leben zu treiben –, dass diese Löcher sein Zuhause anzeigten. Den Ort, an den er meinen Hund bringen wollte.

Ich schlief auf der Bank ein, mit Jip an meiner Seite, und trotz allem schlief ich gut. Mein Körper war erschöpft, und mein Geist, da ich eine Entscheidung getroffen hatte, ruhig genug, um mich lange und tief schlummern zu lassen.

Das nächstgelegene Loch in der Karte – das erste, zu dem eine Bleistiftlinie führte – war eine Stadt ein gutes Stück südlich von meiner Position. Blackpool. Als ich aufwachte, spürte ich erneut den Drang, nach Hause zu fahren, doch der Wind wehte aus Norden, und Jip stand mit dem Rücken dazu am Bug, als wüsste er, wohin Jess unterwegs war. Also folgten wir ihr.

Die Reise ist heute nur noch eine verschwommene Erinnerung. Ich wusste kaum, wie man mit einer Karte navigiert, weil ich mein gesamtes Leben lang auf Sicht vor einer kleinen Inselkette gesegelt war, ohne die mir vertraute Meereslandschaft zu verlassen. Doch ich konnte einen Kompass lesen und wusste, wo die Sonne auf- und unterging, und mit der auf dem Kabinentisch befestigten Karte traute ich mir zu, mich nach Gefühl an der Küste entlangzubewegen. Und genau das tat ich, nicht nur wörtlich.

Vergiss nicht, ich hatte immer noch keinen Fuß auf das Festland gesetzt – doch je weiter ich mich von zu Hause entfernte, desto näher lag der Gedanke. Wie eine Gegenwart, die uns beobachtete und darauf wartete, bis ich sie endlich zur Kenntnis nahm und bemerkte, wie unwiderstehlich sie war. Es war wie die finstere Anziehungskraft eines Magneten, immer zu spüren. Immer unsichtbar, aber unmöglich zu ignorieren.

Wäre es eine Seekarte gewesen statt einer Karte mit Straßen, die sich kreuz und quer über das einst so belebte Land zogen, hätte ich mich wahrscheinlich besser orientieren können. Zwei Tage schneller Fahrt vergingen. Ich verbrachte eine Nacht an der Spitze eines breiten Meeresarms, der sich Richtung Norden um eine große Insel erstreckte und danach wohl noch weiterführte zu dem Fluss, den Mum und Dad vor so langer Zeit hinaufgefahren waren, um die *Sweethope* mitzubringen. Auf diesem Trip, bei dem sie in der Bibliothek geschlafen und beim Aufbruch die Türen geschlossen hatten, um die Bücher zu schützen. Erneut spürte ich den Drang, loszuziehen und mir das anzusehen. Fast hätte ich es sogar getan, doch Jip stand erneut am Bug und starrte nach Süden, also folgten wir stattdessen seiner Nase.

An dieser unbekannten Küste Häuser und kleine Dörfer zu passieren war seltsamer, als dasselbe auf den vertrauten Inseln zu tun. Dort wusste ich, dass jedes Haus leer war. Ich stellte fest, dass ich immer unsicherer wurde, je mehr Häuser ich sah. Manche hatten noch intakte Glasfenster – selbst nach all diesen Jahren der Vernachlässigung –, und sie blitzten im fahlen Sonnenlicht, als wir vorbeisegelten. Jedes Mal hatte ich das seltsame Gefühl, dass sie meine Aufmerksamkeit erregen wollten. Ich spürte oft, wie sich mir die Nackenhaare aufstellten, so als täten sie hinter mir irgendetwas. Zum Beispiel lachen. Als wüssten sie, dass ich einen großen Fehler beging.

Wenn man allein ist, gehen einem solch beunruhigende Gedanken schneller unter die Haut. Kanntest du in deiner belebten Welt auch ruhige Momente, in denen dein eigenes Hirn genug Freiraum hatte, um dir nachzustellen und Spielchen mit dir zu treiben? Oder gab es zu viele andere Leute, die dich die Lieder hören ließen, die sie singen wollten – die schlechten genauso wie die guten? Zu diesem Zeitpunkt hatte ich immer noch keine Ahnung, wie voll von Menschen deine Welt gewesen war, denn ich hatte noch nicht angefangen, durch ihre Überreste zu laufen. Aber ich fühlte die Einsamkeit, die das Land jetzt ausstrahlte, scharf genug, um das Bild von dir aus meinem Rucksack zu holen, wo es als Lesezeichen in dem jeweiligen Buch steckte, das ich gerade dabeihatte. Ich klemmte es an die Karte, vielleicht, damit ich außer Jip noch mehr Gesellschaft bekam. Ich hatte keine Bilder von meiner Familie, also musstest du ihre Position übernehmen, nehme ich an. Und es half, ein anderes menschliches Gesicht zu haben, das ich ansehen konnte.

Nachdem das Segeln oft monoton war und die Gedanken gern wandern, ertappte ich mich mehr als einmal dabei, wie ich aus einem Tagtraum auftauchte, überzeugt, dass ich in meiner Wachsamkeit nachgelassen hatte und das Gefühl, beobachtet zu werden, mehr als real war. Ich war überzeugt, irgendein sechster Sinn verriet mir damit, dass Brand dort draußen war. Dass er sich vor der dunklen Landmasse versteckte und mich verfolgte, nicht andersherum. Dann sah ich mich jedes Mal wild um und ließ den Blick über das Meer und die Küste des Festlands gleiten, um Brand zu entdecken. Doch er war niemals wirklich da, jedenfalls nicht so, dass ich ihn sehen konnte. Er war nur in meinem Kopf.

Jips Tag war immer gleich. Aufwachen, sich an den Bug stellen, bis wir aufbrachen, dann mit mir im Führerstand sitzen, mit Pausen zum Essen und Kacken und Pissen. Die letzten zwei Dinge waren ihm peinlich, weil er das normalerweise ungern tat, wenn jemand zusah, aber wir trafen eine Abmachung: Ich gab vor, nichts zu bemerken, und er tat im Anschluss so, als könne er nicht sehen, wie ich die Pisse mit Meerwasser vom Deck spülte oder die Haufen mit der rostigen Kelle, die ich genau für solche peinlichen Momente immer an Bord hatte, über die Reling schippte. Ich dagegen hängte mich über die Bootsseite, wobei ich darauf achtete, den Wind im Gesicht zu haben, wann immer ich mein Geschäft erledigte … und Jip gab sich die größte Mühe, auch meine Verrenkungen zu ignorieren.

Die Kratzer und Schnitte am Arm, die mir die Muscheln zugefügt hatten, heilten nicht so schnell, wie ich wollte – was ich auf das Salz im Meerwasser und den ständigen Sprühnebel von den Wellen schob. Als ich den Ärmel darüber zog, wurde es schlimmer, also ließ ich die Wunden offen und hoffte darauf, dass die Luft sie irgendwann austrocknen und verschorfen lassen würde. Ich dachte, das saubere Meerwasser würde zumindest dafür sorgen, dass sie sich nicht entzündeten. Auf jeden Fall verriet mir das Brennen, dass sich irgendetwas in den Wunden tat.

Auf halber Strecke zwischen einer großen Insel – von der ich vermutete, es könnte sich um die Isle of Man handeln – und dem Festland bot sich mir ein seltsamer Anblick. Vor mir erhob sich ein schiefer Wald aus zerbrochenen Windmühlen, so wie die auf unseren Inseln zu Hause, nur dass sie hier mitten aus dem Meer aufragten. Als ich sie das erste Mal erblickte, konnte ich mir nicht vorstellen, was sie sein sollten. Ich erinnerte mich an diese Geschichte über den alten spanischen Mann, der dachte, er sei ein Ritter in Rüstung und dass Windmühlen Riesen wären. Er zog auf einem ebenso alten, knochigen Pferd los, um sie zu bekämpfen. Nur dass die vom Wetter ausgebleichten Windmühlen eher an dieses knochige Pferd erinnerten. Vielleicht auch an die Skelette von Riesen – während hin und wieder ein noch intaktes Propellerblatt in die Luft stach wie ein Schwert.

Ich segelte nah an diesen Wald aus Metallröhren heran und reffte die Segel, um langsam daran vorbeizugleiten und zu ihren hoch aufragenden Spitzen aufzusehen. Es war ein seltsamer, ruhiger Moment, in dem die Sonne auf dem Metall glänzte, während wir durch die tigerähnlichen Schatten glitten, die die Rotoren überall um uns herum auf die Meeresoberfläche warfen.

Jip bellte ein paar von ihnen an. Den Windmühlen schien es nichts auszumachen.

Was auch immer sie vielleicht verteidigt hätten, wären sie wirklich die Riesen meiner Fantasie gewesen … es war vor langer Zeit verschwunden. Doch in meiner Vorstellung stehen sie noch heute als Torwächter vor der Küste, denn nachdem ich sie passiert hatte, eröffnete sich mir eine ganz neue Welt voller Wunder.

Als ich mich von den Windmühlen abwandte, um zum Festland zu sehen, entdeckte ich etwas, das mich dazu brachte, wieder volles Segel zu setzen und darauf zuzuhalten. Ein riesiger Turm erhob sich über der größten Ansammlung von Gebäuden, die ich je gesehen hatte. Eine Großstadt, dachte ich. So sieht eine Großstadt aus.

Als ich näher kam, stand die Sonne bereits tief im Westen, und das Licht färbte alles rot, sodass die Welt in goldenem Glühen lag. Der Turm bestand aus Metall und sah ein wenig aus wie der, den ich auf Bildern von Paris gesehen hatte. Doch der Turm in Paris erhob sich nicht aus dem Dach eines geziegelten Palasts. Sobald ich ihn sah, wusste ich, dass ich ihn erklimmen würde – einfach, um herauszufinden, wie die Welt von dort oben aussah. Um die Welt so zu sehen wie ein Vogel.

Du wärst wahrscheinlich wegen eines Turms nicht so aufgeregt gewesen. Du kanntest schließlich Flugzeuge. Und Helikopter. Ich würde nie näher an das Fliegen herankommen. Du hättest auch gewusst, dass dies keine Großstadt war, sondern eine ganz normale Stadt.

Es herrschte Flut. Ein langer Metallzaun erstreckte sich vor den Gebäuden, die ins Wasser hinausstanden, und Laternenpfähle und Flaggenmasten stachen in einer langen Reihe dahinter in die Luft, ihre Füße ebenfalls im Wasser. Manche standen schief wie die Windmühlen hinter mir, doch die meisten hielten sich mehr oder weniger aufrecht.

Ein großer Pier erstreckte sich in die See. Ich dachte, ich würde dorthin segeln und die *Sweethope* daran festmachen. Als ich näher kam, wurde mir klar, dass auf dem Pier einst Gebäude gestanden hatten … und dass es dort eine Terrasse gegeben hatte, die von einem Feuer zerstört worden war. Eine Art riesiges Metallrad hing verbogen und halb geschmolzen von der Seite des Piers, halb unter Wasser. Ich fuhr sehr vorsichtig daran vorbei, für den Fall, dass Trümmer direkt unter der Oberfläche lauerten, doch das taten sie nicht. Dann vertäute ich mein Boot an einem Pfosten, der unter dem Rost offenbar noch genug Metall aufwies, um zu halten.

Und dann, nach all der Vorfreude darauf, endlich Fuß auf das mysteriöse Festland zu setzen … tat ich es nicht.

Ich setzte mich mit Jip an die Seite des Boots, sah mir alles an und versuchte, es zu entschlüsseln.

Die See plätscherte gegen die Vorderseite der Gebäude hinter den versunkenen Zaunlatten. Das war nicht allzu überraschend. Ich wusste, dass der Meeresspiegel seit Jahren anstieg. Wenn es die Kastration nicht gegeben hätte, hätten die Menschen vielleicht eine Mauer gebaut, um die Stadt zu schützen, dachte ich. Jetzt bildeten die Gebäude in der ersten Reihe selbst diese Mauer. Ich ließ den Blick daran entlanggleiten und fragte mich, wie die Stadt wohl ausgesehen hatte, als all diese Türen verschiedenste Menschen eingelassen hatten statt nur das Meer. An einigen Häuserfronten prangten Buchstaben, doch sie waren überwiegend verschwunden oder unlesbar, und die, die noch übrig waren, bildeten unsinnige Sätze: _ALLROOM _UNHOUSE! UN_ERHAL__AME GA_ES! _OOTSA_SFL_GE! _AS_NO! ST__NDTO_REN! _IS!_INGO! _RUPPEN WILL__OMMEN.

Ich las Jip die Worte laut vor. Er schien ebenfalls keinen Sinn darin zu erkennen.

Ungefähr eine halbe Meile am Ufer entlang befand sich eine weitere, seltsam geschmolzene Ansammlung von gezacktem Metall, die ein wenig an das riesige Rad neben mir erinnerte.

Die metallene Barriere zog sich um einen Bereich anderer Bauten, die mir ganz sinnlos erschienen, und erhob sich dabei hoch in die Luft, nur um dann wieder nach unten zu sinken. Sie war nicht so hoch wie der Turm, aber der höchste Punkt lag sehr weit oben. Der Wind, der immer vom Meer her weht, wenn die Sonne untergeht, strich über meinen Nacken. Ich zog die Schafshaut enger um mich. In weiter Ferne schrie etwas. Es könnte ein Vogel gewesen sein.

Morgen, Jip, sagte ich. Morgen werden wir an Land gehen. Im Tageslicht.

# 12
# ANLANDEN

Ich hatte es vergessen, und der Bogensehne war es egal.

Der Pfeil traf das große Kaninchen an der Schulter, ein kleines Stück vor der Stelle, auf die ich gezielt hatte, und tötete es sofort. Es war ein guter Schuss, doch ich gratulierte mir nicht. Ich hatte vergessen, dass die Schnitte und Kratzer an meinem Unterarm immer noch nicht anständig verheilten, also fluchte ich stattdessen und hielt mir den Arm, wo die Bogensehne die Krusten und Salzblasen aufgerissen hatte, sodass die Wunden jetzt wieder offen waren und schmerzten.

Später würde ich das Kaninchen häuten, bevor ich es kochte; doch in diesem Moment hatte ich das Gefühl, ich wäre derjenige, dem die Haut abgezogen worden war.

Als ich das große Kaninchen genauer betrachtete, stellte ich fest, dass es gar kein Kaninchen war. Ich glaube, es war ein Hase, und auch wenn ich mich irre, ist es zumindest die Art von Kaninchen, die ich seitdem Hase nenne – mit längeren Ohren und viel stärkeren Beinen. Nach diesem ersten Treffer ist es mir nur noch ein paar Mal gelungen, sie zu schießen – weil sie schwerer zu überraschen sind als normale Kaninchen. Vielleicht können sie mit den längeren Ohren besser hören. Jip ist geradezu um sein Leben gerannt bei dem Versuch, diese

Tiere zu fangen, doch er hat es nie geschafft, selbst eins zu töten, was er als persönliche Beleidigung auffasst. Jedes Mal, wenn er auf einen Hasen zustürmt, bemerkt das Tier ihn und saust zum Horizont davon. Aber vielleicht mögen sie es auch, Terrier aufzuziehen, weil sie diesen speziellen Geschwindigkeitsschub anschalten können, wann immer sie wollen.

Ich weiß jetzt, dass das Metallgefüge vom Abend vorher kein riesiger Zaun war, sondern eine Achterbahn – denn als ich in den Schatten des Gerüsts kam, prangte dort ein altes Schild. Und obwohl es aufgeplatzt und verrostet war, konnte man es doch noch lesen. Und ich wusste, was eine Achterbahn ist, weil ich sie in einem Buch über Urlaube in Amerika gesehen hatte. Solche Bahnen hatten Wagen, in die man sich setzte und die dann mit den Menschen darin hoch- und runtersausten, und die Leute streckten auf den Gefällen die Hände in die Luft und schrien. Ich meine, auf dem Bild lächelten und riefen sie, aber in den Worten darunter stand, dass alle vor Aufregung schrien.

Jetzt schrie niemand mehr. Es war vollkommen still, abgesehen von dem Knirschen und Klappern und anderen Geräuschen, die der Wind dem alten Metall und den zerfallenden Gebäuden darunter entlockte.

Ich hatte gedacht, wir würden zuerst auf den Zaun klettern, sobald wir an Land waren – doch als die Sonne aufging, herrschte Ebbe, und der Kiel der *Sweethope* kratzte über den Sand. Weil ich mir Sorgen machte, dass er brechen könnte, wenn das Wasser sich noch weiter zurückzog, warf ich den Anker und lockerte die Seile, mit denen ich das Boot am Pier befestigt hatte, sodass das Boot ein wenig freier treiben konnte. Dann nahm ich meinen Rucksack und den Bogen mit den Pfeilen und kletterte vorsichtig an der Seite des Piers entlang zur Küste. Ich hatte auch die Karte zusammengelegt und eingesteckt, weil ich dachte, wenn ich auf den Turm kletterte, könnte sie mir helfen, mich zu orientieren, wenn ich sie mit dem verglich, was ich sah. Den Rucksack mitzunehmen war nichts Besonderes, auch wenn sich herausstellen sollte, dass er ein Lebensretter war. So waren wir einfach. Wir trugen unser eigenes Wasser, verpackten unser eigenes Essen und trugen immer alles bei uns, was nötig war, um ein Feuer zu entzünden oder eine Wunde zu versorgen. Niemand anders konnte uns helfen, wenn wir in Schwierigkeiten gerieten. Das war unsere zweite Natur. Außerdem hatte ich mir zwei der großen Wasserflaschen um den Hals gehängt, um sie bei nächster Gelegenheit zu füllen.

Frisches Wasser und Essen waren auf jedem Ausflug erste Priorität. Doch an diesem Tag hatte ich gedacht, ich würde meine Gewohnheiten durchbrechen und meinen ersten Schritt aufs Festland feiern, indem ich auf den Turm stieg und mir alles von oben ansah. Jip hatte andere Vorstellungen und ließ sich nicht mühelos tragen. Das Skelett des Piers entlangzuklettern, mit Rucksack und Bogen und zwei an meinem Hals klappernden Wasserflaschen, war schwierig genug, also ließ ich Jip ins Wasser fallen, und er schwamm fröhlich aus eigener Kraft ans Ufer.

Das zurückweichende Meer hatte dafür gesorgt, dass ein dünner Streifen Land vor den Häusern trockenlag. Nasser Sand drängte in die offenen Türen und Fenster, und die halb vergrabenen Rümpfe alter Autos lagen an der gesamten Küstenlinie verteilt. Manche bestanden nur noch aus gebogenen Dächern, lauernd wie riesige Käfer; andere waren von Stürmen umhergeschleudert worden und präsentierten dem Himmel verrottende Räder und rostende Achsen. Jip trottete aus dem Wasser, schüttelte sich, sah zu mir zurück, wedelte mit dem Schwanz und drehte sich, um schnüffelnd in diese ganz neue Welt voller unvertrauter und aufregender Gerüche einzudringen.

Mich stellte der Landgang vor mehr Probleme. Der Pier war vom Feuer verwüstet, und ich musste auf jedem Schritt den Halt unter meinen Füßen testen. Als ich den letzten Schritt an Land tat – oder vielleicht war es auch der erste –, ließ ich die Wasserflaschen fallen und sah mich um. Der Turm dominierte den Himmel zu meiner Linken. Der Palast, aus dem er sich erhob, glänzte im Morgenlicht nicht golden, sondern bestand aus einfachen roten Ziegeln. Er wirkte riesig. Bis zu diesem Zeitpunkt war das größte Gebäude, in dem ich mich je aufgehalten hatte, die Kirche gewesen, in der Brand die Violine gespielt hatte. Dieser Palast war mehrere Kirchengebäude groß. Jip allerdings war seiner Nase nach rechts gefolgt, die Küste entlang, auf die Achterbahn zu. Obwohl sie zu diesem Zeitpunkt in meinen Gedanken natürlich noch ein mysteriöser, riesiger Zaun war. Ich zog einen Pfeil heraus und legte ihn auf die Sehne, für den Fall, dass wir ein Kaninchen überraschten – wieder aus reiner Gewohnheit. Dann folgte ich ihm. Es war eigentlich keine Jagd, weil ich mit den Gedanken einfach nicht bei der Sache war. Es gab zu viele Ablenkungen. Dieser Ort roch seltsam – nicht schlecht, sondern eher wie der verkohlte Geruch eines Lagerfeuers. Ich entschied, dass das vom Pier kommen musste, obwohl der Geruch mich die gesamte Küste entlang begleitete, als ich in die zerbrochenen Fenster spähte und zu den alten Schildern aufsah, die kryptische Hinweise darauf gaben, wozu die verschiedenen Gebäude einmal gedient hatten. Genaueres Hinsehen ergab, dass _OOTSA_SFL_GE Bootsausflüge anboten und UN_ERHAL__AME GA_ES unterhaltsame Games waren – auch wenn der große Raum mit dem sandbedeckten Boden und der niedrigen Decke, der sich dahinter erhob, nicht allzu unterhaltsam aussah und die Reihen korrodierender Maschinen darunter mit wilden cartoonartigen Zeichnungen verziert waren, die früher sicher farbenfroher und strahlender gewesen waren.

Es gab keine Fußspuren im Sand außer meinen eigenen und vor mir nur die Pfotenabdrücke von Jip. Ich folgte ihm auf die hoch aufragende Ansammlung von Gebäuden zu, die von der Achterbahn umschlossen wurde.

Wir stoppten beide an der offenen Tür zum _AS_NO, an dem kleinere Schilder erklärten, dass es sich um ein Casino handelte. Ich wusste sogar, was das war, und wollte sehen, wie ein Ort aussah, an den die Leute gekommen waren, um glamourös zu sein und ihr Geld zu verlieren … doch in der Lobby herrschte ein heftiger Gestank nach Tod. Jip wandte sich ab, und erneut folgte ich ihm in die saubere Luft. Dinge sterben und verrotten. Und man will sie sich nicht immer genauer ansehen.

Das Gelände, um das sich die Achterbahn zog, hieß laut einem Schild *Pleasure Beach,* und auf dem Boden gab es noch mehr Sand, um das zu beweisen. Außerdem gab es eine Wand, auf der ein riesiger Schädel mit einem Wikingerhelm prangte, dreimal so groß wie ich, der uns warnend anzuknurren schien, als wir näher kamen. Deine Leute fanden so etwas witzig. Das wusste ich. Aber für mich wirkte dieser Schädel wie eine grimmige Präsenz mit zerbrochenen Zähnen, voller echter Boshaftigkeit. Der *Pleasure Beach* war ein seltsames Dorf voller grotesker Dinge wie diesem Schädel. Es gab schleimig wirkende Lebkuchenhäuser, die absichtlich schief gebaut worden waren, um bedrohlich über einem aufzuragen. Es gab jede Menge Metallkäfige und zerfallende Maschinen – die meisten mit einst farbenfrohen, aber jetzt ausgebrochenen Plastikstühlen, die von ihren Enden hingen. Wahrscheinlich waren diese Dinger dazu gedacht, Menschen herumzuschleudern – obwohl es aussah, als wäre das eher Folter und absolut kein Vergnügen gewesen. Es gab eine Menge zerbrochenes Glas, also bewegte ich mich vorsichtig. Meine langsamen Bewegungen erlaubten mir, mich an ein Tier heranzuschleichen, das ich noch nie gesehen hatte, und fast hätte ich es mit einem Pfeil durchbohrt … bis mir klar wurde, dass es ein halb vergrabener Teddybär war.

Ich entdeckte zwei riesige Vögel wie Strauße, die sehr still zwischen ein paar jungen Bäumen standen, und obwohl mir schnell klar wurde, dass sie aus Plastik bestanden, wäre ich doch vor Schreck fast aus der Haut gefahren, als ich ein wenig nach rechts blickte und eine riesige Echse von der Größe eines Pferds hinter ein paar niedrigen Büschen entdeckte, die mich mit einem fiesen Ausdruck beobachtete und gerade genug Zähne zeigte, um mir ein unschönes Ende zu versprechen, falls sie mich anspringen sollte. Sofort erstarrte ich. Jip ging zu der Echse und hob das Bein an ihrem Schwanz. Erst da bemerkte ich, dass es eine weitere Statue war, geschaffen aus Beton. Der Blick, den mir Jip zuwarf, schien zu sagen »So viel zu Dinosauriern«.

Das Wesen war nicht real. Natürlich nicht. Die Dinosaurier sind sogar noch toter als ihr. Aber der Schock, den er mir verpasst hatte, war echt. Ich ging zur Basis des riesigen, verknotet wirkenden Zauns, wo es mehr Licht gab … und dort fand ich das Schild, das erklärte, dass es sich um eine Achterbahn handelte. Während ich es las, fühlte ich, wie Jip sich neben mir anspannte, und da sah ich den Hasen aus den Büschen springen und innehalten, um in Richtung der See mit der Nase zu wackeln.

Sobald ich ihn erschossen und an meinen Rucksack gehängt hatte, entwickelte Jip ein brennendes Interesse an der Witterung im Unterholz, das diese Ecke des Pleasure Beach erobert hatte, während ich auf die Achterbahn kletterte. Anfangs wollte ich mich nur ein paar Meter nach oben begeben, damit ich sehen konnte, wo Jip hinlief, aber das Gerüst war robust und wackelte überhaupt nicht, also kletterte ich weiter. Ich stieg auf die Fahrbahn und lief sehr vorsichtig auf den schmalen Stufen nach oben, die daneben eine Treppe bildeten. Wahrscheinlich nicht das Klügste, was ich hätte tun können, aber ich ließ eine Hand immer auf dem Handlauf liegen. Dinge, die in der alten Welt stabil gebaut worden waren, brauchten im Danach eine lange Zeit, um wieder in Stücke zu zerfallen … und ich wollte mein Abenteuer nicht damit beenden, dass ich durch eine Lücke fiel. Und ja, es war ein Abenteuer. Ich war immer noch entschlossen, Jess zurückzuholen, aber obwohl ich diese Wildheit in mir spürte, war ich auch aufgeregt, endlich wirklich eine Welt zu berühren und anzusehen, von der ich bisher nur gelesen hatte oder über die ich alte, nicht immer glaubwürdige Geschichten gehört hatte. Und je höher ich kletterte, desto mehr entfaltete sich etwas in mir, und ich konnte in der neueren, klareren Luft leichter atmen. Mir wurde bewusst, dass ich gar nicht geahnt hatte, dass ich weniger gewesen war, als ich hätte sein können … bis ich entdeckte, dass es so viel mehr Welt gab, in der ich ich selbst sein konnte.

Ganz oben auf der Achterbahn stand ein Wagen. Wäre es nicht so gewesen, hätte ich vielleicht umgedreht, bevor ich den höchsten Punkt erreichte. Ich glaube nicht, dass es einen Unterschied gemacht hätte, aber möglich wäre es. Jedenfalls sah ich zu dem Wagen auf und dachte, es wäre schön, ihn zu erreichen … um sich dort hinzusetzen und einen Moment auszuruhen, während ich die Aussicht genoss, die sich vor mir ausbreitete.

Jip stand wieder am Fuß der Achterbahn und bellte zu mir hoch, eifrig darauf bedacht, mir das Kaninchen zu zeigen, das vor ihm im Sand lag. Ich winkte und sagte ihm, dass ich in einer Minute nach unten kommen würde. Der Wind hatte wieder aufgefrischt, und der Himmel verdunkelte sich, aber ich konzentrierte mich vollkommen auf die nächste Stufe vor mir, und dann wieder die nächste. Ich musste die Wolken, die sich hinter mir sammelten, nicht ansehen; ich konnte fühlen, dass Regen in der Luft lag, konnte ihn sogar riechen. Ich wollte mich nur einen Moment auf der Spitze ausruhen, um dann wieder abzusteigen, bevor die ersten Tropfen fielen. Überwiegend bemühte ich mich, nicht nach unten zu sehen, weil ich dann jedes Mal ein wenig aus dem Gleichgewicht geriet und leichte Übelkeit verspürte. Als würde man auf festem Boden seekrank.

Ich erreichte den höchsten Punkt, und da fand ich ihn. Zusammengesackt auf dem Boden des Wagens – eine Ansammlung alter Knochen, die langsam in den Fetzen, die einst seine Kleidung gewesen waren, zu Staub zerfielen; lange graue Haare wie ein Nest unter dem Schädel zusammengerollt. Es gab einen mit Rissen überzogenen Gummistiefel, in dem noch ein Beinknochen steckte, und einen Rucksack. Der Rucksack bestand aus dickem Plastik, schwarz und mit Regenschutz. Die Riemen waren verschwunden, aber der Ranzen selbst war geschaffen worden, um wirklich wasserdicht zu sein. Er schien mit seinem Inhalt überlebt zu haben – vielleicht, weil er unter den Sitz gestopft und so vor den schlimmsten Einflüssen des Wetters geschützt worden war.

Außerdem lag eine Pistole auf dem Boden zwischen den Knochen.

Die Witterung hatte sie zu einem nutzlosen Metallklumpen verrosten lassen, doch sie war da. Genauso wie die Löcher in dem Schädel. Ein kleines am Boden der Hirnschale, wo der Lauf sich gegen den Knochen gedrückt haben dürfte, und eine große Öffnung in der Schädeldecke. Die Löcher erzählten eine traurige, aber deutliche Geschichte. Er war nach hier oben geklettert, um sich einen letzten Blick auf die Welt zu gönnen … und dann hatte er sich aus besagter Welt geschossen.

Ich entschuldigte mich bei den Knochen, dann öffnete ich den Rucksack. Er knisterte steif, und da erkannte ich, dass ich mich geirrt hatte. Der Ranzen war voller Bilder, gefüllt mit einem ganzen Leben in Fotografien – aber ganz oben lagen ein Lippenstift und eine Make-up-Dose, ein kleiner Spiegel und eine Haarbürste. Außerdem entdeckte ich eine kleine Metallurne, von der ich dachte, sie könnte vielleicht etwas Interessantes enthalten. Ich öffnete sie und stellte fest, dass dem nicht so war. Darin befand sich einfach nur Asche, grau und grobkörnig. Ich konnte verstehen, wieso diese Frau die Entscheidung getroffen haben mochte, in bestem Aussehen hier oben zu sterben, um dem, was kam, gewappnet gegenüberzutreten. Diese Tat beinhaltete einen gewissen Trotz, den ich bewundern konnte. Aber ich wusste nicht, wieso sie etwas so Bedeutungsloses wie eine Urne voller Asche den ganzen Weg nach hier oben getragen hatte. Ich wog den Behälter in der Hand. Er war nicht leicht. Und sie musste alt gewesen sein, dem grauen Haar nach zu urteilen, das sie zurückgelassen hatte. Ich glaube nicht, dass ich es besser verstanden hätte, hätte ich die Zeit gehabt, dort zu sitzen und darüber nachzudenken … aber nicht einmal dieser Luxus war mir vergönnt.

Irgendetwas sorgte dafür, dass ich über die Schulter zurücksah, über die Meile Strand zurück Richtung Turm. Selbst auf diese Entfernung und aus dieser Höhe konnte ich erkennen, dass er viel höher war als die Achterbahn. Er schien fast die graue Wolkendecke zu berühren, die sich darüber schloss, und wurde nur von der schwarzen Wolke überragt, die von der See darunter aufstieg.

Nur dass das keine schwarze Wolke war. Sondern Rauch. Sein Ursprung war ein Feuer, und dessen Nahrung war die *Sweethope.*

Ich hätte die Stufen nach unten rennen müssen – aber es war klar, dass es, bis ich die Meile zurück zum Pier gelaufen war, zu spät wäre … viel zu spät. Ich setzte mich hin und starrte die Katastrophe an.

Dieses ständige Gefühl, beobachtet zu werden – vielleicht hatte ich mir das zum Teil tatsächlich eingebildet. Aber zum anderen Teil war es real gewesen. Ich war hierhergekommen, um nach Brand zu suchen. Aber er hatte mich gefunden.

Ich konnte ihn nicht sehen. Ich konnte sein Boot nirgendwo sehen. Ich konnte nicht mal erkennen, wo es an dieser weiten, offenen Küste, die sich nach Norden erstreckte, liegen sollte. Es gab keine Stelle, an dem Brand das Boot verstecken konnte. Es sei denn, es gab eine kleine Bucht hinter der Landspitze. Ich konnte seinen verdammten Hund Saga nicht sehen und auch Jess nicht.

Ich konnte nur hören, dass Jips Bellen immer drängender

wurde, als spürte er, was er von seiner Position aus auf keinen Fall sehen konnte.

Neben dem Pier war eine Nachricht in den Sand gekratzt, die Buchstaben groß genug, dass ich sie selbst auf eine Meile Entfernung lesen konnte … unter dem Rauch, der von dem Scheiterhaufen meines Boots aufstieg.

*Ich habe es dir gesagt, Griz. Geh nach Hause.*

# 13
# DER TURM

Neun Wörter im Sand bewiesen, dass Brand schreiben konnte. Aber ich glaube nicht, dass er dieselben Bücher gelesen hatte wie ich. Hätte er das, hätte er vielleicht meinen Hund trotzdem gestohlen, aber er hätte mein Boot nicht in Brand gesteckt.

Das denke ich jetzt – nach allem, was geschehen ist. Damals, als ich vollkommen schockiert auf dem höchsten Punkt der Achterbahn saß und beobachtete, wie die *Sweethope* verbrannte, fühlte ich mich einfach nur wie betäubt. Und schuldig. Und natürlich auch verängstigt. Ich hatte etwas Dummes getan – eine Reihe von dummen Dingen –, und dies war das Ergebnis. Ich hatte die Sache nicht zu Ende gedacht. Ich war ohne Vorbereitung aufgebrochen, allein, obwohl Dad versucht hatte, mich aufzuhalten. Ich hatte nicht auf ihn gehört. Ich hatte auf nichts gehört außer auf mein Herz und meine Wut. Ich hatte mein Hirn nicht eingeschaltet. Vor allem war ich dumm, weil ich meinen Kopf nicht benutzt hatte. Und jetzt würden Bar und Ferg und Dad denken, dass ich tot war, weil es mich viel Zeit kosten würde, ohne mein Boot nach Hause zu kommen. Selbst Mom würde bemerken, dass ich abends nicht neben ihr saß. Dessen war ich mir sicher. Irgendwie würde sie bemerken, dass ich fort war. Und was, wenn sie nach mir suchen kamen? Wie sollten sie mich finden? Wie sollten wir uns in dieser riesigen Welt nicht verfehlen? Ihnen konnte auf der Suche nach mir sogar etwas zustoßen. Unser Zuhause könnte zerstört werden. Das war alles meine Schuld. Dad hatte recht gehabt, wenn er mich stur und eigenwillig genannt hatte. Brand hatte nur meinen Hund und ein wenig Fisch gestohlen. Brand war einfach eines dieser schlimmen Ereignisse, die im Leben eben geschehen, wie ein Sturm oder eine Krankheit. Brand war etwas, das einen abhärtete und mit dem man umging. Man konnte nicht mit einem Sturm oder Fieber diskutieren. Solche Dinge wussten es nicht besser. Sie existierten einfach.

Aber ich? Ich hätte es besser wissen müssen. Und ich hatte alles verraten.

Wenn es je einen Moment gegeben hat, an dem Tränen angebracht gewesen wären, war es dieser. Und ich wollte weinen. Ich fühlte das heiße Brennen von Tränen, die über meine Wangen rinnen wollten. Meine Kehle war wie zugeschnürt von dem Schluchzen, das freigelassen werden wollte. Niemand würde es je erfahren. Die alte Dame auf dem Boden neben mir würde nichts bemerken. Sie würde nichts hören. Sie würde nichts sehen. Sie bestand nur aus Knochen, ihre Augen und Ohren längst verschwunden. Aber ich weinte nicht. Vielleicht, weil *ich* es gewusst hätte. Vielleicht, weil Dad recht damit hat, dass ich zu stur für Vernunft bin. Aber hauptsächlich, glaube ich, weil es nichts geholfen hätte. Die Milch war bereits verschüttet.

Beim Abstieg über die Stufen war ich weniger vorsichtig als beim Aufstieg, aber trotzdem achtete ich darauf, nicht zu schnell zu werden, um nicht zu stolpern und mich vielleicht zu verletzen. Als ich wieder auf dem Boden stand, tat Jip so, als würde er sich nur dafür interessieren, das Kaninchen zu fressen, das er gefangen hatte … bis ich meinen Rucksack über die Schulter warf und nach meinem Bogen griff. Dann hob er das Kaninchen auf und begleitete mich, während ich zum Pier zurückging. Vielleicht hätte ich vorsichtiger sein müssen. Vielleicht hätte ich mir Sorgen machen sollen, dass Brand das Feuer nur gelegt hatte, um mich zurück an den Strand zu locken und mir aufzulauern oder irgendwas. Aber das Problem an *Vielleichts* ist, dass man sich darin verliert und letztendlich nirgendwo ankommt. Ich musste etwas tun.

Und ich wusste – auch wenn ich keine Ahnung hatte, woher –, dass er weg war. Hätte er mir eine Falle stellen wollen, hätte er die Worte nicht schreiben müssen. Trotzdem hielt ich Ausschau nach seinem roten Haar, während ich die Meile über den Strand zum Pier zurückging. Aber er war längst verschwunden. Er hatte die Nachricht hinterlassen. Er musste nicht bleiben, um es mir noch mal selbst zu sagen.

Außerdem hatte er mir mein Kajak gelassen.

Das überraschte mich. Ich blieb wie angewurzelt stehen. Fast wäre die Sache mit dem Nicht-Weinen in die Binsen gegangen. Das Kajak war genauso ein Teil von mir und Teil meines Zuhauses wie die *Sweethope*. Es lag auf dem Sand unter den Worten, die er geschrieben hatte, und mein repariertes Paddel lag quer darüber.

Das war eine weitere Nachricht. Brand wollte mir damit sagen, dass er kein Monster war. Das schien ihm immer wichtig zu sein. Und vielleicht war er das in seinen eigenen Augen auch nicht. Ich nehme an, niemand ist in seiner eigenen Geschichte das Monster. Monster sind immer eine Frage der Perspektive.

Die *Sweethope* war bis auf die Wasserlinie verbrannt, aber es stieg immer noch schwarzer Rauch von den Trümmern auf – ein totes Boot, das noch auf dem Meer trieb. Die Segel verkohlt, die Takelage verschwunden. Unrettbar verloren. Das Feuer hatte die Seile verbrannt, die das Boot am Pier festgehalten hatten, aber der Rumpf hatte sich gedreht und in dem großen, verbogenen Chaos des umgefallenen Rads verkantet. Brand musste irgendetwas eingesetzt haben, um das Feuer in der Kabine zu entfachen, und dann war er einfach weggegangen. Nach dem Gestank von verbranntem Gummi und dem unablässigen schwarzen Rauch war es vielleicht ein Reifen gewesen. Wir verbrannten zu Hause in Notfällen spröde alte Reifen als Notsignal. Der Gedanke verdoppelte mein Heimweh.

Ich setzte mich hin und starrte lange Zeit das tote Boot an. Ich weiß nicht, wie lang ich dort saß – und ich erinnere mich auch nicht daran, was ich gedacht habe, zumindest nicht genau. Allerdings weiß ich noch, wie ich mich gefühlt habe, nämlich leer. Meine Knie waren weich. Ich fühlte mich, als sollte ich besser sitzen bleiben und weiter alles beobachten, für den Fall, dass der Wind mich einfach umwehte, wenn ich aufstand.

Jip setzte sich auf den Boden und sah mich an, die Reste seines Kaninchens immer noch im Maul. Er liebte seine Kaninchen, nachdem er sie getötet hatte, und trug sie oft unendlich lange mit sich herum – als wäre er auf sie genauso stolz wie darauf, sie gefangen zu haben. Er leckte sie auch, als wollte er sie putzen. Manchmal wurde es am Ende ein wenig makaber.

Irgendwann winselte er mich an. Oder vielleicht winselte er schon eine Weile, um meine Aufmerksamkeit zu erregen.

Der Schock hatte mich in eine Art Kokon aus Taubheit katapultiert. Jip wedelte mit dem Schwanz und stieß das Kaninchen mit der Schnauze an.

Guter Hund, sagte ich. Wir werden von nun an oft jagen müssen.

Irgendwie war der Tag vergangen, ohne dass ich den Lauf der Zeit bemerkt hatte. Der drohende Regen war nie gefallen, und die Sonne war über den Himmel gewandert und tauchte gerade hinter neue, unheilvoll aussehende Wolken am Horizont.

All mein Trockenfleisch und Fisch und mein Hafermehl war mit dem Rest des Boots verbrannt. Ich hatte genug Nahrung für ein paar Tage in meinem Rucksack, und natürlich hatte ich den Hasen.

Jip mit seinen Kaninchen zu beobachten erinnerte mich an meine Beute … und das sorgte dafür, dass ich aufstand, auf Beinen, die sich nicht mehr weich anfühlten, sondern jetzt steif und unglücklich darüber, sich nach einer so langen Zeit des Sitzens bewegen zu müssen. Ich zwang mich, zu dem glatten Dach eines der halb im Sand vergrabenen Autos zu gehen und es als Tisch zu verwenden, um den Inhalt meines Rucksacks darauf auszubreiten und eine Bestandsaufnahme des Proviants und der Werkzeuge zu machen.

Ich hatte die Karte und mein Notizbuch – das Büchlein, in das ich im Moment schreibe. Ich hatte natürlich das Bild von dir. Und ich hatte mehr Proviant als erwartet, nachdem ich ganz unten im Ranzen noch ein paar Hafermehlfladen entdeckte, die ich ganz vergessen hatte. Ich besaß einen Regenmantel und ein Klappmesser, Feuerstahl, einen Fernstecher, zusätzliche Socken und einen Pullover. Ich hatte keine Bettrolle, die ich definitiv vermissen würde. Außerdem würde ich den großen Kompass auf dem Boot vermissen – aber ich hatte einen kleinen Wanderkompass aus Messing, der immer an der Klappe des Rucksacks hing, also war das in Ordnung. Norden ist Norden, egal, wie groß der Kompass auch sein mag. Und ich hatte mein Erste-Hilfe-Pack. Also hatte ich die Karte, einen Kompass, Proviant, Werkzeuge, trockene Kleidung und – mit dir und Jip – ein paar freundliche Gesichter an meiner Seite. Ich erklärte mir selbst, dass es hätte schlimmer sein können.

Alles könnte schlimmer sein, wiederholte ich Jip zuliebe. Er schlug mit dem Schwanz auf den Sand und leckte weiter das Kaninchen.

Ich sah mich um und musterte die erneut herandrängenden Regenwolken. Entdeckte immer noch keinen Hinweis auf Brand. Kein Zeichen eines Boots mit roten Segeln. Dann sah ich zum Turm auf.

Komm, Junge, sagte ich. Wir sollten uns einen Überblick verschaffen.

Bevor wir in den Palast aus roten Ziegeln gingen, um einen Weg auf den Turm zu finden, dachte ich, ich sollte das Kajak höher auf den Strand ziehen, damit die Flut es sich nicht holen konnte, während wir auf Entdeckungstour waren.

Und da entdeckte ich die Bettrolle. Brand hatte sich die Mühe gemacht, sie in das Kajak zu stopfen, bevor er die *Sweethope* abgefackelt hatte. Ich war froh, das Bündel zu sehen, aber auch seltsam pikiert über den Gedanken, dass ich so weich war, dass ich nicht ohne auskommen könnte, oder so nutzlos, dass ich nicht fähig gewesen wäre, mir das nötige Material zu wikingern, um mir eine neue Bettrolle zu nähen.

Gönnerhaft behandelt – genau so fühlte ich mich. Als wäre ich nur ein Ärgernis und keine Bedrohung.

Trotzdem ein Monster, sagte ich, als ich das Kajak höher auf den Strand und über die Flutlinie zog. Trotzdem ein Monster.

Die Türen zum Palast waren verzogen und verklemmt, also öffneten sie sich erst, als ich eine Menge Frust mit Stiefeltritten an ihnen ausgelassen hatte. Jip beobachtete mich geduldig, während ich auf sie eintrat, dann trottete er mit seinem toten Kaninchenfreund im Maul ins Innere, ohne darauf zu warten, dass ich vorging.

Der Boden war mit Schutt bedeckt – von der Decke, die teilweise eingestürzt war –, doch es war trotzdem ein magischer höhlenartiger Bau. Das Foyer wurde von Säulen gestützt und war groß, doch als wir einem verblassten Schild in den Ballsaal folgten, war dieser Raum größer als alles, was ich mir je hätte vorstellen können. Um die Seiten zogen sich zwei übereinanderliegende Reihen von gewölbten Balkonen, und es gab keine gerade Linien, sondern nur Schnörkel und Kurven. An manchen Stellen betonten alte Reste der originalen Goldfarbe immer noch Details, auch wenn der Großteil der Oberflächen vermodert und grau war. Wo der Boden nicht verrottet war, bestand er aus aufgeworfenem Holz. Und wo er verrottet war, hatten sich ein paar hoffnungsvolle Baumschößlinge angesiedelt; dünne Dinger, die aus der Finsternis dem Loch im Dach und dem Licht dahinter entgegenstrebten. Irgendetwas war durchs Dachfenster gestürzt, und jetzt, dem Wetter ausgesetzt, sah ich den traurigen Verlauf vor mir, den in nicht allzu langer Zeit das gesamte Gebäude nehmen würde. Dad hatte immer gesagt, man müsste bei den alten Häusern auf Uist nur ein faustgroßes Loch in die Decke schlagen, und schon wären sie innerhalb von zwei Jahren verschwunden.

Es war das erste Mal, dass ich mich in einem solchen Gebäude aufhielt, und es wirkte wie etwas aus dem Märchenbuch eines Kindes. Es gab eine Bühne am anderen Ende, mit hohen Säulen auf beiden Seiten, die sie umrahmten und eine aufwändig verzierte, ebenfalls gebogene Balustrade stützten. Als ich näher kam und meine Augen sich an das Dämmerlicht gewöhnten, stellte ich fest, dass dort oben eine Frau stand und auf mich herabsah.

Es war meine erste richtige Statue, also war es wohl verständlich, dass mir ein kalter Schauer über den Rücken lief. Sobald ich begriffen hatte, dass sie aus abblätterndem Gips und Goldfarbe bestand – auf einer Seite fehlte ein halber Arm, auf der anderen hielt sie Händchen mit einem anderem Arm, der offenbar alles war, was von einer abgestürzten Schwester übrig blieb –, entspannte ich mich wieder.

Ich begrüßte sie trotzdem.

Das erregte Jips Aufmerksamkeit, wenn auch nicht die der Statue. Er trottete herüber, um sie sich anzusehen und an ihr zu schnüffeln. Es war genug von den unter ihr eingravierten Buchstaben übrig, damit ich lesen konnte »SCHMEICHEL_D SOLL MEIN WORT DICH LO_KEN«, und für einen Moment hatte sie einen Zauber auf mich gewirkt, der mich erstarren ließ, also war es keine Lüge. Sie hatte mich gelockt. Ich fühlte ihre Augen auf mir, während ich mir meinen Weg zurück zur Tür bahnte – durch den Schutt aus zerbrochenen Kristalllüstern, die überall um die kleinen Bäume herumlagen, als hätte man sie dort verteilt, um das zerbrechliche junge Wachstum zu schützen.

Ich ging zurück in die Lobby und rieb die Schilder sauber, bis ich eines fand, das auf die richtige Tür für den Turm zeigte. Der Weg führte mich halb nach draußen, dann begannen wir die Treppe hinaufzusteigen, die innerhalb einer vergitterten Metallkonstruktion im Zickzack nach oben führte.

Als die Dinge noch funktioniert haben, gab es einen an Kabeln befestigten Raum, der die Leute nach oben gehoben haben musste, aber ohne Strom hieß es, zur Spitze zu steigen, Schmerzen in den Beinen auszuhalten oder es nicht zu schaffen. Als ich die lange Treppe halb erklommen hatte, fügten meine Beine ihre Beschwerden der Liste hinzu: die tiefen Schnitte an meinem Arm (die nicht verheilten), meinen Kopf (angeschlagen, jetzt bis zum Ohr pulsierend) und meinen Zahn (der sich immer mal wieder mit einem scharfen Stich bemerkbar machte). Obwohl ich mich in dem rostenden Käfig des Turms befand, empfand ich die Situation trotzdem als gefährlich und fühlte mich ungeschützt. Und je höher ich stieg, desto mehr schlug die kühle Brise in einen kalten Wind um. Ich hielt inne und lauschte auf sein Heulen in dem Metall um mich herum. Jip war mutig mit mir nach oben gestiegen, doch als ich Anstalten machte weiterzugehen, sah er mich nur an und machte sich wieder daran, seinen toten Kaninchenfreund zu lecken.

Als ich die Tür an der Spitze erreichte, schwitzte ich und atmete schwer. Dort gab es ein Glasfenster, das behauptete, das »Auge des Turms« zu sein und durch das ich einen großen, ringsum von Glasfenstern umschlossenen Raum erkennen konnte. Auch diese Tür war verschlossen, oder der Mechanismus war eingerostet und bewegte sich kein Stück. Der Tag war schon schlimm genug gewesen. Ich war nicht in der Stimmung, ihn von einer dämlichen Tür noch schlimmer machen zu lassen; nicht, nachdem ich mich die ganzen Stufen nach oben gekämpft hatte. Ich stützte mich am Geländer ab und trat gegen die Klinke, in der Hoffnung, dass der Aufprall die Sperre lösen würde. Ich trat richtig hart zu, mehrmals. Dann drückte ich die Klinke nach unten und zerrte aggressiv daran.

Das Schloss hielt. Die Türangeln nicht. Die Tür öffnete sich schief auf der falschen Seite des Rahmens und drehte sich, als sie fiel. Ich schaffte es, einen Arm hochzureißen und mich so gut wie möglich zu schützen, doch es war eine schwere Tür, und sie rammte mich gegen das Geländer, traf im Vorbeirutschen noch meinen Kopf, dann stürzte sie drehend ab und knallte gegen ein Ende des Treppenabsatzes unter mir.

Ich schrie alle Flüche, die ich kannte. Doch als ich mich wieder aufgerappelt hatte und meinen Körper nach bleibenden Schäden abgesucht hatte, stellte ich fest, dass es nicht so schlimm war, wie es sich anfühlte. Ich hatte jetzt auch noch eine Beule auf der anderen Seite meines Kopfs, um ein Gegengewicht zu meinem blauen Auge zu bilden, und als ich meine Finger an die Stelle drückte, klebte danach genug Blut daran, dass ich wusste, dass ich auch eine kleine Platzwunde davongetragen hatte. Doch wieder hatte mein Stolz einen schwereren Schlag eingesteckt als mein Körper, und ich ermahnte mich selbst, von jetzt an vorsichtiger zu sein. Was auch immer als Nächstes geschehen mochte, ich befand mich definitiv am Beginn einer langen Reise – und es war niemand anders da, der mich davon abhalten konnte, mir selbst dumme Dinge anzutun.

Und dann verriet ich sofort all diese vernünftigen Erwägungen, indem ich die letzten Stufen nach oben stieg und den Raum betrat, um mir die fantastische Aussicht durch diese Glaswände anzusehen. Hätte ich je zuvor die Welt aus der Vogelperspektive betrachtet, hätte ich vielleicht mehr auf den Boden geachtet.

Bevor ich wusste, wie mir geschah, stand ich mit beiden Füßen in der Luft … und als ich den Blick senkte, war da nichts zwischen mir und hundertfünfzig Metern Abgrund, an dessen Ende der harte Sand des Strands lag. Mein Überlebensinstinkt schaltete sich ein. Meine Knie beugten sich, und ich katapultierte mich mit einem entsetzten Schrei nach hinten. Ich landete hart auf dem Steißbein, krabbelte sitzend rückwärts, bis mein Rücken gegen den Türrahmen knallte. Und erst dann schaltete sich mein Hirn ein, und meine Gedanken rasten, um das Wunder zu verstehen, wie ich mich so heftig von durchsichtiger Luft hatte abstoßen können und trotzdem in Sicherheit war.

Ich kroch vorwärts und sah hinunter. Auch die Mitte des Bodens bestand aus Glas, genau wie die Fenster. Doch anders als die Fenster, die Dekaden des Wetters abgefangen hatten … ganz zu schweigen von den Streifen Möwenkacke, die darauf klebten … war der Boden, geschützt und nach unten ausgerichtet, immer noch klar. Ich streckte die Hand aus und klopfte dagegen. Die durchsichtige Schicht war wirklich dick und vollkommen stabil. Der direkte Blick nach unten verschaffte mir meinen ersten echten Anfall von Höhenangst – viel stärker als die leichte Übelkeit, die ich oben auf der Achterbahn empfunden hatte. Ich entschied, mich nicht noch einmal in die Mitte des Raums zu stellen. Obwohl das Glas offensichtlich dafür geschaffen war, darauf herumzulaufen, hatte ich gerade bezeugt, wie trügerisch das Metall der Rahmen sein konnte.

Ich wanderte am Rand des Zimmers entlang und fand die andere Seite der zentralen Glasplatte. Irgendjemand hatte hier mal gecampt. Es gab einen Stapel Decken, ein paar Stühle und sogar einen Tisch mit einer Campinglampe und einem alten

Musikgerät mit Lautsprechern. Leere grüne Glasflaschen standen ordentlich aufgereiht an der Glaswand. Die Lampe war zur vollkommenen Nutzlosigkeit verrostet, aber es gab auch eine Plastikkiste mit dicken Wänden. Der Verschluss brach genauso wie die Scharniere, als ich sie öffnete, weil Plastik im Alter oft brüchig wird und sehr leicht in Stücke zerfällt, aber darin fand ich vier Kerzen. Sie und die Decken hatten so lange überlebt, weil der Raum hier oben letztendlich eine verschlossene Kiste aus Stahl und Glas darstellte, sodass keine Ratten oder Mäuse hatten eindringen können. Kerzen waren eine echte Rarität. Es gab auch zwei Krücken, was ich seltsam fand. Der Aufstieg war schon anstrengend genug, ohne dass man sich mit Krücken nach oben kämpfen musste. Damals entschied ich, dass derjenige, der hier nach oben gekommen war, die Aussicht offenbar sehr dringend hatte sehen wollen. Die Vorstellung, dass einmal Leute ihr Lager hier draußen im Himmel aufgeschlagen hatten, um Musik zu hören und zu trinken, munterte mich seltsam auf. Das erschien mir als lebensbejahende Tat, während wahrscheinlich gerade die Welt um sie herum gestorben war. Ich steckte die Kiste mit den Kerzen ein und hoffte innerlich, dass diese Leute viel Spaß gehabt hatten. Erst viel später kam mir der Gedanke, dass die Tatsache, dass sie die Krücken nicht mitgenommen hatten, wohl bedeutete, dass sie sie nicht brauchten … weil sie den schnellen Weg nach unten gewählt hatten, sobald der Wein ausgetrunken und die Musik verklungen war.

Es gab eine letzte Treppe, die zu einer offenen Aussichtsplattform über den gläsernen Raum führte. Die Tür dorthin war schwergängig, aber sie öffnete sich kratzend immerhin weit genug, dass ich durch den Spalt in den Wind schlüpfen konnte. Einst hatte sich ein hohes Metallgeländer aus metallenen Stäben um die Terrasse gezogen, die sich bis über meinen Kopf erhoben und dann nach innen bogen. Aber jetzt fehlte fast eine ganze Seite – diejenige, die nach Norden zeigte. Dem Zustand des restlichen Metalls nach, das so verrostet war, dass sich bereits Flocken lösten, war das Geländer wahrscheinlich abgebrochen und in den Ballsaal darunter gestürzt. Vielleicht hatte dies das Loch in das Dach gerissen und so den Bäumen Zugang gewährt.

Und es gab noch etwas, das Trauer in mir auslöste, so wie das Bündel aus Lumpen und Knochen auf der Achterbahn … obwohl dieser Haufen Kleidung nicht besonders zerfetzt war und es keine Knochen gab. Vor mir lag ein Stapel erstaunlich gut erhaltener Kleidung, ordentlich gefaltet und festgehalten durch ein Paar Stiefel, das jemand unter das Geländer geklemmt hatte, direkt neben die Lücke über dem weit entfernten Loch im Dach. Es mochte nicht mehr als ein Stapel Kleidung und ein Paar alter Stiefel sein, doch meine Fantasie erschuf einen Mann – wegen der Größe der Stiefel und der roten Kapuzenjacke vermutete ich, dass es ein Mann gewesen war –, der sich auszog wie ein Schwimmer und dann nackt im Wind stand, bevor er den letzten Sprung durch das Ballsaaldach weiter unten wagte. Mein Hirn erschafft wilde Fantasien aus wenigen Elementen. Als wir noch klein waren, hat Bar uns immer ins Bett gebracht, und nachdem sie uns eine Gute-Nacht-Geschichte vorgelesen oder erzählt hatte, gab sie uns drei Wörter, aus denen wir unsere eigenen Geschichten erfinden sollten, während wir einschliefen. Sie wählte immer seltsame, unverbundene Dinge wie zum Beispiel eine Robbe, einen Berg und einen Regenschirm … und ich fing sofort an, eine Geschichte zu erfinden, die bald in einen Traum und tiefen Schlaf überging.

Irgendwas bewegte sich am Geländer im Wind, am Rand der Stelle, wo es abgebrochen war. Es war ein Kettchen – wie ein Schmuckstück –, das aus vielen silbernen Stahlbällen bestand. Daran hing ein Anhänger. Und er war es, der meine Aufmerksamkeit erregte, weil er sich im Wind drehte und dabei das Licht reflektierte. Ich löste die Kette und sah mir den Anhänger an. Es war ein kleines Rechteck mit abgerundeten Enden, aus dessen Ende eine kleine Röhre herausstand. Die Röhre war massiv, aber mit scheinbar zufällig angeordneten Löchern in verschiedenen Farben übersät, die sich über seine Oberfläche zogen und im Licht glitzerten. Er musste aus rostfreiem Stahl bestehen, um so lange Zeit zu überdauern, ohne anzulaufen. Es war ein seltsamer Gegenstand. Und obwohl ich ihn sofort in die Geschichte einbaute, die ich mir über die letzten Augenblicke meines eingebildeten nackten Springers zurechtgelegt hatte – wie er sie abnahm und dort zurückließ, zusammen mit seiner Kleidung –, gab er mir kein trauriges oder schlimmes Gefühl. Tatsächlich deutete ich die Kette als gutes Zeichen, weil das eingeprägte Symbol in der Mitte des Rechtecks meine Glückzahl war: die 8. Und die 8 war umgeben von einem Kreis, von dem Pfeile in alle Richtungen des Kompasses zeigten. Die kleine Geschichte, die ich zu dem Anhänger erfand, lautete, dass er Glück brachte, für mich bestimmt war und ich ihn definitiv mitnehmen und tragen sollte. Schließlich war darauf meine Zahl innerhalb eines Symbols dargestellt, das bedeutete: »Du kannst überallhin gehen«. Nicht zuletzt, weil ich in dieser ganzen unbekannten Welt, in der ich gestrandet war, jedes Quäntchen Glück brauchen konnte, wenn ich Brand und Jess finden wollte. Also nahm ich die Kette, legte sie mir um den Hals und schob den Anhänger unter mein Hemd.

Natürlich weiß ich, dass es dumm ist, abergläubisch zu sein, und dass man in dieser Welt viel dafür tun muss, um sich sein eigenes Glück zu schaffen. Aber ich war allein und niedergeschlagen und daher auf der Suche nach etwas, das mir Mut machte. Und selbst als ich mir diese Geschichte erzählte, wusste der vernünftige Teil von mir, dass ich nach Strohhalmen griff. Aber wenn man in Gefahr ist zu ertrinken, klammert man sich an alles.

Hinter dem Palast hatte sich einst eine Stadt befunden – und von dort stammte der verbrannte Geruch, der schon den ganzen Tag über mit der Brise vom Meer konkurrierte. Die weit verteilten Gebäude und die Vegetation, die sich der Straßen dazwischen bemächtigt hatte, hatten Feuer gefangen … und zwar vor relativ kurzer Zeit, nachdem es kein neues Grün auf der schwarzgrauen Narbe gab, die sich landeinwärts erstreckte. Manchmal verursachte auf den Inseln zu Hause ein Blitzschlag ein Feuer in der Heide, und dann nahm der Wind die Flammen und trieb sie über die Hänge und ließ dunkle Wunden zurück, die im folgenden Frühling ergrünten und nach ein paar Jahren einfach wieder mit der Landschaft verschmolzen. So entstand ein Flickenteppich, der mit der Zeit verblasste und sich anpasste und nach einer Weile ganz verschwand. Die dunklen Flecken in der Stadt hatten dieselbe windgetriebene Form und waren frisch … definitiv ein Feuer vor nicht allzu langer Zeit, wenn auch nicht diese Woche oder diesen Monat. Die Feuersbrunst hatte das Grün vernichtet, das die vom Feuer nicht betroffenen Straßen im Nordosten immer noch bedeckte, und hatte das Muster der alten Straßen und Gebäude freigelegt, die unter den weichen Blättern und Gräsern lagen wie ein hartes Knochenskelett. Die langen Reihen der Häuser zogen sich vom Meer weg die Anhöhen nach oben, folgten den weichen

Kurven der Hügel dahinter und glitten in die Täler dazwischen. Die Prozession der verbrannten Ruinen war zu regelmäßig und gerade, um natürlich zu sein. Und sie schienen entschlossen, in einer langen Kette Händchen zu halten. Als läge eine besondere Stärke in der Gemeinschaft, während sie sich auf der Suche nach Trost an das Land schmiegten. Das dachte ich zumindest damals. Natürlich hatte ich da gerade einen Schlag auf den Kopf bekommen.

Die Straßen hatten ebenfalls gebrannt. Es musste ein Inferno gewesen sein. Das letzte Jahr und das vorletzte Jahr waren viel trockener gewesen als die Zeit davor, obwohl Dad immer sagte, dass es jedes Jahr heißer wurde ... was der Grund dafür war, dass die alten Anlegestege auf den Inseln überwiegend unter Wasser lagen, egal, ob gerade Ebbe oder Flut herrschte. Der Regen kam seltener, vermutete Dad, aber wenn er kam, war er heftiger. Also wurde der Regen einerseits verheerender, aber andererseits landete jedes Jahr ungefähr dieselbe Menge Wasser auf den Inseln. Die Bäche plätscherten, die Quellen sprudelten, und die kleinen Lochs, die sich auf unserer Insel verteilten, waren nach wie vor gefüllt. Und obwohl die Heide und das Gras vielleicht im Sommer früher austrockneten, waren die Inseln doch auch an Land fast so nass wie das Meer, von dem wir umgeben waren.

Wassermangel würde auch hier oben auf dem Turm kein echtes Problem darstellen – denn noch während ich über die Brandnarben hinwegsah, um die Landschaft dahinter zu entschlüsseln, schob sich eine dunkle Wolke über den Himmel. Es fing an zu nieseln und dann zu schütten.

Ich zog mich nach drinnen zurück und lauschte auf die Tropfen, die gegen die Fenster peitschten. Die See unter mir begann, die ersten hohen, gischtgekrönten Brecher an Land zu schicken. Ich freute mich, dass ich im Trockenen saß. Ich hatte überlegt, ob ich wohl die Küste entlang bis nach Hause schauen könnte, aber das ging nicht: Meine Heimat war zu weit entfernt, und die Form der Küste und der Inseln entsprach nicht dem, woran ich mich von meiner Fahrt auf dem Meer erinnerte.

Ein heftiger Windstoß schlug die Tür über mir zu, was mich ziemlich erschreckte. Doch während ich dort saß und die Wände und den Boden um mich herum betastete, beruhigte es mich, wie fest sich alles anfühlte. Ich hatte überlegt, ob der Turm vielleicht umfallen würde, weil jemand sich nach all diesen Jahren voller Wind und Rost darauf bewegte, doch seltsamerweise beschwichtigte der Sturm diese Sorge. Der Aussichtsraum war wasserdicht, und es gab keine Anzeichen für Risse. Wenn er all die Jahre gehalten hatte – obwohl es mehr als ein Jahrhundert her war, dass jemand das Metall gestrichen hatte –, hielt ich es für eher unwahrscheinlich, dass er nach diesen sechsunddreißigeinhalbtausend Nächten ausgerechnet heute Nacht einstürzen sollte.

Außerdem: Baumhäuser. Ich hatte ein paar Bücher gelesen, in denen andere Kinder Häuser in Bäumen hatten, in denen sie spielen konnten. Früher hatte ich immer davon geträumt, in einem Baum zu schlafen, während sich die Blätter um mich herum bewegten wie Wellen. Das Problem mit den Inseln ist, dass es dort keine Bäume gibt, jedenfalls keine richtigen. Der Wind schleift alles auf die Höhe der Heide ab, und die Bäume, die es schaffen, sich festzuklammern, sind meistens kaum größer als ein Mensch. Und auf keinen Fall groß genug, um hinauszuklettern – ganz zu schweigen davon, ein Haus darin zu bauen. Der Aussichtsraum wirkte wie das beste Baumhaus der Welt.

Die Leute, die mir ihre Kerzen hinterlassen hatten, waren zum Spaß hier oben gewesen, als es für die Welt gerade schrecklich ausgesehen haben musste, weil sie um sie herum alterte und starb. Im Rückblick wirkt es auch ein wenig verrückt von mir, dass ich darüber nachdachte, etwas einfach nur zu tun, weil es Spaß machte, und das genau in dem Moment, als sich gerade alles so unspaßig entwickelte hatte wie nie zuvor in meinem Leben.

Ich hörte Jip unten bellen und zog los, um ihm zu sagen, dass es mir gut ging und ich darüber nachdachte, die Nacht hier oben zu verbringen. Es gab genug Decken, damit wir es uns gemütlich machen konnten. Ich hatte vor, Brands Karte auf dem Boden auszubreiten, sobald der Sturm nachließ, um herauszufinden, ob ich die Formen auf dem Papier mit dem in Einklang bringen konnte, was ich da draußen sah. Also, erklärte ich mir selbst, gab es auch einen praktischen, vernünftigen Grund für meine Nacht im Himmel.

Ich hatte meinen Rucksack auf einem Absatz auf halber Höhe abgestellt, weil ich ihn nicht den gesamten Weg hatte tragen wollen. Also ging ich zurück, um ihn zu holen und den zögernden Jip nach oben zu führen.

Jip entdeckte den Glasboden sofort und mochte ihn absolut nicht. Er hielt sich nur im inneren Bereich auf, wo der Boden fest war. Dort legte er sich hin und sah mich an, als wäre ich der größte Idiot der Welt, weil ich ihn hierhergebracht hatte.

Ungefähr zu dieser Zeit entfesselte der Sturm seine volle Macht. Es war beeindruckend. Die Wolken verdunkelten den Himmel und wurden dann noch finsterer, während die Luft sich mit grauen Vorhängen aus Regen füllte. Ich konnte genau erkennen, wie sie über das Wasser und die weißen Wellenspitzen auf die Küste zumarschierten.

Ich wünschte, ich hätte zu der Zeit gelebt, als man in ein Flugzeug steigen konnte. Nicht nur, um auf Land und Meer hinunterzusehen, sondern auch, um zwischen den Wolken zu schweben und auch sie zu beobachten. Hast du das getan? Warst du in einem Flugzeug? Hast du gesehen, wie die Wolken von oben aussehen?

Ich formte ein Nest aus den Decken und wartete, bis Jip sich neben mich legte. Dann wickelte ich uns beide ein, saß da und starrte die Blitze an, die in der Ferne auf das Meer herunterstießen. Jip hatte Donner noch nie gemocht und bellte ihn unter dem Schutz der Decke heraus an, wobei er sich eng gegen mein Bein drückte. Ich legte eine Hand in seinen Nacken, vergrub meine Finger in dem vertrauten, drahtigen Haar und sagte ihm, dass es in Ordnung war und morgen früh alles wieder gut sein würde.

Das beruhigte ihn genug, um sein Bellen zu einem Knurren zu dämpfen. Ich wünschte nur, ich hätte mir selbst glauben können. Ich ging davon aus, dass ich mich besser fühlen würde, wenn ich etwas aß, doch dann überwältigte mich die Erschöpfung, und ich schlief neben Jip ein.

Der Donner rollte immer noch, als ich aufwachte, doch der Regen hatte aufgehört, und das Grollen erklang jetzt aus weiter Ferne. Die Abstände zwischen den Blitzschlägen und dem Donner war lang genug, um zu wissen, dass der Sturm inzwischen die Landschaft zehn oder zwölf Meilen entfernt misshandelte. Jip bewegte sich im Schlaf. Ich achtete darauf, ihn nicht zu wecken, als ich meine Position veränderte, bis ich mich wohler fühlte und auf den Pier hinuntersehen konnte.

Die See wogte immer noch, doch die Wolken hatten sich ausreichend verzogen, um das Mondlicht durchzulassen, sodass Reflexionen auf den Wellen glitzerten. Ich bildete mir ein, immer noch die Reste der *Sweethope* sehen zu können, verkantet mit dem großen, geschmolzenen Rad … aber vielleicht bildete ich mir das auch nur ein. Das Boot war jedenfalls nicht mehr da, als die Sonne aufging. Doch zu diesem Zeitpunkt hatte ich meine Entscheidung bereits getroffen, und die *Sweethope* zu sehen hätte mich darin nur bestärkt. Die See hatte auch die Worte weggespült, die Brand in den Sand geschrieben hatte. Doch auch sie zu sehen hätte nichts geändert. Wie ich schon sagte, diese Schrift hatte nur bewiesen, dass er schreiben konnte. Nicht dass er die richtigen Bücher gelesen oder die richtigen Lektionen gelernt hatte. Wenn er das getan hätte, hätte er vielleicht das Boot nicht verbrannt und mir auch nicht gesagt, ich solle nach Hause gehen.

Man verbrennt Boote, damit die Truppen bleiben und kämpfen, weil sie nicht mehr weglaufen und nach Hause zurückkehren können. Aeneas hat das getan, als er diejenigen, die den Fall von Troja überlebt hatten, nach Italien brachte und dort in Rom ein neues Imperium gründete. Und dieser spanische Entdecker, an dessen Namen ich mich nicht erinnern kann, hat es getan, als er mit seinen Truppen in Südamerika gelandet ist. Letztendlich hat er den gesamten Kontinent mit all seinem Silber und Gold mithilfe einer Handvoll gewalttätiger Männer mit Gewehren erobert, die nicht nach Hause konnten. Ich bin nicht gewalttätig, und ich bin kein Mann, und ich hatte kein Gewehr. Aber Brand hatte mein Boot verbrannt. Und damit hatte er meine Wahl für mich getroffen – egal, welche Nachricht er mir dazu auch geschickt hatte.

Ich würde nicht nach Hause gehen. Nicht jetzt, noch nicht … oder zumindest nicht in mein Zuhause. Ich würde zu *ihm* nach Hause gehen. Ich würde meinen Hund holen.

Ich würde ihm sein Boot wegnehmen, und dann, falls – und nur falls – ich das schaffte, würde ich nach Hause fahren.

Wie ich schon sagte.

Schlag auf den Kopf.

# 14
# EIN LICHTSCHIMMER

Das war nicht die ganze Geschichte. Es gab noch einen anderen Grund für meinen Entschluss. Und tatsächlich könnte es sein, dass ich mir die gesamte Sache mit dem ›die Boote verbrennen‹ erst hinterher auf der Reise ausgedacht hatte, als wir durchs Land wanderten. Ich hatte dabei auf jeden Fall jede Menge Zeit zum Nachdenken. Und als alles komplizierter wurde, ausreichend Gründe, um mir selbst eine schöne Entschuldigung zurechtzulegen für all die Gefahren, denen ich mich ausgesetzt habe. Hast du dir je mit einem Hammer auf den Daumen geschlagen? Das tut mehr weh als ein normaler Schlag … weil man ihn sich selbst zugefügt hat.

Als ich wach wurde, weil ich mal musste, war es noch nicht hell. Aber der Sturm war weitergezogen, die Blitze hatten sich in die Hügel im Norden außer Sicht gebracht, und selbst der ferne Donner war verklungen. Ich stieg die Treppe hinauf und trat auf die regennasse Plattform, wo ich den Boden noch feuchter machte. Dabei achtete ich sorgfältig auf die Windrichtung. Und gerade, als ich mich aufrichtete, sah ich es und erstarrte.

Da war ein Licht in der Dunkelheit. Ein winziger Punkt am Horizont im Südosten, so klein, dass es fast ein Stern kurz vor dem Untergang hätte sein können. Nur dass das Licht orange leuchtete und ich noch nie einen orangefarbenen Stern gesehen hatte. Die Wolken hingen tief, sodass es keine anderen Sterne gab, mit denen ich diesen Punkt hätte vergleichen können. Ich eilte die Treppe nach unten, um Fernstecher und Kompass zu holen, wodurch ich Jip weckte. Ich wies ihn an, unten zu bleiben, weil ich nicht wollte, dass er über die freiliegende Kante der Aussichtsplattform stürzte, dann ging ich wieder hoch.

Das Licht war noch da. Doch es war weit, weit entfernt. Das Fernglas konnte es nicht näher heranholen, zumindest nicht nah genug, um eine Vorstellung zu entwickeln, was es sein könnte. Im Dunkel der Nacht war der Kompass vollkommen nutzlos. Dad hatte ihn mir geschenkt, als ich zum allerersten Mal allein losgezogen war. Er hatte ihn als Kind benutzt und erzählte mir damals, dass die Markierungen früher im Dunkeln geleuchtet hatten, jetzt aber ausgebrannt waren. Ich ging wieder nach unten und holte ein paar der grünen Flaschen. Wieder draußen in der Dunkelheit ordnete ich sie sorgfältig in einer Linie an, sodass die Hälse auf den entfernten, orangefarbenen Punkt ausgerichtet waren. Dann ging ich wieder nach unten und schlief erstaunlich gut, in dem Wissen, dass ich, wenn die Sonne aufging, meine selbstgemachte Sichtlinie einsetzen konnte, um herauszufinden, was an ihrem Ende lag.

Ich träumte auch. Es waren sanfte, glückliche Träume, in denen ich in ein Dorf ging, das in diesen Träumen immer aussah wie das, das auf der letzten Seite einer Comicserie abgebildet war, die ich als Kind geliebt hatte – eine uralte Ansammlung von Häusern, umgeben von einer Schutzmauer aus angespitzten Pfählen, voller glücklicher Dorfbewohner, die um ein großes Feuer sitzen und ein Festmahl abhalten, während der Dorfmusikant immer irgendwo im Bild an etwas gefesselt ist. Er wirkte sehr genervt, weil seine Mitbürger seine Musik nicht mochten. Was diese Dorfbewohner wirklich liebten, war, sich mit römischen Soldaten zu prügeln und gebratenen Eber zu essen. Doch in meinen Träumen war dieses Dorf nicht nur voller Fremder, sondern Bar und Ferg und Dad und sogar Mom waren dort, lachten und verteilten Essen. Und ein kleines Mädchen mit einem Drachen lief immer um das Feuer, bis sie mich entdeckte, den Drachen fallen ließ und mit weit geöffneten Armen auf mich zurannte. Und dann wachte ich auf.

Zumindest glaube ich, dass ich das geträumt habe. Sich an Träume zu erinnern ist wie kleine Quallen hochzuheben – sie gleiten einem durch die Finger, und man weiß nie, ob man es wirklich geträumt hat oder Teile seiner Erinnerung hinzugefügt hat. Manchmal ist es schwierig zu sagen, ob man sich überhaupt an einen Traum erinnert oder nur davon träumt, sich an einen Traum zu erinnern. Wenn das keinen Sinn ergeben sollte … nun, dasselbe gilt für Träume.

Am Ende der Sichtlinie konnte ich nichts entdecken. Ich war bitter enttäuscht, als ich im Licht des Tages wieder Ausschau hielt. Es gab keine unerwartete Siedlung voller freundlicher Dörfler, die nur darauf warteten, mir zu helfen. Ich rechnete natürlich nicht wirklich mit Mum oder dem Mädchen mit dem Drachen – doch beim Einschlafen hatte ich mich gefragt, ob es wohl Leute gab, die dort draußen in der leeren Landschaft lebten; Leute, von denen man uns nicht erzählt hatte. Doch es gab keine. Und falls es sie doch gab, konnte ich kein Zeichen von ihnen entdecken. Da sich eine Sache seit dem Ende der Welt nicht verändert hat und jeder ein Frühstück braucht, schien die Abwesenheit eines Kochfeuers einen Schlussstrich unter die hoffnungsvolle Illusion zu ziehen, mit der ich eingeschlafen war.

Ich erkannte nur eine leichte Erhöhung am Horizont, zu weit entfernt, um zu erkennen, ob darauf ein Gebäude stand. Ich öffnete meine Karte und setzte den Kompass ein, um sie den Himmelsrichtungen entsprechend auszurichten. Dann bestimmte ich über die Linie der Flaschenhälse eine Position und setzte die gerade Kante einer der Krücken ein, um vom Turm aus eine Linie zu ziehen, quer über die Karte.

Und dann – nachdem ich das orangefarbene Licht ungefähr auf dem Weg zu der Stelle gesehen hatte, wo meiner Entscheidung nach Brands Basis lag – wusste ich, wohin ich gehen würde. Ich konnte mir die Quelle des Lichts ansehen und dann einfach weitergehen, bis ich die andere Seite des Lands erreichte, wo Brands Zuhause lag.

Jip war froh, wieder auf den Erdboden zurückzukehren. Ich zog das Kajak in die Eingangshalle des Palasts. Das Gebäude mochte inzwischen einsturzgefährdet sein – jetzt, da das Wetter und die Bäume Einlass in den Ballsaal gefunden hatten. Aber ich ging davon aus, dass das eine Weile dauern würde und das Kajak für diese Weile sicher wäre. Auf jeden Fall lange genug, bis ich auf dem Weg nach Hause zurückkam, um es zu holen. Ich frage mich, ob es dort wohl immer noch liegt.

Wir machten uns auf den Weg landeinwärts. Ich wollte zurückschauen, tat es aber nicht ... weil ich wusste, dass ich dann anfangen würde zu zweifeln, obwohl ich mich eigentlich entschieden hatte. Und es gab ausreichend Dinge, um meine Augen und mein Hirn zu beschäftigen, während wir durch das verkohlte Skelett der Stadt wanderten. Jip lief vor mir her, von links nach rechts und wieder zurück, die Nase am Boden, auf der Jagd nach neuen und interessanten Düften.

Die Hüllen der zerstörten Häuser lehnten sich aneinander, als die Straße begann, leicht anzusteigen. Das Feuer hatte die Vegetation, die sie überwuchert hatte, vernichtet, bis der alte Asphalt wieder offen lag – geplatzt und aufgeworfen vom Verlauf der Zeit und den Büschen und kleinen Bäumen, die ihn durchbrochen hatten und jetzt als flammenverdunkelte Stämme und Äste überlebten. Alles roch nach Ruß, aber es war nicht der Geruch eines sauberen Holzbrands. Eher ein schmieriger öliger Geruch. In deiner Welt zu wandern, während ich darüber nachdachte, wie viele Leute allein in dieser einen Straße gewohnt hatten – und dann darüber, wie viele andere Straßen wie diese noch vor mir liegen mussten –, vermittelte mir ein seltsames Gefühl. Doch die leeren Fensterhöhlungen sahen mich nicht so an, wie es die leeren Häuser auf den Inseln taten. Vielleicht hatte das Feuer die letzten Erinnerungen an alle getilgt, die einst dort gelebt hatten.

Als die Brandschäden verschwanden, die Häuser sich aber weiterzogen, manche immer noch mit Dach und überwiegend unbeschädigt, wurde es anders. Alles wirkte genauso leer, aber irgendwie wieder lebendiger. Ich kam langsamer voran, weil ich von kleinen Wäldchen aus Bäumen und Büschen behindert wurde, aber trotzdem lief es gut, auch wenn ich Jip immer wieder minutenlang aus den Augen verlor. Wenn Glasscheiben überlebt hatten, zwinkerten sie mir im Vorbeigehen im fahlen Sonnenlicht zu. Ich erinnere mich an ein Haus, auf dessen Vorderseite das Wort WEG geschrieben stand, in gelben Buchstaben, die höher waren als ich. Vögel flogen aus den oberen Fenstern, wo sie in meiner Vorstellung nun schon seit Generationen ihre Nester bauten. Es war ein fröhlicher Anblick, genauso wie die Eichhörnchen, die ungehindert über die Dächer und Äste sprangen. Das Leben nutzte, was ihr zurückgelassen habt.

Außerhalb eines Buchs war mir noch nie ein Eichhörnchen begegnet, doch kaum hatte ich die langen, buschigen Schwänze bemerkt, wusste ich, dass es keine Ratten waren. Die Geschwindigkeit und Gewandtheit, mit der sie so hoch über dem Boden liefen und sprangen, war bewundernswert. Zumindest empfand ich es so. Für Jip stellte es eine weitere Beleidigung dar. Er bellte aufgeregt, sprang auf und ab und versuchte einmal sogar, auf einen Baum zu klettern. Er hatte keine Zeit für Bücher, also waren diese Tiere für ihn vielleicht wirklich nur Ratten mit einem buschigeren Schwanz. Auf jeden Fall wurden sie sofort auf die Liste der Dinge gesetzt, von denen er einfach *wusste*, dass er geboren war, um sie zu jagen. Ich frage mich, was diese Tiere wohl von uns hielten, als wir unter ihnen hindurchgingen. Sie konnten bisher keine Menschen gesehen haben. Es schien, als würden sie uns einfach nicht wahrnehmen, während sie sich von Ast zu Ast katapultierten – wobei sie hin und wieder weite, der Schwerkraft trotzende Sprünge wagten, um dann zu landen und weiterzulaufen, als hätten sie gerade nicht eine Wunderleistung an Gleichgewichtssinn und Trittsicherheit vollbracht. Ich hätte den ganzen Tag dort stehen und sie beobachten können. Ich entschied, dass ich Eichhörnchen genauso sehr mochte wie Jip, nur auf vollkommen andere Art.

Sobald wir den Rand der Stadt hinter uns gelassen hatten, verengte sich die Landschaft irgendwie, obwohl ich gedacht hatte, sie würde sich weiten. Der Grund waren – mal wieder – die Bäume. Sie wurden größer und pferchten die alte Straße ein, die vollkommen überwuchert war, bedeckt von Gras und Moos. Wie ich schon sagte, zu Hause auf den Inseln gab es keine nennenswerten Bäume, und die wenigen, die tatsächlich überlebten, waren vom Wind gebeutelte, verkrüppelte

Winzlinge, die sich hinter den wie auch immer gearteten Windschutz duckten, der ihnen ihr Überleben ermöglicht hatte. Es gab einen kleinen Wald aus Zwergkiefern auf einem Hügel von North Uist, doch das war ein finsterer Ort, den ich nie betrat.

Unter echten Bäumen mit großen Blättern zu laufen – das hatte ich noch nie getan. Und an diesem ersten Tag war es beglückend. Nach einem Leben in der Natur, das ich unter grauem oder blauem Himmel verbracht hatte, war es etwas ganz Neues, mich unter einem grünen Dach wiederzufinden – und zwar nicht nur aus einem Grün, sondern so vielen verschiedenen Schattierungen. Es waren nicht nur die verschiedenen Baumarten, die zu diesem Durcheinander aus Schattierungen und Farbintensitäten führte – es war auch das Sonnenlicht dahinter, das manche der Blätter in helle smaragdgrüne Zungen verwandelte, hinter denen man die schattenartigen Umrisse anderer Blätter erkennen konnte. Sie waren groß, diese Bäume auf dem ersten Abschnitt der Straße, mit breiten Stämmen und uralt. Ihre ausladenden Äste trugen ein dichtes Blätterdach, das anscheinend die jüngere Generation kleingehalten hatte, die sich bemühte, die alte Asphaltstraße unter dem Gras und Moos zu durchstoßen. Wie zum Beweis erreichte ich nach ein paar Klicks einen Ort, wo zwei riesige Bäume auf die Straße geweht worden waren. Dort, wo ihr Sturz das Licht hatte bis zum Boden dringen lassen, war ein neuer Baum bereits höher gewachsen als all die Schösslinge im Schatten um ihn herum. Die Wurzelballen der umgestürzten Bäume hatten große Erdplatten aus dem Boden gerissen, und als ich sie mir ansah, wurde mir klar, dass es ein riesiges Wurzelsystem unter der Oberfläche gab, das zu den ausgebreiteten Ästen hoch darüber passte.

Ein Baum ist etwas Fabelhaftes.

Kaninchen hatten ihre Bauten in die aufgerissene Erde gebaut, und Jip fing zwei, bevor ich ihn davon überzeugen konnte, mit mir weiterzugehen. Ich war darauf bedacht, vor Einbruch der Nacht so viele Klicks wie möglich hinter mich zu bringen, also nahm ich die Kaninchen nur aus und hängte sie an meinen Rucksack, um ihnen später die Haut abzuziehen.

Guter Hund, sagte ich. Damit ist unser Abendessen gesichert.

Viele der Häuser, an denen wir vorbeikamen, waren Ruinen ohne Dach, überwuchert von Brombeergestrüpp oder aufgebrochen von den Bäumen, die vor Jahrzehnten in ihnen Wurzeln geschlagen hatten. Doch es gab auch andere, die wirkten, als wären sie weniger von Zeit und Vernachlässigung betroffen – zumindest, bis ich genauer hinsah. Aus Stein erbaute Häuser schienen besser zu halten als Ziegelhäuser, und Ziegelhäuser hielten besser als die Häuser, die aus Holzrahmen und Pflaster bestanden. Die Wände dieser Gebäude waren schon vor langer Zeit von der Feuchtigkeit aufgeplatzt, und hier und dort flatterten wie weiße Flaggen Reste der Plastikfolien, die früher in den Wänden verborgen gelegen hatten. Ich erinnere mich, wie ich auf einem bestimmten Stück Straße aus den Bäumen trat und mein eigenes Spiegelbild in der langen Glaswand eines Gebäudes erblickte, das wohl ein Laden war, in dem man Benzin kaufen oder ein Auto aufladen konnte. Es war seltsam, mich selbst so klein in einer Landschaft zu sehen, mit Jip an meiner Seite. Natürlich hatte ich mich schon früher in Spiegeln und Fenstern gesehen … aber dies war mit Abstand das größte Fenster, das mir je begegnet war, und vor all der Landschaft, die sich um mich erstreckte, sah ich wirklich klein aus. Nur ich, mein Rucksack und mein Bogen und dann Bäume, die sich über mir erhoben und ein Gewirr aus Gestrüpp und Hecken und Buschland dahinter. Die Welt sah sehr groß aus. Ich wirkte winzig darin. Jip sah noch kleiner aus, aber er wirkte trotzdem, als wäre er in dieser Wildnis mehr zu Hause als ich. Mein Maßstab wirkte irgendwie falsch, gleichzeitig zu groß und zu klein. Ich sah nicht aus wie ich selbst, sondern eher wie eine Figur in einer Geschichte. Als ich weiterging, fragte ich mich, ob es wohl so gewesen war, einen Film oder etwas im Fernseher zu sehen – eine kleine Gestalt in einem riesigen Rahmen. Dad hat gesagt, das hätten die Leute früher getan: mit jeder Menge anderer Leute in der Dunkelheit sitzen und eine riesige Geschichte zu betrachten, die sich auf einem Bildschirm entfaltete, der vor ihnen aufgehängt war. Du hast bestimmt Filme gesehen. Ich frage mich, was du wohl von Jip und mir gehalten hättest.

Das andere, was ich in dem Glas sehen konnte – so deutlich wie der helle Tag – war, dass einer meiner Arme viel röter war als der andere.

Das ergab Sinn, weil dieser Arm auch mehr juckte. Die Kratzer von den Containernetzen hatten eigentlich nie Zeit gehabt, richtig zu heilen, und der Salzausschlag, den ich entwickelt hatte, war nicht abgeklungen. Ich wollte weitergehen, wusste aber, dass ich mir die Zeit nehmen sollte, mich darum zu kümmern, bevor es noch schlimmer wurde. Also ging ich zu der Tankstelle und fand dort das Gerippe eines Fahrzeugs, das bis aufs Fahrwerk verrostet war. So wie viele der toten Autos auf den Inseln hatten auch hier die Achsen und Räder und der Motorblock am längsten überlebt. Ich stellte den Rucksack ab und holte mein Erste-Hilfe-Pack heraus, wobei ich den Motorblock als Tisch verwendete.

Du hattest in deiner Zeit etwas, das Dad als ›Zilline‹ bezeichnet: antibiotische Medikamente, die Wunden auf wundersame Art davon abhielten, sich zu infizieren und brandig zu werden. Jegliche Zilline, die überlebt hatten, waren produziert worden, bevor die Welt starb … und selbst diejenigen, die in Folie verpackt waren, konnten dem Zahn der Zeit nicht entkommen. Hin und wieder fanden wir beim wikingern alte Pillen, doch sie hatten kaum noch Wirkung. Glücklicherweise hatte Dad das Wissen um andere Medizin von seiner Ma gelernt, die wohl eine wunderbare Heilerin gewesen war. Und so trugen wir alle Packs in unseren Rucksäcken, die uns helfen konnten, falls wir uns allein verletzten. Das Öffnen meines Packs ließ Heimweh in mir aufsteigen, weil natürlich alles darin von Dad oder Ferg oder Bar gemacht worden war. Ich erinnerte mich daran, wie Joy ein Baumwolllaken, das wir in einem alten Haus gefunden hatten, ausgekocht hatte, um Verbände daraus herzustellen, und ich selbst hatte den Honig gesammelt, der sich in der kleinen, luftdicht verschlossenen Dose befand. Ferg hatte die Salbe in der Dose gemacht, in der sich einst braune Schuhcreme befunden hatte – aber ich hatte ihm dabei geholfen, den Ziest zu sammeln, hatte Säcke aus alten Kissenbezügen vollgestopft mit den violetten Blüten. Bar hatte in einem Kräuterbuch gelesen, dass man Ziest auch »Heilall« und »Herz der Erde« nannte. Ich öffnete die Dose, roch daran und dachte darüber nach, wie weit ich vom Herz meiner Erde entfernt war. Dann schraubte ich den Deckel wieder auf und wusch mir den Arm mit ein wenig Trinkwasser aus meiner Flasche. Ich ließ ihn im Wind trocknen, dann beschmierte ich die dunkelsten Wunden und Kratzer mit dem Honig. Während ich das tat, spürte ich die Hitze in meinem Arm wie ein Feuer unter der Haut und wusste, dass ich das schon vor zwei Tagen hätte tun sollen. Deswegen erklärte ich mir selbst, dass ich ein noch viel größerer Narr war, als ich ohnehin wusste.

Ich wickelte Bars Verband um den Honig und befestigte ihn mit einem Knoten. Dann brachen Jip und ich wieder auf. Natürlich drängte sich mein Arm, jetzt, da ich ihn bemerkt und das Richtige getan hatte, immer wieder in meine Gedanken, juckend und pulsierend. Unter den anderen Dingen, die im Erste-Hilfe-Pack waren – zum Beispiel Beinwurzpaste und Scharfgarbe –, befand sich auch rotes Paprikapulver aus den Früchten, die Bar unter einem Glasdach zog. Ich nahm mir vor, eine Paste daraus zu machen und aufzutragen, wenn die Kratzer und Wunden sich bei Einbruch der Nacht nicht besser anfühlen sollten. Die Paprikapaste brannte schlimm, aber sie schien Infektionen zu vertreiben – besonders, wenn man sie mit dem Knoblauch vermischte, den Bar ebenfalls zog. Nur hatte ich davon nichts dabei. Eine Frau aus der Familie, die auf Lewis lebte, war einmal auf den gelben Sand in Luskentyre gesprungen und hatte sich den Fuß auf einer Schwertmuschel aufgespießt. Sie war nach und nach gestorben, und ihr Niedergang war hässlich und brutal gewesen, weil die Infektion sich in ihrem Fuß ausgebreitet hatte, bis die anderen darüber nachdachten, ihn abzuschneiden, um sie zu retten – aber weil es schrecklich ist, der eigenen Tochter einen Fuß abhacken zu müssen, hatten sie zu lange gewartet, und die Infektion war auch in ihren Schenkel eingedrungen. Als sie ihr das Bein unterhalb des Knies abgenommen hatten, dachten sie, sie hätten sie gerettet, doch die Frau wachte nie wieder auf. Vor dem Ende der Welt dachtet ihr, ihr hättet alle Infektionen besiegt, doch in Wirklichkeit haben die Infektionen einfach nur abgewartet. Sie haben gewartet, bis die Medizinfabriken schlossen, weil es niemanden mehr gab, der jung genug war, um in ihnen zu arbeiten, und dann sind sie zurückgekommen.

Ich wusste, dass ich stark war, und machte mir deswegen keine großen Sorgen um meinen Arm, doch ich war trotzdem beunruhigt genug, dass meine Gedanken ständig um die Wunden kreisten. Zu dieser Zeit war das keine große Sache, aber trotzdem lästig. Wie ein winziger Stein im Stiefel.

Bevor ich wieder aufbrach, sammelte ich ein paar kleine Kiesel vom Boden und steckte sie in meine rechte Tasche, und dann versuchte ich, im Laufen meine Schritte zu zählen. Das war ein Trick, den Dad uns auf den langen Stränden von South Uist beigebracht hatte. Ein Klick ist ein Kilometer, und sobald man herausgefunden hat, wie viele Schritte das sind, kann man – wenn man die eigenen Schritte zählt – sehen, wie weit man an einem Tag gekommen ist. Oder man kann auf eine Karte schauen, und wenn man weiß, in welche Richtung man läuft und wie weit man gereist ist, wird man immer wissen, wo man sich befindet. So lautet die Theorie. Ich war mir noch nicht bewusst, dass ich dabei war, diese Theorie zu testen, bis sie zerstört war. Ich versuchte nur, bis tausenddreihundertfünfzig zu zählen, meine Schrittanzahl für einen Klick. Es gab jede Menge neue Dinge zu sehen, und ich musste mich konzentrieren, um beim Zählen nicht durcheinanderzugeraten. Als Unterstützung griff ich jedes Mal, wenn ich tausenddreihundertundfünfzig erreicht hatte, in meine rechte Tasche und verlagerte einen Kiesel in meine linke, für den Fall, dass ich mich verzählte.

An diesem ersten Tag ging ich fünfundzwanzig Kiesel weit. Daran erinnere ich mich. Es war eine runde Zahl. Ich wanderte an der alten, überwucherten Straße entlang, weil sie fast genau in die Richtung führte, die ich auf dem Turm festgelegt hatte – mit meinen Glasflaschen und dem orangefarbenen Licht. Weil ich gewusst hatte, dass der Höhenrücken, auf dem ich das Feuer gesehen hatte, auf dem Boden für mich nicht zu erkennen sein würde, hatte ich mir die nächste Landmarke auf dieser Linie gemerkt. Es war eine aufragende Nadel, die klein ausgesehen hatte, als ich sie als Landmarke ausgewählt hatte … doch als ich näher kam, konnte ich erkennen, dass sie in Wahrheit hoch über der umgebenden Landschaft aufragte. Es war der Spitzturm einer Kirche. Ich nehme an, solche Türme wurden so genannt, weil sie spitz aussahen – aber von allen, an denen ich seitdem vorbeigekommen bin, wirkte dieser am höchsten und spitzesten. Er kratzte mit einem kleinen, verbogenen Kreuz am höchsten Punkt förmlich am Himmel. Und als ich näher dran war, wurde offensichtlich, dass der Turm einmal in der Mitte von etwas gestanden haben musste, das wohl eine Stadt gewesen war. Während ich das schreibe, wird mir bewusst, dass ich eigentlich den Unterschied zwischen einer Kleinstadt und einer Stadt nicht kenne, bis darauf, dass das eine viel größer ist als das andere. Ich nehme an, hätte ich ein Lexikon, könnte ich es nachschlagen. Doch ich habe kein anderes Buch als das, in das ich gerade schreibe. Wenn es keine offizielle Stadt war, war es zumindest viel größer als die Siedlung, die ich am Morgen verlassen hatte, und weniger von Feuer zerstört. Oder falls doch, hatte das Feuer der Stadt seinen Besuch vor langer Zeit abgestattet, und das lebendige Grün war einfach wieder über die Kohle und Asche gewachsen, die die Flammen vielleicht zurückgelassen hatten. Das bedeutet allerdings nicht, dass diese Stadt noch unversehrt war. Sie war definitiv auf einem guten Weg, sich wieder mit der Landschaft zu vereinen. Wie ich sagte, mit genug Zeit bringt die Natur jedes Gebäude zu Fall. Der Regen dringt ein, im Winter verwandelt die Kälte Wasser in Eis, das Eis dehnt sich in den Rissen in den Wänden aus, und dann keimen im Frühjahr Samen in den Rissen, und man muss nur noch darauf warten, dass die Wurzeln die Wände und Dächer weiter auseinanderschieben, um mehr Samen und Regen und Eis einzulassen. Und irgendwann fällt einfach alles auseinander, hier auf dem Festland genauso wie draußen auf den Inseln.

Ich frage mich, ob es für dich wohl ein trauriger Gedanke wäre, dass die Wildnis auf dem besten Weg ist, sich die Welt zurückzuholen, die du und deine Vorfahren erobert und gezähmt haben. Ich kann mir vorstellen, dass es so ist – vor allem, wenn ich die erstaunlichen Sachen sehe, die ihr alle gebaut habt. Ich habe Dinge gesehen, die ich mir nie hätte vorstellen können, nicht einmal mit den verblassten Bildern in alten Büchern, in die ich mich zu Hause immer vertieft habe. Ich bin durch die Ruinen von Gebäuden gelaufen, von denen ich mir immer noch nicht vorstellen kann, wie es überhaupt möglich war, sie zu errichten. Ich weiß nicht, wie jemand so viel Stein hoch in die Luft heben konnte und ihn so gut stapeln, dass er dort blieb. Und es sind nicht nur die Gebäude – es sind auch die Brücken und Tunnel. Ich bin immer noch überwältigt von der Kraft und Cleverness, die in ihre Errichtung geflossen ist. Kraft und Cleverness, die für dich etwas ganz Alltägliches gewesen sein muss. Aber eigentlich unterscheiden sich Bauwerke gar nicht so sehr von Bäumen. Oder Menschen. Irgendwann fallen sie um und sterben.

Ich wanderte in die Stadt. Die Ruinen der Gebäude schienen sich aufzurichten und näher heranzudrängen, je näher ich dem Spitzturm kam. Es kostete mich zwei Kiesel, ihn vom Rand der Landschaft aus zu erreichen. Tiere hatten Pfade getreten, die sich zwischen dem Gras und den Büschen an den Häusern hindurchzogen, auf den Freiflächen, die einmal Straßen gewesen waren. Im Schlamm und der vermoderten Blätterschicht konnte ich Fährten erkennen – wie von Kaninchen, manche allerdings größer. Und ich sah auch Hufabdrücke, was mich überraschte. Das hätte es nicht tun dürfen, weil wir auf den Inseln Ponys halten, aber irgendwie hatte ich nicht vermutet, dass es auch auf dem Festland Ponys gab. Ich bog um eine Ecke und fand mich Auge in Auge mit einem Fuchs wieder. Er war groß, ungefähr genauso groß wie Jip, und sein Fell zeigte ein dunkles Orange, abgesehen von dem weißen Fleck auf seiner Brust und an der Schwanzspitze. Er sah mich ohne Überraschung an, aber in dieser angespannten Unbeweglichkeit, die ein Tier zeigt, das sich darauf vorbereitet, in dem Moment wegzulaufen, in dem es glaubt, es könnte einem ohne Gefahr den Rücken zuwenden.

Der Fuchs stand am Fuß einer steilen Böschung, die aus dem oberen Stockwerk eines eingestürzten Gebäudes gebildet wurde. Offenbar waren alle Stockwerke aus Beton gewesen, und ich konnte keine Wände entdecken. Ich glaube, es war gebaut worden, damit darin Autos stehen konnten. Auf jeden Fall waren die Stockwerke eingestürzt und lagen jetzt übereinander wie ein schiefer Stapel Pfannkuchen. Das Grau des Betons wurde von verblassten gelben Linien in autogroße Kästen aufgeteilt, die in dem Moment, in dem sich der Fuchs umdrehte und losrannte, plötzlich aussahen wie eine Leiter. Jip nahm die Verfolgung auf. Der Fuchs verschwand hinter einer Tür ganz oben, auf der vage noch das Wort AUSGANG zu erkennen war, und Jip wäre ihm gefolgt, hätte er nicht meinen scharfen Pfiff gehört und angehalten. Er warf mir einen vorwurfsvollen Blick zu, pisste an die Ausgangstür und trottete dann zurück zu mir auf die Straße.

Alles in mir schrie danach, in den riesigen Gebäuden, an denen ich vorbeikam, wikingern zu gehen, aber ich trug alles, was ich brauchte, entweder in meinem Rucksack oder an meinem Gürtel bei mir und wollte mich nicht von meinem Plan ablenken lassen. Oder vielmehr wollte ich mich verzweifelt ablenken lassen und die verlorenen Reste dieses neuen Territoriums durchsuchen, das sich überall um mich herum auftat … aber noch dringender wollte ich meinen Hund zurückholen. Ich hatte mir ausgerechnet, wie weit ich laufen musste, um von dem Turm zu dem Ort an der anderen Küste zu kommen, den meiner tiefen Überzeugung nach – aufgrund der Markierungen auf der Karte – Brand sein Zuhause nannte. Wenn ich dreißig Klicks pro Tag zurücklegen konnte, konnte ich in zehn oder zwölf Tagen dort ankommen. Zwölf Tage waren nicht so lang. Aber ich konnte auf dem Rückweg wikingern, erklärte ich mir selbst. Sobald ich Jess wiederhatte. Ich hoffte, dass Brand direkt nach Hause segelte, und hielt diese Annahme auch für wahrscheinlich – nachdem sein Boot bis zum Seitendeck mit Dingen vollgeladen gewesen war, die er auf seinen Reisen eingesammelt hatte. Natürlich hatte ich keine Vorstellung davon, wie ich Jess retten sollte, doch ich war mir sicher, dass mir schon etwas einfallen würde, sobald ich die Lage besser einschätzen konnte. Mit diesem Plan stimmten tausend Dinge nicht – nicht zuletzt, dass sich alles auf die Karte stützte, die ich gestohlen hatte, und ich all meine Hoffnung auf das Netz aus Bleistiftlinien setzte, die von einem Punkt an der Ostküste ausgingen.

Also. Kein wikingern. Und wenn ich mich an den Plan hätte halten wollen, hätte ich an dem Spitzturm vorbeilaufen und weitere fünf Kiesel weit gehen müssen, bevor ich anhielt. Doch ich war müde, und der Tag voller Bäume und der Masse der überwucherten Gebäude war so neu für mich gewesen, dass ich mich irgendwo zwischen Verblüffung und Schwindel befand. Also entschied ich, dass ich die fehlende Strecke morgen aufholen konnte. Ich versüßte mir die Entscheidung, indem ich mir selbst erklärte, dass ich versuchen sollte, auf den Turm zu klettern und mit dem Kompass die nächste Landmarke anzupeilen. Die Kirche war leicht zu finden, obwohl ich mir meinen Weg durch ein Gewirr kleinerer Straßen bahnen musste, wo rot geziegelte Gebäude in das dichte Gebüsch aus Dornenhecken dazwischen gestürzt waren. Als ich den Turm erreichte, stellte ich fest, dass er auf einer Art Vorsprung stand, über etwas, was aussah wie ein Fluss aus Bäumen, der sich in beide Richtungen erstreckte. Dahinter konnte ich in der Sonne einen echten Fluss glitzern sehen. Was ich damals nicht wusste, aber jetzt schon, nachdem ich eine Menge Land gesehen habe, war, dass diese Flüsse aus Bäumen in Wirklichkeit die alten Bahnstrecken waren. Und der Grund dafür, dass sich die Spitzen der Bäume auf meiner Kopfhöhe befanden, lag darin, dass sie in einer Vertiefung standen, die ins Land gegraben worden war, damit die Züge dort fahren konnten. Bahnstrecken füllen sich viel schneller mit Bäumen als Straßen, vielleicht, weil die Schienen auf lockeren Steinen verlegt waren statt auf der harten Haut einer Asphaltstraße. Ich habe herausgefunden, dass man, wenn man versucht, einer alten Bahnstrecke auf der Karte zu folgen, besser vorankommt, wenn man auf den freieren Feldern daneben läuft, als wenn man versucht, sich einen Weg durch das Unterholz zu bahnen, das die Strecke so enthusiastisch in Besitz genommen hat. Inzwischen sind sie eher Baumtrassen als Bahntrassen.

Die Kirchentüren waren verriegelt oder verklemmt. Sie

bestanden aus schwerem Holz, dass mit der Zeit noch härter geworden zu sein schien, statt zu verrotten. Das Eisengeländer um die Kirche war zu einer ungleichmäßigen, wenig willkommenen Barrikade verrostet und der Vorplatz aus Stein von Schösslingen und Gräsern aufgeworfen. Doch die Fenster waren alle noch unversehrt, zumindest diejenigen, die ich hätte erreichen können. Es gab ein großes rundes Fenster an einem Ende, wie eine riesige Steinblume aus farbigen Glasscheiben, die von der Mitte ausstrahlten. Dort waren ein paar Scheiben zerbrochen, doch das half mir nicht, ins Innere zu gelangen.

Ich hätte aufgegeben, aber Jip jagte etwas Schlankes, Schnelles unter dem Bogen, der den Turm stützte … und als ich seinem aufgeregten Bellen folgte, stellte ich fest, dass er eine Ratte ins Gebäude gejagt hatte, durch eine Tür, die ich übersehen hatte. Die Tür war abgeschlossen, doch darüber war eine Regenrinne kaputtgegangen, sodass Wasser eine Spur auf die Wand hinterlassen hatte, die von Jahren sprach. Die Feuchtigkeit hatte sich jedes Mal in einer Vertiefung unter der Tür gesammelt, sodass dort ein hundegroßes Loch entstanden war, durch das Jip geschlüpft war. Ich zog an dem Holz, bis das Loch Griz-Größe hatte, und kroch hinter ihm her.

Das Innere war wunderbar und schrecklich zugleich. Die Fenster, die von außen farblos gewirkt hatten, warfen Licht und Farbe in den hohen Raum. Die Glasscheiben zeigten strahlende Bilder bärtiger Männer in Roben, die verschiedene Dinge taten, und Frauen mit Tüchern über den Köpfen, die zum Himmel aufsahen und Babys hielten. Die Decke bestand aus einem komplizierten System hölzerner Streben, die zu einer Spitze zusammenliefen, und auf jeder möglichen

Oberfläche standen weitere Statuen von Männern mit Bärten. Als ich klein war, habe ich eine Kinderbibel gelesen, in der alle wichtigen Geschichten erzählt wurden, also bin ich mir ziemlich sicher, dass die meisten Frauen die Maria darstellten, weil sie dieselben Gesichter hatten und sich eigentlich nur in der Farbe ihrer Tücher und Roben und in den Dingen unterschieden, die sie hielten. Manche trugen Babys, andere seltsamere Dinge wie Räder und Flammen. Nicht alle diese Bärtigen konnten Jesus sein, aber ich weiß, dass es für die Nackten galt, die ans Kreuz genagelt waren. Die Statuen standen nicht nur oben auf den Säulen. Sie waren überall, groß und klein, standen frei oder hingen von den Wänden. In der Kirche auf Iona hatte es ein oder zwei Statuen gegeben, aber das hier … so musste sich eine Menschenmenge anfühlen. Es war der überfüllteste leere Raum, in dem ich mich je aufgehalten hatte, und ich hatte das unangenehme Gefühl, dass all diese Statuen auf mich – oder irgendwen – gewartet hatten, der ihre Ruhe störte.

Obwohl ein Ende der Kirche von der Zeit fast unberührt geblieben war, lag am anderen Ende ein Durcheinander aus langen Metallrohren, wo etwas abgestürzt war, das ich für eine Orgel hielt. In den Büchern, die ich gelesen hatte, gingen Leute in die Kirche, um Frieden zu finden oder mit einem Gott zu reden, oder einfach, um mit all ihren Nachbarn zusammen zu sein. Ich fand nicht, dass dies ein angenehmer Ort war, um mit einem Gott zu sprechen.

Die Statuen zeigten zu viel Schmerz, waren zu genussvoll angefertigt worden. Ich glaube, genussvoll ist das richtige Wort … wenn das bedeutet, dass man von etwas begeistert ist. Für mich war es, als hätten die Bildhauer dieser Statuen den Schmerz, den es mit sich brachte, an ein Kreuz genagelt zu werden, wirklich gemocht. Aber vielleicht hat das mehr mit meiner Ignoranz als mit den Künstlern zu tun. Vielleicht war es sinnvoll, den Schmerz zu lieben, wenn man an unsichtbare Dinge wie diesen Gott glaubte. Ich fühlte mich einfach nur … abgekoppelt von der Bedeutung all dieser Freude. Wie jemand, der die Pointe eines Witzes erzählt bekam, ohne je den Anfang zu hören. Vielleicht hätte ich eine Erwachsenenbibel lesen müssen, um zu erkennen, worum es eigentlich ging, aber da, wo ich aufgewachsen war, hatten wir keine Zeit für Götter. Sie waren verschwunden, so wie ihr alle verschwunden seid. Götter sind jetzt nur noch Geschichten. Bar meinte, das wären sie schon immer gewesen: Geschichten, um denjenigen Sinn zu geben, die jemanden haben wollten, der ihr Leben in die Hand nahm, statt ihr eigenes Schicksal zu prägen.

Bar las andere Bücher als ich. Bücher voller Ideen, nicht voller Geschichten; praktische Bücher darüber, wie man Dinge anfertigt oder wachsen lässt. Die haben mich nicht so sehr interessiert wie die erfundenen Bücher über Menschen. Aber ich mochte die Art, wie ihr Hirn arbeitete.

Ich fand eine kleine Tür, die auf den Turm führte. Die Enge des Treppenhauses raubte mir ein wenig den Atem, als ich aufstieg, es schnürte mir die Kehle zu. Ich hatte das seltsame Gefühl, dass ich mich in eine Sackgasse bewegte. Ich fragte mich, wie ich je von dieser schmalen, gewundenen Steintreppe entkommen sollte, wenn die Tür in der Kirche zufiel und diejenige ganz oben sich nicht öffnen ließ. Ich wäre gefangen wie ein Käfer in einer Flasche. Meine Vernunft wusste, dass die Tür am Fuß der Treppe nicht zufallen würde, weil der Wind sie nicht erreichen konnte, selbst wenn es Wind gegeben hätte. Es war niemand da, der sie hätte zustoßen können, nachdem die Welt leer war. Meine Angst allerdings hatte andere Ideen.

Die Tür ganz oben ließ sich öffnen, obwohl ich eine der Angeln brach, als ich daran zog und dagegentrat. Ich trat auf eine steinerne Plattform, die sich um den Fuß des Spitzdachs zog. Ein Blick nach oben enthüllte die Höhe des Dachs und das verbogene Kreuz an der Spitze, und ich fühlte das riesige Gewicht des Steins über mir wie eine Drohung. Bist du je an den äußersten Rand einer Klippe getreten und hast diesen Sog gespürt, ein unheilvolles und doch beglückendes Gefühl, das dafür sorgt, dass du springen willst? Die Masse all dieser Steinquader schien einen ähnlichen Sog auszustrahlen.

Bleib dort stehen, schienen sie zu sagen. Beweg dich nicht. Und wir werden jeden Moment abstürzen, um dich zu zerquetschen.

Ich bestimmte meine Position mit dem Kompass. Ich konnte eine Einbuchtung in der Anhöhe sehen, die in der Ferne aufragte, mit einem helleren Hügel, der sich direkt dahinter erhob. Wenn ich die Spitze des fahleren Hügels ein wenig links von der Vertiefung hielt – wie Kimme und Korn –, wäre ich auf dem richtigen Weg. Ich zog die Karte heraus und zeichnete die Form auf ein leeres Stück Meer, damit ich es nicht vergaß. Dann ging ich zurück nach unten in die Kirche. Ich hatte überlegt, hier zu schlafen – aber es gab zu viele Augen, die mich weiter beobachtet hätten. Es waren keine menschlichen Augen, und obwohl die Statuen starrten, lag nichts in ihrem Blick, das einen berührte. Nicht wie die Frau im gelben Kleid. Doch ich greife voraus.

Ich setzte mich auf den Altar und teilte mir ein wenig Trockenfleisch und Haferfladen mit Jip, bevor wir aufbrachen. Und als ich dort saß und in den hinteren Teil der Kirche blickte, wurde mir klar, dass ich wahrscheinlich denselben Ausblick hatte, den auch der Priester des Gotts gesehen hatte, als die Reihen leerer Bänke noch mit lebenden Menschen gefüllt gewesen waren. Ich versuchte mir vorzustellen, welche Art von Geräuschen all diese Metallröhren wohl erzeugt hatten, die jetzt am anderen Ende des Raums lagen wie das Mikado-Spiel eines Riesen. Doch es gelang mir nicht. Und als ich das Gebäude verließ, hatten sich mir weniger die Statuen und die grausame Folter ins Gedächtnis gebrannt, die sie scheinbar mit so grimmiger Freude darstellten, sondern die prächtigen Farben der Glasfenster überall um sie herum. In meiner Erinnerung strahlen sie wie Juwelen.

Die Frau im gelben Kleid lebte in der Mitte der Stadt in einem griechischen Tempel, der unheilvoll auf einer Seite eines mit Steinen gepflasterten Platzes kauerte. Natürlich war es kein echter griechischer Tempel … aber das Gebäude wirkte wie eine dunklere Version der weißen Gebäude in dem Buch mit Mythen, in das Joy und ich uns vor so langer Zeit neben dem Feuer vertieft hatten, wo Zeus oder vielleicht auch Athena lebten. Das Gebäude hatte dieselben Säulen davor, die ein großes Dreieck aus Stein stützten, sodass ein mächtiger Vorplatz entstand, hinter dem sich Türen und Fenster befanden. Die Fenster waren mit Brettern vernagelt worden, vielleicht, um das Glas zu schützen. Ich nahm mir viel Zeit, um herauszufinden, was die in den Stein gemeißelten Buchstaben an der Vorderseite des Gebäudes sagten. Ich glaube, es war ›Für die Literatur, die Künste und die Wissenschaften‹.

Die Türen standen gerade weit genug offen, dass ich hinter Jip hineinschlüpfen konnte. Drinnen gab es weitere Türen, diesmal aus Glas. Diese inneren Türen waren es, die das Wetter und die Tiere ferngehalten hatten. Ich drückte sie mit einiger Mühe auf und ging hinein. Die oberen Fenster waren nicht vernagelt, also stieg ich die Treppe hinauf. Das Gebäude war einmal ein Museum gewesen. Das entdeckte ich, als ich die Schilder an den Wänden las. Doch alles darin war verschwunden. Bis auf einen Raum in der Mitte. Es war ein weiterer großer, leerer Saal, doch darin stand ein Stuhl, und gegenüber dem Stuhl befand sich eine Lady in einem gelben Kleid, die mich direkt ansah. Ich nenne sie Lady, weil das eine schickere Sorte Frau ist, und dieses Kleid war so schick, wie man es sich nur vorstellen konnte: lang und luxuriös und in strahlendem Gelb mit schwarzem Rand an den Säumen. Das war kein Kleid, in dem man irgendetwas Nützliches tun konnte. Es war ein Kleid, das dafür geschaffen war, der Trägerin im Weg umzugehen. Es war allerdings ein sehr gutes Kleid, um darin herumzuliegen und Leute anzusehen. Und ihre Augen hatten einen sehr intensiven Blick. Die Lady war nur ein Gemälde, doch in ihren zwei Augen brannte mehr Leben als in all den ausdruckslosen Jesussen und Marias in der gesamten Kirche zusammen. Sie sah mich direkt an, und ich wusste, dass sie mich sah – genauso klar, wie der Künstler sie gesehen haben musste. Sie sah einen an, und man fühlte sich … verbunden. Vielleicht nicht direkt mit ihr, aber mit dem Leben. Weil es das war, was der Künstler eingefangen, was ihm gefallen hatte. Ihr Leben. Vielleicht auch das Leben selbst. Ich setzte mich in den Stuhl und erwiderte ihren Blick.

Hi, sagte ich. Ich bin Griz.

Dann lachte ich über mich selbst, weil ich mit einem Gemälde sprach. Und ihr Blick schien an einem Witz teilzuhaben, den sie nicht hatte machen können. Ich hatte den Gedanken, mit all diesen Statuen um mich herum zu schlafen, nicht ertragen, entschied aber, dass es etwas ganz anderes wäre, in diesem Raum zu schlafen, mit nur ihr, die auf mich aufpasste.

Ich glaube, auch jemand anders hatte es erholsam gefunden, sich einen Raum und einen Blick mit ihr zu teilen – deshalb stand dieser Stuhl direkt gegenüber des Gemäldes. Ich vermutete, dass einer der letzten Kinderlosen hergekommen war, um ein junges Gesicht zu sehen, nachdem alle jungen Gesichter vergangen, gestorben oder einfach um ihn oder sie herum alt geworden waren. Es muss so traurig gewesen sein ohne eine jüngere Generation, die nach ihnen aufwuchs. Ich glaube, sie kamen hierher und haben sich in diesen Stuhl gesetzt, um noch einmal in Berührung mit diesem Stück Leben zu kommen. Ich ließ meine Bettrolle zurück und ging nach unten, um mich um die Kaninchen zu kümmern.

Auf dem Weg ließ ich mich von einem Raum im Erdgeschoss ablenken. Das Schild darüber verkündete ›Museumsladen‹. Und obwohl das Durcheinander und der Staub, der überall lag, klarstellten, dass jemand – vielleicht sogar viele Leute – vor langer Zeit hier gewikingert hatten, waren doch immer noch interessante Dinge übrig. Überwiegend gab es Bücher, doch da waren auch ein paar Bleistifte, die ich mitnahm, und ein kleiner Spitzer aus Messing mit einer Stahlklinge, die nicht verrostet war. Die Bücher waren überwiegend alte Bildbände über Kunst und viel zu groß, um sie mitzunehmen, aber es gab ein schief hängendes Regalbrett mit kleineren Büchern, ungefähr in der richtigen Größe für die Tasche. Es waren Handbücher, die sich mit Dingen wie Blumen oder Vögel oder Steinen beschäftigten – Dingen, die einem auf einem Spaziergang begegnen mochten, sodass man ihre Namen wissen wollte. Ich entschied, dass ich es mir leisten konnte, drei dieser Bücher in meinen Rucksack zu stecken, ohne mich zu überlasten. Die offensichtlichste Wahl hieß *Essen umsonst* und hatte ein Bild von Brombeeren und Himbeeren auf der Vorderseite. Ein schneller Blick in die Seiten zeigte, dass es ein Naturführer war, der sich damit beschäftigte, welche Dinge, die man fand, essbar waren – statt der, die man angebaut hatte. Darin befanden sich jede Menge wirklich gute Bilder, die halfen, Nahrung zu identifizieren, damit man sich nicht vergiftete. Wenn ich mir unterwegs mein Essen zusammensuchen musste, war ein Buch, das mir verriet, welche Dinge ich zwischen all den neuen Pflanzen nicht essen durfte, ein echtes Geschenk. Das weniger offensichtlich nützliche Buch hieß einfach *Bäume*, und ich nahm es mit, weil es mir gefiel und ich gerade erst eine Welt mit richtig großen Bäumen entdeckt hatte. Im Rückblick vermute ich, dass beide Bücher mir beim Überleben geholfen haben. Aber nur eines davon hat mir das Leben gerettet, und es war nicht das offensichtliche. Dann packte ich noch ein Buch über Vögel ein.

Ich nahm einen Stapel der weniger tragbaren Bücher mit nach draußen, um sie mir anzusehen, nachdem ich zwischen den großen Säulen unter dem Vordach ein Feuer entzündet hatte. Ich setzte mich mit Jip hin und blätterte durch die größeren Bücher, während die Kaninchen brieten; weidete meinen Blick an den farbenfrohen Bildern, die selbst nach mehr als einem Jahrhundert hell von den Seiten strahlten. Ich aß mein Kaninchen, während es noch heiß war, aber Jip wartete, bis seines abgekühlt war. Dann trug er es auf die Stufen, um es langsam und ungestört zu fressen. Jess war anders. Sie fraß immer schnell, sah dabei aber immer wieder auf und wedelte mit dem Schwanz, als wollte sie dich an ihrem Spaß teilhaben lassen. Der Gedanke an Jess versetzte mir einen Stich. Ich hoffte sehr, dass Brand sie anständig fütterte und dass sie in Sicherheit war, wo auch immer sie sich befand. Und dann fiel mir wieder ein, dass er sie an Saga gekettet hatte und es daher nicht so war.

Während Jip fraß, löste ich vorsichtig den Verband und untersuchte die Wunde, solange das Licht noch gut war. Ich entschied, dass der Arm ein bisschen besser aussah. Dann schmierte ich noch ein wenig Honig darauf und verband die Wunden ebenso vorsichtig wieder. Falls es nicht wirklich besser aussah, erklärte ich mir selbst, wirkten die Wunden doch zumindest nicht schlechter. Das war immerhin etwas. Morgen früh würde ich die beiden Wasserflaschen in dem Fluss, den ich gesehen hatte, auffüllen, also trank ich den Großteil dessen, was noch übrig war, pinkelte oben von den Stufen, während ich den Sonnenuntergang beobachtete, und zog mich dann für die Nacht nach drinnen zurück.

Du hättest wahrscheinlich gedacht, es wäre sehr früh, um schlafen zu gehen, aber du hattest auch elektrisches Licht, um den Rhythmus deines Tages so zu gestalten, wie du wolltest, nicht nach dem Diktat der Sonne. Und es war eine lange Wanderung gewesen, weiter, als ich je an einem Tag gewandert war. Meine Füße waren wund, mein Arm pulsierte immer noch, und der Riemen meines Rucksacks hatte mir auf einer Seite eine Blase an die Schulter gescheuert. Ich schloss alle Türen hinter mir und rollte meinen Schlafsack vor der Lady im gelben Kleid aus, um mich hinzulegen. Jip zog eine Runde an den Rändern des Zimmers entlang, auf der hoffnungsvollen Suche nach einer Ratte, und dann kam er und schlief neben mir ein. Ich sah in die Augen des Gemäldes und versuchte mir vorzustellen, wie ihr Leben wohl ausgesehen hatte. Ich erkannte Güte und Intelligenz und sogar Sinn für Humor in ihren Gesichtszügen, doch ich fragte mich, ob sie sich, als das Bild gemalt worden war, je hätte vorstellen können, was daraus werden würde; was aus ihr werden würde. Ich glaube nicht, dass sie je davon geträumt hätte, dass ihr fester Blick viele ihrer Ur-Ur-Urenkel überleben und es damit enden würde, dass sie Jip und mich ansah, während wir auf der anderen Seite des Endes der Welt schliefen.

Und ich schlief. Lang und tief, bis ins Herz der Nacht.

Dann war ich wach, lag vollkommen unbeweglich da und lauschte auf Jips tiefes Knurren.

Es war die Art Geräusch, von dem man definitiv nicht aufwachen will. Es jagte mir einen kalten Schauder über den Rücken.

Der Raum war stockdunkel, doch als ich die Hand ausstreckte, fühlte ich, dass Jip steif dastand, die Bürste aufgestellt und zitternd.

Ich setzte mich auf und fand mein Messer.

Ich ließ meine andere Hand auf seinem Rücken liegen, verriet ihm über die Berührung, dass bei uns alles in Ordnung war. Ich wollte auf das lauschen, was ihn aufgeschreckt hatte. Er hörte auf zu knurren, blieb aber stehen, und das Büschel Haare zwischen seinen Schultern ragte weiter nach oben.

Irgendetwas bewegte sich vor den Fenstern … draußen, auf dem Boden. Ich konnte eine Art Schubbern hören und irgendeine Bewegung – nicht so Klares wie Schritte oder Atemzüge, sondern nur eine diffuse Bewegung, entfernt und fast nicht wahrnehmbar, mehr wie eine Störung der Luftströme als ein echtes Geräusch. Aber es war definitiv da, und es klang nach einem größeren Wesen als ein Eichhörnchen oder eine Ratte. Ich schlich mich zum Fenster und versuchte, nach unten zu sehen – doch der Winkel war zu steil, und ich hätte nicht erkennen können, was sich dort herumtrieb, selbst bei mehr Licht. Ich konnte nur spüren, dass sich das Geräusch offenbar langsam zur Vorderseite des Gebäudes bewegte. Zur Vorderseite des Gebäudes mit der offen stehenden Tür.

So leise wie möglich holte ich meinen Bogen und die Pfeile, dann führte ich Jip nach draußen auf den Treppenabsatz. Ich befahl ihm, nah bei mir zu bleiben, was er von unseren gemeinsamen Jagden auf den Inseln kannte. Er setzte sich neben mich, als ich mich in der Dunkelheit hinkniete, ausgerichtet auf die Eingangstür unter mir. Ohne nachzudenken, legte ich einen Pfeil auf die Sehne und die anderen so neben mich, dass ich den nächsten greifen konnte, ohne hinzusehen. Und dann gaben wir beide unser Bestes, so unbeweglich dazusitzen wie all diese Statuen, und die Dunkelheit nur mit unseren Ohren zu durchdringen.

Das Ding (oder der Mensch – vielleicht sogar Brand, weil ich halb vermutete, dass er mich verfolgt hatte) schlurfte die Stufen hinauf in den Säulenvorbau. Ich schwöre, ich hörte Schnüffeln und wusste sofort, dass es unser Lagerfeuer und die Reste der Kaninchen inspizierte. Dann hörte man das schreckliche Geräusch von knackenden Knochen, gefolgt von Stille, worauf wieder dieses diffuse Geräusch einer Bewegung folgte, diesmal näher am Eingang. Dann folgte wieder Stille, so lange, dass ich meine Position verlagern musste, um keinen Krampf zu bekommen … und dann noch länger, bis ich fast glaubte, ich hätte mir alles nur eingebildet, und mich genug beruhigt, um beide Knie zu entspannen, indem ich mich auf die oberste Stufe der Treppe setzte statt zu knien.

Dann erklangen ein lauter Schlag und ein Knarren, als etwas gegen die Vordertür rammte. Jip machte einen Schritt nach vorne, die Bürste wieder aufgestellt, sein warnendes

Knurren tief und unüberhörbar, und ich spannte den Bogen, bereit für alles, was hereinkam.

Und dann kam nichts.

Einfach nichts und mehr nichts und dann das Geräusch irgendeines Vogels, der in der Ferne rief, ein Geräusch, von dem ich wusste, dass es von einer Eule stammte, ein Geräusch, das sofort erkennbar war, obwohl ich so ein *Tuwitt-Tuwuu* noch nie gehört hatte. Und dann wieder Stille.

Ich kann mich nicht erinnern, mich entspannt zu haben, obwohl ich weiß, dass Jip sich nach sehr langer Zeit hinsetzte. Und ich erinnere mich definitiv nicht daran, in dieser unbehaglichen Haltung eingeschlafen zu sein.

Ich erwachte mit der Sonne in den Augen und einem fiesen Schmerz im Nacken, weil ich gegen die Wand gesunken war und halb sitzend geschlafen hatte, ganz verdreht und verknotet.

Ich dachte, ich sollte nachsehen, ob alles sicher war, bevor ich Jip nach draußen ließ, doch kaum öffnete ich die innere Glastür, schoss er zwischen meinen Beinen hindurch und sauste nach draußen auf die Veranda.

Ich fühlte mich seltsam und dumm, während ich aus der halb geöffneten Tür spähte, den Bogen im Anschlag, den Platz nach nächtlichen Besuchern absuchte und zu erkennen versuchte, was dort auf der Lauer lag.

Jip hatte keinerlei solche Skrupel. Er rannte hochkonzentriert hin und her, um Witterung aufzunehmen. Er verschwand um die Ecke und blieb für mehrere Minuten verschwunden ... und als er zurückkam, wirkte er viel glücklicher als vorher. Er hob ein Bein an der Ecke des Museums, wo wir das Schubbern gehört hatten, dann trottete er in die Mitte des Platzes, die Nase gesenkt, bis er einen großen Haufen frischer

Scheiße entdeckte. Es war offensichtlich kein menschlicher Kot – was mich sehr erleichterte –, aber ich hatte so etwas auch noch nie gesehen. Jip schien nicht zu interessieren, um welche Art von neuem und ungesehenem Tier es sich gehandelt hatte. Er hob einfach das Bein und fügte auch diesem Haufen seinen Duft hinzu.

Er schien glücklich mit seinem Werk, und auch mich munterte seine Einstellung auf. Mit Jips Verhalten und dem Sonnenlicht schienen sich die Ängste der Nacht zu zerstreuen. Hätte mein Arm nicht so sehr gejuckt und pulsiert, wäre es der perfekte Tagesbeginn gewesen.

# 15

# DAS FIEBER

Ich verabschiedete mich von der Lady im gelben Kleid und achtete darauf, alle Türen hinter mir zu schließen, damit das Wetter und die Tiere nicht eindringen konnten, um das Museum vor seiner Zeit zu Fall zu bringen. Als ich mich weit genug entfernt hatte, um zurückzuschauen und das Gebäude in seiner Gänze von außen zu betrachten, bemerkte ich, dass bereits ein paar junge Bäume auf einer Seite des Dachs wuchsen; also dürfte seine Zeit bald gekommen sein. Hätte ich die *Sweethope* noch gehabt, hätte ich die Lady wahrscheinlich mitgenommen. Es hätte mir gefallen zu beobachten, wie sie Bar und Ferg ansah. Dad hätte das Gemälde für versponnenen Blödsinn gehalten. Mum hätte es sicher genossen, ihr Lächeln als Gesellschaft zu haben.

Ich musste keinen Weg zum Fluss finden, um meine Wasserflaschen wieder aufzufüllen, weil wir einen Bach fanden, der mitten auf der Straße verlief. Das Wasser darin war schnell und sauber. Manchmal, wenn es lange Zeit heiß und trocken war und es dann regnete, glitt das Wasser einfach vom Land ab und hatte keine Zeit, so tief einzudringen, wie es bei feuchter Erde der Fall wäre. Ich fing also den Regen des Sturms ein, den ich von der Spitze des Turms aus gesehen hatte.

Jip und ich stiegen nach oben aus der Stadt und tauchten wieder in die Landschaft ein, immer mit Kurs auf diese entfernte Kuhle in den Hügeln. Das Land hier hob und senkte sich in sanften Wellen. Wir wanderten jetzt querfeldein, ohne einer alten Straße zu folgen – auch wenn wir ein paar Kiesel lang neben der alten Bahntrasse marschierten.

Manchmal verlor ich die Kuhle aus den Augen, wenn wir in ein niedriges Tal hinabgingen, doch sie tauchte immer wieder auf, wenn wir auf der anderen Seite wieder aufstiegen. Ich suchte mir näher liegende Orientierungspunkte, aber trotzdem in der richtigen Richtung, und so hielten wir den Vormittag über unseren Kurs. Die Landschaft war ein lockeres Mosaik aus Laubbäumen. Die offenen Flächen dazwischen, die wahrscheinlich einmal Felder gewesen waren, hatten sich zu Heidegebieten entwickelt, durchkreuzt von breiten Streifen aus Dickicht, die ihre Existenz wohl als Hecke begonnen hatten. Mein neues Baumbuch verriet mir, dass es sich hauptsächlich um Weißdorn, Buche oder Haselnuss handelte. Und wenn es etwas anderes war, dann überwiegend Dornenhecken. Genug Dornenhecken, um mir meine Stiefel anzuziehen. Obwohl es recht leicht war, durch das Dickicht zu kommen, weil Tiere über die Jahre ihre eigenen Wechsel hineingetreten hatten, und obwohl ich nicht anders konnte, als nach einem menschlichen Fußabdruck zwischen den ganzen Pfoten- und Hufabdrücken zu suchen, rechnete ich doch nicht damit, wirklich einen zu finden – und tat es auch nicht. Dazwischen gab es immer weite Flächen mit Gras und Farnen und vereinzelten Büschen. Jip liebte die offene Heide, weil sie ihm ein gutes Jagdrevier und so viele Kaninchen bot, wie er sich nur wünschen konnte.

Er rannte so eifrig, dass ich anfing, mir Sorgen zu machen, er könnte sich selbst schaden. Dad meinte einmal, Terrier wären mitunter so dumm, dass sie liefen, bis ihre Herzen platzten … aber ich glaube, das ist nicht wirklich wahr. Jetzt, da ich genügend Abstand habe, wird mir bewusst, dass Dad ein Mensch war, der sich ständig Sorgen machte, seine Ängste aber unter Strenge und plötzlichen Anfällen schlechter Laune versteckte. Sie traten ohne Vorwarnung oder Anlass auf, wie finstere Stürme aus einem blauen Himmel. Sich Sorgen zu machen, dass Terrier Herzanfälle bekommen konnten, war Ergebnis eines angstgetriebenen Denkens, auch wenn ich nicht wusste, wovor er Angst hatte. Vielleicht machte er sich einfach nur Sorgen, einen wertvollen Hund zu verlieren. Aber Jip brachte mir drei Kaninchen, bevor er müde genug wurde, um einfach neben mir herzulaufen. Und als ein Hase aus einem Ginsterbusch brach, an dem wir gerade vorbeigingen, machte er instinktiv drei Schritte vorwärts, um ihm nachzusetzen … um dann anzuhalten und schwanzwedelnd zu mir zurückzublicken, während ihm die Zunge aus dem Mund hing. Er war glücklich im Sonnenschein, und dasselbe galt für mich.

Es war ein heißer Tag, und die Blase von meinem Rucksackriemen wurde gegen Mittag, als die Sonne am höchsten stand, wirklich unangenehm. Es war Beerenzeit, und ich hatte im Vorbeigehen ständig Brombeeren gepflückt. Neben einem kleinen Teich hielten wir an und setzten uns für eine Pause unter eine Weide. Ich aß die Beeren und einen Teil des verbliebenen Trockenfleischs. Jip trank lautstark aus dem Teich und störte damit offenbar irgendein Tier, denn erst erklang ein Platschen und dann ein Rascheln im hohen Gras auf der anderen Seite. Jip sah dem Geräusch mit gespitzten Ohren nach, doch dann machte er sich hechelnd im Schatten einer nahestehenden Baumhasel bequem.

Ich untersuchte meinen Arm – der in meinen Augen gut aussah – und dachte darüber nach, wie ich weiterhin mit dem schmerzhaften Rucksackriemen umgehen sollte. Ich hatte im Vorbeigehen Wollbüschel an manchen Dornenhecken gesehen. Jetzt wünschte ich, ich hätte genug davon gesammelt, um ein Polster zu basteln, das den Druck verteilt hätte. Nachdem Wolle an den Dornen bedeutete, dass es hier irgendwo Schafe gab, fragte ich mich auch, ob ich eines davon erschießen sollte, wenn wir ihnen begegneten. Frisches Fleisch wäre schön gewesen … und vielleicht konnte ich ein wenig davon räuchern, um es mitzunehmen. Doch es gab jede Menge Kaninchen, und überall wuchsen Beeren – und ein so großes Tier zu töten und dann einen Großteil des Fleischs verderben zu lassen, erschien mir wie Zeitverschwendung. Ich hatte nicht vor, mich lange genug auf dem Festland aufzuhalten, um Lager anzulegen, und noch weniger konnte ich alles tragen. Und ich ging davon aus, dass ich mich im Vorbeigehen als Jäger und Sammler betätigen konnte. Damals wusste ich noch nicht, was alles kommen würde. Damals dachte ich, ich wolle schnell vorankommen und mich mit wenig Gepäck belasten. Ich wusste nicht, dass man manche Reisen besser langsam angeht. Zu diesem Zeitpunkt fühlte ich mich schuldig, weil ich mich im Schatten der Bäume ausruhte und mein neues Buch benutzte, um sie zu identifizieren. Ich hatte das Gefühl, ich sollte aufstehen und jede Stunde Sonnenlicht nutzen.

Ich erinnere mich sehr klar an alle Details meiner Rast an diesem Teich – bis hin zu den strahlenden Farben der Libellen, die über das Wasser sausten oder darüber schwebten. Ich erinnere mich, wie ich mich habe nach hinten sinken lassen, um durch den grünen Vorhang der Weidenblätter den fahlblauen Himmel zu betrachten und dabei zu denken, dass ich vielleicht – statt ein ganzes Schaf zu töten – einfach im Laufen Kaninchenfleisch an meinem Rucksack trocknen lassen konnte … damit wir auch an den Tagen etwas zu essen hatten, an denen es Jip nicht gelang, unser Abendessen zu fangen oder ich nichts schießen konnte. Und dann erinnere ich mich, dass wir wieder auf diese Einkerbung im Hügel zuwanderten. Von den nächsten Tagen erinnere ich mich nicht mehr an viel, weil sich herausstellte, dass sich mein Arm kein bisschen besserte.

Ich wanderte in einem Zustand der Benommenheit, zählte Schritte und Kiesel und schlief unter Bäumen. Ich weiß, dass wir an Häusern vorbeikamen – jeder Menge Häusern –, erinnere mich aber nicht, eines davon betreten zu haben. Ich weiß noch, wie mir auffiel, dass ich vergessen hatte, Kiesel von einer Tasche in die andere zu verlagern, um meine Schritte zu dokumentieren, obwohl ich nicht vergessen hatte, sie zu zählen. Ich trank eine Menge Wasser und hörte auf, mit Jip zu reden. Mein Arm hatte ein Fieber ausgelöst, glaube ich. Ich erinnere mich nur noch, dass diese Einkerbung niemals näher zu kommen schien, und an das Zählen der Schritte. Und dann schlief ich eines mittags unter einer Eiche ein, und als ich aufwachte, zitterte ich, und es war dunkel, und Jip bellte mich an. Ich wickelte mich in meine Schlafrolle und blieb dort. Ein paar Tage lang konnte ich nichts anderes tun als schlafen, zittern und kurz aus meiner Schlafrolle stolpern, um mich zu erleichtern. Und als kein Essen mehr in mir war, das herauskommen konnte, aß ich die letzten Haferfladen, lag dort und dachte, dass das eine dumme Art war zu sterben. Jip blieb einfach an meiner Seite, schenkte mir in den Nächten seine Wärme und tagsüber seine Kameradschaft. Ab und zu verschwand er und kehrte mit Kaninchen zurück, doch mir fehlte die Kraft, ein Feuer zu entzünden, also fraß er sie, während ich zusah.

Ich weiß nicht, wie viele Tage ich krank war; doch ich erinnere mich, wann ich entschied, dass es Zeit war zum Aufbruch. Ich war an den Rand des Teichs gekrochen, um die Flaschen wieder aufzufüllen, und war gerade damit beschäftigt, als aller Lärm in der Welt zu verklingen schien.

Die Vögel verstummten, und selbst der Wind schien nachzulassen, sodass das Rascheln der Blätter nicht mehr zu hören war. Ich drehte mich, um Jip anzusehen, der steif dastand und in den Wald gegenüber starrte.

Sofort stellten sich mir alle Nackenhaare auf. Ich konnte nichts erkennen, und die Geräusche der Welt erhoben sich bald wieder, aber für einen kurzen Moment war ich vollkommen überzeugt, dass jemand mich ansah. Und zwar nicht freundlich. Und obwohl ich immer noch Fieber hatte und das meiste, was ich getrunken hatte, wieder erbrach, wurde mir der Gedanke hierzubleiben einfach unerträglich. Ich stolperte zurück zu meinem Lager, und das Erste, was ich tat, war, meinen Bogen zu spannen und einen Pfeil bereitzulegen. Dann, ohne die Bäume gegenüber dem Teich aus den Augen zu lassen, packte ich meinen Rucksack und glitt unter den Weiden heraus, um in das umgebende Heideland zu steigen. Mein Kopf platzte fast vor Schmerzen, und alle Gelenke in meinem Körper schienen mit Kies gefüllt zu sein, sodass jede Bewegung steif ausfiel und gleichzeitig schmerzte. Doch trotz allem war das Gefühl, das mich am Teich überfallen hatte, so intensiv, dass ich mich so schnell wie möglich von hier entfernen musste.

Vielleicht war dort gar nichts. Vielleicht trieb mich nur die

Erinnerung an dieses große, ungesehene Wesen, das in der Nacht im Museum so lautstark um das Gebäude gestrichen war. Oder vielleicht hatte mich etwas beobachtet, das mich als Beute betrachtete, so wie ich es mit Kaninchen oder Rehen tat. Oder Schafen.

Krank, zitternd und stolpernd wanderte ich den ganzen Tag mit dem Bogen in der Hand und einem Pfeil auf der Sehne. Als ich bei Einbruch der Nacht endlich anhielt, waren meine Finger am Bogen steif, und ich musste sie massieren, um sie wieder zum Leben zu erwecken.

An einem Haus hielt ich an. Ich wollte Türen und Wände, hinter denen ich mich sicher fühlen konnte. Es war ein Ziegelhaus mit zwei Stockwerken und einem intakten Dach, und es stand neben einem großen Teich in der Mitte einer kleinen Gruppe von Bäumen, die den Garten erobert hatten, der das Haus wohl einst umgeben hatte. Ich kletterte durch ein zerbrochenes Fenster im Erdgeschoss und sah mich um. Die Bäume wuchsen so nah am Haus, dass die Blätter sich gegen die verbleibenden Scheiben pressten, sodass der Innenraum mir ein dunkles, klaustrophobisches Gefühl vermittelte. Die Treppe war noch stabil genug, daher suchte ich mir über die knarrenden Stufen vorsichtig einen Weg in den ersten Stock, wo es heller war. Es gab zwei Zimmer und ein Bad mit Kamin. Seltsamerweise hatten die Schlafzimmer nichts in der Art. Ich fühlte mich schrecklich, und mir wurde klar, dass ein ganzer Tagesmarsch ein Fehler gewesen war. Ich konnte nicht aufhören zu zittern. Jip musste davon überzeugt sein, dass ich in Schwierigkeiten steckte, weil er die Rattenjagd, die sonst immer auf das Betreten eines neuen Hauses folgte, verschoben hatte. Stattdessen blieb er in meiner Nähe und sah mit schiefgelegtem Kopf zu mir auf.

Schlaf, sagte ich. Ich brauche einfach nur Schlaf. Und ein Feuer. Mir ist kalt.

Die Sonne war an diesem durchaus warmen Tag noch nicht untergegangen, doch meine Zähne klapperten. Ich trat ein paar Stühle in Stücke und entzündete ein Feuer in der Feuerstelle im Badezimmer. Der Kamin zog gut, und das Holz ging in Flammen auf. Ich ging zurück in die Schlafzimmer, zog die Schubladen aus einer Kommode und zertrat sie ebenfalls zu Feuerholz, das ich neben dem Kamin stapelte, dann schüttelte ich meine Schlafrolle aus und legte mich in einem Haus mit zwei Schlafzimmern auf den Badezimmerboden. Ich wäre sofort eingeschlafen, wenn mein Arm immer noch so übel gejuckt hätte, wie er es seit meiner Ankunft an Land tat … doch gerade die Tatsache, dass es nicht mehr so war, nagte an mir. Ich fragte mich, ob das wohl bedeutete, dass es schlimmer geworden war; ob die Infektion sich so sehr im Arm ausgebreitet hatte, dass die ersten Nerven abstarben. Ich fragte mich, ob ich nach meinem impulsiven Aufbruch so weit gekommen war, nur um als weiteres unbemerktes Bündel Knochen und Kleidungsfetzen auf dem Boden eines Hauses zu enden, das niemals wieder jemand besuchen würde … ohne Freunde, vergessen und weit entfernt von der See.

Ich setzte mich auf und zwang mich, den Verband an meinem Arm zu lösen, wobei ich mir schmerzhaft bewusst war, dass ich ihn seit Tagen nicht gewechselt hatte. Ich glaube, ich rechnete damit, schwarz verfärbtes Fleisch und Sepsis zu sehen, doch tatsächlich hatte der Honig begonnen, seine Arbeit zu tun. Ich wusste, dass ich den Verband auskochen sollte, bevor ich ihn wieder anlegte … und während ich darüber nachdachte, was ich machen sollte und ob ich überhaupt die Energie hatte, tat ich das Einzige, wozu ich tatsächlich fähig war.

Ich schlief ein. Und ich erinnere mich an nichts anderes mehr, nur daran, dass es heller Tag war, als ich aufwachte, und mein Mund so trocken wie altes Stroh. Und irgendetwas roch nach Tod. Nach ein paar Sekunden begriff ich, dass der Geruch von mir stammte. Ich hatte mich selbst besudelt. Ich empfand Scham, obwohl niemand außer Jip da war. Er kam zu mir und leckte mir das Gesicht, um mir zu zeigen, dass es ihm egal war und er sich freute, mich wach zu sehen. Und dann verschwand er nach draußen, wahrscheinlich, um zu jagen.

Ich trank gierig aus der Wasserflasche – ein wenig zu schnell, sodass ich würgen musste. Meine Beine fühlten sich an, als beugten sie sich in die falsche Richtung, und der Raum schwankte bedrohlich um mich, als ich versuchte, ein paar Schritte zu gehen. Ich zog die besudelte Kleidung aus und trug sie nach unten, wobei ich mich an Wänden abstützte.

Ich kletterte aus dem Fenster und ging vorsichtig zum Teich. Er wurde von einem kleinen Bach gespeist, der von dem Hügel dahinter plätscherte, also war es kein stehendes Gewässer. Ich trank noch ein wenig, dann machte ich mich daran, meine Kleidung zu säubern. Sie auszuwaschen kostete mich eine Menge Schrubben und Wringen, um die ganze Prozedur dann mehrmals zu wiederholen, aber ich schaffte es. Der Gestank kam nicht nur von den Ausscheidungen: Er stammte auch von dem Schweiß, der in den Rest meiner Kleidung eingezogen war, als ich in meinem Fieber darin geschlafen hatte. Und natürlich stank auch mein Körper. Ich breitete meine Kleidung auf einem Busch aus, stieg in den Teich und wusch mich. Ich tauchte unter die Oberfläche und rubbelte meine Haare. Das Wasser war eiskalt, aber ich war noch nie in warmem Wasser geschwommen, also waren der Schmerz und das Kribbeln vertraut und auf ganz eigene Weise tröstlich. Ich rollte mich auf den Rücken und schwamm in die Mitte des Teichs, wo ich mich treiben ließ, um in den Himmel aufzusehen und dieses allumfassende Hochgefühl zu genießen, das man empfand, wenn man so krank gewesen war, dass man fast vergessen hatte, wie es sich anfühlt, gesund zu sein. Ich war noch nicht wieder bei Kräften oder auch nur ganz über meine Krankheit hinweg, doch das Schlimmste hatte ich definitiv hinter mir. Ich war auf dem Weg der Besserung, wie Dad es immer genannt hat.

Du kannst heute arbeiten, weil du auf dem Weg der Besserung bist, sagte er dann.

Doch die Sonne ging langsam unter, und die Wärme des Tages verklang. Während ich dort trieb, wurde mir klar, dass ich fast vierundzwanzig Stunden geschlafen haben musste und es bald wieder dunkel werden würde.

Jip schleppte ein Kaninchen an den Rand des Teichs und ließ es mit einem Bellen fallen, das mir sagte, dass dieses Fleisch für mich war.

Ich stieg aus dem Wasser und trug das Kaninchen und meine nasse Kleidung zurück ins Haus. Dort zerbrach ich noch ein paar Möbel und fachte das Feuer im Bad wieder an. Ich fühlte mich gut genug, um mich im Haus umzusehen; eine Suche, die mit ein paar Kochtöpfen und einem guten Messer aus der Küche belohnt wurde. In einem Badezimmerschrank entdeckte ich eine runde Plastikdose mit flachem Deckel und einem verblassten Etikett, auf dem stand, dass es sich um DR. HARRIS ARLINGTON SHAVING SOAP handelte. Es stieg sogar noch ein leichter Geruch von ihr auf, sauber und scharf. In diesem Moment beschloss ich, Wasser in einem der Kochtöpfe zu erhitzen und meine Kleidung noch einmal zu waschen, mit der Seife. Der Deckel zerbrach, als ich ihn öffnete, aber ich habe immer noch einen viel kleineren Rest der Seife bei mir, eingewickelt in ein Stück Stoff. Ich glaube, der Duft muss inzwischen verflogen sein, doch manchmal ziehe ich sie heraus und rieche daran und bilde mir ein, ich könnte erahnen, wie sie einst geduftet hat.

An diesem Abend wrang ich meine jetzt wohlriechende Kleidung aus und hängte sie vor das Feuer, während ich schlief. Ich kochte das Kaninchenfleisch mit einem Zweig Rosmarin, den ich von dem Busch neben der Küchentür abgebrochen hatte. Letztendlich schmeckte mein Mahl nicht nach viel, aber ich aß alles und schlief lange und tief. Einmal wachte ich auf und sah Jip vor der Tür liegen, die Nase zur Treppe ausgerichtet, immer wachsam für den Fall, dass jemand kam, um zu sehen, was wir hier trieben. Beruhigt erklärte ich ihm, dass er ein guter Hund sei, und schlief wieder ein.

Als ich aufwachte, war Jip weg.

# 16
# DEN ALBATROS ERSCHIESSEN

Ich zog mich an und wartete neben dem Teich auf Jip. Dann wanderte ich pfeifend durch die Gegend, bevor ich ihn rief, bis meine Kehle wund war. Als das Warten unerträglich wurde, ließ ich meinen Rucksack zurück, damit er wusste, dass ich zurückkommen würde, falls ich ihn verpasste … Schließlich nahm ich meinen Bogen und fing ernsthaft an, nach ihm zu suchen. Ich folgte dem Weg zurück, den wir gekommen waren, dann drehte ich wieder um und zog immer weitere Kreise um das Haus, immer noch pfeifend und rufend und lauschend. Ich erstarrte unzählige Male, strengte meine Ohren an, um ein weit entferntes Geräusch im Wald aufzufangen, überzeugt, dass es jeden Moment in ein aufgeregtes Brechen von Zweigen übergehen würde, das damit enden würde, dass ein erschöpfter, aber glücklicher Jip auf mich zusprang. Doch das passierte nie. Ich aß Beeren, wenn ich daran dachte, aber ich brachte es nichts übers Herz, nach Kaninchen zu jagen oder etwas anderes zu essen zu finden, vielleicht auch, weil ich mir nichts Traurigeres vorstellen konnte als das einsame Mahl, das mich am Ende des Tages erwartete, wenn ich ihn nicht fand.

Aber ich fand ihn nicht, und er fand mich nicht. Nur die

Dunkelheit kam, viel früher als erwartet, und eine lange Nacht im Haus ohne ein Feuer. Ich entzündete es nicht, weil ich nicht wollte, dass das Knistern des brennenden Holzes die Geräusche eines verwundeten Hunds von draußen übertönten, der versuchte, meine Aufmerksamkeit zu erregen. Doch in Wahrheit wusste ich damals schon, dass ich wahrscheinlich nie erfahren würde, wohin Jip verschwunden war. Oder warum. Oder ob er vorhatte zurückzukommen, es aber nicht konnte. Ich erklärte mir selbst, dass Unfälle passierten, selbst Terriern. Das Nachdenken darüber, welche Art Unfall ihm zugestoßen sein könnte, hielt mich mehr als die halbe Nacht wach.

Ich erwachte bereits vor Sonnenaufgang wieder, wartete darauf, dass das Grau die Dunkelheit vertrieb, doch das erste Licht brachte nichts mit sich außer einem kurzen, deprimierenden Regenschauer und absolut keinen Hund.

Körperlich fühlte ich mich stärker, doch gleichzeitig hätte ich nicht niedergeschlagener sein können. Ich war so voller Sorge und Traurigkeit, dass mein Denken fast genauso verwirrt war wie auf dem Höhepunkt des Fiebers. Sobald der Regenschauer sich verzogen hatte, setzte ich mich auf die Treppe und lauschte auf das missmutige Tropfen des Wassers von den Bäumen, die sich gegen die Fenster drückten, und versuchte, realistisch und praktisch zu denken. Ich wusste nicht, ob das die richtige Entscheidung war, doch ich beschloss, noch einen weiteren Tag nach Jip zu suchen – und dann weiterzuziehen.

Tief im Herzen glaube ich, dass ich für immer auf ihn gewartet hätte, hätte ich wirklich geglaubt, dass er zurückkommen würde. Doch es war nicht nur das Haus und der Wald, der es umschloss, um das ich Kreise zog. Meine

Gedanken kreisten immer wieder um die scheußliche, herzzerreißende Wahrheit, dass Jip niemals weglaufen und mich zurücklassen würde. Das lag in vollkommenem Widerspruch zu seinem Charakter, und auch wenn er manchmal die ganze Nacht wegblieb, um zu jagen, wäre er doch immer zurückgekehrt, wenn er gekonnt hätte. Trotzdem verbrachte ich Stunden damit, durch den Wald zu streifen und in Kaninchenlöcher zu starren; sogar mein Ohr über sie zu halten, nur für den Fall, dass er in einen Tunnel eingedrungen war, aus dem er jetzt nicht wieder herauskam. Ich hatte gesehen, wie tief Jip sich in die Sanddünen zu Hause grub, wenn er dachte, am Ende all der Arbeit gäbe es die Chance auf ein Kaninchen – drei Meter und manchmal sogar mehr.

Als ich schweigend vor einem dieser Löcher kniete, blickte ich auf und sah die Dachse. Zwei von ihnen, auf der anderen Seite eines Nesselgebüschs. Sie sahen mich ebenfalls an, zwei unverwechselbare weiße Köpfe mit zwei breiten schwarzen Streifen, die sich von den Seiten der Schnauze über die Augen bis zu den Ohren dahinter zogen. Der erste Dachs, den ich je gesehen habe, war in einem Buch über eine Ratte und einen Maulwurf abgebildet, die zu einem großen Abenteuer aufbrechen. Dieser Dachs war weise und zäh und streng und ein guter Freund in der Not. Ich weiß nicht, ob diese Dachse weise waren, aber sie wirkten durchaus zäh und streng. Und wenn sie auch nicht unbedingt unfreundlich aussahen, schienen sie sich doch keine großen Sorgen um das plötzliche Auftauchen eines Menschen zu machen. Aber sie waren größer, als ich es von einem Dachs erwartet hatte. Sie wirkten nicht nur groß, sondern auch mehr als robust genug, um ordentlich Paroli zu bieten, falls sie in einen Kampf mit einem Terrier von Jips Größe gerieten. Als sie das Interesse an mir verloren und im Unterholz verschwanden, begann ich mich zu fragen, ob sich Jip nicht auch noch auf andere Arten in Schwierigkeiten hätte bringen können als nur dadurch, ein zu tiefes Loch zu graben.

Ich fand die Leiche ungefähr zu der Zeit, als ich aufgeben wollte. Fast hätte ich sie übersehen, doch aus dem Augenwinkel musste ich den Pelz und die braune Pfote bemerkt haben, die vor dem grüngrauen Stamm einer Buche in die Luft stand. Oder vielleicht war es die geometrische Ordnung der Knochen des Brustkorbs im chaotischen Durcheinander des Unterholzes. Ohne nachzudenken, riss ich den Kopf herum, um zu sehen, woran ich fast vorbeigelaufen wäre. Ich spürte, wie sich mein Magen hob und sich etwas Unaussprechliches in meiner Kehle sammelte.

Ich erstarrte und blieb so lange wie möglich unbeweglich stehen, dann ertappte ich mich dabei, dass ich mich auf den Körper zubewegte, angezogen wie von einem Magnet, dem ich nicht entkommen konnte, egal, wie sehr ich es mir auch wünschte.

Jip war mehr als mein Hund; er war mein Freund, meine Familie, mein Bruder.

Er war nicht dieser kürzlich gestorbene Fuchs am Fuß des Baums.

Die Erleichterung traf mich als heftiger Schlag, der mir die Beine unter dem Körper wegzog, sodass ich in einem rauen Gewirr aus gefallenen Zweigen und Bucheckern auf die Knie sank. Ich keuchte, als hätte ich lange den Atem angehalten. Vielleicht hatte ich das auch. Seit ich klein war – seitdem Joy uns über die hohe Klippe am Ende der Insel verlassen hatte –, war ich immer stolz darauf gewesen, dass ich nicht weinte, wenn etwas wehtat oder es hart auf hart kam, also gehe ich nicht davon aus, dass ich weinte. Aber für jeden, der mich beobachtete, hätte mein schwerer, fast schluchzender Atem wahrscheinlich so gewirkt.

Ich verbrachte eine weitere Nacht im Ziegelhaus, das ich inzwischen hasste, weil ich dort meinen anderen Hund verloren hatte. Ich saß neben dem Feuer im Badezimmer auf meiner Schlafrolle und las im Schein der Flammen das Buch über Bäume. Dort erfuhr ich den Namen der Buche, neben der der Fuchs gestorben war, und auch, dass man die kleinen dreieckigen Nüsse, die sich aus behaarten Hüllen ergossen, Bucheckern nannte. Und dass sie essbar waren. Mehr Gutes brachte diese Nacht nicht hervor, und wieder schlief ich nicht gut. Es herrschte heftiger Wind, und die Bäume, die das Haus langsam von allen Seiten zerquetschten, raschelten und kratzten die ganze Nacht an den Fenstern. Als ich endlich schlief, waren meine Träume erfüllt von Dingen, die versuchten, ins Haus einzudringen, voller Bäumen, die wanderten, und Triffids. Sie stammten aus einem Buch, das ich gelesen habe, über ein sehr anderes Ende der Welt als das, auf dessen anderer Seite du und ich uns jetzt befinden. Eure Welt hat ihr Ende nicht gefunden, weil Meteoriten alle geblendet haben, oder wegen Killerpflanzen. Obwohl Ferg einmal gesagt hat, dass eine Theorie von den Lewisleuten besagte, dass es etwas gab, das ihr auf eure Pflanzen getan habt, und es ist in alle Körper eingedrungen, wurde ansteckend und hat dafür gesorgt, dass es keine Vermehrung mehr gab. Das hat er erzählt. Für mich klingt es genauso fantasievoll wie Triffids. Oder Kraken. Das war ein anderes, seltsames Buch vom selben Autor. Vielleicht hätte ich, wenn ich an der Küste geschlafen hätte, von Kraken geträumt. Aber ich befand mich weit landeinwärts, und meine Augen hatten die weite See seit Tagen nicht gesehen. Ich glaube, die Sehnsucht nach dem Meer machte mich genauso krank wie das Fieber. Und wenn ich jetzt zurückblicke, glaube ich auch, dass mein Hirn überfordert war mit all den neuen Dingen, die ich gesehen hatte; nicht nur von der Neuartigkeit der Brücken und Kirchen und Türme und Bäume, sondern von der reinen, unbarmherzigen Unermesslichkeit dessen, was zurückgelassen worden war. Es war das Ausmaß von allem, das meinen Schädel einklemmte wie der große Schraubstock in der Werkstatt meines Dads.

Als ich das Ziegelhaus verließ, tat ich etwas Boshaftes. Selbst heute fühle ich mich noch schlecht deswegen, obwohl ich nicht mal genau weiß, wieso – genauso wenig, wie ich wirklich sagen kann, warum ich es getan habe. Ich habe es schon bereut, als ich das erste Mal zurückblickte und die Säule aus schwarzem Rauch hinter mir in die windstille Luft aufsteigen sah. Doch da war es bereits zu spät, um noch etwas dagegen zu unternehmen. Ich war vier Kiesel weit gelaufen, ohne mich umzusehen. Einen Ort zu verlassen, an dem Jip gewesen war und an den er vielleicht eines Tages zurückkehren würde, fiel mir so schwer, dass ich glaube, ich wäre sonst eingebrochen und zurückgelaufen und hätte, wie schon gesagt, für immer gewartet. Ich hatte die leeren Kommoden zertreten und die Trümmer in und um den Kamin verteilt, als ich gegangen war. Ich hatte mit dem Verlassen des Hauses gewartet, bis ich hören konnte, wie sie Feuer fingen; bis ich das Knistern der Flammen durch die Decke über mir hörte, während ich zum letzten Mal durch das Fenster im Erdgeschoss kletterte.

Es war eine Einäscherung. Eine Feuerbestattung. Eine Wikingerbeerdigung. Ein kenntlich gemachtes Ende. Ein Abschiedszeichen, das ich in den Himmel schickte, damit das, was von der Welt übrig war, es sehen konnte – um einen

Hund zu ehren, bevor der Wind den Rauch verteilte und verwehte. Dies waren die hochfliegenden Gedanken, die mich beschäftigten, während ich auf die Einkerbung in den Hügel zuging und dabei definitiv nicht weinte. Dann, als ich anhielt und zurücksah, erkannte ich die Bösartigkeit meiner Tat. Ich hatte das Haus für das gehasst, was darin geschehen war; hatte nicht mehr daran gedacht, wie es mir Schutz geboten hatte, während ich mich erholte. Ich hatte das Gebäude und die Heime der Tiere, die in seinen Wänden und unter seinen Böden lebten, genauso verbrannt wie die Vögel, die unter seinem Dach genistet hatten. Und ich hatte auch die umstehenden Bäume verbrannt. Diese Bäume hatten nichts Schlimmes getan, außer zu wachsen, wo sie eben konnten. Mir war in diesem Haus etwas Schlimmes zugestoßen, doch das Gebäude selbst war so schuldlos gewesen wie der Regen. Das Schlimme, was in diesem Haus passiert war, was diesem Haus angetan worden war, hatte ich verschuldet. Ich wanderte weiter, angewidert von mir selbst und erfüllt von dem unangenehmen Gefühl, dass ich irgendwie Unglück auf meine Zukunft herabbeschworen hatte – und dass dieses Unglück mit jedem Schritt größer wurde.

Kennst du den Reim über den alten Seemann, der einen von drei Gästen anhält? Dad hat ihn uns oft im Winter am Feuer vorgelesen – und mir wird beim Gedanken daran jetzt genauso kalt wie damals, als er die Stimmen nachgemacht und die Eisberge auf dem Polarmeer beschrieben hat, und die andere, wärmere und trägere See, auf denen sie später gefangen waren, voller Seeschlangen und Geisterschiffe. Das Gedicht schien einen vollkommen anderen Planeten zu beschreiben. Ich fühlte mich genau wie diese Ballade. Wie dieser alte Seemann, in meinem Fall auf See in einem Land, dessen Regeln ich nicht ganz verstanden hatte, bis es zu spät war. Ich hatte nie verstanden, wieso der Seemann den Albatros erschoss, der sie gerettet hatte. Und ich weiß bis heute nicht, warum ich das Haus niedergebrannt habe, das mir Schutz geboten hat. Aber ich habe es getan. Und ich habe es absichtlich getan, getrieben von dem Bedürfnis, irgendetwas dafür leiden zu lassen, dass ich voller Angst und verwirrt und traurig war. Ich muss nicht das helle Flackern der roten Flammen am Fuß der Säule aus schwarzem Rauch sehen, die über dem kleinen Wäldchen und dem Teich aufstieg, um zu wissen, dass ich – genau wie es der Reim sagt – etwas Schreckliches getan hatte.

Ich hatte den Albatros erschossen.

# 17
# KUMMER

Ich entfernte mich von dem anklagenden Finger aus Rauch, meine Schritte in dem Rhythmus, mit dem Dad uns das Seemann-Gedicht immer vorgelesen hatte. Wenn man jemandem oft genug dabei zuhört, wie er ein Gedicht vorliest, hämmert es sich in deinen Geist und sorgt nicht nur dafür, dass es einfacher ist, sich daran zu erinnern, sondern man kann es auch schwerer vergessen. Dabei hätte ich die Zeilen nur zu gern vergessen, die wieder und wieder in meinem Kopf erklangen:

*Es war nun zu rächen ein höllisch Verbrechen*
*Unglück würd' bringen dies*
*Ich hörte sie sagen, er hat den Vogel erschlagen*
*Der die Brise blasen ließ.*
*Schuft!, schrien sie, du hast gemordet das Vieh*
*Das die Brise blasen ließ!*

Nun, erklärte ich mir selbst. Zumindest brauche ich keinen Wind, um voranzukommen. Ich brauche nur meine Beine.

Und ich bestrafte sie, indem ich an diesem ersten Tag mehr Kiesel lief als in den zwei Tagen, bevor ich Jip verloren hatte.

Ich trieb mich heftig genug an, dass mein Körper schmerzte – um mich von der herzzerreißenden Frage abzulenken, warum ich mich auf die wahrscheinlich sinnlose Suche nach einem Hund gemacht hatte, um dann den anderen zu verlieren. Erfüllt von Scham und Selbsthass, wanderte ich durch die Dämmerung und in die Dunkelheit, mein Weg erhellt vom Mondlicht, bis die Wolken aufzogen, und rollte mich dann unter einer kleinen halbrunden Brücke, die einst eine kleine Straße über die Bahntrasse geführt hatte, zu einem ungemütlichen Haufen zusammen. Es war trocken und erinnerte an ein Haus, dem zwei Wände fehlten. Ich schlief gut und erwachte zum Geräusch der Vögel in den Bäumen überall um mich herum. Ich trat ins Sonnenlicht, erfüllt von dem Gefühl, dass dies ein guter Tag werden würde. Das Gefühl hielt den Großteil des Morgens an und steigerte sich sogar noch ein wenig, als ich einen leichten Hauch von Holzrauch auffing, während ich die erste richtige Anhöhe erklomm, die mir bisher auf meinem Weg von der Küste begegnet war. Anhand der Windrichtung wusste ich, dass ich nicht Jips Scheiterhaufen hinter mir wahrnahm. Und ich wusste, dass ich mich nah an der Stelle befinden musste, die ich vor einer gefühlten Ewigkeit auf dem regengepeitschten Turm markiert hatte; an der Quelle des fernen Feuerscheins, den ich im Sturm entdeckt hatte, dem Funken von Hoffnung und Mysterium, der mich mit Erregung erfüllt hatte, als ich noch voller Selbstbewusstsein und Wut gewesen war und einen guten Hund gehabt hatte, mit dem ich darauf zustreben konnte. Bevor ich Jip verloren und den Albatros erschossen hatte.

Ein Teil von mir musste noch klar genug gedacht haben, um Vorsicht walten zu lassen, weil ich den Gipfel mit dem Bogen in der Hand und aufgelegtem Pfeil erklomm.

Das Feuer war nicht von Menschenhand geschaffen worden. Vor mir öffnete sich eine Brandspur, die genauso aussah wie diejenigen auf den von Heide überwucherten Hängen zu Hause. Das Feuer hatte sich in derselben charakteristischen Zungenform durch das Gebüsch und den Ginster gefressen. Ich wanderte seine volle Länge ab, vom breitesten Punkt zu der schmalen Spitze, wo das Feuer seinen Anfang genommen hatte. Dort entdeckte ich eine kleine Baumgruppe, die windgeschützt in einer Senke jenseits der Hügelspitze stand … und die Hälfte der Bäume, diejenigen nämlich, die auf der Windseite gestanden hatten, waren noch grün. Die anderen waren verkohlt, und es war leicht zu erkennen, wo der Blitz eingeschlagen und das Feuer entzündet hatte. Ein Baum stand noch. Höher als der Rest, aber tot, vom Einschlag in zwei Teile gespalten. Die Hälften lehnten in verschiedenen Richtungen und gaben den Blick auf das verkohlte Kernholz frei. Es war schrecklich – sowohl der Anblick als auch der Gedanke an die Macht, die nötig gewesen sein musste, um diesen Schaden anzurichten. Elektrizität, die gezackt aus dem Himmel schießt. Selbst damals erschien es mir als weiteres böses Omen. Ich ahnte nicht, dass ich eines Tages genau wissen würde, wie dieser Baum sich gefühlt hatte, als er von einem Blitz aus klarem Himmel in zwei Teile gespalten wurde.

Die Brandspur, die von dem Blitzbaum ausging, war frisch. Es waren noch keine Pflanzen darüber gewachsen. Der Geruch war lebendig und intensiv. Das Feuer war aus der Natur entstanden, nicht durch Menschen. Der Funke entfernter Hoffnung war eine Illusion gewesen, und das Abenteuer, zu dem es mich verlockt hatte, eine irrige Prüfung. Und außerdem hatte es meinen Hund getötet.

Ich war immer noch so allein, wie ich es immer gewesen war. Ich setzte mich auf den Höhengrat und sah hinunter auf die Landschaft, die sich vor mir ausbreitete. Ich beschloss, dass der beste Weg, mit der Enttäuschung umzugehen, wohl war, mir die Karte anzusehen und zu versuchen herauszufinden, wie weit ich gekommen war, wo ich mich befand und wie weit ich noch gehen musste, um Brands Versteck zu erreichen. So dachte ich inzwischen daran – als Versteck. Einen Unterschlupf, in den Diebe und Piraten ihre Beute brachten. Das war ein fantasievoller Gedanke, doch zu diesem Zeitpunkt sah ich die Welt nicht so, wie sie ist, weil ich immer noch nur so wenig davon gesehen hatte. Jetzt weiß ich es, nachdem ich lange Zeit nichts anderes zu tun hatte als zu denken. Damals sah ich die Welt immer noch durch die Linse der Bücher, die ich darüber gelesen hatte, und das färbte alles ein. Es war wie die alte Sonnenbrille, die Bar immer beim Fischen getragen hat und die dafür sorgte, dass das Wasser anders aussah. Es ist nicht ganz dasselbe, weil Bars Sonnenbrille die Reflexionen auf der Oberfläche ausblendete und einen sehen ließ, was unter den Wellen passierte. Meine Linse aus Büchern half mir nicht dabei, verborgene Dinge unter der Oberfläche zu erkennen.

Die Karte war gleichzeitig hilfreich und verwirrend. Ich hatte eine grobe Vorstellung davon, wo ich mich befand – auch wenn ich meine Entfernungsmessung im Fieber durcheinandergebracht hatte, als ich sinnlos Schritte zählend vor mich hingestapft war, aber vergessen hatte, sie mit meinem cleveren-aber-nicht-so-cleveren-wenn-man-die-Kiesel-vergisst-Trick festzuhalten.

Bevor ich die Karte ausbreitete, stieg ich so hoch ich konnte an den äußersten Rand einer Gegend voller Hochmoore und sah nach unten. Mein Kompass verriet mir, wo Norden war, also konnte ich die Karte vor meine Füße legen und sie korrekt ausrichten. Ich beschwerte die Ecken, um sie vor Wind zu schützen, und verbrachte lange Zeit mit dem Versuch, die Merkmale, die so klar auf der Karte eingezeichnet waren, mit den sehr viel undeutlicheren Details abzugleichen, die von Zeit und Pflanzenwuchs geprägt waren. Es kostete mich fast das restliche verbliebene Tageslicht, alles so zusammenzusetzen, dass es zumindest halbwegs Sinn ergab; aber noch beim Einschlafen war ich mir nicht sicher, ob ich es richtig verstanden hatte. Mein Plan lautete, zu der gebogenen Linie aus Bäumen ungefähr fünf Klicks entfernt zu laufen und herauszufinden, ob sie – wie ich vermutete – eine der wichtigen Straßen markierte, die auf der Karte auftauchten. Vor der jeweiligen Zahl hatten sie immer ein M. Wenn es diese Straße war, würde sie mich zu einer sehr großen Stadt in der Mitte des Landes führen, und wenn ich das bestätigt hatte, konnte ich mir meinen Weg nach Osten bahnen, indem ich alten Straßen und einer Bahntrasse folgte, bis ich mehr oder minder dort wieder auf die Küste traf, wo ich hinwollte. Das wäre auf jeden Fall besser, als nach Vertiefungen in Hügeln zu navigieren. Besonders, weil sich jenseits dieses Höhenzugs weitere Hügel vor mir erheben würden.

Ich erwachte und sah mich nach Jip um, und dann fiel mir wieder ein, dass er mich morgens nicht mehr begrüßen würde. Also trank ich ein wenig Wasser, kontrollierte die Karte und machte mich auf den Weg, während mein Magen mir mitteilte, dass er gefüllt werden wollte, und meine Beine sich wunderten, warum ihnen nicht noch ein paar Stunden Rast gegönnt wurden.

Ich traf auf die M-Straße, wo sie sich in die Flanke des

Hangs bohrte, den ich gerade hinunterstieg. Die tief eingegrabenen Seitenstreifen bildeten leuchtende Flanken aus Purpur und Grün. Als ich mich durch die kopfhohen Pflanzen schob, platzten lautstark Samenschoten und feuerten Samen in alle Richtungen. Zuerst zuckte ich jedes Mal zusammen, doch dann entschied ich, dass es ein ziemlich fröhliches Geräusch war, und schlug im Vorbeigehen sogar gegen ein paar der Schoten, um die kleinen Explosionen zu sehen.

Gras und Moos hatten den Asphalt besiedelt, aber ich konnte erkennen, dass sie ursprünglich mehrere Autos breit gewesen und in der Mitte einmal eine niedrige Barriere aus Metall und dicken Stahlkabeln verlaufen war. So entstand eine Art grüne Straße, die sich mehrere Klicks lang zwischen purpurnen Seitenstreifen entlangzog. Ich folgte dem alten Pfad und sah nach jedem Kiesel einmal auf den Kompass, um sicherzugehen, dass ich mich auf der Straße befand, von der ich es glaubte, und nicht auf einer ganz anderen, die mich dahin zurückführte, woher ich gekommen war.

Ich sah zwei seltsame und auf verschiedene Arten faszinierende Dinge, bevor mich das nächste Albatros-Unglück ereilte. Das erste war ein echtes Wunder.

Als die Straße durch eine weitere scharfe Rinne in den umgebenden Höhenzügen lief, erblickte ich eine unmögliche Brücke. Sie war wunderschön, scheinbar geschaffen aus zwei dünnen steinernen Bändern, von denen ich vermutete, dass es sich um Beton handelte. Auf einem davon verlief eine Straße, die direkt über den Abgrund führte, in der Verlängerung des Teils vom Höhenzug, der dafür entfernt worden war. Das andere Band stützte das erste in einem atemberaubenden Bogen, der auf der rechten Seite des Einschnitts begann und das obere Band kaum zu berühren schien, bevor sich der

Bogen auf der anderen Seite wieder senkte. Die Brücke war offensichtlich sehr stabil, nachdem sie seit über einem Jahrhundert – vielleicht sogar eineinhalb Jahrhunderten – allen Wetterlagen standgehalten hatte. Aber sie wirkte so leicht und fröhlich, dass sie mehr an eine Bewegung erinnerte als an ein Bauwerk. Sie war wie ein aus Stein geschaffener Sprung. Ein Sprung und ein Balanceakt. Hätte sie für dich auch so wundervoll ausgesehen? Oder wärst du mit einem Auto darunter durchgefahren, ohne sie zu bemerken? Mit so vielen Wundern um dich herum, hast du da einige gar nicht mehr bemerkt?

Das andere wundervolle Ding war das, was oben auf der Brücke stand und auf mich heruntersah. Es war ein schwarzer Stier. Oder vielleicht eine große Kuh. Doch das Tier sah männlich aus, und es hatte stummelige Hörner und ein riesiges Paket aus Muskeln um die Schultern. Es interessierte sich bei Weitem nicht so sehr für mich wie umgekehrt, denn als ich unter der Brücke hindurchging und zurücksah, machte es sich nicht die Mühe, auf die andere Seite zu kommen, um mich zu beobachten. Ich hatte noch nie einen Stier oder eine Kuh gesehen. Ich fürchtete mich nicht besonders davor, obwohl ich bezweifelte, dass ich fähig wäre, eines dieser Tiere mit einem Pfeil zu töten, falls es beschließen sollte, mich anzugreifen. Bisher war das größte Tier, das ich je gesehen hatte, ein Pony, und das größte Tier, das ich je gejagt hatte, ein Reh. Der Bulle wirkte gleichzeitig langgliedrig und muskelbepackt. Er sah aus, als müsste er die Muskeln einfach anspannen, und die Pfeile würden daran abprallen. Und wenn die Pfeile nicht abprallten, befand sich doch zu viel Körper zwischen der Haut und den lebenswichtigen Organen, als dass ein Schuss sie hätte durchbohren können. Ich sah zu der leeren Brücke hinter mir zurück und war froh, dass Kühe und Stiere Pflanzenfresser waren. Ein Tier dieser Größe, das Appetit auf kleinere Säugetiere hatte, wäre furchterregend gewesen.

Andererseits könnte ein Tier dieser Größe einen Menschen ein Jahr lang ernähren, wenn man es töten und das Fleisch räuchern oder einsalzen konnte. Und es gab andere Wege, Tiere zu töten oder zu fangen, als sie mit einem Bogen zu beschießen. Fallen zum Beispiel. All diese Gedanken beschäftigten mich beim Gehen, hauptsächlich, weil das Universum manchmal einen verdrehten Sinn für Humor hat – oder einfach nur ein wirklich gutes Gefühl für Timing.

Denn bevor der Tag endete, war ich derjenige, der in der Falle saß.

Es fing damit an, dass ich Hunger bekam. Der Speiseplan aus Beeren war so weit in Ordnung, auch wenn sie meinem Magen nicht so gut bekamen. Ich ging davon aus, dass ich mich noch einen strammen halben Tagesmarsch von der großen Stadt entfernt befand, wo ich von der M-Straße abbiegen und einer Bahntrasse Richtung Küste folgen musste – wenn ich sie denn fand. Ich war bisher gut vorangekommen und beschloss, dass ich es mir leisten konnte, nach ein paar Kaninchen zu suchen, die ich erlegen konnte. Mit diesem Gedanken im Kopf wartete ich, bis die Straße durch flacheres Gelände führte, wo auf ehemaligen Feldern Heide wuchs. Dann verließ ich den überwachsenen Asphalt und bewegte mich parallel dazu, den Bogen im Anschlag. Ich sah einen Hasen, der zu früh und zu schnell floh, um darauf zu schießen, und dann tauchten ein paar weiße Schwänze auf und verschwanden im Dickicht, bevor ich richtig zielen konnte. Es gab genug Wild in der Gegend, dass ich nicht bei jeder Gelegenheit feuern musste. Es war das Risiko einfach nicht wert, einen kostbaren Pfeil abzuschießen.

Ich trat aus der Heide auf einen kleinen bebauten Platz neben der M-Straße, diesmal über eine Brücke mit einer ähnlichen Ansammlung von Gebäuden auf der anderen Seite verbunden, die zu schmal war für Autos und außerdem in der Mitte gebrochen und auf die Straße gestürzt. Ich ging davon aus, dass es eine Brücke war, die man zu Fuß passieren sollte. Sie war überdacht, wie eine große Röhre, durch die man gehen konnte. Wahrscheinlich, um den Regen abzuhalten. Ein riesiges dreieckiges Vordach war eingestürzt und schief auf ein paar verrosteten Kisten gelandet, die ich aufgrund der ähnlichen Kästen, die ich auf Uist gesehen hatte, als Benzinausgabeautomaten erkannte. Eine Ecke des Dachs lag auf einem Panzer. Es war mein erster Panzer, doch ich erkannte ihn an dem langen Geschützrohr und den Ketten, die auf beiden Seiten an den Rädern festgerostet waren. Ich wusste nicht, wieso ein Armeepanzer an einer Tankstelle stehen sollte. Ich kletterte darauf und versuchte, die große Metallluke zu öffnen, doch die Zeit hatte sie mit Rost versiegelt. Ich sprang wieder nach unten, nur um zu erstarren, als ich ein Kindergesicht entdeckte, das mich aus dem Ende des Geschützrohrs ansah. Und dann wurde mir klar, dass jemand den Kopf einer Puppe dort hineingesteckt hatte. Und wieder wusste ich nicht, warum.

Bevor der Panzer hier gestanden hatte, musste dies ein Punkt für Reisende gewesen sein, um zu essen und aufzutanken, wenn sie die M-Straße entlangfuhren. Das niedrige Gebäude roch feucht und erdig. Ich vertraute dem durchhängenden Dach nicht, doch durch die zerbrochenen Fensterwände konnte ich die verrostenden Skelette von Stühlen und Tischen sehen.

Ein verblasstes Plastikschild forderte mich auf, einen Whopper zu probieren.

Ich weiß nicht, was ein Whopper ist. Vielleicht hast du einmal einen gekostet. Ich hoffe, er hat geschmeckt.

Hungrig wanderte ich weiter, immer neben der M-Straße entlang, immer noch auf der Suche nach Kaninchen. Ein paar Kiesel später entdeckte ich etwas zwischen einer Ansammlung von weiß berindeten Birken und hielt an. Es war ein Reh, kleiner als diejenigen auf der Insel, mit einem helleren Fell und viel kürzerem Geweih. Vorsichtig legte ich meinen Rucksack ab und nahm zwei Pfeile. Einen schob ich hinten in meinen Gürtel, den anderen legte ich auf und begann, mich in Reichweite zu schleichen.

Der Wind wehte mir ins Gesicht, also wusste ich, dass das Tier mich nicht wittern konnte, und das Reh schien vollkommen darauf konzentriert, das Gras zwischen den Birken zu fressen. Ich bewegte mich langsam, wobei ich den Boden vor meinen Füßen im Blick behielt, um sicherzugehen, dass ich auf nichts trat, was ein Geräusch erzeugen und meine gesamte nächste Woche Nahrung vertreiben könnte. Das Reh entfernte sich, und ich dachte schon, ich hätte es verloren – doch es hatte nur beschlossen, sich einem anderen Grasfleck zu widmen. Vorsichtig drang ich in das Birkenwäldchen ein, wobei ich mich bemühte, ruhig zu atmen. Jenseits des schmalen Streifens aus Birken erhob sich höhere Vegetation, ein aufstrebendes Bollwerk aus Dornenranken und Klettergewächsen, das über die silbrigen Blätter aufragte wie eine dunkle Gewitterwolke.

Das helle Reh war davor gut zu erkennen. Es war sich nicht im Geringsten bewusst, wie nah ich ihm schon gekommen war. Langsam hob ich den Bogen und sprach die leise Entschuldigung und den Dank, den Ferg mir beigebracht hat, als er und Bar mich zum ersten Mal mit auf die Jagd genommen haben; die Worte, die die Atmung beruhigen und Glück bringen. Und dann schoss ich meinen Pfeil ab.

Ich verfehle meine Beute nicht oft. Und das Reh war ganz nah und stand perfekt ausgerichtet mit der Breitseite zu mir. Ich sah, wie der Pfeil sich genau an der Stelle in den Körper bohrte, auf die ich gezielt hatte, kurz hinter der Schulter. Das Reh machte noch ein paar instinktive Schritte vorwärts, dann stürzte es zu Boden. Ich ließ meinen Bogen und den zusätzlichen Pfeil fallen und rannte heran, wobei ich mein Messer zog, für den Fall, dass ich die Lunge getroffen hatte und das Tier den Gnadenstoß brauchte. Ferg sagte, jede Sekunden, die man ein Tier Schmerzen leiden ließ, wenn man ihm den Tod schenken könnte, wäre ein Fluch, der auf einem lastet. Aber das Reh war ins Herz getroffen und tot und sah plötzlich traurig aus – wie jede Beute, wenn das Leben aus dem Körper geschwunden ist. Ich sprach einen weiteren stummen Dank und versprach, das Fleisch nicht zu vergeuden. Das hatten mir weder Ferg noch Bar beigebracht, sondern ich hatte es selbst hinzugefügt, als ich mein erstes Reh geschossen hatte.

Ich hätte das Tier den Weg zurückziehen sollen, den ich gekommen war, aber dafür hätte ich über umgestürzte Baumstämme steigen müssen … und es gab einen Wildwechsel durch die Bäume, der freier wirkte. Weil ich auf kaum etwas achtete als auf das Licht und die Frage, ob mir genug Zeit bleiben würde, um meine Beute vor Einbruch der Dunkelheit auszunehmen und zu zerteilen, entdeckte ich den Keiler erst, als es schon zu spät war. Jip hätte ihn gesehen. Er hätte mich gewarnt. Aber Jip war nicht mehr da.

Ich hörte das Schnauben und Grunzen, bevor ich die kleinen Augen und die großen Hauer sah, die sich aus einem Gebüsch hoben und mir zuwandten. Ich erstarrte … und die Augen und die Hauer hoben sich vom Boden, als der Keiler aufstand. Und aufstand. Er war viel größer, als ich mir einen Keiler jemals vorgestellt hatte. Nicht so groß wie der Stier, aber genauso stabil und muskulös gebaut. Er sah nach Ärger aus. Ich weiß nicht, was du gemacht hättest, wenn du auf einem abgeschiedenen Waldweg einem riesigen Keiler begegnet wärst, aber ich weiß, dass ich nicht das Richtige tat, egal, was es gewesen wäre. Ich starrte den Keiler weiter an und wich langsam zurück.

Es ist okay, sagte ich, wobei ich meine Stimme so beruhigend hielt wie nur möglich. Es ist okay.

Der Keiler schnaubte und grunzte noch ein wenig, dann kratzte er mit einem Vorderbein über den Boden. Seine Augen wirkten wirklich wütend. Ich wusste nicht, dass Keiler so groß werden.

Ich wusste auch nicht, wie schnell sie laufen können. Erde spritzte auf, als er losrannte. Ich wirbelte herum und rannte, und alles, was dann geschah, ist ein einziges Durcheinander. Ich kriege den Ablauf selbst heute noch nicht sortiert. Ich rannte, und eigentlich gab es keinen Platz dafür, und keinen Punkt, an den ich fliehen konnte. Ich fühlte den Atem des Keilers an meinem Bein und versuchte, seitlich auszuweichen. So knallte ich gegen den Stamm eines Baums, und dann lag ich auf dem Rücken, und der Keiler drehte irgendwie um und stürzte sich auf mich. Dann war ich wieder auf den Füßen, und statt den heißen Atem des Keilers zu fühlen, hörte ich seine Zähne zusammenschlagen und spürte ein Ziehen am Bein, als er in meine Hose biss und ich stolperte – denn auch, wenn der Biss mein Bein verfehlt hatte, hatte er mich doch aus dem Gleichgewicht gebracht. Als ich mich taumelnd wieder aufrappelte, während Dornengestrüpp an mir zerrte, und mich festzuhalten versuchte, sprang der Keiler mich an und verhakte einen Hauer in meinem Schenkel. Der Hauer musste so scharf sein wie ein Rasiermesser, weil ich die Luft am Bein fühlte, als der Stoff vom Knie bis zum Innenschenkel aufgeschlitzt wurde, während ich hochsprang, aussichtslos und verzweifelt bemüht, mich zu retten. Und obwohl ich mich vom Kopf des Keilers entfernte, traf mich der Aufprall des Hauers wie ein Hammerschlag. Es war kein scharfes Gefühl wie ein Schnitt. Es war ein schrecklicher stumpfer Schlag … und ich wusste bereits, dass der Schaden schlimm sein musste, noch während meine Finger einen Ast über meinem Kopf umklammerten und ich mich aus dem Weg schwang. Der Keiler drehte und wand sich, bereit, mich erneut anzugreifen – doch irgendwie gelang es mir, mich hoch genug auf den Baum zu ziehen, damit er nicht mal mehr meine Füße erreichen konnte. Und dann, mit einem letzten schmerzerfüllten Stöhnen, schwang ich ein Bein über den Ast und schaffte es, einen Zeh auf einen anderen Ast zu haken. Und so hielt ich mich fest, parallel zum Boden und alles andere als sicher.

Die Stelle, wo der Hauer mich getroffen hatte, lag nah an der großen Arterie in meinem Bein. In diesem Moment, während ich mich ungeschickt in meiner horizontalen Position festklammerte, ausgestreckt zwischen zwei zu dünnen Ästen, wusste ich, dass der Blutverlust bald dafür sorgen würde, dass ich den Halt verlor. Und ich wusste, dass die Position, in der ich mich so verzweifelt hielt, lächerlich und würdelos war. Vielleicht kommt der Tod immer auf diese Art. Ich zwang mich, auf meinen Schenkel hinunterzusehen.

Es gab kein Blut. Nur ein zerfetztes Hosenbein.

Das ergab keinen Sinn. Ich hatte den Aufprall gespürt. Ich drehte den Kopf, um herauszufinden, warum der Keiler so laute Geräusche von sich gab, während er unter mir hin und her stampfte.

Auf seinem Hauer steckten aufgespießt mein kleines Buch über Bäume und meine Dose mit Bienenwachs. Ich hatte das Buch in der vorderen Hosentasche getragen. Eilig nutzte ich den Umstand, dass der Keiler damit beschäftigt war, seinen Hauer freizubekommen, und kletterte näher an den Baumstamm heran, wo es mir gelang, mich richtig umzudrehen und höher zu klettern.

Es gab Blut, aber es war nicht meines. Und das war es, was den Keiler wütend genug gemacht hatte, um anzugreifen. Er war verletzt. Irgendwas hatte ihm ein großes Stück Fleisch aus dem Hinterlauf gerissen, in der Nähe des Schwanzes. Es war eine hässliche Wunde. Ich konnte das getrocknete Blut an seinem Bein sehen, vom Schenkel bis zur Klaue, und als er sich bewegte, sah ich, wie die freigelegten, eingerissenen Muskeln zuckten. Mir fehlte die Zeit, Mitleid mit ihm zu entwickeln, weil er es schließlich schaffte, Dose und Buch vom Hauer zu schütteln und anfing, den Baum zu umkreisen, wobei er immer zu mir aufsah und regelmäßig den Kopf gegen den Stamm rammte. Es war kein besonders großer Baum, aber ich glaube, die Stöße und das Graben des Keilers hatten weniger Einfluss darauf als mein Gewicht, während ich mich bemühte, auf die vom Eber abgewandte Baumseite zu kommen. Zu meinem Entsetzen begann der ganze Baum, sich gefährlich zu neigen. Mir war sehr bewusst, dass ich mein gesamtes Glück bereits mit dem Baum-Buch aufgebraucht hatte. Es würde nicht lange dauern, bevor der Baum umfiel und mich wieder auf Hauer-Höhe ablud. Als der Baum begann, sich in Richtung der Klippe aus Dornengestrüpp zu neigen, kletterte ich so hoch ich konnte, um mich dann in einem verzweifelten Sprung nach vorne zu werfen.

Sich selbst in eine Dornenhecke zu stürzen ist nicht empfehlenswert … es sei denn, die Alternative besteht darin, in die Reichweite eines mörderisch wütenden Keilers zu geraten, der so von Schmerzen gefoltert wird, dass ihn nichts beruhigen kann, außer, dasselbe auch dir anzutun. Ich weiß, dass die Dornen mich zerkratzten, weil ich immer noch ein paar der Narben trage, doch zu diesem Zeitpunkt fühlte ich nichts. Angst hatte mich betäubt, während ich verzweifelt nach der hohen Böschung aus Pflanzen und stachelbewehrtem Gestrüpp griff. Die Erhebung musste mindestens zehn Meter hoch sein. Noch im Sprung war vor meinem geistigen Auge ein Bild aufgeblitzt, wie ich in seine Mitte stürzte, halb zerrissen von den Dornen, deren Ranken zu schwach waren, um mein Gewicht zu halten. Stattdessen knallte ich auf etwas so Hartes, dass ich kaum mehr atmen konnte und fast das Bewusstsein verlor. Ich klammerte mich fest und kletterte tiefer in das hohe Gestrüpp, halb betäubt und keineswegs sicher, was gerade los war.

Die Ordnungsfanatiker waren Kinderlose, die versucht haben, alles aufzuräumen und die Welt in organisiertem Zustand zurückzulassen. Ich glaube, sie müssen es gewesen sein, die so viele alte Autos aufeinandergestapelt hatten. Ich war auf eine verrostete Achse geknallt und nutzte sie jetzt, um mich daran weiterzuziehen, in relative Sicherheit. Auf der alten Antriebswelle blieb ich liegen, um Atem und Sinne zurückzuerlangen. Innerhalb der Wand aus Dornenranken befand sich ein dreidimensionales Labyrinth aus korrodierten Autokarosserien. Auch innerhalb dieser Struktur wanden sich ein paar Ranken, doch der Großteil der Pflanzen befand sich auf der Außenseite, wo die Sonne sie beschien. Es war ein seltsamer Ort, aufgebrochen von den Rippen und Wirbelsäulen lange gestorbener Autos – und mit der Decke aus Pflanzen vermittelte der Raum ein wenig das Gefühl, als befände ich mich unter Wasser. Es wäre friedvoll gewesen, wäre nicht ein wütender, verwundeter Eber um die Wand aus Dornen gestrichen.

Als ich mich bewegte, bewegte sich auch das Autoskelett ein wenig. Etwas brach von etwas anderem ab und fiel lautstark durch die Reste der fünf oder sechs Autos unter mir, wobei es immer wieder auf irgendwas prallte. Der Autostapel war kein wirklich sicheres Versteck. Die Karosserien waren überwiegend verrostet. Wo noch Reste überlebten, waren sie von Löchern durchsetzt und standen ebenfalls kurz davor, in Nichts zu zerfallen. Die Rahmen der Wagen bestanden aus dickerem Metall, und sie sowie die Räder und Achsen waren es, die den Stapel stabil hielten. Die Böden der Autos, die ich sehen konnte, waren entweder verschwunden oder offensichtlich nicht mehr fest genug, um belastet zu werden. Die Sitze hatten sich schon vor langer Zeit aufgelöst, bis auf die Sprungfedern, die allerdings verrostet waren. Es gab keine Stelle innerhalb dieses Stapels, an der man sich sicher fühlen konnte. Als ich mich erneut bewegte und sofort das Knirschen hörte, überfiel mich das drängende Gefühl, dass die gesamte Struktur nur auf eine Ausrede wartete, in sich zusammenzustürzen. Und selbst wenn nicht, bestand die ebenso unangenehme Chance, dass ich durch das Gewirr aus scharfem, verrostetem Metall stürzen und aufgespießt würde oder dass eine Achse oder ein Motorblock aus dem Koloss über mir stürzen und mich auf diese Weise erledigen würde.

Ich klammerte mich fest und versuchte herauszufinden, was ich außer Stillhalten tun konnte. Ich hatte gesehen, wozu die Schnauze des Keilers fähig war, als er gegen den dünnen Baumstamm gerammt war. Wenn er anfing, den Autostapel anzustoßen, könnte das Tier das ganze Konstrukt aus dem Gleichgewicht und zum Einsturz bringen. Ich spähte auf den Eber hinunter und entschied, dass er fies genug war, um aus reiner Boshaftigkeit und Wut genau das zu tun. Hinter dem Tier konnte ich meinen Bogen und einen Pfeil im Unterholz liegen sehen; aber beide waren unerreichbar für mich. Und außerdem war ich mir ziemlich sicher, dass der Eber viel zu zäh war, um mit einem einzigen Pfeil getötet zu werden – es sei denn, ich hatte wirklich Glück.

Anscheinend bestand meine einzige Chance darin, mich vollkommen ruhig zu halten und auf der Achse liegen zu bleiben, bis dem Eber langweilig wurde und er verschwand. Der Keiler schien allerdings keine anderen drängenden Pläne zu haben und blieb einfach, wo er war. Er grunzte und schnaubte auf eine Art, die ich zuerst für Wut hielt, die ich dann aber – je länger ich zuhörte – als Schmerz erkannte. Ich versuchte, an angenehme Dinge zu denken, wie an das Wunder des kleinen Baum-Buchs, das mir das Leben gerettet hatte, und erklärte mir selbst, dass die Situation schlimmer sein könnte.

Und dann fing es an zu regnen, und sie wurde schlimmer. Das Metall wurde rutschig, und das Auto über dem, auf dem ich lag, gehörte zu den wenigen, bei denen noch Teile der Karosserie intakt waren. Das Dach stand genau im richtigen Winkel, um den Regen einzufangen und zu einem kleinen Wasserfall zu verdichten, der direkt auf mich herabplätscherte. Es war unangenehm, kalt und gefährlich. Je mehr ich mich bemühte, still zu liegen, desto steifer wurde mein Körper, und je länger ich wartete, desto deutlicher fielen mir die Stiche und Schmerzen all der Kratzer auf, die ich mir zugezogen hatte, als ich mich in diese heikle Sicherheit in der hohen Dornenhecke geworfen hatte. Wieder dachte ich darüber nach, was für ein Narr ich doch gewesen war, als ich allein losgestürmt war, um Brand zu folgen. Und dieser Gedanke führte mich weiter zum Schlimmsten – wobei es nicht darum ging, allein zu sterben, weil ich davon ausgehe, dass ich nicht viel davon mitkriegen würde. Es ging um den Verlust von Jip. Den hatte ich zu verantworten. Wäre ich nicht ins Binnenland gewandert und hätte das Meer zurückgelassen, das ich kannte, um in dieses Land einzudringen, über das ich so wenig wusste, wäre Jip immer noch am Leben und an meiner Seite.

Ich schloss die Augen und versuchte, an etwas anderes zu denken; etwas, das das Gefühl verdrängte, dass ich gleich von dieser Achse gleiten und mein Körper an einem freistehenden Stück verrosteten Metalls unter mir in Stücke gerissen würde. Doch ich schaffte es nicht. Jip wollte einfach nicht aus meinem Hirn verschwinden. Es war wie eine Heimsuchung. Jedes Mal, wenn ich versuchte, mich abzulenken, war er wieder da, wie ein Geist. Glückliche Erinnerungen an einfachere Zeiten? Jip war da. Der Beginn dieser idiotischen Reise auf der *Sweethope*? Jip war da. Neben dem Feuer sitzend, in der Sicherheit eines Inselwinters? Jip war da. Er war so sehr anwesend, dass ich mir sogar einbildete, ihn bellen zu hören.

Der Keiler hörte auf zu schnauben und erstarrte.

Das einzige Geräusch war der Regen. Und Jips Bellen.

Ich öffnete die Augen. Ich bildete mir das nicht ein. Jip bellte, und er kam näher. Es war unglaublich und unverwechselbar. Jip war am Leben, er kam, und die Aufregung in seinem Bellen verriet mir, dass er mich gewittert hatte. Mein

Herz machte einen Sprung. Der Keiler schnaubte und drehte sich und trottete auf den Lärm zu … und sofort rutschte mir das Herz in die Hose. Jip besaß das Herz eines Löwen und wusste nicht, wann er einem Kampf aus dem Weg gehen musste, aber er hatte den Körper eines Terriers. Und der Eber, der auf ihn zulief, war viel größer und schwerer und mit Hauern ausgestattet, die ihm mit einer Bewegung den Bauch aufreißen würde.

Nein!, schrie ich. Jip, nein! Lauf! Nein, Jip! Geh weg!

Beim Klang meiner Stimme wurde sein Bellen noch aufgeregter.

Meine Eingeweide verflüssigten sich.

Nein, Jip!, schrie ich. Böser Hund! Böser Hund! Weg mit dir! Böser Hund!

Ich hörte einen wütenden Schrei, und ich schwöre, ich fühlte die Erde erzittern, als der Eber ihn offenbar entdeckte und angriff.

Ich hörte Jips antwortendes Knurren.

NEIN, JIP!, schrie ich und warf mich von mein Hochsitz auf der Achse. Halb kletterte ich, halb fiel ich durch den Stapel aus Autoleichen zu Boden, getrieben von einer verzweifelten Hoffnung, bevor ich wirklich wusste, was ich da tat.

NEIN, JIP!

Ich hörte einen Donner.

Die Welt schien einen Sprung zu machen.

Der Schrei des Ebers brach ab.

Ich erstarrte. Über mir hörte ich nur den Regen und die Fahrgestelle der Autos, die gegeneinanderstießen, in Bewegung gesetzt von meinem plötzlichen Abstieg. Ich starrte in die Wand aus Dornengestrüpp, die sich zwischen mir und dem Schicksal meines Hunds erhob.

Und dann war er da und bellte mich fröhlich von der anderen Seite aus an.

Wieder einmal ignorierte ich die Dornen einfach und drängte mich hindurch, und dann waren er und ich zusammen, und er sprang hoch und rannte bellend um mich herum und leckte mich aufgeregt mit wild wedelndem Schwanz, und ich versuchte ihn gleichzeitig zu umarmen und zu streicheln und ihm die Ohren zu kraulen. Wir waren ein solches Chaos aus Glück, dass ich den Keiler ganz vergaß, und dann blieb meine Hand in dem Seil um Jips Hals hängen … und bevor ich wirklich verstehen konnte, was das war, bevor ich mich über diese Seltsamkeit wundern konnte, hörte ich einen Zweig knacken und sah über seinen Kopf hinweg. Meine Augen folgten der langen Kordel, und an ihrem Ende sah ich … sie.

Ich sah die Figur in einem Kapuzenmantel, und ich sah das fahle Pferd, auf dem sie saß, und ich sah das lange doppelläufige Gewehr, das sie hielt, zum Himmel gerichtet wie die Lanze eines Ritters.

Sie sah mich und nickte, doch dann glitt ihr Blick weiter über das Unterholz um mich herum, vorsichtig und forschend. Schließlich richtete sie die Augen wieder auf mich.

*Eskilya dootres avek vu?*, fragte sie.

Ich konnte hören, dass es eine Frage war.

*Eskilya dootres avek vu?*, wiederholte sie, den Blick erneut hinter mich gerichtet.

Ich hatte keine Ahnung, was sie wissen wollte.

Ich verstehe nicht, was du sagst, sagte ich.

Ich verstand allerdings, was das Gewehr bedeutete, als sie es senkte und auf mich richtete. Dann winkte sie mich zwischen den Bäumen heraus, während das Pferd langsam in die offene Landschaft zurückwich. Sie zog an dem Seil, um Jip zu sich zu holen. Er widersetzte sich. Ich streichelte ihn.

Ich fragte mich, ob sie wohl trotz des rauschenden Regens mein Herz klopfen hören konnte.

Sie deutete erneut mit dem Gewehr, um dann das Gesicht zu verziehen, als würde meine mangelnde Reaktion ihr echte Schmerzen bereiten.

*Witt*, sagte sie. *Witt.*

Okay, sagte ich. Okay. Ich komme.

# 18
# JOHN DARK

Der Keiler war tot. Das Gewehr hatte einen hässlichen Krater in sein Gesicht gerissen. Er sah genauso aus wie die Wunde, die in seinem Hinterteil klaffte, nur frischer. Ich wusste es zu diesem Zeitpunkt noch nicht, aber ich fand schon bald heraus, dass dies kein Zufall war. Sie hatte am Tag zuvor versucht, den Keiler zu töten, hatte ihn aber nur verwundet. Wenn Ferg recht hatte mit den Flüchen, die sich ansammelten, solange man ein Tier leiden ließ, bevor man es sauber tötete, dann ertrank sie darin. Und die Art, wie der Keiler getötet worden war, war nicht ansatzweise sauber. Er hatte versucht, mich aufzuschlitzen, aber als ich jetzt auf seinen armen zerfetzten Körper hinuntersah, empfand ich Trauer. Er hatte Schmerzen gelitten. Ein Mensch hatte ihm diese Schmerzen zugefügt. Ich konnte ihm nicht übel nehmen, dass er den nächsten Menschen attackiert hatte, der ihm unter die Augen kam.

Aber ich verbrachte nicht viel Zeit damit, über den Keiler nachzudenken. Es gab zu viel anderes zu sehen. Ihr Pferd. Die anderen beiden Pferde hinter ihr, ohne Reiter und zusammengebunden, mit großen Bündeln an ihren Flanken. Sie waren alle fahlgrau, mit weißlichen Flecken und langen weißen Mähnen. Sie waren viel größer als die kleinen Ponys, die wir auf den Inseln hatten, standen sehr ruhig und schienen sich kaum für mich zu interessieren.

*Uh Son lotres Owe-truh*?, fragte sie und deutete mit einer fragenden Geste auf die Landschaft. Wieder verzog sie das Gesicht, und da wurde mir klar, dass sie tatsächlich Schmerzen litt.

Ich verstehe nicht, sagte ich.

Der Regen ließ nach, und sie schob sich die Kapuze vom Kopf. Mein erster Gedanke war, dass ihr Haar zu dem der Pferde passte – grau, voll und wild, während der Wind es ihr ums Gesicht blies. Mein zweiter Gedanke war, dass sie ein Gesicht hatte, das eigentlich zwei Gesichter war: das erste alt und wettergegerbt, in dem man jedoch immer noch das zweite, jüngere erkennen konnte, das sie einst getragen hatte.

Erneut zog sie eine Grimasse und deutete auf den toten Eber.

*Sallo*!, sagte sie und spuckte auf den Boden. *Pew tan de sangliay*.

Und wieder spuckte sie auf den Eber, und dann drehte sie ihr Pferd, sodass ich ihre andere Seite sehen konnte … und das, was dafür sorgte, dass sie bei jeder Bewegung zusammenzuckte.

Die Flanke des Pferds war pink vom Blut. Mein erster Gedanke war, dass es verletzt worden war, doch als ich dem unregelmäßigen Fächer aus Blut zurück zur Quelle folgte, erkannte ich, dass die Wunde in der Flanke der Frau klaffte – ein Riss in ihrem Hintern, den sie versucht hatte, mit Stoff zu umwickeln.

Ich hatte nicht damit gerechnet, auf dem Festland jemandem zu begegnen, oder zumindest nicht, bevor ich Brands Zuhause erreicht hatte. Ich war in dem sicheren Wissen aufgezogen worden, dass das Festland leer war. Und das war mir logisch vorgekommen. Ich war, wie gesagt, gezwungen worden auszurechnen, wie verschwindend wenige Leute in der Welt zurückgeblieben waren. Und es gab dieses unbestimmte Gefühl, dass dort irgendetwas geschehen war, das das Land seltsam menschenfeindlich machte. Bisher hatte ich auf meiner Reise nichts gesehen, was diese Theorie bestätigte, und hatte mich schon gefragt, ob es wirklich stimmte oder nur eine Geschichte war, die unsere Großeltern erzählt hatten, damit wir, während die Kinderlosen starben, in Sicherheit blieben, an den Rändern der Welt. Ich war ein recht pflichtbewusstes Kind gewesen – aber vielleicht hatten alle Kinder den Drang, an die Orte zu gehen, die ihnen verboten waren, oder die Dinge zu berühren, vor denen man sie gewarnt hatte. Ich glaube, da hatte mein geheimer Wunsch, zu reisen und die verbotene Welt zu sehen, seinen Anfang. Und obwohl ich jetzt größer war, hatte ich – als ich zu dieser Reise aufgebrochen war – neben der rechtschaffenen Wut auch Aufregung empfunden. Und obwohl ich nicht damit gerechnet hatte, jemandem zu begegnen, hatte ich natürlich darüber nachgedacht, wie es wohl wäre, wenn das Unwahrscheinliche doch geschah. Aber bei allem, was ich mir vorgestellt hatte, war mir nie in den Sinn gekommen, dass wir nicht fähig sein würden, miteinander zu sprechen.

Du hättest diese Möglichkeit wahrscheinlich erwogen, da du aus einer Welt stammtest, die vollgestopft war mit Menschen, die wiederum in einem Mischmasch aus verschiedenen Sprachen redeten. wenn ich jetzt dein Foto ansehe, fällt mir auf, dass ich nicht einmal weiß, ob du und ich uns hätten unterhalten können. Ich bin einfach davon ausgegangen. Aber vielleicht stammtest du von irgendwo anders her – so wie sie. Dieses Festland war genauso wenig ihres wie meines.

Wie ich irgendwann herausfand, stammte sie von jenseits des Meereskanals, der dieses Land von dem größeren Festland im Süden trennt. Sie war Französin. Doch bevor ich das wusste, wusste ich drei viel wichtigere Dinge über sie: Sie war schwer verletzt, sie brauchte Hilfe, und sie war extrem herrisch. Ich glaube, das komplizierte Wort, das sie am besten umschreibt, lautet gebieterisch. Sie benahm sich – und trug auch ihr Gewehr –, als hätte sie in dieser Welt das Sagen. Und sie hasste es, wenn man irgendeine Schwäche an ihr bemerkte.

Zuerst war die Kommunikation sehr schwierig. Sie schien sowohl frustriert als auch ein wenig beleidigt zu sein, dass ich ihre Sprache nicht beherrschte, was seltsam war, nachdem sie mich später ein kleines Buch aus einem ihrer Bündel holen ließ: ein englisch-französisches Wörterbuch. Sie hätte es kaum mitgebracht, wenn sie nicht mit dem Problem gerechnet hätte. Sobald ich das Buch gefunden hatte, gingen wir von der Zeichensprache dazu über, Dinge pantomimisch darzustellen und auf Wörter im Buch zu deuten. Doch das war lange, nachdem sie mir gezeigt hatte, wie man ihren Unterschlupf aufbaute, und es geschafft hatte, unter Schmerzen von ihrem Pferd zu steigen.

Der Unterschlupf war rechtwinklig und bestand aus geölter Baumwolle, mit metallumschlossenen Löchern darin, von denen lange Kordeln hingen. Sie zeigte mir, wie ich die Kordeln zwischen zwei Bäumen befestigen sollte, dann warf sie mir ein paar Aluminiumhaken zu, damit ich den hinteren Teil in der Erde feststecken konnte, sodass ein schräges Dach entstand. Dann bedeutete sie mir zurückzutreten – wieder mit dem Gewehr – und stieg vom Pferd. Sie rutschte auf der mir abgewandten Seite des Tiers nach unten, ich glaube, damit ich ihre Grimassen nicht sah. Aber ich hörte ihren leisen Schrei. Gebieterisch bedeutete auch, dass sie vor allem stolz war.

Ich wollte ihr helfen, doch sie winkte mich erneut weg.

Sie machte zwei Schritte auf eines der Pferde zu, offensichtlich, um etwas aus den Bündeln zu holen, da stolperte sie, jaulte auf und fiel hart zu Boden, um dort liegen zu bleiben.

Sie war auf das Gewehr gefallen und keuchte, weil ihre Wunde so schmerzte. Ich sprang nach vorne und riss die Waffe unter ihr heraus. Es war nicht das sanfteste Vorgehen, aber ich wollte das Gewehr schnell aus dem Weg haben, für den Fall, dass sie danach griff.

Sie keuchte wieder, dann stieß sie ein Knurren aus und starrte mich an, als wollte sie mich zur Strafe mit ihrem Blick verbrennen.

Wäre ich ein wirklich guter Mensch, hätte ich nachgesehen, ob ich helfen konnte, bevor ich irgendetwas anderes tat … aber ich bin kein wirklich guter Mensch. Ich bin nur ich. Nicht schlecht. Nur gut genug. Also zog ich als Erstes mein Messer heraus und befreite Jip. Als Zweites sah ich nach, wieso er humpelte. Es war keine tiefe Wunde, doch er hatte einen Schnitt, der sich zu Dreivierteln um sein Vorderbein zog, als hätte er sich in einer Schlinge verfangen. Dankbar leckte er meine Hand, bevor er erst die Frau und dann wieder mich ansah.

Ich weiß, sagte ich.

Ich öffnete das Gewehr und sah, dass sich darin nur eine Hülse befand, und das war diejenige, die sie abgefeuert hatte, um den Keiler zu töten – also hatte sie nur geblufft, als sie mich mit dem Gewehr herumkommandiert hatte. Es hatte sich sowieso nicht angefühlt, als würde sie mein Leben bedrohen, aber es war gut, es bestätigt zu sehen. Ich ließ das Gewehr auf dem Boden liegen und ging zu ihren Packpferden.

Sie fing an, mich anzuschreien, doch ihre Stimme wurde schwächer, und ich ignorierte sie. Ich fand ihre Schlafmatte und legte sie unter den Unterschlupf, den sie mich hatte aufbauen lassen. Dann deutete ich darauf und versuchte, ihr mit Zeichensprache verständlich zu machen, dass ich ihr helfen würde, dorthin zu kommen. Als ich das erste Mal versuchte, sie anzufassen, schlug sie meine Hände zur Seite. Ich trat zurück und machte beruhigende Gesten – dieselben, die ich früher immer gemacht hatte, wenn ich mich den halb wilden Ponys auf den Inseln näherte, weil wir ihnen ein Halfter anlegen mussten. Ich sagte dieselben Dinge zu ihr wie damals zu den Tieren, in demselben Ton.

Es ist okay, sagte ich. Es ist okay. Ich werde dir nicht wehtun.

Vielleicht lag es an meinem Tonfall, aber sie erlaubte mir, sie zum Unterschlupf zu ziehen. Ich legte sie auf ihre Bettrolle und versuchte, mir ihre Wunde anzusehen. Wieder wehrte sie mich ab und deutete auf die Pferde. Sie redete nicht mehr viel, was vielleicht daran lag, dass sie die Zähne zusammenbeißen musste, um mit dem Schmerz umzugehen. Ich verstand, dass die Pferde abgeladen werden und dass sie dann angehobbelt werden sollten, bevor sie weiden durften. Die Bündel zu lösen, dauerte seine Zeit, aber die Hobbel-Seile lagen ganz oben, und die Pferde ließen sie sich ohne großes Problem anlegen. Mit aneinandergefesselten Vorderbeinen wanderten sie davon und fingen an, lautstark Gras abzurupfen.

Weiteres Brummen und Deuten sorgte dafür, dass ich das richtige Bündel durchsuchte und ihren Verbandskasten und das Wörterbuch fand. Die Sachen in ihrem Medizinkasten unterschieden sich von denen in meinem, aber es gab saubere Stoffstreifen als Verbände und eine Menge Kräuter und Salben, die ich nicht kannte. Sie riss sie mir aus den Händen und versuchte, sich allein um ihre Wunde zu kümmern. Und das war das Problem, weil sie sich nicht weit genug drehen konnte, um sie zu erreichen. Sie hatte es geschafft, ein Stück Stoff um sich zu wickeln und es festzuziehen, doch der Riss befand sich hinter ihr.

Ich bedeutete ihr, dass ich es mir ansehen wolle. Sie schüttelte irritiert den Kopf. Ich griff nach dem Buch. Obwohl ich es danach noch Hunderte Male verwendet habe, erinnere ich mich an das erste Wort, das ich nachschlug. Mein Wort lautete ›Infektion‹. Und im Französischen sah es fast genauso aus. Ich brummte überrascht. Als ich ihr das Wort zeigte, starrte sie es an, bevor ihr Mundwinkel fast unmerklich zuckte.

Infektion, sagte ich. Wenn du die Wunde nicht säuberst, wird sie sich infizieren. Und du kannst sie nicht erreichen.

*Anfecksi-on*, stimmte sie zu.

Ich nahm das Buch und fand das nächste Wort. Ich deutete auf mich selbst, dann auf sie, dann auf das Wort. Sie las es mit zusammengekniffenen Augen.

*Äh-de*, sagte sie.

Ja, sage ich. Ich werde dir *Äh-de*.

Sie sah mich mit diesen Augen an, die gleichzeitig alt und jung waren.

Okay, sagte sie.

Okay, sagte ich.

Sie machte eine Geste, und ich gab ihr das Buch.

Sie deutete auf das Wort für säubern. Dann auf das Wort für schließen. Ich musste verwirrt gewirkt haben, weil sie spöttisch mit der Zunge schnalzte und ein weiteres Wort suchte.

Nähen.

Sie deutete hinter sich und verzog das Gesicht.

Nähen.

Brummelnd grub sie in ihrem Medizinkasten herum, suchte nach etwas, das nicht da war.

Ich ging davon und holte meinen Rucksack. Dann zog ich meinen Honig heraus und zeigte ihn ihr.

Okay, sagte sie. Sie sagte noch andere Dinge auf Französisch, aber ich war zu sehr damit beschäftigt, ein Feuer zu entzünden. Nach einer Weile beobachtete sie mich nur noch, ohne etwas zu sagen. Ihr Gesicht wurde langsam so grau wie ihr Haar, und die Nacht brach herein. Ich wollte das hinter mich bringen, solange noch genug Licht vorhanden war. Die Wunde war lang und tief. Ich würde sie säubern müssen, um dann zu sehen, ob ich sie schließen konnte. Vor Einbruch der Dunkelheit gab es noch eine Menge zu tun.

Nach einer Weile hörte sie auf, mir Befehle zuzurufen – ich glaube, weil sie sah, dass ich wusste, was ich tat, und es guthieß. Ich brachte das Feuer in Gang und nutzte zwei ihrer Kochtöpfe, um das Wasser abzukochen, das wir beide dabeihatten. Als es zehn Minuten lang gekocht hatte, legte ich ihre Verbände hinein und kochte sie weitere zehn Minuten aus. Währenddessen bastelte ich ein Gestell aus Birkenzweigen und nutzte es, um die Verbände darauf auszubreiten und in der Hitze des Feuers zu trocknen, während ich das gekochte Wasser abkühlen ließ. Diesen Prozess beschleunigte ich, indem ich das Wasser von einem Topf in den anderen goss, sodass Luft darankam.

Als ich anfing, war es noch ein wenig wärmer als Blut. Ich deutete auf ihre Hose und stellte klar, dass sie sie ausziehen müsse.

*Pu-tän*, sagte sie und zog ihr Messer. Bevor ich sie aufhalten konnte, hatte sie nach hinten gegriffen und den Hosenbund über ihrer Hüfte durchtrennt, wobei sie vor Anstrengung das Gesicht verzog. Dann fing sie an, die zwei Teile auseinanderzuziehen, um die Wunde freizulegen. Das Blut war getrocknet, und der Stoff klebte steif an ihrer Haut. Erneut zuckte sie zusammen und wurde noch bleicher.

Nein, sagte ich. Ich werde das machen.

Als ich den Schaden aus der Nähe betrachtete, wurde mir ein wenig schlecht. Der Hauer des Keilers hatte einen langen, tiefen Riss hinterlassen, tief genug, damit ich die verschiedenen Farben von Fett und Muskeln sehen konnte. Es war schlimmer als jeder Schnitt, den ich bisher gesehen hatte, und der Gedanke, dass ich die Wunde vielleicht nähen musste, erzeugte ein Gefühl wie Schwindel in mir.

Eins nach dem anderen, sagte ich. Eins nach dem anderen.

Ich half ihr, sich von der Seite auf den Bauch zu rollen. Nachdem ich mir vorstellte, dass es genauso wehtun würde, wie einen Knochen zu richten – und ich hatte einmal beobachtet, wie Dad das bei Bar getan hatte –, zog ich los und fand einen Ast, der ein wenig dicker war als mein Daumen, um ein Stück davon abzuschneiden. Ich gab es ihr und machte ihr per Zeichensprache klar, dass sie ihn in den Mund nehmen sollte, um bei Schmerz darauf zu beißen.

*Pu-tän*, sagte sie wieder und verdrehte die Augen. Doch dann zuckte sie mit den Achseln, klemmte sich das Holz zwischen die Zähne und wandte sich ab.

Die Wunde stank nicht, und die Schwärze darin stammte von geronnenem Blut, nicht von etwas Schlimmerem. Ich benutzte das lauwarme Wasser und weichte den blutigen Hosenstoff genug auf, um ihn zu lösen, dann säuberte ich die nackte Pobacke rechts und links von der scheußlichen klaffenden Wunde, so gut es eben ging.

Ich legte eine Hand auf ihre Schulter. Sie drehte sich nicht um.

Es tut mir leid, sagte ich. Das wird wehtun.

Sie nickte und sagte nichts, als ich die Wunde mit dem sauberen Wasser auswusch. All ihre Muskeln verspannten sich, und mir wurde klar, wie stark und sehnig sie unter der Kleidung war. Ich versuchte, so schnell wie möglich zu arbeiten. Das einzige Geräusch, das ich hörte, war das Knirschen des Holzes zwischen ihren Zähnen.

Die Wunde zu säubern ließ sie irgendwie nur schlimmer aussehen. Die Verletzung wirkte jetzt frischer … aber es war auch einfacher zu erkennen, wo das Fleisch abgestorben war. Wäre es ein Riss an einem Arm oder einem Bein gewesen, hätte ich vielleicht versucht, die Wunde mit einem wirklich engen Verband zu schließen, aber nachdem sich die Verletzung dort befand, wo sie nun einmal war, bestand kein Zweifel, dass sie genäht werden musste.

Mir wurde klar, dass ich die Wunde so lange grübelnd angestarrt hatte, dass ich nicht einmal bemerkte, dass sie den Kopf gedreht hatte, um mich anzustarren.

*Anfecksi-on?*, fragte sie.

Noch nicht, sagte ich. Und dann hob ich meine Dose mit Honig.

Ah, sagte sie. Ah *bo*. Sie nickte, dann wandte sie den Kopf wieder ab.

Ich säuberte die Nadel, indem ich sie auskochte. Es war die Nadel, die ich immer dabeihatte, um Dinge zu nähen, die zerrissen waren, Taschen oder Segel oder Kleidung.

Ich verbrannte mir fast die Hände, während ich sie wusch, und benutzte meine Rasierseife. Sie beobachtete mich mit gedrehtem Kopf und auf dem Bauch liegend. Mit einer entschuldigenden Grimasse zeigte ich ihr die Nadel.

*Mär-de*, sagte sie.

*Pu-tän*?, frage ich.

Es war das erste Mal, dass ich sie richtig lächeln sah. Die strenge Miene brach auf und ließ ein wenig unerwarteten Sonnenschein durchdringen.

*Wii*, sagte sie. *Pu-tän.*

Und dann griff sie erneut nach dem Ast, biss darauf und wandte den Kopf ab.

Ich glaube, es wäre einfacher gewesen, wenn sie in Ohnmacht gefallen wäre, doch das tat sie nicht. Der Honig, den ich auf ihre Wunde goss, ließ sie zucken und sich aufbäumen; aber das war erst der Anfang und bei Weitem nicht das Schlimmste. Ich habe ein paar schreckliche Dinge in meinem Leben getan, aber diese gebogene Nadel in das lebende Fleisch zu stoßen und wieder herauszuziehen und dann einen Knoten nach dem anderen zu binden, um die Wunde zusammenzuziehen und einen schmalen, aufgewölbten Grat zu erzeugen, gehört immer noch zu den Sachen, die mir Albträume verursachen. Ich bin selbst in den besten Zeiten nicht gut im Nähen. Letztendlich erinnerte der Grat am ehesten an ein Stück Stacheldraht. Aber ich erledigte meine Aufgabe so schnell und sauber wie möglich … und als keine Wunde mehr zu schließen war, goss ich eine Spur Honig darauf und legte vorsichtig einen Verbandstreifen darüber, um den Honig zu fixieren. Dann fertigte ich ein Polster, um es darauf zu legen, und wollte sie gerade bitten, ihre Hüften zu heben, damit ich den langen Verband darum wickeln konnte, als mir klar wurde, dass sie eingeschlafen war. Eingeschlafen oder bewusstlos geworden. Aber sie atmete, also störte ich sie nicht und beobachtete sie nur, für den Fall, dass sie aufwachte und versuchte, sich auf ihre Wunde zu rollen.

Jip kam und setzte sich neben mich, und lange Zeit über

war das alles, was ich in der Welt brauchte. Er leckte meine Hand, und ich kraulte ihn, und dann vergrub ich meine Nase in der vertrauten Rauheit seines Nackenfells. Er ließ sich von mir festhalten und ihm erzählen, wie sehr ich ihn vermisst und wie schlecht ich mich gefühlt hatte, als ich sicher gewesen war, dass er tot und alles nur meine Schuld war. Und dann lehnten wir uns einfach aneinander und beobachteten den Himmel und die schlafende Frau. Die Pferde grasten. Es wurde dunkler. Als sie aufwachte, versuchte sie tatsächlich, sich herumzurollen, aber ich hielt sie davon ab. Dann trank sie etwas Wasser und schlief wieder ein.

Bevor es richtig dunkel wurde, hängte ich das Schwein an den Hinterbeinen auf und schlitzte ihm die Kehle auf, sodass das Blut, das nicht bereits geronnen war, während der Nacht austreten konnte. Dann fing ich die Pferde ein und band sie jeweils an einen Baum. Und dann schlief auch ich. Ich wusste nicht, ob das, was ich getan hatte, funktionieren würde oder ob sie eine Infektion entwickeln und sterben würde. Während ich in der Dunkelheit lag und auf die unvertrauten Geräusche der beginnenden Nacht lauschte, fragte ich mich, ob ich das Richtige getan hatte. Ich entschied, dass ich nicht wusste, ob sie so gefährlich war wie Brand. Dann dachte ich noch ein wenig länger nach und entschied, dass sie wahrscheinlich genauso gefährlich war, aber dass sie mich gerettet und Jip gefunden hatte … und dass ich, alles in allem, wahrscheinlich das Richtige getan hatte. Und dann schlief ich ein.

Ich erwachte am frühen Morgen, zu Tau auf den Bäumen und dem Gras. Sie piekte mich mit einem Stock. Sie musste pissen. Ihr aufzuhelfen war eine komplizierte Anstrengung. Sie festzuhalten, während sie ungeschickt in die Hocke ging, das verwundete Bein gestreckt, um keinen Zug auf die Naht auszuüben, war sogar noch komplizierter. Als ich sie zurück zu ihrer Bettrolle brachte, wirkte sie bleich.

*Dor-mee*, sagte sie und nickte in Richtung meines Betts. Dann schlief sie einfach wieder ein.

Als sie das nächste Mal aufwachte, hatte ich bereits Eberstreifen auf dem Feuer, und die drei Pferde waren frei und grasten wieder. Außerdem hatte ich ihre Bündel durchsucht. Ich konnte keinerlei Sinn in den Dingen erkennen, die sie offensichtlich auf ihren Reisen angesammelt hatte. Einige waren nützlich – wie Werkezuge –, andere schienen ihr einfach nur gefallen zu haben, weil sie interessant aussahen, wie ein kleiner Bronzekopf oder eine selbstgebastelte Puppe, zusammengenäht mit Knöpfen, die in einer alten Kiste voller glänzender Halsketten lag.

Sie sah mich an, die Miene ausdruckslos. Dann nickte sie mir zu, als hätte ich etwas richtig gemacht.

*Mär-si,* sagte sie. *Mär-si.*

Ich brachte ihr ein Stück Fleisch. Sie rollte sich auf die unverletzte Seite und aß, auf einen Arm aufgestützt. Sie schluckte den letzten Bissen und rülpste so laut, wie es sonst nur Dad konnte. Sie lächelte, als wäre sie zufrieden mit sich, dann griff sie nach dem Wörterbuch und blätterte durch die Seiten, fand ein Wort und zeigte es mir mit fragend hochgezogenen Augenbrauen.

Name?

Griz, sagte ich. Mein Name ist Griz.

Ich deutete auf sie.

*Moah?*, fragte sie, die Augenbrauen immer noch erhoben. Sie zuckte mit den Achseln, als wären Namen ihr nicht wichtig, als sei sie darüber erhaben, irgendeinen alten Namen zu tragen wie alle anderen. Dann verzog sie das Gesicht, als wähle sie einfach einen ihrer vielen Namen.

John, sagte sie.

John?, fragte ich.

*Wii*, sagte sie nickend. John Dark.

# 19
# EINE VERBINDUNG

Obwohl wir nicht dieselbe Sprache sprachen, mochte ich John Dark. Das war nicht ihr richtiger Name, er klang nur so. Und auch ihr Klangname war nicht wirklich ihr Name, wie ich später herausfand. Es war ein Witz – und für eine französische Frau war der Name so gut wie jeder andere. Obwohl ich den Witz erst verstand, als er mir erklärt wurde, viel später.

Ich erinnere mich sehr klar an diesen ersten Tag und die erste Nacht, doch die Tage danach verschwammen. Ich war hin- und hergerissen. Einerseits wollte ich mich auf den Weg machen, um Brand zu finden – doch ich konnte sie nicht verlassen, bis sie zumindest aufstehen und selbst pinkeln gehen konnte. Es wäre sinnlos gewesen, sie zusammenzuflicken, wenn ich sie dann in einer Pfütze ihres eigenen Drecks liegen ließ. Das wäre eine Verschwendung von gutem Honig, ganz zu schweigen von Nicht-so-guter-Nadelarbeit. Und natürlich wollte ich ihre Geschichte hören: warum sie hier war, woher sie kam, was sie gesehen und erlebt hatte. Sie wirkte, als hätte sie eine Menge gesehen.

Zuerst entlockte sie mir meine Geschichte. Mithilfe des Wörterbuchs und häufigem Heben der Augenbrauen fragte sie: Woher?

Und ich zeigte es ihr auf der Karte – nicht genau, aber die ungefähre Gegend. Ich vertraute ihr nicht ausreichend, um mehr zu verraten.

Familie?

Das war einfach. Vier Finger beantworteten das.

Genauso wie: Allein? Das brachte ihr einen Daumen ein.

Warum hier? war schwerer: Ich suchte mühsam die Worte für »ein Mann stehlen meinen Hund; ich ihn suchen, Hund holen«. Sie ließ es mich zweimal machen, weil sie es nicht glauben konnte. Ich fügte beim zweiten Mal »Roter Bart« hinzu, in der Hoffnung, dass sie etwas über Brand wusste, doch in ihren Augen flackerte kein Erkennen auf.

Wo? war einfacher zu beantworten. Ich zeigte es ihr auf der Karte. Und nachdem ich sie schon geöffnet hatte, zeigte ich ihr auch, wo wir uns meiner Meinung nach befanden. Sie ließ mich eine Karte aus ihrem eigenen Bündel holen, und die – obwohl ihre besser war, weil verpackt – zeigte dieselbe Landschaft. Wir stimmten darin überein, dass wir uns ein kurzes Stück außerhalb der großen Stadt in der Mitte des Landes befanden.

Wir klärten, dass sie aus Frankreich kam, was keine Überraschung mehr war, nachdem ich den Titel des schmutzigen Wörterbuchs gelesen hatte. Aber sie überraschte mich, als ich fragte: Wo segeln du? Sie schüttelte den Kopf und stellte klar, dass es kein Boot gab. Sie deutete auf die Pferde und verdrehte die Augen. Wie hätte sie sie auf ein Boot bekommen sollen? Dann machte sie gehende Bewegungen mit den Fingern. Ich schüttelte den Kopf und deutete auf das Meer. Sie schnaubte und deutete auf einen anderen Landabschnitt und fuhr mit dem Finger über den schmalen Kanal. Dann schnippte sie mit den Fingern und verlangte das Wörterbuch.

Sie fand das Wort für ›Tunnel‹, das ein weiteres Wort war wie ›Infektion‹ – in diesem Fall sogar vollkommen identisch. Ich glaubte ihr nicht, denn selbst wenn es einen Tunnel unter dem Meer gegeben hätte, bin ich mir sicher, dass er sich nach ungefähr hundert Jahren mit Wasser gefüllt hatte. Und das ausgehend von der Annahme, dass der höher steigende Meeresspiegel die Eingänge nicht überflutet und den Tunnel auf diese Weise gefüllt hatte. Doch sie beharrte darauf, dass sie unter dem Meer hindurchgeritten war, um hierherzukommen, mit einer Öllampe, die von einem ihrer Körbe hing und die sie mir zeigte.

Es machte mir nichts aus, dass sie log. Ich hatte ihr auch nicht genau verraten, woher ich stammte. Und ich mochte die Arroganz ihrer Lüge. Ferg hatte mir einmal erklärt, wenn ich schon lügen wollte, könnte ich die Lüge genauso gut groß machen … und ich glaube, genau das tat sie. Sie wollte nicht, dass ich herausfand, wo ihr wertvolles Boot ankerte.

Ich fragte, warum sie hierhergekommen war. Da huschte etwas über ihre Miene. Ihre Finger fanden erneut das Wort ›Familie‹. Dann ›Töchter‹. Dann ein Wort, das ich zuerst als ›Pest‹ las, nur um dann festzustellen, dass ich das französische Wort gelesen hatte und dass ein e am Ende hing und es ›Pest‹, aber auch ›Seuche‹ bedeutete.

Tut mir leid, sagte ich.

Sie zuckte mit den Achseln, doch ihr Blick richtete sich für einen langen Moment nach innen.

Ich wollte weitere Fragen stellen, doch ich konnte sehen, dass sie traurig und müde war, also zog ich mit Jip los, um die Wasserflaschen an einem Bach aufzufüllen, der den Hang hinter uns herunterplätscherte. Während ich das tat, dachte ich über die Seuche nach, über die sie gesprochen hatte.

Ich beschloss, dass es sich wahrscheinlich um eine normale Krankheit handelte, die früher wahrscheinlich mühelos mit Medikamenten hätte geheilt werden können, die wir heute nicht mehr besaßen. Schließlich ist eine Seuche eine Krankheit, die sich in großen Bevölkerungen ausbreitete und dabei schrecklichen Schaden anrichtet. Es gab einfach nicht mehr genug Menschen, um von einer Seuche getroffen zu werden. Ich glaube, ich irrte mich, und sie hatte die Symptome in Wirklichkeit sehr genau beschrieben, doch so dachte ich damals.

Sie verbrachte den Großteil des Tages schlafend – und wenn sie gerade wach war, schien sie mich immer mit schiefgelegtem Kopf zu beobachten, als wäre ich etwas, aus dem sie nicht ganz schlau wurde. Es war spät an diesem Nachmittag, oder vielleicht auch tags darauf, als sie mir den zweiten Grund verriet, aus dem sie hier war. Sie deutete mit dem Daumen auf ihre Brust, dann mit dem Zeigefinger auf die Seiten des Wörterbuchs. Ich. Suchen. Jemanden. Auch.

Jemanden? Ich deutete ebenfalls und zog die Augenbrauen hoch, um ihren fragenden Gesichtsausdruck nachzuahmen.

*Kel Kun*, sagte sie. *Kel Kun Demal.*

Wer auch immer dieser Kel Kun war, es sorgte dafür, dass ihr Blick sich wieder nach innen richtete.

Ich wechselte die Verbände morgens und abends, und die Wunde roch nicht entzündet, auch wenn die Naht schief und rot war und, zumindest in den ersten zwei Tagen, bedrohlich heiß. Ich schmierte den letzten Rest Honig darauf, und sie behandelte sich selbst mit dem Inhalt ihres Medizinkastens, und mit dem Honig und den Pudern und Blättern, die sie aß, schien die Wunde zu heilen.

Sie hatte mehrere Angewohnheiten, die ich seltsam fand,

auf die sie aber bestand. Vielleicht sind die Angewohnheiten eines anderen für einen Fremden immer seltsam. Eine davon waren die *Lu-Garu*-Stäbe. Das waren lange Fackeln, geschaffen aus hölzernen Griffen, die an einem Ende mit Stoff umwickelt und in stinkendes Kiefernharz getaucht worden waren. Sie entzündete sie nie, aber sie beharrte darauf, dass wir sie nachts in die Nähe des Feuers legten. Als ich versuchte, sie zu fragen, warum, deutete sie raus in die Dunkelheit, auf die drei Pferde, die in der Nähe angehobbelt waren, und die finstere Nacht dahinter.

*Pur le lu*, sagte sie.

Ich zog ein fragendes Gesicht. Sie lächelte.

*Le lu*, wiederholte sie und zog im Anschluss ein halb ernstes Ich-versuche-dir-Angst-zu-machen-aber-eigentlich-nicht-richtig-Gesicht.

*Le lu*?, wiederholte sie und wackelte mit den Augenbrauen. *Le lu garu.*

Also wurden die Fackeln die Lu-Garu-Stäbe und waren für mich eine Art kurioses, sinnloses Ritual, das sie einfach mochte. Natürlich nur so lange, bis sie das plötzlich nicht mehr waren.

Mehrere Dinge wurden klar, während wir darauf warteten, dass ihre Wunde heilte. Eines davon war, dass Jip sich in einer Schlinge verfangen hatte, die sie um ihr Lager herum für Kaninchen ausgelegt hatte. Ich fand ein paar davon – dünne Drahtschlingen – in einem ihrer Bündel. Mit einem entschuldigenden Achselzucken deutete sie darauf und dann auf Jips Bein. Dann, dass sie das brennende Haus gesehen hatte, das ich zurückgelassen hatte, und hingeritten war, um zu sehen, worum es sich handelte, ungefähr so, wie ich auf das Feuer zugehalten hatte, dass ich vom Turm aus gesehen hatte.

Wie ich war sie von dem möglichen Anzeichen auf andere Menschen angezogen worden – doch anders als ich hatte sie ihre Vermutung bestätigt gefunden. Sie sagte, sie dachte, das Feuer wäre von Kel Kun Demal gewesen.

An einem Nachmittag zeigte sie auf die Pferde und fragte durch Gesten, ob ich eines reiten konnte. Wir reiten die Ponys auf unseren Inseln nicht, sondern setzen sie nur ein, um Dinge zu tragen, während wir neben ihnen herlaufen. Aber nachdem ich sie als kleines Kind geritten hatte, eingeklemmt zwischen den Taschen voller Torf, nickte ich.

Am nächsten Tag ging uns der Honig aus, und sie entschied, dass die Wunde sich gut genug schloss, damit sie anfangen konnte, herumzulaufen und sich probeweise auch auf ihr Pferd zu setzen. John Dark mochte graues Haar haben, aber sie war zäh … und jetzt, da der Schmerz nachgelassen hatte und die Infektion – wenn es denn eine gegeben hatte – abgeklungen war, war sie wieder voller Tatendrang.

Durch eine Mischung aus Pantomime und Wörterbuch-Deuten machte sie mir klar, dass sie wollte, dass ich sie in die große Stadt begleitete, wo sie ein großes Bienennest gesehen hatte. Sie deutete auf meine Dose. Sie wollte mir meine Hilfe vergelten, indem sie den Honig ersetzte, der sie geheilt hatte. Ich befand mich in einer seltsamen Geistesverfassung – ich hatte es eilig, Brand zu erreichen, war überglücklich, Jip zurückzuhaben, wollte mich aber auch nicht von John Dark trennen. Und nachdem die Stadt mehr oder weniger in der richtigen Richtung lag, nickte ich. Sie verbrachte den Rest des Tages damit, ihre Bündel umzupacken, dann hängte sie eine Pferdeladung in einen Baum, in der Nähe des Autostapels. Sie bedeutete mir, dass sie es dort wiederfinden würde, wenn sie zurückkehrte, und dann brachte sie mich dazu, auf das zweite, jetzt bündelfreie Pferd zu steigen und ein wenig herumzureiten.

Jip bellte, als er mich reiten sah, und das Pferd schnaubte in einer Mischung aus Frust und Spott, als könnte es spüren, wie nervös ich war. Doch sie sagte etwas zu dem Tier, und ihre Worte schienen zu wirken wie ein Zauber und beruhigten es sofort. Der Himmel war noch hell, doch nach ein paar großen Kreisen um das Lager, um mich an das Gefühl zu gewöhnen, in einer so hohen Position schwankend durch die Landschaft getragen zu werden, kehrten wir zum Lager zurück und verbrachten einen letzten Abend damit, uns den Bauch mit Eber und Beeren vollzuschlagen.

Als wir am nächsten Tag aufstiegen und den Hügel hinunterritten, wirkte sie nicht mehr so fröhlich. Ihre Miene war starr und wütend, während das Pferd über den unebenen Boden stampfte … und wieder sah ich, wie sie die Zähne zusammenbiss, um jeden Schmerzensschrei zurückzuhalten. Es war ein nebliger Morgen, und sie ritt mit über den Kopf gezogener Kapuze. Jip kreuzte vor uns den Hang nach oben und überraschte dabei ein paar Kaninchen, doch er fand es interessanter, sie zu jagen, als sie zu töten, und außerdem hatten wir am Abend vorher alle reichlich gegessen, auch er.

Als wir auf die alte M-Straße einschwenkten, hatte die Sonne den Großteil des Nebels vertrieben, und je wärmer der Tag wurde, desto wärmer wurde auch John Darks Verhalten. Sie ließ sich zurückfallen, um neben mir zu reiten und mich mit missbilligendem Blick zu beobachten. Als wir ungefähr fünf Klicks weit gekommen waren, beschloss sie, dass die verschiedenen Anweisungen, die sie mir pantomimisch übermittelt hatte – Dinge wie höher aufsetzen, die Knie enger ans Pferd drücken, die Hände locker lassen, nicht an den Zügel zerren und so weiter – mich in einen etwas weniger enttäuschenden Reiter verwandelt hatten, als ich am Morgen gewesen waren, sodass sie zustimmend brummte.

Bravo, Griz, sagte sie.

Ich weiß nicht, was mich mehr überraschte und unerwartet glücklich machte: ihre Anerkennung oder dass sie zum ersten Mal meinen Namen verwendet hatte.

Sie ritt voraus und führte das Packpferd. Mein Pferd folgte ihr gern, als die Tiere sich so zielstrebig wie möglich ihren Weg durch die Schösslinge und größeren Bäume bahnten, die die M-Straße besiedelt hatten. Es ist eine seltsame Erfahrung, ein anderes Tier zu reiten. Ich hatte nicht wirklich darüber nachgedacht, als Dad mich auf die Torf-Ponys gesetzt hatte, doch jetzt empfand ich es erstaunlich intensiv. Es lag nicht so sehr an dem Gefühl, sich zu bewegen, ohne viel dafür zu tun – diese Erfahrung war mir durch mein Boot, das vom Wind über das Meer getrieben wurde, vertraut genug. Es war die Tatsache, dass die Bewegungen unter mir so offensichtlich die eines anderen lebenden Wesens waren. Es war ein kontrolliertes Schlingern, immer – oder zumindest erschien es mir so – kurz vor dem Stolpern oder zumindest kurz davor, seinen Rhythmus zu verlieren. Doch im Verlauf des Tages hörte ich auf, mich dagegen zu wehren … und endlich entspannte ich mich und begann langsam, mich als Teil des Pferds zu fühlen, statt als getrennte Entität. Was wahrscheinlich für dich keinen Sinn ergibt, außer du bist auf Pferden geritten und hast empfunden, was ich empfand. Aber du bist wahrscheinlich stattdessen in Autos herumgefahren. Hat sich das genauso erhebend angefühlt? Oder hast du dir immer Sorgen gemacht, dass der Motor mit dir durchgehen könnte, so wie ich mir Sorgen machte, dass das Pferd stolpern könnte?

Während wir weiterritten, erhob sich langsam die Stadt um uns, als wäre sie etwas Heranwachsendes, das von allen Seiten auf uns eindrängte. Wieder einmal überwältigte mich das Ausmaß eurer Zivilisation – die schiere Menge Menschen, die ihr gewesen sein müsst. Es gab Zeilen aus langen, niedrigen Gebäuden, die einmal Fabriken gewesen sein mussten, und dann Labyrinthe aus ordentlichen Linien von Pflanzen, die wahrscheinlich weitere überwucherte Straßen voller identischer kistenartiger Häuser gewesen waren. In der Ferne sah man eine weitere hochgelegte Straße, die sich auf breiten Betonbeinen über das Ödland aus Gebüschen, Bäumen und eingestürzten Gebäuden in unsere Richtung zog.

Wie klangen eure Städte, als diese Straßen voller Autos waren? War es ein Heulen oder ein Rumpeln oder ein Knurren? Oder ein Brüllen? Klangen all die verschiedenen Arten von Autos und Lastwagen unterschiedlich? Konntest du ohne hinzusehen hören, dass eines kam? Und wenn man sich ansieht, wie viele Straßen es gab, wie konntet ihr verhindern aneinanderzustoßen, wenn ihr euch wirklich in den Geschwindigkeiten bewegt habt, von denen ich gelesen habe?

Ich konnte kaum meine Gedanken ordnen oder auf Gefahren achten, und ich ritt nur ein einzelnes Pferd. Hätte ich das geschafft, wäre ich vielleicht nicht direkt hineingeritten.

Aber nicht alle Gefahren sehen von außen schlimm aus. Wir wollten nur etwas Honig holen.

Doch Süßes ist nie gut für einen.

# 20
# KEL KUN DEMAL

Der Tag begann schön. Die Sonne schien, aber nicht zu heiß, die Vögel machten eine Menge Lärm, und es rannten genug Kaninchen herum, um Jip bei Laune zu halten, während wir uns näher an die Innenstadt heranschlängelten.

Vogelgesang wie dieser war immer noch etwas Neues für mich. Auf den Inseln gab es vereinzeltes Krächzen oder gelegentliche Rufe oder das einsame Piepen eines einzelnen Vogels, der über das Moor flog – aber insgesamt lebte die Vogelpopulation zu weit verteilt, um etwas zu erzeugen wie den ständigen Lärm, den man auf dem Festland erlebte. Zu Anfang empfand ich die Gesänge der verschiedenen Vögel als Chaos aus widersprüchlichen Geräuschen. Keiner von ihnen war einzeln wirklich laut, doch sie beanspruchten ständig von allen Seiten Aufmerksamkeit – ein Gurren hier, ein Zwitschern dort und ein Trällern von irgendwo anders. Und weil es alles verschiedene Geräusche waren, drehte ich mich ständig, um herauszufinden, woher die Rufe kamen und welcher Vogel welches Geräusch von sich gab. Und dann, nach einer Weile, schienen sich die individuellen Gesänge zu einer großen Klangkulisse zu verbinden, wie das Rauschen des Meeres. Es wurde zum Hintergrundgeräusch, und ich verbrachte keine Zeit mehr damit, die einzelnen Teile identifizieren zu wollen. Als ich schließlich John Dark traf, war der allgegenwärtige Lärm der Vögel um mich herum – wie die See – zu etwas Beruhigendem geworden. Außerdem hatte ich mich daran gewöhnt, dass die Gesänge zu Sonnenaufgang anders tönten als jene, die erklangen, wenn das Licht am Ende des Tages vom Himmel verblasste. Und obwohl ich nicht besonders weit darin gekommen war, die verschiedenen Arten zu erkennen, hatte ich doch mithilfe des kleinen Buchs, das ich im Museumsladen gefunden hatte, herausgefunden, welche Vögel Tauben waren und welche Elstern.

Es gab einen anders aussehenden Vogel, mit sandfarbenen Federn, aufgelockert mit einzelnen in dunklerem Braun, der fliegend unseren Weg kreuzte, als wir eine schräge Rampe hinunterritten, die uns von der M-Straße führte. Ich glaube, es war eine Singdrossel. Sie stieß ein fröhliches Flöten aus, während sie hoch über uns hinwegflog – und als ich zu der Frau neben mir schaute, sah ich ganz kurz, dass sie ihre strenge Maske abgelegt hatte und dem jüngeren Gesicht, das sie sonst versteckt hielt, einen Moment in der Sonne erlaubte, wobei sie ebenfalls beobachtete, wie der Vogel über uns in den klaren blauen Himmel stieg und offenbar aus reiner Lebensfreude sang.

Dann setzte sie ihre Maske wieder auf und trieb ihr Pferd vorwärts, auf eine Lücke zwischen den überwucherten Ruinen vor uns zu. Sie wusste, wo sie hinwollte, und mein Pferd folgte ihrer Führung. Ein Ziegelgebäude hatte erst vor kurzer Zeit aufgegeben, aufrecht zu stehen, und war über die schmale Gasse gesunken, sodass alles mit einem unordentlichen Chaos aus Ziegeln und Glas verstopft war. John Dark brummte missbilligend und lenkte ihr Pferd zur Seite, wo sie eine noch schmalere Gasse fand, der wir folgen konnten. Ich glaube, sie wollte nicht riskieren, dass die Pferde sich verletzten oder auf dem frischen Schutt ausrutschten. Ich hatte bemerkt, dass man mühelos erkennen konnte, welche Ruine neu und welche schon vor langer Zeit eingestürzt war – einfach anhand der Vegetation, die sie überwucherte. Neuer Schutt bewegte sich unter den Füßen; aber sobald Moos und Gras und die Wurzeln verschiedener anderer Pflanzen sich breitmachten, wurde er schnell so stabil wie die Pflanzen, die ihn zusammenhielten.

Wir tauchten aus der Gasse auf und bahnten uns unseren Weg durch einen Bereich voller struppiger Büsche, die den Pferden bis an die Schultern reichten. Dies war einmal eine Freifläche in der Mitte der Stadt gewesen … und einst hatte es auch Laternen gegeben, um alles zu beleuchten. Sie waren zu scharfen Stummeln verrostet oder durch das Gewicht der Rankpflanzen daran gekippt oder gefallen, aber sie waren gleichmäßig verteilt, was es leicht machte, sie zu entdecken, sobald man das Muster durchschaut hatte. Es gab auch Bäume, die zufällig verteilt gewachsen waren. Und nachdem ich mich im Vorbeireiten unter einem davon hinweggeduckt hatte – wobei ich John Darks Beispiel folgte –, richtete ich mich wieder auf und entdeckte drei stehende Gestalten vor mir.

Sie hatten uns die Rücken zugewandt, und die mittlere hatte die Hand zum Gruß erhoben, sodass ich instinktiv an ihr vorbeisah, um herauszufinden, wer den Gruß vielleicht erwiderte. Doch dort war niemand, und eigentlich gab es nicht mal die drei: Es waren nur Statuen, die einem großen Trümmerhaufen zugewandt standen, weil vor langer Zeit ein Ende eines riesigen Stadions eingestürzt war und so einen

Hügel aus massiven Betonplatten und verbogenen Metallrohren erzeugt hatte, inzwischen fest verbunden durch die wuchernde Vegetation. Die Statuen zeigten Männer. Sie trugen alle kurze Hosen und hatten die Arme umeinandergelegt, wie Brüder. Einer von ihnen war kahlköpfig und hielt einen Fußball unter dem Arm. Als ich mein Pferd um sie herumlenkte, konnte ich erkennen, dass sie alle eine Miene zeigten, die nicht ganz ein Lächeln war, sondern eher erwartungsvoll wirkte. Was auch immer es war, es war entweder passiert und vergangen oder vielleicht auch nie passiert. Und jetzt konnten sie nur noch die Ruine anstarren. Nicht dass sie sich darüber aufzuregen schienen. Brombeeren umrankten den Steinblock, auf dem sie standen, doch ich konnte noch eines der Worte erkennen, dass darin eingemeißelt war. Dort stand BEST. Also ging ich davon aus, dass dies die besten Spieler des Teams gewesen waren. Ich sah in ihre Gesichter und fragte mich gerade, ob sie wohl im wahren Leben auch so ausgesehen hatten, als John Dark einen Pfiff ausstieß.

*Issi*, sagte sie und hielt ihr Pferd an.

Sie zog eine Grimasse, als sie abstieg und musste sich am Sattel festklammern, um nicht auf die Knie zu sinken. Es gefiel ihr nicht, dass ich ihre Schwäche bemerkt hatte, und sie machte viel Aufhebens darum, mir beizubringen, wie ich dem Pferd die Zügel so über den Kopf zog, dass sie vor ihm auf dem Boden hingen, damit es nicht davonwanderte. Dann holte sie Dinge aus ihren Satteltaschen und bedeutete mir, ihr auf den Hügel aus Schutt zu folgen.

Ich ließ mein Pferd zurück und tat wie verlangt. Es lag zerbrochenes Glas unter dem Moos, also bewegten wir uns vorsichtig, doch das Gebäude war schon lange genug eingestürzt, dass die Natur die Trümmer wieder in stabilen Untergrund verwandelt hatte. Als ich ihren Schritten folgte, fand ich mich auf der Spitze des grünen Hügels wieder, zu dem der Schutt geworden war, und sah auf etwas hinunter, das einst ein Fußballfeld gewesen sein musste. Jetzt war es eine versteckte Oase aus dunklerem Grün, mit einer kleinen Ansammlung von etwas an einem Ende, das ich inzwischen als Eichen erkannte, und einem Gebüsch aus blühendem Weißdorn in der Mitte. Kaninchen sprangen im hohen Gras zwischen den Bäumen herum, ihre Schwänze so weiß wie die Maiblüten, als sie bei unserem Anblick davonrannten. Jip sauste sofort los wie ein Pfeil und stürzte sich mit tödlicher Absicht ins Unterholz.

Die anderen drei Seiten des Stadions waren noch in besserem Zustand als die, auf der wir standen – aber an zweien hatten die vorstehenden Dächer, die die Besucher einst vor Regen und Sonne geschützt hatten, nachgegeben und waren auf die endlosen Reihen der verblassten rötlichen Plastiksitze darunter gestürzt. Bei dem Versuch, mir vorzustellen, wie viele Leute einmal in diese Arena gepasst hatten – wie das ausgesehen und geklungen haben musste –, bekam ich Kopfweh. Hat Abwesenheit ein Gewicht? Ich glaube schon, denn als ich dort stand, fühlte ich mich von etwas niedergedrückt, das ich nicht sehen konnte. Das Gefühl war viel stärker als beim Anblick einer Landschaft voller leerer Straßen. Vielleicht lag es daran, dass so viele Leute einst beschlossen hatten, hierherzukommen und sich eng aneinandergedrückt zu versammeln. Ich möchte noch mal sagen, dass es so was wie Geister nicht gibt. Dieser Ort fühlte sich nicht heimgesucht an. Aber er strahlte eine gewisse Atmosphäre aus. Als wäre er einst belebt gewesen – und zwar sehr belebt – und wäre es jetzt nicht mehr. Er war unbelebt, auf dieselbe Weise, wie etwas nur rückgängig gemacht werden kann, wenn es zuerst getan wurde. Das war die Atmosphäre, die ich zu verstehen suchte, seit ich das Festland betreten hatte … und es war eine ganz andere Empfindung als einfach nur Leere. Sie erinnerte eher an Einsamkeit – nicht meine, weil ich mich allein in dieser Welt wiederfand, sondern die Einsamkeit dieser Welt ohne euch. Sie hatte euch gekannt und jetzt, da ihr weg seid – und vielleicht hält diese Atmosphäre nur eine Weile, bis die Zeichen eurer Anwesenheit abgeschliffen wurden und eure Häuser und Straßen und Brücken und Fußballstadien sich wieder mit der Natur verbunden haben –, vermisst sie euch.

Vielleicht werde ich aber auch gerade ein wenig verrückt, weil ich so denke und mir die Mühe mache, meine irren Gedanken niederzuschreiben, damit ein vor langer Zeit gestorbener Junge, der sie nie lesen wird, erfährt, wie meine Theorien über eine Welt lauten, die er niemals besuchen kann. Vielleicht wird man so, wenn man so lange Zeit allein verbringt, wie ich es jetzt tue. Vielleicht rede ich einfach nur mit mir selbst.

Auf jeden Fall war der Rest des Nachmittags sehr schön. Bis er es plötzlich nicht mehr war.

Sobald sie sich bewegte, schien John Dark besser mit dem Schmerz ihrer Wunde umgehen zu können, und ihre Bewegungen verloren einiges an Steifheit. Sie führte mich in die Mitte dessen, was einst das Spielfeld gewesen war, schloss die Augen und legte einen Finger an die Lippen. Ich lauschte. Und dann hörte ich es, genau in dem Moment, in dem sie die Lider wieder öffnete und mich fragend ansah.

Es war ein tiefes, brummendes Geräusch. Ein sanfter Ton, der den Hintergrund füllte und den Ohren schmeichelte. Bienen hatten den riesigen eingefriedeten Garten besiedelt, zu dem das Stadion geworden war, und es waren viele.

Es gab zwei umgestürzte Bäume, die begonnen hatten, von innen zu verrotten, und neben ihnen stand eine seltsame Holzhütte auf Rädern. Vielleicht hatte am Ende der Welt jemand beschlossen, hierherzukommen und im Schutz der Stadionwände zu leben. Vielleicht hatte derjenige die Bienen gehalten. Die Hütte auf Rädern war zu einer Art riesigem Bienenstock geworden, und auch in den umgestürzten Bäumen lebte ein Volk. Es war ein sehr geschützter Ort, und die Wiesen, zu der das Spielfeld geworden war, musste ein stetiges Angebot an Bienennahrung liefern.

John Dark deutete auf die relativ frischen Reste eines Lagerfeuers und dann auf sich selbst. Ich verstand, dass sie vor nicht allzu langer Zeit hier gewesen war. Daher wusste sie von den Bienen. Sie deutete auf einen der umgestürzten Bäume und grinste. Wir würden den Honig aus dem Baumstamm holen.

Wir arbeiteten mehr oder minder schweigend zusammen, und es gelang ihr, mir mit bewussten Bewegungen anzuzeigen, was wir tun würden. Ich weiß nicht, ob das Schweigen darauf angelegt war, die Bienen nicht aufzuregen, oder ob es letztlich einfacher war, sich auf Pantomime zurückzuziehen, während wir körperlich arbeiteten … aber es war eine seltsam ruhige und intime Art, Zeit mit einem anderen Menschen zu verbringen.

Wenn ich jetzt zurückblicke, fühle ich mich John Dark in diesen Stunden näher als jemals einem Menschen außerhalb meiner Familie. Selbst wenn wir mit dem Lewisleuten zusammengearbeitet hatten, war doch immer eine gewisse Distanz geblieben. Vielleicht, weil wir zu zwei Stämmen gehörten. Wir arbeiteten zusammen, wurden aber von anderen aus unserer eigenen Familie unterstützt, die sich ebenfalls von ihnen unterschieden. Bei nur einem Menschen verblasste diese Barriere, und wir unterhielten uns mit Händen und Augen.

Wie ich schon sagte: intim.

Sie entzündete ein Feuer auf den Resten der alten Asche und fütterte es, bis es fröhlich brannte. Dann verschob sie die glühenden Kohlen mit ihrem Messer und der Schneide eines kleinen Beils und hielt sie vor die Öffnung von einem der Baumstümpfe, direkt ans Holz, sodass der Stamm anfing, sich schwarz zu verfärben und zu schwelen. Sie nährte dieses Babyfeuer und bedeutete mir, dass ich in der Zwischenzeit das Mutterfeuer in Gang halten sollte. Dann fing sie an, feuchteres Material auf das kleine Feuer zu legen, sodass Rauch aufstieg. Der Trick lag darin, das Zentrum des kleinen Feuers heiß genug zu halten, um es dann mit ausreichend, aber nicht zu viel Material abzudecken, damit viel Rauch entstand. Dann schickte John Dark mich auf die Tribüne, um ein Stück Sitzfläche von einem Plastikstuhl zu holen. Ich zerbrach ein paar davon, weil das Material mit der Zeit spröde geworden war, doch beim dritten Versuch erhielt ich ein grobes Quadrat und kehrte zurück. Dann ließ sie mich damit so gegen den Rauch fächern, dass er in das Loch im Baumstumpf eindrang.

Ich sollte noch sagen, dass wir uns, bevor wir all das taten, Sackleinen aus ihren Satteltaschen um die Köpfe wickelten und unsere Kleidung zubanden, damit die Bienen keine Chance bekamen, einzudringen und uns zu stechen. Sie hatte auch Handschuhe. Ich wickelte mir stattdessen Stoff um die Hände. Ich hatte einmal in einem Comic von einem ägyptischen Gott gelesen, der als Mumie von den Toten zurückkehrte. So sahen wir aus. Halb grotesk und halb lächerlich. Und ich wedelte die ganze Zeit mit der Sitzfläche, um den

Rauch in den Baum und die Bienen herauszuzwingen. Aber natürlich gab es niemanden, der uns sehen oder über das Spektakel lachen konnte, das wir mitten im Rauch und dem Bienenschwarm abgeben mussten. Langsam drangen sie aus dem Stamm und umsummten uns, wo die Luft weniger drückend war.

Sie nahm ihr Beil und begann, mit effizienten Schlägen auf das morsche Holz einzuschlagen, um die Öffnung zu vergrößern und die Honigwaben freizulegen. Das Bienennest war in große, gerundete Lappen aus Bienenwachs aufgeteilt, die fleischig und fast ein wenig überirdisch wirkten. Ich glaube, es lag daran, dass die organische Form der Lappen im Widerspruch zu der geometrischen Regelmäßigkeit der Waben stand, aus denen sie aufgebaut waren. Immer noch krabbelten große Gruppen Bienen über die fetten Lappen, was dafür sorgte, dass sie fast lebendig wirkten. Wir schickten das Feuer näher heran und wedelten den Rauch nach innen, bis die meisten Bienen verschwunden waren oder wie betäubt dasaßen. Und dann, ohne mich vorzuwarnen, schob John Dark eine Hand in den Stamm und riss ein paar der Lappen heraus. Zu diesem Zeitpunkt wurden die Bienen wütender und schüttelten ihre Trägheit ab … und einige flogen in den Schlitz im Stoff vor meinen Augen.

Eine stach mich ins Augenlid. Ich versuchte, weiterzufächeln, doch der Schmerz fühlte sich an, als wäre mir eine heiße Nadel in den Augapfel gerammt worden. Ich keuchte und stolperte rückwärts, wobei ich die Sitzfläche fallen ließ.

Ich hörte John Dark lachen und taumelte dem Geräusch hinterher. Die Bienen brummten lauter, als wir uns aus dem schützenden Nebel des Holzrauchs zurückzogen, doch erstaunlicherweise folgte uns keine große Traube von Tieren, die versuchte, uns als Rache für unseren Diebstahl zu stechen. Wir hielten an und setzten uns auf die zerbröckelnden Betonstufen auf der anderen Seite des Spielfelds.

John Dark wirkte beschwingt und legte die gestohlenen Honigwaben vorsichtig auf das Gras zu unseren Füßen. Dann sah sie zu dem rauchenden Baumstumpf in der Ferne.

*Mär-de*!, sagte sie.

Schließlich zog sie ihre größte Wasserflasche heraus und ging zurück zu dem Rauch und der wirbelnden Bienenwolke. Ich fand das ziemlich heroisch. Und es war richtig. Ich mochte sie dafür. Sie trat die Glut vom Eingang des Stocks weg und goss Wasser darauf, um das Feuer zu löschen. Nachdem wir einen Teil ihres Honigs gestohlen hatten, sorgte John Dark dafür, dass nicht auch noch ihr Zuhause verbrannt wurde. Sie hob sogar die Sitzfläche auf und legte sie auf das erweiterte Loch, sodass ein neues Dach entstand. Dann beeilte sie sich lachend – halb rennend, halb tanzend –, aus der Reichweite der Bienen zu kommen. Wieder einmal wirkte sie jünger als das Gesicht, das sie normalerweise zur Schau trug. Sie setzte sich neben mich und löste die Stoffstreifen um ihren Kopf, um das erste Stück Honigwabe einzuwickeln, das ungefähr den Durchmesser ihres Kopfs hatte, wenn auch flacher. Dann schnippte sie mit den Fingern, um mich aufzufordern, auch meinen Stoff abzulegen, damit sie die zweite Wabe einwickeln konnte. Mein Lid war heftig angeschwollen, sodass ich nur durch ein Auge sehen konnte. Sie wirkte überrascht – doch ob es daran lag, dass ich so aussah, oder daran, dass ich nicht mehr gejammert hatte, erfuhr ich nie.

Denn zu diesem Zeitpunkt begann die zweite, bisher unbemerkte Biene, die in meine Stoffstreifen eingedrungen war, wütend an meinem Hals zu brummen, und plötzlich ging sehr schnell alles schief. Als ich mir die Streifen vom Hals riss, entdeckte John Dark etwas, und ihre Augen wurden groß. Ich bemerkte es und dachte für einen Moment, sie hätte mein Geheimnis entdeckt, doch dann sah ich nach, und sie wandte den Blick ab, und ich wusste, dass es nicht das war, sondern etwas anderes … etwas, das sie verbarg. Und weil ich so erleichtert war, dass es nicht um diese eine Sache ging und mein Auge wirklich sehr schmerzte, nahm ich mir nicht die Zeit, darüber nachzudenken.

Sie grub in ihrer Tasche herum und zog etwas heraus, das sie einsteckte, bevor sie sich mir wieder zuwandte. Sie beugte sich vor und brach ein Stück Wabe ab, um den goldenen Honig auf die Finger ihrer anderen Hand auszudrücken.

*Bo*, sagte sie. *La mi-ey sai bo pur sa.*

Ich ließ sie die Hand heben und den Honig auf mein geschwollenes Augenlid tupfen. Er fühlte sich klebrig und warm an, und dann wurde plötzlich alles schnell verwirrend und erschreckend schmerzhaft. Nicht das Auge, sondern mein Hals, denn auf meiner blinden Seite zog sie das Ding wieder heraus, das sie in die Tasche geschoben hatte, und warf es über meinen Kopf, um es dann zusammenzuziehen.

Der dünne Kupferdraht einer ihrer Kaninchenschlingen schnitt in meinen Hals, als sie hinter mich sprang und mir das Messer aus dem Gürtel riss. Das ging so schnell, dass ich für eine Sekunde verwirrt erstarrte, und dann würgte ich und versuchte, meine Finger unter die Schlinge zu schieben, um mich zu befreien. Und dann zischte sie mir etwas ins Ohr und stach mir mit meinem eigenen Messer in den Schädel, nicht fest genug, um die Haut zu durchstoßen, aber doch genug, um mich wissen zu lassen, dass ich stillhalten sollte.

Sie sagte eine Menge, sehr schnell – spuckte mir die Worte

in einem langen wütenden Strom zischend entgegen. Ich weiß nicht, was sie gesagt hat, aber nichts davon war gut. Und dann schob sie die Messerspitze unter die Stahlballkette meines Anhängers. Sie zog daran, bis sie den Anhänger hochhalten und meine Glückszahl Acht umgeben von diesem Kreis aus Pfeilen ansehen konnte.

Sie wurde still.

Ich bewegte mich nicht. Ich war mir sicher, dass ich spüren konnte, wie um den Draht herum Blut hervorquoll. Aber vielleicht war es auch nur Schweiß.

Ich hörte nur das Brummen der Bienen in der Ferne. Das, und mein Herz, das wild in meiner Brust schlug. Wie ein panisches Geheimnis, das versuchte, sich seinen Weg an die Luft zu bahnen.

*Pu-tän*, blaffte sie. Erstaunen und Enttäuschung lagen in diesem einen Wort. Und Wut. Eine Menge Wut.

Sie zerrte so heftig an der Kette, dass sie riss. Dann hob sie den Anhänger an und starrte das eingestanzte Symbol darauf an.

Meine Glückszahl acht, in der Mitte all dieser Pfeile, die in alle Richtungen zeigten.

Aber wie ich sagte, sie brachte kein Glück.

Und mit dem Draht um meinen Hals und der sehr wütenden Frau, die ihn eng geschlossen hielt, ging ich nirgendwohin.

Was?, fragte ich. Meine Stimme klang gepresst. Was?

Sie hielt mir den Anhänger vor mein gutes Auge und stieß eine Flut von Wörtern aus, von denen ich nur drei mitbekam, während sie mir das Symbol vors Gesicht hielt, zu nah, um wirklich etwas zu erkennen.

*Uh et il?*, sagte sie. *Uh et il?*

# 21
# KI EY VU

Der Anhänger war ein Schlüssel. Ich ruiniere nichts, indem ich das erzähle. Ich weiß nur, dass es ein Schlüssel war, weil sie mir das Wort später im Wörterbuch gezeigt hat … als sie versucht hat, mich dazu zu bringen, ihr zu erzählen, wo ich ihn gefunden hatte und was mit demjenigen passiert war, dem ich die Kette abgenommen hatte. Es ruiniert nichts, weil weiterhin ein Rätsel bleibt, was der Schlüssel öffnen sollte. In dieser Geschichte geht es nicht um eine geheimnisvolle Reise, die damit endet, dass mit einem magischen Schlüssel eine wundervolle Tür geöffnet wird. Das ist keine Geschichte dieser Art. Ich schreibe dies auf der falschen Seite einer verriegelten Tür, für die es keinen Schlüssel gibt und von der ich nicht weiß, ob sie sich jemals öffnen wird.

Und letztendlich habe ich nur ihr Wort, dass es überhaupt ein Schlüssel war. Der Anhänger sah auf jeden Fall nicht aus wie irgendein Schlüssel, den ich schon mal gesehen hatte. Und John Dark interessierte sich weniger dafür, dass es ein Schlüssel war, als vielmehr dafür, wie ich ihn bekommen hatte und von wem. Ich versuchte ihr zu erklären, dass ich ihn oben auf dem Turm gefunden hatte, doch meine Antwort schien sie nur noch wütender zu machen. Sie glaubte mir nicht. Sie fragte mich immer wieder, wo der Mann war. Ihre Finger stachen immer wieder auf die Worte »Wo Mann?« Und was auch immer ich ihr übermittelte, schien falsch zu sein. Kein Mann – welcher Mann? – habe Schlüssel gefunden – habe Schlüssel auf Turm gefunden – weiß nicht … All diese Antworten schienen nur Salz in eine Wunde zu streuen, die ich nicht sehen konnte.

Sie schüttelte mich voller Wut und sah mir tief in die Augen.

*E vu?*, sagte sie. *Vu, Griz? Ki ey vu?*

Ich konnte nur mit den Achseln zucken, immer noch perplex.

Ich weiß nicht, was du willst, sagte ich. Ich bin kein Feind.

Sie fesselte mir mit weiterem Draht die Hände auf den Rücken, dann lockerte sie die Schlinge um meinen Hals. Während sie mich aufrecht sitzend an das abblätternde Metall fesselte, mit denen die Sitze an den Stadionstufen befestigt waren, kam Jip zurück. Plötzlich verwirrt, ließ er mir ein Kaninchen vor die Füße fallen und sah dann zwischen uns hin und her, weil er spürte, dass etwas nicht stimmte. John Dark richtete sich auf und spuckte mir ein paar Worte entgegen, dann ging sie weg, in Richtung der Pferde.

Jip sah sie an, dann mich, und jaulte verwirrt, weil ich weder nach dem Kaninchen gegriffen noch ihm das Fell zwischen den Ohren gekrault hatte.

Wir stecken in Schwierigkeiten, Junge, sagte ich. Ich zerrte an dem Draht, der meine Handgelenke festhielt, hörte aber damit auf, als er in meine Haut schnitt.

Jip sah, dass ich das Gesicht verzog. Er trottete die Stufen nach oben und untersuchte meine Hände, die hinter meinem Rücken gefesselt waren. Wieder wimmerte er, unsicher, was hier vor sich ging.

Es ist okay, sagte ich. Es kommt schon in Ordnung.

Er leckte meine Handgelenke. Ich kraulte ihm mit den Fingerspitzen den Nacken, so gut ich eben konnte. Dann zog er sich zurück und bellte.

Es wird schon werden, sagte ich. Sie wird sich beruhigen.

Aber das tat sie nicht. Sie kam zurück, die Pferde am Zügel, und ließ sie auf dem überwucherten Spielfeld grasen. Dann trug sie ihre Tasche die Stufen nach oben, an mir vorbei und zu einer Tür, wo die Stufen im Stadion verschwanden. Der Treppenabsatz bildete eine viereckige, von Betonwänden umgebene Höhle in der schrägen Stadionwand. Dort errichtete sie ihr Lager, entzündete ein Feuer und öffnete ihre Bettrolle. Wenn ich mich ein wenig verdrehte, konnte ich halbwegs sehen, was sie tat.

Sie redete mit sich selbst, leise und voller Wut. Dann öffnete sie meinen Rucksack und kippte all meine Besitztümer auf den Boden vor sich, breitete sie sorgfältig aus und durchsuchte sie. Ich wusste nicht, wonach sie suchte, aber sie fand es nicht. Das machte sie nur noch wütender. Sie kauerte sich auf die Fersen und sah mich an, als wäre alles Böse in der Welt meine Schuld. Ihr Schweigen und ihr harter Blick waren nervenaufreibend. Ich konnte keinen Hinweis auf die jüngere Version ihres Selbst entdecken – diejenige, die sie im Verlauf des Tages gezeigt hatte, bevor das Licht verblasst war.

Als es immer dunkler wurde, bildeten das Betondach und die Wände des Treppenabsatzes, auf dem sie ihr Feuer entzündet hatte, einen warmen Fleck in der umgebenden Dunkelheit ... doch für mich bedeutete das nur, dass ich die hereinbrechende Kühle des Abends intensiver empfand. Es war kälter als in den letzten Tagen, und man musste nicht die Nase eines Hunds besitzen, um den Regen in der Luft zu riechen. Jip wanderte die Stufen nach oben und sah sie an. Sie ignorierte ihn. Er setzte sich hin und bellte sie an, doch der Aufmerksamkeit nach, die sie ihm schenkte, hätte sie genauso gut taub sein können.

Sie gab mir nichts zu essen, nichts zu trinken und ließ mich einfach dort an den Sitzrahmen hocken. Ich versuchte, den Draht an den alten Metallpfosten zu reiben, aber es tat zu weh … und nach dem, was ich mit den Fingern ertasten konnte, reinigte ich sie damit nur vom Rost, sodass das glatte Metall darunter zum Vorschein kam. Der Draht schien immer noch fest, also hörte ich auf. Ich hatte keine andere Wahl, als die Sache auszusitzen. Und zwar im wahrsten Sinn des Wortes, weil sie mir weder meine Bettrolle brachte noch mir erlaubte, mich hinzulegen. Ich habe unbequeme Nächte an seltsamen Orten verbracht – und ich kann fast überall schlafen, wenn ich müde genug bin –, aber diese Nacht begann als die schlimmste von allen. Dann ging alles bergab. Und dann – mit unseren Besuchern – stürzte die Sache quasi von einer Klippe.

Erst kam das körperliche Unbehagen. Je länger ich dort saß, desto weniger schien mein Körper fähig, einen Puffer zwischen dem kalten Beton und meinen Knochen aufrechtzuerhalten. Dann war da die unbequeme Stellung meiner Hände hinter dem Rücken. Sie sorgte dafür, dass meine Schultern und mein Nacken schmerzten, und ließ meine Arme taub werden. Immer wieder wackelte ich mit den Fingern, um sicherzugehen, dass das Blut noch zirkulierte. Die am wenigsten unbequeme Stellung bedeutete, den Kopf nach hinten sinken zu lassen, bis er auf dem Plastiksitz ruhte. Damit starrte ich zwar nur in den Nachthimmel, aber zumindest konnte sich mein Nacken so ein wenig entspannen.

Doch mein Hirn entspannte sich nicht … und neben dem körperlichen Unbehagen war es das, was mich wachhielt. Ich versuchte, meine Gedanken zu beruhigen, doch es gelang mir nicht. Sie rasten in alle Richtungen, wirbelten wild im Kreis wie eine Windmühle in einer steifen Brise. Im Kopf ging ich noch einmal alles durch, was geschehen war, seit ich John Dark begegnet war. Ich hatte gedacht, wir hätten ein gewisses Vertrauen aufgebaut. Sie hatte mir auf jeden Fall geholfen – hatte mich sogar gerettet –, und im Gegenzug hatte ich ihr mit ihrer Wunde beigestanden. Ich hatte mir eingebildet, wir hätten auch eine Kommunikation entwickelt, die über unsere Pantomimen und das Deuten auf das Wörterbuch hinausging.

Irgendwie hatte ich es als grausamen Witz empfunden, einen der letzten Menschen zu treffen, die es in dieser großen, leeren Welt noch gab, nur um festzustellen, dass wir uns nicht unterhalten konnten – aber wir hatten das Beste aus der Situation gemacht. Und das Schlimmste von allem war, dass ich sie gemocht hatte. Wie ich schon sagte, es gab in meinem Leben nicht viele Leute, mit denen ich sie vergleichen konnte, doch ich hatte nie den Eindruck gehabt, ihr nicht vertrauen zu können. Sie wirkte, als wäre sie einfach sie selbst. Sie hatte nie versucht, mich dazu zu bringen, sie zu mögen oder ihr zu vertrauen. Ich hatte sie so genommen, wie sie erschien: ruppig, zäh, definitiv mit Ecken und Kanten, aber ehrlich. Im Rückblick begriff ich, dass Brand zu sehr Geschichtenerzähler war, als dass irgendwer, der mehr Erfahrung mit den Menschen und der Welt hatte, ihm je vertraut hätte. Er hatte eine Show abgeliefert. Ich hatte einmal ein Buch von J.B.Bobo gerettet, das den Titel *Modernde Münz-Magie* trug, und ich hatte einen langen Winter damit verbracht, die Tricks darin zu üben. Eine der Sachen, die dafür sorgten, dass sie funktionierten – abgesehen von geschickten Fingern –, lag darin, die Leute, die einen beobachteten, im richtigen Moment dazu zu bringen, auf die falsche Hand zu sehen, sodass sie gar nicht wirklich mitbekamen, was man tat. Genau so ging Brand vor: Sein Lächeln und seine Geschichten waren nur Effekthascherei, um einen dazu zu bringen, ihm ins Gesicht zu sehen, während er mit der anderen Hand die Tasche ausräumte. John Dark war nicht so. Und das war der unangenehme Gedanke, der mich nicht losließ. Wie hatte ich sie so falsch einschätzen können? Hatte ich irgendetwas Wichtiges in unseren stockenden Unterhaltungen missverstanden? Wieso schien sie mir plötzlich so tief zu misstrauen, wie ich Brand misstraute? Die Blicke, die sie mir zugeworfen, und die Art, wie sie mir ihre Worte entgegengeschleudert hatte, nachdem sie den Schlüssel um meinen Hals entdeckte, deuteten darauf hin, dass sie sich betrogen oder verraten fühlte. Aber wovon? Was hatte der Schlüssel mit diesem Kel Kun Demal zu tun? Oder hatte ich mich von Anfang an geirrt, und sie war immer eine Gefahr für mich gewesen? Der Gedanke, dass sie mir von Anfang an eine Falle gestellt hatte, kam mir nicht richtig vor, aber vielleicht stimmte es trotzdem? Vielleicht hatte sie einfach ein zweites Paar Hände gebraucht, um ihre Wunde zu nähen? Aber das ergab keinen Sinn. Nichts von alledem ergab Sinn. Und all diese Gedanken kreisten in einer endlosen Spirale durch meinen Kopf und raubten mir jede Chance auf Schlaf oder Erholung.

Ich hatte den Regen gerochen, aber ich sah ihn nicht, als er schließlich wirklich kam, weil die Wolken die Sterne und den Mond verdeckt hatten. Stattdessen fühlte ich ihn, wie er mein nach oben gerichtetes Gesicht traf, als die ersten dicken Tropfen aus der Dunkelheit über mir fielen. Ich blinzelte die unerwartete Feuchtigkeit aus den Augen, dann senkte ich instinktiv den Kopf, als der Regenguss auf mich herabprasselte. Innerhalb von Sekunden war ich halb ertrunken. Der Regen traf so heftig auf den Beton um mich herum, dass die Tropfen für einen Moment wieder nach oben zu springen schienen, um alles an mir zu durchnässen, was sie auf dem Weg nach unten übersehen hatten.

Ich hörte, wie Jip den Regen anbellte, und dann fühlte ich Hände an meinem Rücken und hörte eine Menge Wörter, die ich als französische Flüche deutete, als John Dark Mitleid mit mir hatte und meine Fesseln ausreichend lockerte, um mich in die trockene Wärme ihrer rechteckigen Höhle zu ziehen. Sie fesselte meine Handgelenke erneut, doch diesmal vor dem Körper, was viel angenehmer war. Dann drückte sie mich in einer sitzenden Position auf meine eigene Bettrolle neben dem Feuer, gegenüber von ihr.

Danke, sagte ich.

Sie brummte und lehnte sich zurück, ihre Augen so hart wie der Beton, an dem sie lehnte.

Ich weiß nicht, was ich falsch gemacht habe, sagte ich.

*Dor-mee vu*, sagte sie, dann folgte eine Pantomime, bei der sie die Augen schloss und ihren Kopf auf die zusammengelegten Hände sinken ließ. *Dor-mee.*

Was auch immer die Worte bedeuteten, es war klar, dass sie wollte, dass ich schlief. Ich hatte keine echten Einwände dagegen. Ich war erschöpft vom gesamten Tag und der hässlichen Wendung, die er genommen hatte, aber mein Hirn arbeitete zu heftig, um dem Rest von mir Ruhe zu erlauben. Ihr Blick bohrte sich über die niedrigen Flammen des Feuers hinweg in meine Augen. Das war bald schwer zu ertragen, also rutschte ich tiefer und schloss die Augen, um mich nicht zusätzlich mit dem Problem herumschlagen zu müssen, ob ich zurückstarren sollte – und sie so vielleicht noch mehr provozieren –, oder ob es verschlagen wirken würde, wenn ich ihrem Blick auswich. Zu meiner Überraschung half mir das dabei, ein wenig Ruhe zu finden. Nachdem ich nichts mehr sehen konnte, lauschte ich stattdessen, und das regelmäßige Zischen des Regens auf dem Beton überall um mich herum war in gewisser Weise genauso beruhigend wie das Meeresrauschen, an das ich beim Einschlafen gewöhnt war. Und obwohl mein Rücken feucht blieb, gelang es der Hitze des Feuers vor mir, mich zu trocknen, und ließ angenehme Müdigkeit von meinem Körper Besitz ergreifen. Jip kam und lehnte sich gegen mich, und die Wärme seines schlafenden Körpers schenkte mir ein wenig Trost und sorgte dafür, dass alles viel weniger einsam wirkte. Und mit alledem hätte meine Imitation von Schlaf mühelos in richtigen Schlaf umschlagen können, wäre da nicht der eine Gedanke gewesen, der einfach nicht aufhören wollte, wieder und wieder durch meinen Kopf zu kreisen.

Warum wollte sie, dass ich schlief? Was wollte sie tun, wenn ich bewusstlos war? Ich ging nicht davon aus, dass sie mich verletzen würde. Oder töten. Beides hätte sie mühelos tun können, als sie mich mit der Drahtschlinge um den Hals außer Gefecht gesetzt hatte. Doch ich hatte auch nicht geglaubt, dass Brand uns bestehlen würde, und das hatte er auch nicht getan – bis wir alle eingeschlafen waren. Dem Schlaf zu misstrauen ist etwas Schreckliches. Brand hatte mich nicht einfach nur bestohlen; er hatte zusätzlich ein unangenehmes Geschenk zurückgelassen. Ein Geschenk, das dem Empfänger noch mehr wegnimmt, weil es einem das raubt, was man braucht, um sich auszuruhen und neue Energie zu sammeln. Ich hatte irgendwo etwas darüber gelesen, dass jemand »den Schlaf gemordet« hätte. Genau das hatte Brands Betrug mir angetan. Mein Schlaf ist nicht wirklich ermordet. Aber seit er uns bestohlen hat, ist er unruhig und wird schlimmer – manchmal sogar sehr schlimm, und nie ist meine Nachtruhe erholsam genug. Ich öffnete die Augen und stellte fest, dass sie mich immer noch ansah. Und jetzt schien ihr Blick befriedigt, als hätte sie mich in flagranti bei einem fiesen Trick erwischt, bei dem ich nur vorgab zu schlafen.

Sie deutete mit dem Finger auf mich.

*Vu*, sagte sie. Und dann schien sie englisch zu sprechen. Nur zwei Worte, aber definitiv fast englisch. Freeman *vu?*

Es ergab irgendwie keinen Sinn.

*Vu*, sagte sie und diesmal hob sie den Schlüssel und deutete damit auf mich. *E vu en Freeman?*

Diesmal schienen die zwei Worte zu einem zu verschmelzen.

Nein, sagte ich. Ich zeigte ihr meine Handgelenke, gefesselt mit Draht. Nein, ich bin nicht frei.

Sie schüttelte den Kopf, als glaube sie mir nicht.

*Pu-tän*, sagte sie. Und dann legte sie noch ein paar Holzstücke auf das Feuer und sackte an der Wand ein wenig tiefer, sodass ihre Augen hinter den Flammen verborgen lagen.

Der Regen ließ für mindestens eine Stunde nicht nach. Und als er es doch tat, verklang auch sein Prasseln, sodass die anderen Geräusche hörbar wurden, die es bisher übertönt hatte. Das lauteste davon war das Wasser, das über die Treppen und Gänge des Stadions nach unten plätscherte, und das Tropfen von den Dächern. Doch das beste Geräusch war John Darks Atmung. Obwohl es um mehr ging als ihre Atmung, weil ihr Atmen allein nicht laut genug gewesen wäre, um jenseits des feuchten Lärms um uns herum wahrgenommen zu werden. Es ging darum, dass sie schnarchte.

Vielleicht hätte sie, wenn es nicht so plötzlich angefangen hätte zu regnen, meinen Rucksack wieder eingepackt, nachdem sie ihn durchsucht hatte. Vielleicht auch nicht. Vielleicht hätte sie meine Sachen einfach in einem großen Haufen gegen die Wand geschoben, aus meiner Reichweite. Aber das hatte sie nicht getan. Alles lag immer noch auf dem Boden verteilt. Und obwohl das Feuer zu einem rötlichen Glühen verklungen war, gab es doch genug Licht, um das Glitzern meines Leathermans zu sehen.

Jip wachte in dem Moment auf, in dem ich mich bewegte. Ich fühlte, wie sich sein Körper anspannte, und wünschte mir inständig, er würde still bleiben. Ich drehte mich um und legte die Hände auf ihn, streichelte ihn, ließ ihn durch meine Berührung wissen, dass alles in Ordnung war. Ich wollte nicht, dass er irgendwelche Geräusche erzeugte, die zu einem Ende des regelmäßigen Schnarchens auf der anderen Seite des Feuers hätten führen können. Ich rollte mich auf die Seite, um mich auf den Bauch zu drehen. Dann schob ich meinen Körper auf Ellbogen und Knien langsam über den kalten Betonboden, in Richtung Werkzeug und – wie ich hoffte – meiner Freiheit.

Etwas glitt an mir vorbei, und ich erstarrte. Doch es war nur Jip, der zum Rand des Treppenabsatzes ging, um nach draußen zu sehen und die Nachtluft zu wittern. Das leise Klappern seiner Krallen auf dem harten Boden erschien mir entsetzlich laut, doch das Schnarchen blieb gleichmäßig, und ich entspannte mich.

Wäre ich nicht so sehr darauf konzentriert gewesen, den Leatherman zu erreichen, hätte ich vielleicht bemerkt, dass

Jip plötzlich erstarrte. Und ich nehme an, wäre das Licht heller gewesen, hätte ich gesehen, wie er die Bürste seines Nackenfells aufstellte. Doch obwohl die Wolken weitergezogen waren und so dem Mondlicht gestatteten, auf das Spielfeld zu fallen, sah ich ihn nicht an. Ich hielt den Atem an und griff nach dem Multifunktionswerkzeug. Metall kratzte über Beton – wieder ein winziges Geräusch, das mir katastrophal laut erschien –, und dann hielt ich den vertrauten Griff des oft verwendeten Stahls in der Hand und stellte fest, dass ich ihn recht mühelos aufklappen konnte, trotz meiner gefesselten Handgelenke, sodass sich das schmale Rechteck in eine Kneifzwange verwandelte.

Hätte ich mir nicht solche Sorgen darum gemacht, die Zange fallen zu lassen, während ich sie ungeschickt drehte, bis sie auf meine Ellbogen zeigte, hätte ich wahrscheinlich gehört, dass sich auf dem Feld unter uns etwas bewegte. Es musste ein Geräusch gegeben haben, wie leise auch immer.

Und hätte ich mich nicht so über die Mühelosigkeit gefreut, mit der ich es schaffte, die offene Zange zwischen meine Handgelenke zu schieben – weit genug, um den Draht zu erreichen und ihn in die Kuhle einzufügen, die unten in den Backen auf ihn wartete –, hätte ich vielleicht bemerkt: Das Schnarchen brach ab.

Wäre ich nicht so sehr darauf konzentriert gewesen, mich zu befreien, hätte ich vielleicht begriffen, was geschehen würde. Aber ich war konzentriert, und ich begriff nichts.

Ich beugte mich nach vorne auf die Hände, bis mein Kinn den feuchten Beton berührte, und verlagerte das gesamte Gewicht meines Körpers auf die Finger, die den Griff des Leatherman hielten.

Als der Seitenschneider den Draht durchtrennte, hörte ich

ein Klicken, laut wie ein Schuss. Und dann passierte es … eigentlich waren es drei Dinge, und sie geschahen alle gleichzeitig.

Jip bellte und stürmte in die Nacht.

John Dark sagte sehr wütend *Pu-tän*.

Und in der Dunkelheit unter uns schrie ein Pferd.

# 22
# LU GARU

Da war noch eine vierte Sache, aber sie passierte einen Augenblick später.

Es war ein wildes, hohes Heulen, ein Lärm, der einen dunkleren Riss in die Nacht riss. Es schien eine Antwort auf Jips Bellen zu sein, und darauf folgte ein Knurren und Grollen. Meine Nackenhaare stellten sich auf wie bei einem Hund. Ich hatte so etwas noch nie gehört – aber meine und deine Vorfahren kannten es … und vielleicht hatten sie diese Erinnerung tief in meinem Hirn hinterlassen, weil das Geräusch dafür sorgte, dass sich mein Magen verkrampfte und ich mich anstrengen musste, mich nicht einzunässen.

*Son dey loo!*, sagte John Dark und hielt den Lu-garu-Stab ins Feuer. Der harzdurchtränkte Stoff flackerte auf, und sie sprang buchstäblich über mich hinweg, um die Treppe nach unten zu laufen, auf den Lärm zu, ihr Gewehr in der anderen Hand.

Entweder bemerkte sie nicht, dass meine Hände frei waren, oder es war ihr egal.

Ein Knall wie Donnergrollen durchschnitt die Nacht, als sie mit dem Gewehr auf etwas feuerte, was eine neue Serie Heulen und Jaulen auslöste … und dann stand ich auf den

Beinen und schnappte mir meinen Bogen und die Pfeile. Mit einer schnellen Bewegung spannte ich meine Waffe, dann sah ich mich eilig nach meinem Messer um.

Ich hörte erneut Jip bellen und dann knurren und folgte John Dark die Stufen nach unten. Ich rannte auf das Licht ihrer flackernden Fackel zu, die sie jetzt auf dem Spielfeld unter mir hin und her schwenkte.

Die Stufen waren nass und glatt durch Moos und Regen, aber ich hielt mich auf fast wunderbare Art auf den Beinen, bis ich versuchte, am Fuß der Treppe anzuhalten. Ich rutschte aus und stoppte auf einem Knie, so hart, dass ich später feststellte, dass meine Hose dabei zerrissen war. Ich schnappte mir einen Pfeil und legte ihn auf die Sehne, und erst dann – keuchend und zitternd, aber endlich ruhig – konnte ich wirklich verstehen, was gerade vor sich ging.

Zuerst dachte ich, es wäre Hunde. Aber es waren keine. Und als du noch gelebt hast, hättest du auch nicht damit gerechnet, sie frei auf dieser Insel zu erleben. Als Kind hatte ich ein Buch gelesen, in dem sie nach Jahrhunderten der Auslöschung auf die Insel zurückkehrten, doch das war ein Fantasy-Roman gewesen. Sie waren viel älter als das gezähmte Land, das du kanntest, sogar älter als das leere Land, das wir von euch geerbt haben. Aber es besteht kein Zweifel daran, dass sie in die Wildnis passen, die die Zeit wiederauferstehen lässt.

Wölfe.

Im Lichtkreis der brennenden Fackel in ihrer Hand stand John Dark bei den Pferden. Einem der Tiere rann Blut über die Flanke. Ein toter Wolf lag vor ihr auf dem Boden, und Jip stand neben ihr und knurrte den lockeren Ring aus Wölfen an, der sie umkreiste. Die Wölfe befanden sich in ständiger Bewegung, standen nie lange still, wenn sie überhaupt jemals anhielten, schlichen ständig aufmerksam im Kreis. Ich konnte das Glitzern ihrer Augen hinter den Pferden erkennen, hinter John Dark. Die kreisförmige Bewegung verbarg, dass sie langsam, aber sicher näher kamen. John Dark schien es zu bemerken und drehte sich immer wieder, zog mit ihrer Fackel brennende Spuren in die Luft, in dem Versuch, die Wölfe zurückzuzwingen. Die Pferde waren vollkommen verängstigt, rollten die großen Augen, aber sie blieben in ihrer Nähe. Zuerst dachte ich, die Tiere würden darauf vertrauen, dass John Dark sie beschützte. Dann fiel mir wieder ein, dass sie ihre Tiere angehobbelt hatte, damit sie sich nicht zu weit entfernten.

Ein Wolf war größer als die anderen, und wenn die anderen nach links kreisten, kreiste er nach rechts, was die Verwirrung nur noch verstärkte und es noch schwieriger machte, ihn im Auge zu behalten. Der Wolf hielt den Bauch nah am Boden, wenn er sich bewegte. John Dark versuchte, alle Wölfe gleichzeitig im Blick zu behalten. Jip dagegen beobachtete nur den großen Wolf. Mein Hund stand steif und zitternd vor Anspannung da, fast knisternd von der Kampfeslust, die sich in ihm aufbaute. Und dieser Anblick machte mir fast genauso viel Angst wie die Wölfe selbst. Es bedeutete, dass Jip beschlossen hatte, den großen Wolf zuerst zu töten, wenn sie zu nahe kamen. Und dann würde er sich dem nächsten und wieder dem nächsten widmen. Er wurde ohne jeden Funken Rückzug im Körper geboren, und ich glaube, als Terrier ging er immer davon aus, dass er gewinnen würde … und nicht aufhören durfte, bis es so weit war. Bis er irgendwann mal nicht gewann. Aber zu diesem Zeitpunkt wäre er zu tot, um sich darum zu kümmern.

Der Wolf war groß. Ungefähr so groß wie zwei, vielleicht sogar zweieinhalb Jips.

Mir wurde klar, dass die Bewegungen des Wolfsrudels einem Plan folgten. Während John Dark versuchte, sie alle im Blick zu behalten, konnten die Wölfe jedes Mal, wenn sie ihnen den Rücken zuwandte, ein wenig näher kommen. Ich wollte ihr eine Warnung zurufen, aber gleichzeitig wollte ich sie nicht beirren. Heute ist mir klar, dass auch ich mich von den Bewegungen des Rudels faszinieren und ablenken ließ.

Auf jeden Fall war ich abgelenkt genug, um den ersten Sprung des großen Wolfs auf das Hinterteil des bereits blutenden Pferds zu verpassen.

Jip dagegen ließ sich nicht hypnotisieren. Er rammte den Wolf seitlich – wie ein kleiner knurrender Rammbock, der sich im Hals des Wolfs verbiss, noch während die Wucht des Angriffs ihn umwarf und beide ins Gras katapultierte. Der Wolf schüttelte ihn ab und rollte sich auf die Beine, bevor Jip wieder stand. Jetzt hing Jip zwischen dem großen Wolf und den anderen fest. Der große Wolf knurrte und trat auf ihn zu, während zwei kleinere Wölfe hinter Jip schlichen, in seinen toten Winkel.

John Dark schlug mit der Fackel nach dem großen Wolf, der sich umdrehte und sie ansah … gerade rechtzeitig, um zu sehen, wie sie das Gewehr hob und auf seinen Kopf richtete.

Ein Klicken.

Alle Munition, die aus deiner Zeit übrig geblieben ist, ist so alt und unzuverlässig, dass eine Zündung immer unwahrscheinlicher ist als ein Versagen – also hob ich den Bogen. Der Blick, den der Wolf John Dark zuwarf, als er vor der geschwungenen Fackel zurückwich, war in seiner Verachtung fast menschlich.

Dann sprang einer der Wölfe hinter Jip vor und versuchte, ihm die Kniesehne herauszureißen. Jip wirbelte so schnell herum, dass ich hörte, wie die Zähne des Wolfs dort ins Leere schnappten, wo er gerade noch gewesen war. Der große Wolf wandte sich von John Dark ab, als hätte er zusätzliche Augen im Hinterkopf, und stürzte sich auf Jips ungeschützten Nacken.

Der Wolf zuckte mitten in der Luft zusammen und traf Jip heftig in den Rücken; landete auf ihm wie ein Sack Ziegel, genauso schwer – und genauso unbeweglich. Der hintere Teil eines Pfeils stand aus seinem Nacken hervor, vergraben bis zur Befiederung. Selbst wenn ich ab da jeden Tag einen Bogen benutzen sollte, ein so guter Schuss wird mir nie wieder gelingen. Das Witzigste ist, dass ich mich nicht daran erinnern kann, dass ich ans Schießen gedacht hätte – oder dass ich gezielt oder die Sehne gespannt und freigegeben hätte. Ich erinnere mich nur an den Pfeil in der Luft und das sichere Wissen, dass er genau ins Schwarze treffen würde … und dann das Geräusch des Treffers, ähnlich wie eine Axt, die auf Holz trifft. Der Pfeil musste die Wirbelsäule direkt unter dem Schädel durchtrennt und den Wolf noch im Sprung getötet haben.

Jip musste den Tod bemerkt haben, bevor es dem Wolf klar war, weil er nicht einmal versuchte, sich zu wehren, als der Körper auf ihm landete. Stattdessen warf er die Leiche ab und tauchte unter den Bäuchen der Pferde hindurch, um seine vorherige Position wieder einzunehmen – wachsam neben John Dark, um die Mitglieder des kreisenden Rudels im Auge zu behalten, die sie nicht sehen konnte.

Sie sah durch die Dunkelheit zu mir. Falls sie überrascht war, mich frei und mit einem neuen Pfeil auf der Bogensehne zu sehen, ließ sie sich nichts anmerken.

*Onkor de fö*, rief sie und gestikulierte mit der flackernden Fackel. *Onkor de fö*!

Es war klar, was sie sagen wollte. Klar war auch, dass ihre Augen jetzt nicht mehr als einzige auf mich gerichtet waren. Ich drehte mich um und rannte so schnell ich konnte zurück zum Lagerfeuer. Ich schnappte mir die anderen Lu-garu-Stäbe und entzündete einen davon.

Ich hörte, wie sie von unten schrie.

*Witt!*, schrie sie. *Witt!*

Jip bellte, als wolle er die Dringlichkeit ihrer Worte unterstreichen.

Ich lief die Treppe hinunter, indem ich jeweils drei Stufen auf einmal nahm. Als ich unten ankam, hielt ich nicht an, sondern sprang über den Zaun und rannte mit der Fackel auf die Wölfe zu, wobei ich sie hin- und herbewegte wie eine Sense. Sie teilten sich, und dann befand ich mich mit Jip und John Dark und den drei Pferden innerhalb des Rings. Reden war nicht notwendig. Ihre Fackel erstarb gerade in ihren Händen, also gab ich ihr die zweite und hielt die Wölfe unter Kontrolle, während sie ihre entzündete. Jip bellte mich an, fröhlich inmitten der Gefahr. Ich glaube, er war glücklich, weil er sein eigenes Rudel um sich hatte – auch wenn sich dort draußen ein größeres Rudel befinden mochte.

Wir waren zusammen, aber die Nacht würde trotzdem länger andauern, als die letzten zwei Fackeln halten konnten. John Dark hielt ihre Fackel ungeschickt in derselben Hand wie ihr Gewehr, das sie geöffnet hatte und versuchte, zwei neue Patronen einzulegen. Ich verstand sie, fühlte mich aber nicht getröstet, als sie das Gewehr wieder schloss. Es gab keine Garantie, dass eine der Patronen zünden würde … und die Illusion von Sicherheit stellt eine ganze eigene Gefahr dar. Aus reiner Gewohnheit machte ich mich daran, meinen Pfeil aus dem großen Wolf zurückzuholen. Ich schwang meine Fackel, um die anderen Tiere zurückzuhalten, und drehte den Leichnam mit dem Fuß auf den Rücken. Er war viel schwerer, als ich erwartet hatte, und sah hundeähnlich genug aus, dass ich einen kurzen Stich von Schuldgefühlen empfand, während ich mich vorbeugte, den Fuß auf seinen Nacken stemmte und den Pfeil mit der flachen Spitze aus seinem Fleisch zog. Die anderen Wölfe schienen dabei ein wenig lauter zu knurren. Als ich das Geschoss endlich in der Hand hielt, war der Schaft von der Spitze bis zu den Federn rot. Ich schüttelte ihn, um das Blut von der Befiederung zu lösen, womit ich einen roten Nebel in Richtung unserer Angreifer schickte. Das schien sie noch wütender zu machen, und zwei der Tiere begannen zu heulen.

Ich wagte einen kurzen Blick zu John Dark und bemerkte, dass ihre Bewegungen von einer Grimasse begleitet wurden. Offensichtlich schmerzte ihre Wunde. Vielleicht war die Naht aufgerissen. Die Fackeln brannten langsam nieder, und uns lief die Zeit davon.

Ich wusste, was wir tun mussten.

Da!, schrie ich und deutete auf das rötliche Viereck in der Dunkelheit über uns. Wir bringen die Pferde zum Feuer.

Sie starrte mich an. Ich deutete auf die Pferde und tat mein Bestes, ihr mit Zeichensprache klarzumachen, dass wir alle gemeinsam die Stufen nach oben gehen sollten, um uns in die Sicherheit der Betonhöhle und des Feuers darin zurückzuziehen.

Dort ist es sicher, schrie ich. Es gibt Wände! Das Feuer wird länger brennen als …

Sie spuckte mir wütende Worte entgegen, doch gleichzeitig nickte sie. Ich glaube, sie wollte mir sagen, dass sie verstanden hatte und dass ich die Klappe halten sollte, damit wir die Sache durchziehen konnten, bevor die letzten zwei Fackeln flackernd erloschen, sodass wir blind und wehrlos in der Dunkelheit zurückblieben.

Sie trat vor und gab mir ihre Fackel, dann löste sie die Fesseln der Pferde. Sie packte alle Zügel mit einer Hand und warf sich das Gewehr über die Schulter, bevor sie erneut nach der Fackel griff. Dann nickte sie in Richtung der viereckigen, vom Feuer beleuchteten Höhle.

*Al on zi*, sagte sie.

Langsam und ungeschickt, mit den Wölfen immer auf den Fersen, führte John Dark die Pferde über die Absperrung – was ihnen gar nicht gefiel – und dann die schmalen, steilen Stufen zwischen den endlosen Stuhlreihen nach oben. Das gefiel ihnen noch weniger. Jip folgte uns, zog seine eigenen Kreise um uns, immer in unserer Nähe, aber damit beschäftigt, jeden Wolf anzuknurren, der auch nur ein wenig näher herankam. Ich bildete die Nachhut, wobei ich rückwärtsging und versuchte, die Wölfe vor und seitlich von mir im Blick zu behalten. Ich hatte mir den Bogen auf die Schulter geworfen, doch in meiner freien Hand hielt ich einen Pfeil, bereit, nach allem zu stechen, was auf mich zusprang. Bis auf ein tiefes Knurren hörte man kaum etwas außer dem Vorankommen der Pferde auf den feuchten Stufen. Ich stieß gegen eines der Pferde, und es wieherte und trat mit dem Huf nach mir. Der Tritt verfehlte, doch die Seite eines Beins streifte mich und warf mich um, so schnell und unerwartet, dass ich nach vorne kippte und sich einer meiner Arme in einem Sitz verhakte. Ich hörte etwas brechen und wusste für eine Sekunde genau, dass es mein Arm gewesen war. Dann wurde mir klar, dass es der Schaft des Pfeils gewesen war. Die Fackel lag auf den Betonstufen unter mir, wo sie halb unter einen Plastiksitz gerutscht war, der bereits Anstalten machte, Feuer zu fangen … dahinter glänzten hungrig die Augen zweier Wölfe, nah über dem Boden. Sie kamen näher.

Ich fühlte Wolfspfoten auf meinem Rücken und wusste, dass ich erledigt war, aber dann hörte ich den Wolf auf mir warnend in Richtung der zwei Augenpaare bellen, und mir wurde klar, dass es gar kein Wolf war, sondern Jip, der mich verteidigte. Ich kämpfte mich auf die Beine und sprang vorwärts, um mir die Fackel zurückzuholen.

Jip hielt sich während unseres gesamten ungeschickten Rückzugs zum Treppenabsatz in meiner Nähe, als traue er mir nicht zu, auf mich selbst aufzupassen – wahrscheinlich eine realistische Einschätzung der Lage. Die ganze Zeit über knurrte er leise und so tief, dass man es fast nicht mehr hören konnte. Ich fand das Rumpeln neben meinem Bein sehr tröstlich. Es folgte ein letzter ungeschickter Moment, als John Dark die bereits vollkommen verängstigten Pferde in die Enge des Treppenabsatzes zerren und locken musste, und dann waren wir endlich drin – auf drei Seiten geschützt von soliden Wänden, mit einer Treppe hinter uns, die wir im Auge behalten konnten und nur der offenen Seite der Höhle, die wir verteidigen mussten.

Wir standen da, schwer atmend, plötzlich unbeweglich und unsicher, was wir nun außer warten tun sollten.

*Märd*, sagte sie.

Den Pferden hatte es gar nicht gefallen, in den hinteren Teil der Höhle geführt zu werden, am Feuer vorbei. Sie drängten sich eng aneinander, immer noch nervös. John Dark sagte noch etwas – etwas, das ich nicht ganz verstand, aber es klang irritiert und besorgt. Ich folgte ihrem Blick. Das Feuer war nicht so groß wie in meiner Erinnerung, und es gab definitiv nicht genug Holz, um es bis zum Sonnenaufgang am Leben zu erhalten.

Es ist okay, sagte ich. Ich weiß, was wir tun.

Der Plastiksitz, den ich aus Versehen angezündet hatte, brannte immer noch, ungefähr auf halber Höhe der Schräge. Er erhellte die Wölfe von hinten, die sich jetzt in einem unregelmäßigen Halbkreis zwischen den schrägen Sitzreihen vor uns verteilt hatten. Das Kribbeln in meinem Nacken – und das Knurren, das Jip in die Dunkelheit über dem Eingang zu unserer Höhle schickte – versicherte mir, dass es eigentlich ein ganzer Kreis war und dort oben Wölfe darauf warteten, uns anzuspringen, wenn wir uns zu weit vorwagten.

Ich zeigte für John Dark auf den brennenden Sitz, dann auf die Stühle jenseits unserer Höhle. Dann zog ich den Bogen vom Rücken und legte einen Pfeil auf die Sehne. Sie verstand meine Pantomime und nickte.

Als sie nach draußen ging und zwei Stühle rechts und links der Treppe entzündete, deckte ich ihr den Rücken, indem ich den Bogen in das Dämmerlicht über uns gerichtet hielt. Doch weder in diesem Moment noch später sprang ein Wolf auf uns herab, während wir weitere Vorstöße wagten, um noch mehr Plastikfackeln zu entzünden, als das erste und dann das zweite Paar Lu-garu-Stäbe flackernd verlosch. Vielleicht lag es daran, dass gar keine Wölfe über uns lauerten. Vielleicht waren die Wölfe dort oben so beeindruckt von meiner Zielsicherheit, dass sie zu viel Angst hatten, es zu versuchen. Oder – und ich glaube, das ist die Wahrheit – der widerliche Gestank des dichten schwarzen Rauchs, der von dem brennenden Plastik aufstieg, sorgte dafür, dass sie sich auf die windabgewandte Seite zurückzogen.

Wir hielten bis Sonnenaufgang durch, beschützt vom Feuer. In Sicherheit. Doch der Preis, den wir zahlten, war ein widerlich chemischer Geschmack und Geruch, der noch Tage später unsere Münder und Nasen füllte. Ich verstehe, warum es immer noch so viel Plastik in der Welt gibt, warum immer noch fahle Fragmente von Was-auch-immer an den Stränden angeschwemmt werden oder einfach langsam irgendwo verwittern wie die Sitze im Stadion. Wenn man versuchen würde, alles auf einem großen Scheiterhaufen zu verbrennen, würde man die Welt damit ersticken.

Die Dämmerung wurde begleitet von einer vollkommenen Abwesenheit von Wölfen, abgesehen von dem toten Wolf unten auf dem alten Spielfeld.

John Dark und ich hatten uns mit dem Schlafen abgewechselt. Das erste Licht kroch über den Horizont, während ich döste, dann stieß sie mich mit dem Stiefel an und nickte in Richtung Rasenfläche.

*Il son partie*, sagte sie. *Le Lu. Il son partie.*

Ich glaube, mit Le Lu meinte sie die Wölfe. Aber was auch immer der Rest ihrer Worte bedeuten sollte, es war gut, weil sie dabei ihr jüngeres, glücklicheres Gesicht zur Schau trug.

Dann wurde sie wieder ernst.

*Il fo parlä*, sagte sie. *Tü nay pa un day Freemen. Okay. Mä il fo parlä day Freemen.*

Sie zog den Schlüssel aus ihrer Tasche, sah ihn an und zeigte ihn mir.

Okay?, fragte sie. Okay, Griz?

Ich nickte. Zu diesem Zeitpunkt wusste ich nicht genau, was sie sagen wollte, aber zumindest versuchte sie nicht mehr, mich zu fesseln. Ich spürte, dass sich die Lage zwischen uns wieder gebessert hatte. Nach unserer gemeinsamen Feuerprobe wusste sie, dass ich sie und die Pferde gerettet hatte – und dass wir uns jetzt zumindest darin einig waren, was auch immer für ein Missverständnis über den Schlüssel bestehen mochte, dass es sich um ein Missverständnis handelte und dass wir es klären würden.

Vielleicht lag es an der Sonne, die über die Tribünen uns gegenüber hervorspähte, aber alles wirkte sicherer. Optimistischer. Geborgen. Vertrauenswürdig.

Es stellte sich heraus, dass sie mir eine Geschichte erzählen wollte.

Und wir wissen ja bereits, welche Gefahren so etwas birgt.

# 23
# FREEMEN

Die Geschichte über die Freemen entfaltete sich stoßweise, in Raten, während der nächsten paar Tage unserer Reise. Sie erzählte sie mir in einer Mischung aus Pantomime und Auf-Worte-im-Wörterbuch-Deuten, und deswegen kann es durchaus sein, dass ich immer noch nicht alles verstanden habe … aber ich glaube, im Großen und Ganzen habe ich es begriffen. Ich weiß, warum John Dark an diesen Ort gekommen ist, auf der Suche nach einem bestimmten Freeman. Ich weiß, welchen Groll sie gegen ihn hegte. Er hatte ihre beiden Töchter getötet.

Doch bevor wir dazu kommen, wer die Freemen waren oder vielleicht sogar immer noch sind, sollte ich von unserer Weiterreise erzählen. Nach der Nacht der Wölfe verließen wir das Stadion, mit den Pferden und unserem Honig. Das Pferd mit dem Biss in der Flanke schien sich der Wunde kaum bewusst zu sein, bis John Dark Honig auf die Wunde schmierte. Da zuckte es zusammen, wieherte und versuchte, sie zu beißen. Ich hielt seine Zügel, und die Bewegung riss mich fast von den Beinen.

Schon im ersten Tageslicht hatte John Dark mich erneut befragt, wie ich den Schlüssel gefunden hatte. Ich erklärte ihr, so gut ich es eben konnte, den Turm und den Stapel Kleidung und mein Gefühl, dass dieser Jemand – den sie »Freeman« nannte – sich selbst getötet hatte, indem er von der Aussichtsplattform gesprungen war. Sie fragte mich über die Kleidung aus, und ich erzählte ihr von den Stiefeln und der Jacke mit der roten Kapuze. Die Jacke schien ihre Vermutungen zu bestätigen.

Außerdem schien diese Information etwas in ihr auszulösen. Lange Zeit saß sie nur da, ohne mich wirklich anzusehen, aber auch ohne den Blick abzuwenden – als hätte sie vergessen, dass es mich überhaupt gab –, während sie beobachtete, was auch immer sie vor ihrem geistigen Auge sah. Zu wissen, dass der Freeman, den sie gejagt hatte, tot war, schenkte ihr offenbar keine Erleichterung. Vermutlich hatte sie die Leere in sich durch ihr Streben gefüllt, ihn zu finden … und jetzt, da das nicht mehr möglich war, empfand sie keine Befriedigung, sondern nur eine andere Art Verlust. Ich frage mich, ob das wohl erklärt, warum sie mich begleitete. Sie hatte plötzlich keinen Antrieb mehr. Vielleicht begleitete sie mich, um die Zeit zu überbrücken, bis sie herausfand, wie ihre neue Aufgabe aussehen sollte. Vielleicht wollte sie einfach Gesellschaft haben. Vielleicht wusste sie mehr über die Gegend, in die ich wollte, als sie preisgab. Aber sie ritt mit mir, und ich freute mich über die Gesellschaft und war dankbar für das Pferd. Und wann immer wir unterwegs unser Lager aufschlugen und neben Feuern und Bächen saßen, erzählte sie mir Folgendes, auf sehr holprige und zerstückelte Art:

Sie und ihre Familie hatten weit vom Meer entfernt gelebt, in der Nähe der Berge zwischen dem, was einmal Frankreich und die Schweiz gewesen waren. Sie sagte, es wäre gutes Farmland, und in den meisten Wintern hätte es Schnee gegeben. Auf der schweizerischen Seite gab es einen großen See, und dorthin gingen sie im Sommer, um zu fischen. Sie waren Pferdeleute, so wie wir Bootsleute waren. Dieser Teil der Geschichte war leicht zu verstehen. Sie lebten dort wegen der Freemen … auch wenn keiner aus ihrer Familie je einen lebenden Freeman gesehen hatte. Die Freemen hatten einst dort gelebt, wegen des »Hirnkreises« unter der Erde.

An dem Punkt machte unser Kommunikationsproblem alles ein wenig schwierig. Sie sagte, es gäbe einen großen Kreis unter der Erde, und es hieße, es sei gefüllt mit einem Hirn. Das erschien mir falsch, also stimmten wir nach einigem Hin und Her über dem Wörterbuch darin überein, dass sie mit Hirn eine Maschine meinte, oder einen Computer. Sie hatte es nie gesehen, da das alles in einem kreisförmigen Tunnel hundert Meter unter der Erde verschlossen war – doch die Maschinen mussten lange tot sein, nachdem es keinen Strom gab, um sie aufzuwecken und dafür zu sorgen, dass sie sich an Dinge erinnerten. Der Vater des Vaters ihres Vaters war mit einem der letzten Freemen in den Felsen eingedrungen und hatte die endlose Kurve gesehen. Er hatte gesagt, sie hätte gebrummt. Und dann hatten die Freemen die Lichter ausgeschaltet, und es hatte aufgehört zu brummen, und sie hatten das Hirn zurückgelassen und den Eingang verschlossen.

Das war eine Geschichte, die ihre Familie erzählte: dass sie dorthin gekommen waren, als die Letzten der alten Leute, die an den riesigen unterirdischen Maschinen arbeiteten, sehr alt gewesen waren, und sie hatten ihnen geholfen, bis sie verschwunden waren. Diese alten Leute waren Freemen. Sie hatten gearbeitet, bis sie gestorben waren; hatten versucht, dem unterirdischen Ring so viele Erinnerungen über die menschlichen Erkenntnisse beizubringen, dass er selbst zum Menschen wurde. Die Freemen hatten versucht, ihren Urgroßeltern ihre Geheimnisse beizubringen, aber es war zu spät. Sie waren bereits Pferdeleute und Farmer. Sie waren nicht Wissenschaft, sagte sie. Das sagte John Dark, und es war das, was man ihr erzählt hatte: Sie waren jetzt Farmer, nicht Wissenschaft. Man hatte ihrer Familie erklärt, dass das unterirdische Hirn nur eines von mehreren überall auf der Welt war. Sie sagte, einst hätte es andere Gruppen von Freemen gegeben, die versucht hatten, dasselbe zu tun.

Leben, sagte sie, in dem sie auf Wörter im Buch zeigte. Leben in Maschine. Körper stirbt. Keine Babys tragen neues Leben. Freeman versuchen, Leben in Maschine weiterzugeben.

Und dann fand sie ein anderes Wort, und ihr Finger stach auf die Seite.

Freemen verrückt.

Freemen sagen: Leben in Silikon.

Ich fragte sie, was sie damit meinte.

Sie zuckte mit den Achseln und sagte, das sei etwas, wovon ihre Urgroßeltern erklärt hätten, die Freemen hätten es oft gesagt.

Freemen sagen, Leben größer als Menschen. Keine Babys. Keine neuen Körper. Also Leben nicht in Körpern. In Silikon.

Silikon ist eine Art Stein. Leben in Stein?

Damals ergab es keinen Sinn und heute noch weniger, obwohl ich ein wenig mehr über die Freemen weiß … und über den Wissenschaftler, nach dem sie sich benannt haben. Doch diesen Teil der Geschichte bekam ich später in meiner Sprache erklärt, von meinem schlimmsten Feind. Und obwohl das half, ein wenig mehr zu verstehen, lässt allein der Gedanke an die Größe und den Ehrgeiz hinter dem, was die Freemen versucht und worin sie versagt haben, mich mit einem Gefühl der Trauer und großer Einsamkeit zurück. Und Hilflosigkeit.

Ihr hattet ein Internet. Ihr habt in einem Netz gelebt, das euch mit allen Antworten verbunden hat, die es je gab – und ihr habt sie überall mit euch herumgetragen in einem Rechteck aus Glas und Metall, das in jede Tasche passte, aber mit Satelliten sprechen konnte. Ihr musstet nie dumm sein oder nichts über etwas wissen.

Wir befinden uns hier draußen auf der falschen Seite einer sterbenden Welt und versuchen, uns die Geschichte dessen, was geschehen ist, aus versprengten Fragmenten zusammenzusetzen, von denen wir nur wenige erwischen, während sie im Wind an uns vorbeitreiben. Wie bei dem Armeepanzer mit dem Puppenkopf im Geschützlauf unter dem eingestürzten Dach der Tankstelle werde ich nie wirklich wissen, warum alles passiert ist. Oder was es bedeutet hat. Ich werde nie das große Bild erkennen können.

John Dark sagte, es gäbe andere Freemen, und obwohl der Tunnel verschlossen sei, hätte sich ihre Familie immer daran erinnert, wo die Tür war – für den Fall, dass einer der anderen Freemen käme. Aber das taten sie nie. Drei Generationen lang nicht. Und bis dahin war vollkommen klar, dass die Kinderlosen-Freemen lange gestorben waren.

Und dann tauchte der Freeman aus dem Osten auf. Er ritt aus den Bergen heran und trug den Schlüssel, der zu dem Symbol an der Tür zur Höhle der Freemen passte. Der Schlüssel, den ich für einen Anhänger gehalten hatte. Und das war der Mann, der sie alle getötet hat.

Er kam von weit her, über die Berge. Er war keiner der

alten Leute. Seine Familie hatte von den Freemen gelernt. Sie wurden keine Pferdemenschen und auch keine Farmer. Oder nicht nur Farmer. Sie lernten, was ihre Väter und Großväter gelernt hatten, um zu sein, was sie waren: Elektriker. Das Wort im Wörterbuch war in beiden Sprachen sehr ähnlich.

Verstehen Maschinen nicht, sagte sie, indem sie auf die Worte deutete. Nur weiß wie Strom anmachen.

Also glaube ich, dass dem Elektriker und seiner Familie beigebracht worden war, wie man den Strom an einem Ort aufrechterhielt, wo andere Freemen eine Hirnmaschine vergraben hatten. Und dieses Wissen hatten sie dann über Generationen weitergegeben.

Strom Elektriker zu Hause nicht funktioniert, deutete John Dark. Schlechte Zeit. Elektriker kommt finden Familie ich.

Also hatte er sich vielleicht, als das unterirdische Computergehirn, um das sich seine Familie all die Jahre gekümmert hatte, ausgegangen war, auf die Suche nach einem der anderen begeben, um das zum Laufen zu bringen.

Nur dass er das nicht konnte und es nicht lief.

Hirn tot, tippte John Dark auf die Seiten. Strom tot.

Sie kauerte neben mir an einem Lagerfeuer im Dunkeln, während sie mir das erzählte, denn ich erinnere mich, dass sie das Buch schräglegen musste, um das Licht der Flammen einzufangen.

*Ordi natör fotü*, sagte sie laut und spuckte in die Flammen.

Und dann hatte er ihre Familie umgebracht. Nicht absichtlich. Aber wenn man tot ist, spielt das *Wie* für diejenigen, die zurückbleiben, keine Rolle. Er brachte eine Krankheit mit.

*La pest*, nannte sie sie.

Vielleicht war es das, was ihn dazu gebracht hat, nach einer weiteren Siedlung von Freemen zu suchen. Vielleicht ist seine

Familie an *La pest* gestorben. Auf jeden Fall brachte er die Krankheit mit, weil sie die Geschwür-Narben unter seinen Armen sah, als er badete. Und seine waren verheilt – doch diejenigen, die ihre Familie bekam, taten das nicht.

*Sche ü la schans*, sagte sie, das Gesicht verzogen und wütend, als sie erneut ins Feuer spuckte.

Schans, wie sie mir später im Wörterbuch zeigte, wurde chance buchstabiert und bedeutet Glück. Ihr verzogener Mund bedeutete, dass sie kein Glück gehabt hatte.

Der Freeman verschwand, während sie sich um die Letzten der Menschen kümmerte, die sie geliebt hatte – und dann, als sie sie beerdigt hatte, war sie ihm gefolgt, mit keinem anderen Gedanken im Kopf als dem Verlangen, dafür zu sorgen, dass er ihnen in den Tod folgte.

Ich verstand sie, ohne dass sie das Wort benennen musste, doch bevor sie das Wörterbuch für den Abend einpackte, zeigte sie es mir trotzdem.

*Vengeance* wird im Englischen und Französischen fast gleich geschrieben.

# 24
# EIN KRIBBELN ZWISCHEN DEN SCHULTERBLÄTTERN

Sie zeigte mir ihre Achselhöhlen. Nachdem sie mir von La Pest erzählt hatte, zeigte sie mir, dass es keine Geschwürnarben gab. Sie wollte, dass ich wusste, dass sie sich die Krankheit nicht geholt hatte und keine Infektion verbreitete, wie es der Elektriker getan hatte. Sie meinte es gut – wollte mir zeigen, dass zwischen uns alles in Ordnung war und dass sie außerdem wollte, dass es von nun an so blieb. Bis zu diesem Punkt hatte ich nicht weit genug vorausgedacht, um mir darüber Sorgen zu machen, dass sie *La Pest* ebenfalls mit sich herumtragen könnte, wie der Mann, der ihre Familie infiziert hatte. Ihre Geste stoppte die Sorge nicht, die in mir aufstieg, weil ich kaum etwas darüber wusste, wie Krankheiten funktionierten oder wie Keime sich von Person zu Person übertrugen. Ich war mir nicht mal wirklich sicher, was Keime waren und ob sie alle auf dieselbe Art wirkten.

Also ritten wir zusammen, und ich war ein wenig beunruhigt von der Frage, ob ich mir *La Pest* einfangen würde, aber nicht genug, um John Dark zu verlassen. Ich beschloss, dass es egal war, wie Keime von Person zu Person sprangen – wenn sie es bei uns beiden hatten tun wollen, wäre es schon passiert – wahrscheinlich, als ich ihre Wunde vernäht hatte, meine Hände mit ihrem Blut verschmiert. Aber sie wirkte gesund und stark, und nach ein paar Tagen vergaß ich es einfach. Bis dahin gab es andere Dinge, die meine Gedanken beschäftigten.

Richtung Osten senkte sich das Land langsam ab, und wir tauchten in eine neue Vegetationszone ein. Das karge Heidemoor, so bewuchert und weitläufig es auch sein mochte, war nichts im Vergleich zu der riesigen Ebene voller Bäume, in die wir jetzt abstiegen. Was einmal die Mitte des Festlands gewesen war, bestand jetzt aus einem riesigen Wald voller Laubbäume, hauptsächlich Buche und Eiche und Ahorn. Laut der Karte hätte das Land vor uns voller Städte und Dörfer sein müssen, miteinander verbunden durch Straßen und Bahntrassen. Auf der Karte sah alles so ordentlich aus … doch als wir nach unten sahen, fiel es uns schwer zu erkennen, wie die Variationen in dem Flickwerk aus Bäumen zu den überzeugten, aber inzwischen mehr als ein Jahrhundert alten Symbolen auf dem Papier passen sollten. Wir starrten auf eine Wildnis aus Baumkronen. Vielleicht war es so, auf Wolken herunterzusehen. Nur dass diese Oberfläche grün war.

Das war der Moment, wo mein Kompass voll zu seinem Recht kam – denn nachdem wir in den Wald eingedrungen waren, war es vollkommen unmöglich, nach Landmarken zu navigieren. Wir ritten zwischen die Bäume, und sofort befanden wir uns in einer anderen Welt. Da die Sonne erst durch das hohe Blätterdach gefiltert wurde, war das schwankende Licht überall um uns herum grün. Es war fast, als befände man sich unter Wasser. Und ich fühlte mich, als befände ich mich in einer Geschichte aus meiner Kindheit – in der über den Hobbit, die Ferg uns in einem Winter vorgelesen hatte, als das Wetter wochenlang zu wild war, um irgendetwas anderes zu tun. Ich hatte diese Geschichte geliebt, aber die Bäume und Wälder und die seltsamen Kreaturen, die sie bevölkerten, hatte ich mir vorstellen müssen – weil es, wie ich schon sagte, keinen echten Wald auf den Inseln gibt: Die einzelnen Zwerge dort sind die Bäume selbst, so verkrüppelt, dass es einfacher war, über sie zu stolpern, als von ihnen abzustürzen.

Doch dieser Wald war tiefer und grüner als jeder, den ich mir vorgestellt hatte. Es gab mehr Vogelgesang. Mehr Insekten, wie den großen, glänzend schwarzen Käfer, der mich so erschreckte, weil er über meinen Kopf huschte, als ich mich bei unserem ersten Halt gegen eine Eiche lehnte. Er hatte Mundwerkzeuge, die aussahen wie das Geweih eines Hirschs, und war so groß wie mein Daumen – wie ein Spielzeug aus Metall. Und dann waren da die Schmetterlinge. Ich hatte mir nie vorgestellt, dass Schmetterlinge in einem Wald leben könnten, doch sie waren überall um uns herum, manche orange, manche purpur. Und meine liebste Art war schwarz und weiß und schien weniger mit den Flügeln zu schlagen als die anderen, sondern vielmehr still zwischen den Bäumen hindurchzugleiten, scheinbar mühelos.

Der Mangel an Horizont in der Ferne sorgte dafür, dass ich mir der Geräusche um mich herum viel bewusster wurde. Ich nahm nicht nur die Hufe der Pferde auf dem Boden oder das Knacken der kleinen Äste oder das Rauschen wahr, wenn wir sie beiseiteschoben, um vorbeizukommen. Es ging auch um die intimeren Geräusche: das Schnauben der Pferde, meine eigene Atmung. Und John Darks Summen. Sie summte immer beim Reiten. Es war nicht wirklich unmelodisch, aber sie summte keine einzelne Melodie und keine Mischung aus Liedern, die ich erkannt hätte. Es war mehr die Vorstellung einer Melodie, aber minus die wichtigsten Teile. Ich weiß nicht, ob sie sich überhaupt bewusst war, was sie tat. Überwiegend war es okay, aber manchmal empfand ich das Geräusch als störend. Gewöhnlich, wenn ich müde und hungrig war, denn dann nervte fast alles.

Ich weiß, dass diese fantasievollen Gedanken über den Hobbit seltsam wirken mögen – weil ich mich auf einer Reise befand, wie ich sie mir ernster nicht vorstellen konnte, unterwegs, um meinen Hund von jemandem zurückzuholen, der sich meinem Plan wahrscheinlich mit aller Macht entgegenstellen würde. Dies war nicht die Zeit, in der Erinnerung an ein Kinderbuch voller Zauberer und Elfen zu versinken. Ich hatte darüber nachgedacht, was es vielleicht bedeuten könnte, Jess zurückzuholen, und wusste, dass ich als letztes Mittel auch Gewalt einsetzen würde. Und da Brand größer war als ich, würde das wahrscheinlich bedeuten, aus der Ferne meinen Bogen einzusetzen … und das hieß, ihn zu verstümmeln oder vielleicht sogar zu töten. Die Gefahr, dass eine Pfeilspitze eine Arterie verletzte – selbst wenn man es nicht so geplant hatte –, war real. Und ich war nicht selbstgefällig genug, um mir einzubilden, ich könnte ihn einfach täuschen. Also lag am Ende meiner Reise wahrscheinlich eine schlimme zweite Wahl, wenn meine erste Wahl, List und Diebstahl, nicht funktionierte. Ich klammerte mich wirklich an dem Gedanken fest, dass ich auf der Jagd sehr gut darin war, nicht gesehen zu werden.

In meiner Fantasie wäre Brand dort (was absolut nicht sicher war), und ich würde mich an ihn heranschleichen (was vor meinem geistigen Auge immer Dunkelheit beinhaltete). Jess bliebe ruhig, wenn ihr klar wurde, dass ich da war (was ein echtes Wunder wäre), sodass ich sie still und heimlich wegschmuggeln konnte. Das würde es Brand heimzahlen und ihm dasselbe unangenehme Erwachen bescheren, das er mir verschafft hatte: ein neues Morgengrauen und das Wissen, dass er ausgetrickst worden war. In einigen der Tagträume, die ich mir erlaubte, stahl ich auch noch sein Boot und segelte triumphierend nach Hause, während er zu spät am Strand oder dem Anleger ankam, um mehr zu tun, als die wütende Faust in meine Richtung zu schütteln. In anderen Versionen lächelte er dieses weiße strahlende Lächeln und schüttelte nur den Kopf wie ein guter Verlierer, in Anerkennung der Tatsache, dass er von einem besseren Piraten gewikingert und überlistet worden war. Doch ich war mir ziemlich sicher, dass Ganovenehre nur ein hübsches Wort in Büchern war und nicht in der realen Welt existierte. Also würde diese Reise – wenn man die Tagträumereien ausklammerte – wahrscheinlich mit Blut enden. Und ich wusste nicht, was ich deswegen empfand. Ich schäme mich einzugestehen, dass ich mich mit diesem Gedanken gut gefühlt hatte, wann immer Brand mich wütend gemacht hatte – nach dem Diebstahl von Jess, der Vergiftung meiner Familie, nachdem er mich auf Iona zurückgelassen hatte oder mein Boot verbrannt hatte. Aber Gewalt ist etwas Hässliches, und in meinen ruhigeren Momenten zermarterte ich mir das Hirn, um andere Wege zu finden, wie ich bekommen konnte, was ich wollte. Besser das Hirn einsetzen als die Faust. Ein Hirn kann sich alles merken, von riesigen Dingen – wie entfernte Sterne und Planeten – bis hin zu welchen, die so winzig sind, dass man sie nicht sehen kann. Zum Beispiel Keime. Ein Hirn kann sich Dinge merken, die es nicht gibt und nie gegeben hat, wie zum Beispiel Hobbits. Ein Hirn kann sich das ganze Universum merken; eine Faust nur das wenige, was sie packen kann. Oder sie kann zuschlagen.

Ich fragte mich, ob der Mann, der über den Hobbit geschrieben hatte, wohl jemals durch einen solchen Wald geritten war. Trotz des ständigen Vogelgesangs war es eine friedliche Umgebung, die Ruhe verbreitete. Ohne den Kompass wäre es leicht gewesen, sich in ihr zu verlieren. Der Wald war ein Labyrinth ohne Wände, aus Baumstämmen und Büschen, durchkreuzt von den Wechseln von Tieren, die sich dazwischen hindurchzogen. John Dark ritt mit der Kapuze auf dem Kopf. Graue Haare drangen darunter hervor, während sie auf einem Pferd mit ähnlicher Färbung saß. Von hinten betrachtet, wirkte sie ein wenig wie ein Zauberer – und es fiel leicht, sich vorzustellen, dass es noch andere Augen im Wald gab, die uns aus dem Schutz des Vorhangs aus Blättern oder Ranken beobachteten. Ich dachte viel an dieses Buch, während wir uns zwischen den Eichen und Buchen nach Osten bewegten; und das ist sicherlich der Grund, warum ich das Haus, in dem wir letztendlich Zuflucht suchten, das Heimelige Haus taufte – weil dies der Name des Hauses war, in dem die Reisenden in der Geschichte eine dringend benötigte Pause einlegten. Und das Heimelige Haus, in dem wir uns wiederfanden, strahlte auf seine Weise eine gewisse Magie aus … auch wenn die Magie nur die Freundlichkeit lange verstorbener Menschen war, nicht der Zauber unsterblicher Elfen.

Die Wälder hatten auf dieser Seite des Festlands alles auf eine Weise verschlungen, wie sie es im Westen nicht getan hatten. Ich weiß nicht, warum – aber es sorgte für eine seltsame Reise. Oft sah ich ein Dornengebüsch an, nur um dann festzustellen, dass es die Reste eines Hauses waren. Und dann sah ich mich um und stellte fest, dass wir uns gerade unseren Weg durch eine Ansammlung von Häusern in einem Dorf oder an einem Stadtrand bahnten und umgeben waren von

Häusern, die sich wieder mit der Erde verbunden hatten oder nur noch ungedeckte Hüllen waren, aus denen Bäume von dreißig Metern Höhe oder mehr wuchsen. Oft dämmerte es mir, wenn mir bewusst wurde, dass die dünneren ›Baumstämme‹ alte Laternenpfähle waren, die noch unverrottet standen. Häuser aus Ziegel und Stein hielten natürlich besser als welche aus Pflaster und Holz und Plastik. Doch auch die hatten überwiegend eingestürzte Dächer und waren jetzt nur noch Hüllen voller reichhaltiger Erde und dichtem Pflanzenwuchs.

Auf dieser Seite des Festlands, in diesem großen Wald, war es viel schwieriger, die harten Kanten deiner Welt zu erkennen.

An einem Nachmittag fanden wir uns neben einer riesigen Klippe aus dunklem Grün wieder, bei dem ich erst später verstand, dass es sich um eine alte Eibenhecke gehandelt haben musste. Und als wir eine Lücke darin erreichten, sahen wir, dass die Eschen dahinter um eine fahle Steinkirche wuchsen. Die Grabsteine waren fast alle ins Gras gestürzt … und ich bemerkte den ersten, der mir den Hinweis gab, nur deswegen, weil mein Pferd darauf ausrutschte. Ich senkte den Blick, entdeckte die Worte ›Ins Haus meines Vaters eingegangen‹ und wusste, dass wir uns auf einem Friedhof befanden. Die gedrungene Kirche besaß noch ihr Dach. Das Gebäude wirkte irgendwie geduckt, wie ein Blockhaus, das entschlossen war, die herandrängenden Bäume zu bekämpfen, von denen die meisten mindestens die Höhe des stämmigen Turms hatten, wenn sie ihn nicht sogar überragten.

Das Licht begann gerade zu verblassen. Zwar hätten wir noch ein paar Stunden lang etwas sehen können, aber John Dark war müde. Sie vollführte eine Geste, unterlegt von einem Brummen, die sagte, dass wir genauso gut die Nacht hier verbringen konnten. Dann deutete sie auf die Tür der Kirche. Ich war begierig darauf weiterzureisen, aber nicht so begierig, dass ich nicht einen kurzen Moment darüber nachgedacht hätte, einfach zuzustimmen. Selbst wenn wir die Tür nicht aufbrechen konnten, hätte der überdachte Vorhof eine gute, trockene Höhle gebildet, um darin zu schlafen.

Doch dann hörten wir Jip knurren. Die Luft wurde ganz still. John Dark hielt plötzlich ihr Gewehr in der Hand und drehte den Kopf hin und her, um zu erkennen, worauf Jip reagierte. Ich zog meinen Bogen von der Schulter und legte einen Pfeil auf die Sehne. Ein purpurner Schmetterling taumelte an uns vorbei, doch davon abgesehen, schien sich im Wald nichts zu bewegen. Und das allein war unheimlich. Plötzlich hörte man kein Geräusch mehr. Kein Vogel sang.

Es war so still, dass Jips Grollen förmlich in der Luft zu vibrieren schien.

Ich konnte nichts sehen. Doch ich hatte dasselbe Gefühl von etwas Großem – von etwas, das sich unserer Gegenwart bewusst war – wie damals in dem Museum, als wir vor der Lady mit dem gelben Kleid geschlafen hatten und aufgewacht waren, um mehr zu fühlen als zu hören, wie etwas auf der Straße unter uns um die Ecken des Gebäudes schlich.

*Pa bon*, sagte John Dark leise und lenkte die drei Pferde aus dem Friedhof. Wir hielten unsere Waffen bereit und ritten weiter, wobei wir uns jedes Geräusches und jeder Bewegung um uns herum bewusst waren. Nach ungefähr zehn Minuten stieg der Boden langsam an, und die Vögel begannen erneut zu singen.

Ich weiß nicht, was Jip beunruhigt hatte. Ich weiß nicht, ob es etwas mit der Kirche zu tun hatte oder ob uns ein Tier beobachtet hat, an dem er Anstoß genommen hatte – aber als wir uns entfernten, bildete Jip unsere wachsame Nachhut. Er drehte sich immer wieder um und blieb stehen, um den Weg zurückzustarren, das Nackenfell immer noch aufgestellt und die Nase hoch im Wind. In gewisser Weise war das nervenaufreibend, doch andererseits auch tröstend zu wissen, dass er bei uns war, um Dinge zu spüren, die wir nicht sehen konnten.

Griz, sagte John Dark.

Ich drehte mich um und bemerkte, dass sie ihr Pferd neben einer Buche gezügelt hatte. Sie deutete auf den Stamm.

Die graugrüne Borke war zerfetzt worden, erst vor kurzer Zeit. Irgendwas hatte darauf eingehackt und scharfe Kratzer hinterlassen, sodass das leuchtende Orange der unteren Rindenschichten und das fahlere Holz darunter zu sehen waren. Es waren tiefe, wütende Furchen … und was auch immer sie hinterlassen hatte, war nicht nur stark, sondern auch groß, weil sich der niedrigste dieser Kratzer ungefähr eineinhalb Meter über dem Waldboden befand.

*Pa bon*, sagte John Dark und formte ihre Hand zu einer Klaue, um vorzugeben, auf den Baum einzuschlagen.

*Gross griefs*, sagte sie. *Pa bo do too.*

Und dann bedeutete sie mir, Augen und Ohren offen zu halten, und führte uns weiter. Ich stoppte kurz neben dem verkratzten Baumstamm und befühlte die Furchen. Sie waren tief und immer noch feucht. Dies war erst vor kurzer Zeit passiert, also war das Wesen, das diese Spuren hinterlassen hatte, nicht weit entfernt. Vielleicht war es dieses Ding, das wir bei der Kirche zwischen den Gräbern gespürt hatten.

Jip pieselte halb trotzig, halb sachlich gegen den Baum, dann zogen wir weiter. Vielleicht war es ein Keiler wie der,

der mich angegriffen hatte, dachte ich. Vielleicht waren die Furchen die Male von Hauern. Aber das hätte einen riesigen Keiler bedeutet, was kein besonders fröhlicher Gedanke war, während die Nacht näher rückte. Sogar noch weniger fröhlich war mein Gedanke, dass es wirklich Krallenmale sein könnten, weil ich keinerlei Vorstellung davon hatte, welches der Tiere, von denen ich glaubte, dass sie auf dem Festland zu Hause waren, diese Male hinterlassen haben könnte.

Zoos. Ich habe von ihnen gelesen und Bilder gesehen. Orte, an die ihr Tiere gebracht habt, als ihr natürlicher Lebensraum von Farmen und Minen und anderen Dingen aufgefressen wurde. Waren sie schön? Hast du Zoos besucht? Hat es sich angefühlt, als würdest du die Tiere in einem Gefängnis besuchen, oder war es aufregend? Glaubst du, die Tiere wussten, dass sie niemals nach Hause gehen würden – weil ihr Zuhause gefällt und verbrannt und in etwas anderes verwandelt worden war, voller Menschen und Maschinen, aber ohne sie? Vielleicht wären sie dann dankbar gewesen; froh, dass ihr einen Ort gefunden habt, an dem sie bleiben können, statt sie alle zu töten. Oder vielleicht sind sie ein wenig verrückt geworden. Ich habe ein Schwarz-Weiß-Foto in einem Buch gesehen … und der Schimpanse saß hinter den Gittern, und der Ausdruck in seinen Augen war genau wie der Blick eines Menschen, verloren und verängstigt, obwohl es aussah, als würde er grinsen wie ein Irrer. Vielleicht hat er einfach nur die Zähne gefletscht.

Auf jeden Fall. Zoos.

Ich dachte über Zoos nach, während wir uns von der Kirche und dem zerkratzten Buchenstamm entfernten. Was war mit den Tieren geschehen, als die Welt langsam alterte und starb? Habt ihr sie in ihren Käfigen getötet? Oder habt ihr sie laufen lassen, um eine Welt zu füllen, die sich durch euren Tod langsam leerte? Ich ging davon aus, dass eine sterbende Welt anderes zu tun hatte, als wilde Tiere dahin zurückzubringen, wo sie herstammten. Aber vielleicht irre ich mich. Ich glaube, es ist am wahrscheinlichsten, dass ihr sie einfach mit euch habt alt werden und dann sterben lassen, oder vielleicht habt ihr sie auch sanft eingeschläfert. Doch da war noch ein anderer Gedanke, der mich verfolgte, während wir weiterritten: dass jemand die Tiere vielleicht freigelassen hatte, damit sie ihren eigenen Weg nach Hause fanden. Und falls dem so war, hatten manche vielleicht einfach beschlossen zu bleiben, wo sie waren. Schließlich war die Welt heute wärmer als früher. Das Festland mochte kein gutes Habitat für sie gewesen sein, als man ihre Vorfahren eingefangen und nach Norden gebracht hatte, um in Zoos zu leben. Aber vielleicht hatte sich das Klima ausreichend verändert, damit sie sich jetzt gut fühlten. Ich dachte an Tiger und Löwen, aber es konnten genauso gut Bären sein. Ich hoffte, dass es sich, wenn überhaupt, um Bären handelte … weil Bären, zumindest soweit ich wusste, keine Menschen und Pferde verfolgten.

Und wie Jip, der immer wieder zurücksah, wurde ich dieses Kribbeln zwischen den Schulterblättern nicht los, das mir verriet, dass mich etwas beobachtete, wann immer ich ihm den Rücken zuwandte.

# 25

# DAS HEIMELIGE HAUS

John Dark spürte offenbar dasselbe Kribbeln zwischen den Schulterblättern. Sie sah nicht zurück, aber sie blickte viel öfter nach rechts und links als normal und steckte ihr Gewehr nicht zurück in die Tasche. Ich glaube, sie sah nicht zurück, weil sie wusste, dass ich und Jip die Nachhut bildeten, hinter ihr und dem Packpferd. Das war ein Vertrauensbeweis. Das Packpferd zwischen uns wurde ebenfalls unruhig. Andererseits könnte das auch daran gelegen haben, dass wir uns am Ende eines langen Reisetags befanden, oder daran, dass es spüren konnte, dass etwas dort draußen uns verfolgte. Aber auf jeden Fall sorgte das kopfscheue Pferd dafür, dass mir viel stärker als sonst bewusst war, wie die Schatten mit dem verblassenden Licht länger wurden.

Plötzlich wurde Jip aktiv und tauchte wild bellend ins Unterholz ein. Wir hielten beide an und drehten uns in unseren Sätteln, um auf das zu lauschen, was wir nicht sehen konnten. Jip brach durch das Unterholz, immer noch bellend, wobei er sich weiter und weiter von uns entfernte. Es war schwer zu deuten, ob er etwas verfolgte … und falls ja, was es war. Und dann brach das entfernte Bellen ab, und ich konnte keine Bewegungen mehr hören.

*La pan?*, fragte John Dark und deutete mit den Händen Kaninchenohren über ihrem Kopf an.

Ich zuckte mit den Schultern und lauschte wieder, spähte in das Dämmerlicht des späten Nachmittags und strengte meine Ohren an. Dass Jip plötzlich so davonraste, war beunruhigend, und das plötzlich abgebrochene Bellen war noch schlimmer.

Ich pfiff und wartete, dann pfiff ich wieder.

Ich wollte gerade mein Pferd wenden, als er aus den Büschen trottete, den Kopf hoch erhoben, mit heraushängender Zunge und sehr selbstgefällig.

John Dark wirkte ebenfalls erfreut, doch ich sah, dass sie sich eilig bemühte, ihr Lächeln zu verstecken.

Jip, sagte sie und tippte sich gegen den Kopf, als wollte sie testen, ob er gesprungen war. *Il ey fuu.*

Inzwischen hatte ich mir zusammengereimt, dass *il ey* auf französisch ›Er ist‹ oder ›Es ist‹ hieß. Das andere Wort erschloss sich in diesem Kontext schnell.

Ja, Jip, sagte ich und schüttelte den Kopf. Du bist *fuu.*

Jip hechelte einfach weiter, mit fröhlich heraushängender roter Zunge. Seine offensichtliche Befriedigung ließ mich glauben, dass er etwas vertrieben hatte, statt etwas zu jagen – wenn man bedachte, dass er gerade keinen neuen toten Kaninchenfreund mit sich herumtrug. Ich glaube nicht, dass Jip einen Löwen oder Tiger oder auch nur einen Bären hätte vertreiben können – außer es wäre ein kleines, unnatürlich ängstliches Raubtier gewesen. Aber als wir weiterritten, schien das Kribbeln zwischen meinen Schulterblättern verschwunden zu sein. Und da keiner von uns wirklich gesehen hatte, dass uns etwas verfolgte, war es durchaus möglich, dass wir einen Verfolger erfunden hatten, der uns nur in unseren Köpfen auflauerte. Jetzt entspannten wir uns ein wenig.

Der nächste Stopp folgte eine halbe Stunde später, als John Dark durch ein paar niedrige Haselbüsche ritt und ihr Pferd zügelte. Ich holte auf und folgte ihrem Blick.

Das Heimelige Haus stand auf einer Lichtung am Scheitelpunkt eines steilen Hangs, mit Bäumen, die es von hinten umringten, aber einer offenen Wiese davor. Die Bäume waren nicht grün, sondern zeigten ein dunkles Purpur, das im verblassenden Licht eher schwarz wirkte. Es waren, wie ich inzwischen wusste, Blutbuchen. Im Kontrast zu ihnen wirkte der Stein, aus denen das Haus erbaut war, fast fahl. Es war ein großes zweistöckiges Haus und wahrscheinlich schon zu deiner Lebenszeit alt gewesen. Es war eher breit als hoch und wirkte, als kuschele es sich in den Hügel – als säße es seit Jahrhunderten gemütlich dort und beobachtete, wie sich die Welt veränderte. Auf einer Seite erhob sich eine hohe Mauer, auf der anderen Seite ein paar niedrigere Gebäude, alle aus demselben alten Stein erbaut.

*Bo*, sagte John Dark. *Issi.*

Sie ritt weiter zu der hohen Mauer. Es gab ein Eichentor – so alt, dass es grau wirkte, und mit Nägeln beschlagen, deren Köpfe so groß waren wie Napfschnecken. John Dark stieg ab und versuchte, es zu öffnen. Die Bewegung war schwerfällig, und die Angeln kreischten schrill, als sie das Tor zu sich zog und damit die Grassode aufriss, die gewachsen war, seit jemand es das letzte Mal geöffnet hatte. Und dann trat sie durch die Öffnung in der Mauer und verschwand. Ich stieg von meinem Pferd und ließ mir einen Moment Zeit, um mich zu strecken und Jip die Ohren zu kraulen, dann hörte ich sie rufen und folgte ihr hinein.

Es war ein ummauerter Garten – oder war es einmal gewesen. Es war immer noch zu erkennen, dass sich in der Mitte einmal ein ordentliches Raster aus Obstbäumen erstreckt hatte, während an den zwei Mauern, die die Sonne einfingen, Glashäuser gestanden hatten. Eines der Gewächshäuser war eingestürzt, aber das andere war fast unbeschädigt, und John Dark stand darin. Feuchtigkeit umgab ihren lächelnden Mund. Sie hielt eine halb aufgegessene Frucht in der Hand. Ich dachte, es wäre ein Apfel, doch sie winkte mich heran und zog eine weitere Frucht von dem Baum, der hinter ihr die Mauer hinaufwuchs. Es war ein langer, heißer Tag gewesen. Und als ich zu ihr trat, hüllte mich plötzlich der üppigste, berauschendste Duft ein, den ich je gerochen hatte. Er beinhaltete Sonne und Wärme und saubere Süße – alles zu einer Einheit verbunden. Nichts auf den Inseln roch so. Und der Apfel war gar keiner. Die Haut war nicht glänzend, sondern matt und behaart, und sie war gelb und pink, fast schon rot.

John Dark grinste und biss ein weiteres Mal in die Frucht in ihrer Hand.

*Pesch*, sagte sie. *Pesch bo, Griz, pesch bo.*

Ich biss in das Fruchtfleisch. Es hielt immer noch die Wärme eines langen Sonnentags fest und war viel weicher als ein Apfel – allerdings stammen die einzigen Äpfel, die ich je gegessen habe, aus dem ummauerten Garten auf Eriskay und waren klein, hart und sauer. Dieser Geschmack war riesig und allumfassend und süßer als alles, was ich je zuvor gekostet hatte. Er besaß nicht die scharfe, bittere Süße von Brands Marmelade. Der Geschmack war wie eine Form, die man schmecken konnte, eine runde und warme Süße, die sofort dafür sorgte, dass der Speichel floss und sich in Vorfreude auf den nächsten Bissen mit dem Saft verband. Es schmeckte genau so, wie es um uns roch, nur intensiver. Es war, als koste man ein Lächeln. Ich nehme an, du hättest mich als versponnen bezeichnet. Eure Läden waren wahrscheinlich voll von *Pesch* und sogar noch exotischeren Früchten. Du hättest dich wahrscheinlich nicht einmal an den ersten *Pesch* erinnern können, den du gegessen hast, zwischen all den verschiedenen Geschmäckern, an die du gewöhnt warst. Und von all den Wundern und Reichtümern in eurer verschwundenen Welt ist das eine Sache, um die ich dich nicht beneide. Dieses eine habe ich dir voraus: die Herrlichkeit dieses ersten *Pesch*, gegessen in der warmen Sonne am Ende eines langen, anstrengenden Tags. Er war perfekt.

Nicht viele erste Male sind perfekt. Dieses war es.

Wir ließen unsere Pferde grasen, für die Nacht angehobbelt, dann wandten wir uns dem Haus zu. Die Fenster waren schmal und bestanden aus achteckigen Glasscheiben, die von Bleistreifen zusammengehalten wurden – wie bei dem Haus, das ich in Flammen hatte aufgehen lassen. Doch dieses Haus wirkte viel älter als das andere. Die Erinnerung daran, wie ich es aus reiner Boshaftigkeit verbrannt hatte, sorgte dafür, dass ich mich ein wenig schlecht fühlte, doch die Wörter, die man hier auf die Tür geschrieben hatte und die immer noch lesbar waren, machten es wieder besser.

WILLKOMMEN FREMDER

Die Worte leuchteten in derselben einst strahlenden Sprühfarbe, die benutzt worden war, um den Bibelvers auf die Kirche auf South Uist zu schreiben, doch die Hand, die dies geschrieben hatte, war fester und großzügiger gewesen. Die ursprüngliche Farbe war fast zu Weiß verblasst, aber die Botschaft war immer noch klar.

John Dark musterte die Worte, dann sah sie mich an.

Okay, sagte ich.

Ich trat an ihr vorbei und versuchte, die Tür zu öffnen. Sie bestand ebenfalls aus Eiche, wie das Tor in der Gartenmauer. An dem dicken Moospolster vor dem Türspalt konnte ich erkennen, dass sie seit Menschengedenken nicht geöffnet worden war, und rechnete fest damit, dass wir an ihr zerren und dagegentreten mussten. Doch sie quietschte nicht einmal besonders laut, als sie sich fast ohne Widerstand öffnete. Das war ungewöhnlich genug, um zu John Dark zurückzusehen und einen Blick mit ihr zu wechseln. Sie verzog das Gesicht und zuckte mit den Achseln.

Okay, sagte ich. *Bon.*

*Wii*, sagte sie. Gut.

Ich betrat das Haus. Der erste Raum war niedrig und breit und strahlte sofort Großzügigkeit aus. Die Wände waren mit Holz verkleidet. Es gab eine breite Treppe, die in die oberen Stockwerke führte. Im Flur lagen Teppiche – dunkle Rechtecke auf dem helleren Boden, mit komplizierten Mustern darauf. Die Farben waren gedämpft, sowohl durch die Zeit als auch durch die Staubschicht, die alles bedeckte. Doch dieser Staub war das Einzige, was das Haus vernachlässigt wirken ließ. Sonst war es ordentlich hinterlassen worden. Und wie wir bald herausfinden sollten, war es eine bewusste Entscheidung gewesen.

Griz, sagte John Dark.

Ich drehte mich um und entdeckte, dass sie vor dem großen Tisch angehalten hatte, der die Mitte des Zimmers einnahm. Darauf stand ein Rahmen, wie für ein Bild, und hinter das Glas hatte jemand ein paar Seiten Papier gesteckt, auf denen große Buchstaben prangten.

WIR HABEN DIE WELT VERLASSEN.
WIR SIND IN DEM BADEZIMMER AM ENDE DER TREPPE.
MACHT EUCH NICHT DIE MÜHE, UNS ZU BEWEGEN.
WIR SIND DORT SO GLÜCKLICH, WIE WIR HIER IM LEBEN WAREN.
BITTE RICHTET EUCH HÄUSLICH EIN.
ESSEN GIBT ES IM GARTEN.
FEUERHOLZ IN DEM SCHUPPEN NEBEN DER HINTERTÜR.
NEHMT, WAS IHR BRAUCHT. NUTZT, WAS IHR NUTZEN KÖNNT.
BLEIBT ODER GEHT, WIE ES EUCH GEFÄLLT.
BLEIBT GESUND. SEID GLÜCKLICH. SEID FREUNDLICH.

Ich las den Brief zweimal, dann räusperte ich mich und versuchte, den Text für John Dark zu übersetzen. Es fühlte sich seltsam an, diese Worte zu lesen, die direkt an mich gerichtet waren – eine Ansprache aus der Vergangenheit. Ich meine, ich weiß, dass es nicht für mich, Griz, geschrieben wurde, aber es wurde für alle geschrieben, die in dieses Haus kamen und den Brief fanden, und das war nun einmal ich.

Als ich erklärt hatte, was dort stand, gingen wir nach oben, ohne uns absprechen zu müssen. Es kam uns einfach richtig vor. Wir wollten unseren Gastgebern Respekt erweisen.

Sie hatten die Welt ruhig verlassen, mit so wenig Unordnung wie möglich … und sie waren gemeinsam gegangen. Jetzt waren sie nur noch übereinanderliegende Knochen in der riesigen Metallbadewanne, gehalten von Füßen, die aussahen wie die eines Hunds. Ihre Schädel lehnten aneinander, einer größer als der andere. Das Wasser war über die Zeit verdunstet und hatte eine abblätternde rostfarbene Gezeitenmarke zurückgelassen, die wahrscheinlich nicht nur aus Rost bestand. Auf dem Boden neben der Wanne lag ein Messer. Als ich mich umsah, fiel es mir schwer, mir nicht ihre letzten Momente vorzustellen. Überall standen Unterteller, voll mit Wachspfützen, die einst Kerzen gewesen waren – und wo keine Kerzen waren, hatten einst Vasen und Eimer voller Blumen und Äste gestanden, von denen jetzt nur noch trockene Stiele und Zweige übrig waren, die zu Staub zerfielen, als ich sie berührte. Es gab eine grüne Weinflasche mit einer Folie um den Hals, und zwischen den Knochen lagen zwei Gläser. Es sah aus, als hätte der größere Mensch den kleineren vor seiner Brust festgehalten. Ich nehme an, es könnten ein Mann und eine Frau gewesen sein, aber ich weiß nicht, woran man das an Skeletten erkennt. Sie hatten den Raum mit Kerzenlicht und Blumen gefüllt, und dann waren sie gemeinsam in die Wanne gestiegen und hatten den Wein getrunken … und ich glaube, dann haben sie sich im warmen Wasser sanft die Pulsadern aufgeschnitten, und ich hoffe, es hat sich einfach angefühlt, als würden sie in den Armen des anderen einschlafen. Der Raum vermittelte weder ein trauriges noch ein unheimliches Gefühl. Knochen sind einfach Knochen. Und es kam mir auch nicht vor, als würde es hier spuken. Wie ich schon sagte, so etwas wie Geister gibt es nicht. Aber ich hatte das Gefühl, dass wir störten.

Ich glaube, John Dark empfand es ähnlich.

*Eels etay day john four*, sagte sie. *Tray four*.

Damit nickte sie und verließ das Badezimmer. Sie ging nach unten, um sich umzusehen, und ich wanderte den Flur entlang, um in die Räume auf beiden Seiten zu spähen. Die Bewohner des Hauses hatten alles mit Laken abgedeckt … ich glaube, um den Staub abzuhalten. Die Laken lagen schon so lange hier, dass sich darauf Berge von Staub gebildet hatten, und ich hustete, weil ich ein Laken zur Seite geschoben hatte, um mir einen hohen Schrank anzusehen und herauszufinden, ob sich darin gute Kleidung oder Stiefel zum Wikingern befanden. Da hörte ich einen Lärm, der mir sofort einen Stich der Angst durch den Körper jagte.

Es war der schrille Schrei einer Frau, hoch und trällernd, und es war nicht John Dark. Und dann waren da plötzlich andere Stimmen – mehr Stimmen, als ich je in meinem Leben gehört hatte.

Das Geräusch sorgte fast dafür, dass ich mich vor Schreck einnässte.

Und dann hörte ich, wie John Dark nach mir rief.

# 26
# TANNHÄUSER

Es schrie keine Frau, und es befanden sich keine anderen Leute im Erdgeschoss. Dort war nur John Dark und eine Art gedrungene Kiste mit einer Kurbel an der Seite. Die Kiste war mit einer Haut aus einem fleckigen Material überzogen, das einst vielleicht wie Leder ausgesehen hatte. Doch jetzt war es zerfranst und abgenutzt, und an den Ecken konnte man das dünne Sperrholz darunter sehen. Der Deckel war geöffnet, und innen drehte sich eine Scheibe wie ein großer, flacher Teller immer im Kreis – obwohl ein schlauchförmiger Metallarm, der an einen Gänsehals erinnerte, scheinbar darauf eingespannt war. Als ich Zeit hatte, es mir genauer anzusehen, erkannte ich, dass der Arm die drehende Scheibe in Wirklichkeit nur sehr leicht berührte, mit dem Ende einer Nadel, die einer winzigen Furche folgte, die sich in einer Spirale vom äußeren Rand der Scheibe bis zu einem inneren Kreis zog. In der Mitte klebte ein rundes Etikett in dunklem Rot und Gold.

Die Schreie waren Gesang, genauso wie die anderen Stimmen. Und der Lärm, der sie unterlegte, war Musik. Große Musik. Ich hatte deine Musik noch nie gehört. Nicht so. Natürlich hatte ich schon Musik gehört, aber es war kleine

Musik – Fergs gerettete Gitarren oder Bars Blechflöte. Und ich war vollkommen fasziniert gewesen von der einsamen Traurigkeit der Violine, die Brand in der Kapelle auf Iona gespielt hatte. Aber das waren immer nur ein, höchstens zwei Instrumente gleichzeitig, und ich hatte die Musik gehört, während sie erschaffen wurde. Es war gut … aber im Vergleich zu dem hier wirkte sie dünn. Dies war eine Musik, so breit und tief, dass ich mir nicht vorstellen konnte, auf welchen Instrumenten man sie erzeugt hatte. Diese Musik war schockierend. Und beängstigend. Und beglückend. Und alles dazwischen – weil ich damit deine Realität berührte, wie du sie erlebt hättest. Ich stocherte nicht durch überwucherte Ruinen, um die zerbrochenen, vermodernden Dinge zu durchsuchen, die ihr zurückgelassen habt, und versuchte, eure Welt aus einem Müllhaufen zu rekonstruieren. Das hier war wie eine Zeitmaschine: Das Geräusch, das ich hörte, war dasselbe, das du gehört hättest, wenn du die Kurbel am Spieler gedreht hättest. Diese Musiker waren seit langer Zeit tot … doch die Geräusche, die sie gemeinsam erzeugt hatten, hatte sie und alle folgenden Generationen überlebt, durch die Zeit der Kastration, die Zeit der Kinderlosen und direkt bis heute.

Ich weiß, dass ihr alle möglichen Wege hattet, Geräusche und bewegte Bilder aufzuzeichnen. Doch die Geräte, die ihr benutzt habt, funktionieren heute nicht mehr. Die Elektronik hat nicht überlebt; sie ist verrostet und gestorben. Und eure Bildschirme, ob groß oder klein, sind für uns nur noch nützliche Glasplatten, wenn wir eine perfekt ebene Fläche brauchen. Der Mechanismus dieser Maschine beruhte nicht auf Strom. Später öffnete ich die Kiste vorsichtig und stellte fest, dass sie von einer großen Spirale angetrieben wurde, die man mit der Kurbel mit Spannung erfüllte. Wenn die Feder ihre Energie wieder abgab, drehte sie die Fläche, auf der die Scheibe lag, und die Nadel fing irgendwie die Geräusche von der Scheibe ein und schickte sie hinaus in die Welt, durch etwas, das einst eine Lärmbox gewesen sein musste, die sich am anderen Ende des Gänsehalses erhob.

Das war ältere Technik, und sie hatte die elektrischen Musikmaschinen überdauert. Es war ein magischer Trick, diese Scheibe, mit der man die Stimmen in der Zeit einfangen und dann über mehr als ein Jahrhundert halten konnte, um sie mit der Berührung einer Nadel in unsere Ohren fallen zu lassen. Die Melodien waren von einem Knistern hinterlegt, als wären sie neben einem Feuer eingefangen worden, das neben ihnen knackte und prasselte, während sie spielten und sangen – aber man konnte die Musik laut und klar hören. Ich sah das Bild von dem Hund auf dem Etikett erst, als die Scheibe aufhörte, sich zu drehen. Er saß da und starrte in einen Kegel, der an einer anderen Art von Musikspieler befestigt war. Es war ein Terrier wie Jip und Jess, nur weiß, wo sie schwarz waren. Wer auch immer den Hund gezeichnet hatte, hatte die Art eingefangen, wie Hunde lauschen, wenn etwas ihre Aufmerksamkeit erregt hat, den Kopf leicht schräg gelegt. Zuerst dachte ich, das Etikett würde bedeuten, dass die Musik *His Master's Voice* hieß … doch als ich es genauer las und andere Scheiben mit demselben Etikett, aber anderer Beschriftung fand, reimte ich mir zusammen, dass es der Name der Firma sein musste, die die Scheiben herstellte.

Wir beide stimmten überein, dass die Musik *bon* war.

Wir ließen die Musik laufen, während wir das Haus durchsuchten; von Zimmer zu Zimmer gingen, weil wir den Brief auf dem Flurtisch ernst nahmen. Wann immer eine Scheibe vollendet war, ging einer von uns zurück und legte eine andere auf, manchmal nur die andere Seite der Scheibe, die wir gerade gehört hatten, manchmal etwas vollkommen anderes. Manche Musik verlangsamte die Bewegungen und sorgte dafür, dass man sich hinsetzen und sie sich wieder und wieder anhören wollte; andere Arten von Musik erzeugte das Bedürfnis, auf und ab zu springen, sich dazu zu bewegen und zu tanzen. Das alles hätte dir so viel weniger bedeutet, glaube ich. Du hättest es nicht für eine Art Magie gehalten. Du hattest wahrscheinlich Hunderte Stücke verschiedener Musik, denen du lauschen konntest. Ich bezweifle, dass du dich genauso über die Fähigkeit einer Maschine gewundert hast, das Spiel von Musikern einzufangen und über die Zeit festzuhalten, um sie zu genießen, wann immer du willst – so wie du es außergewöhnlich fandest, dass sich ein Auto bewegte oder ein Flugzeug flog. Was für ein Luxus, sich an solche Magie einfach so zu gewöhnen.

Ich fand einen größeren Kompass, der aufklappbar und mit einem runden Spiegel und einer Art Visier ausgestattet war. Er war für Wanderungen konzipiert, glaube ich, weil er an einer Schnur hing, die man sich um den Hals hängen konnte. In der Küche gab es Messer … und noch besser, einen Wetzstahl, der aussah wie ein Bleistift, den ich in meinen Rucksack stecken konnte, ohne dass er mich zusätzlich belastete. Wegen des Gewichts nahm ich nur zwei Messer, von denen eines aus einem einzigen Stück rostfreiem Stahl bestand, mit schwarzen Noppen, die durch den Stahl gebohrt waren, um den Griff zu befestigen. Im Arbeitszimmer fand ich eine Schublade mit Klappmessern darin. Ich nahm mir eines mit kariertem, stumpfem Silbergriff, auf dem ein rotes Schild mit weißem Kreuz abgebildet war. Es war nicht so gut wie mein Leatherman, aber trotzdem toll. Es hatte zusätzlich zur

Klinge eine Säge und einen Dorn und einen Schraubenzieher, und war kaum angelaufen. Die Klinge ließ sich gut schärfen, als ich es versuchte. Außerdem fand ich einen Feldstecher. Seitlich war das Wort ›Trinovid‹ eingestanzt … und die Linsen waren noch klar und kein bisschen trüb, was ungewöhnlich war. Ich trug ihn zum Fenster, und er sorgte dafür, dass die weit entfernten Bäume nach vorne sprangen, als ständen sie fast bei mir im Zimmer. Ich war froh, den Feldstecher gefunden zu haben – wegen der Macht, den er mir über die Entfernung verlieh, um zu sehen, wo ich hinging. Ich wusste nicht, dass er die Quelle meines Niedergangs sein würde.

Und dann waren da die Bücher. Es gab einen Raum, der vom Boden bis zur Decke mit Bücherregalen gefüllt war, neben dem Zimmer mit der Musikbox darin. John Dark interessierte sich nicht dafür, weil die Bücher nicht auf Französisch geschrieben waren. Aber da der Raum dunkel und trocken und versiegelt gewesen war, waren sie alle noch sehr gut erhalten. Ich bastelte mir eine Maske aus einem Stück Stoff, das ich mir vors Gesicht band, und begann, die Regale zu erkunden. Meiner Erfahrung nach ist Bücherstaub der schlimmste Staub von allen. Ich wollte ihn nicht in der Lunge haben, sodass ich die ganze Nacht husten musste. Ich fand ein paar Bücher, die ich schon kannte – was für mich war, wie alte Freunde an unerwarteten Orten wiederzutreffen –, zwischen unzähligen Bänden, die ich nicht kannte. Wäre ich nicht unterwegs gewesen, um mir meinen Hund zurückzuholen, wäre ich wahrscheinlich lange hiergeblieben, um einfach nur Bücher zu lesen und Musik zu hören und *Pesch* zu essen.

Auf einem der Regale stand ein Buch, dessen Titel meine Aufmerksamkeit erregte. Es hieß *Surprised by Joy* – Überrascht von Freude. Es war teilweise der Titel, der mich an meine verlorene Schwester erinnerte, und teilweise der Name des Autors, den ich erkannte, weil er Bücher geschrieben hatte, die Mum uns vorgelesen hatte, als wir noch klein waren. Sie waren genau die Bücher gewesen, die ich mochte … über eine Gruppe Menschen, die zu einem Abenteuer aufbrach – Kinder, die durch einen Schrank gingen und ein Land voller Magie vorfanden, mit einem sprechenden Löwen und einer bösen Eishexe. Dies hier schien nicht diese Art von Buch zu sein – keine Geschichten, sondern eine Erinnerung an das eigene Leben des Autors. Doch darin fand ich ein Gedicht, das denselben Titel trug wie das Buch. Ich kann mich an die ersten Zeilen erinnern, weil sie eine seltsame Vertrautheit in mir auslösten:

*Überrascht von Freude – so ungeduldig wie der Wind*
*Ich wandte mich, um den Wagen zu teilen – Oh! Mit wem*
*Als dir, lange begraben in der schweigenden Gruft.*

Joy hatte es immer eilig gehabt. Sie hatte immer versucht, zu unseren älteren Geschwistern aufzuholen, entschlossen, genau das Gleiche zu tun wie sie, obwohl sie viel jünger war. Und der Wind hatte erst ihren Drachen und dann sie über die Klippe am hinteren Ende der Insel gerissen, wo das Wasser sicherlich eine tiefe und schweigende Gruft bildete. Ich las das Gedicht mehrere Male, weil mir die Gabe der Dichtung nicht gegeben ist. Und jedes Mal, wenn ich in einem Buch auf so altmodische Wörter wie *Gruft* stoße – die mir verraten, dass es nicht für mich im Jetzt geschrieben wurde –, geht mein Hirn ein wenig auf Wanderschaft. Doch der Rest des Gedichts erschloss sich mir mit der Zeit. Letztendlich wurde mir klar, dass es darum ging, jemanden zu betrauern und von einer Sekunde des Glücks verraten zu werden, die für einen Moment dafür sorgt, dass man den Verlust vergisst … und sich im Anschluss schlechter fühlt, weil dieser gedankenlose Augenblick des Glücks wie ein Verrat dessen ist, den man verloren hat.

Wir entzündeten ein Feuer im Kamin und setzten uns mit offenen Fenstern ins Wohnzimmer, um zu beobachten, wie das Licht auf der Landschaft unter uns erstarb. Die Musik, die wir dabei zufällig hörten, war wie das Haus selbst: genau das Richtige zur richtigen Zeit. Das Etikett sagte, es hieße »Die Ouvertüre« aus Tannhäuser. Ich erinnere mich daran, dass das zweite a diese beiden kleinen Punkte darüber hatte. Musste ein fremder Name sein. Und wo auch immer Tannhäuser ist, ich wette, sie haben dort fantastische Sonnenuntergänge – oder vielleicht auch Morgendämmerungen, weil die Musik zu beiden passt. Wir saßen dort, aßen *Pesch* und über dem Feuer gebratenen Eber und spielten diese Scheibe wieder und wieder, bis es dunkel war. Das Stück begann sehr langsam und selbstbewusst, baute sich zu einer sanften, aber auf ruhige Weise mächtigen Melodie auf, und dann wirbelte ein anderes Instrument – ich glaube eine Violine oder vielleicht sogar mehr als eine – langsam in die Musik und schien eine Art schwermütige Frage zu stellen, die von mehr Violinen beantwortet wurde, die sich langsam höher aufbauten. Und dann entwickelte alles eine starke, aufwärts gerichtete Kaskade aus Musik, in dem Rinnsale aus Violinen über diese Klippe aus Geräuschen nach unten plätscherten, auf eine Art, die mich an hunderte kleine Bäche und Bächlein erinnerte, die nach einem heftigen Regen aus den Hügeln unserer Insel entsprangen. Die Hälfte der Musik riss einen nach oben, während die andere Hälfte in scharfen, ordentlichen Fragmenten nach unten fiel. Das alles wird keinen Sinn ergeben, außer, du hast »Die Ouvertüre« von Tannhäuser gehört und weißt, was ich meine … Und nachdem du sowieso nirgendwo existierst außer in meinem Kopf, nehme ich an, dass es für niemanden Sinn ergibt außer für mich selbst. Und vielleicht auch für dich, vermute ich, da du derjenige bist, mit dem ich rede, hier drin in meinem Kopf gefangen.

Ich werde nie vergessen, wie ich das rote Glühen des Sonnenuntergangs dabei beobachtete, wie es langsam über dem großen Wald zu Blau verblasste, während wir die Musik wieder und wieder laufen ließen. Ich weiß nicht, was die Vögel und die Tiere überall um uns herum von dem Lärm hielten. Sie waren wahrscheinlich genauso überrascht wie wir. Auch keines von ihnen dürfte vorher schon einmal so etwas gehört haben.

Wir schliefen im Musikzimmer, in dem das Feuer Schatten über die Decke tanzen ließ. Und als ich aufwachte, war das Rot zurück am Himmel, und ich spielte die Scheibe noch einmal … und daher weiß ich, dass sie im Sonnenaufgang sogar noch besser wirkt. Es lag mehr Hoffnung darin. Ich deutete das als gutes Omen.

Als ich nach draußen ging, um nach den Pferden zu sehen, hörte ich, wie John Dark eine andere, schnellere Musik auflegte – und als ich zurückkam, ertappte ich sie dabei, wie sie irgendwie herumhüpfte und dabei mit dem Hintern wackelte, womit sie aufhörte, sobald sie mich hörte. Sie drehte sich um, und ihr Gesicht war jung und ihr Lächeln nicht im Mindesten verlegen.

*Dans ey*, sagte sie und winkte mich heran. *Dans ey, Griz. Säi bo.*

Und so tanzten John Dark und ich in diesem Haus, das

ich bereits das Heimelige Haus nannte. Während wir tanzten, kam Jip herein und fing an, bellend um uns herumzuspringen. Sein Schwanz wedelte, aber ich weiß nicht, ob er mitmachen wollte oder mir nur sagen, dass ich ein wenig verrückt geworden war. Wir tanzten zu etwas, das der »Tiger Rag« hieß, und dann noch ein wenig mehr zu jemandem namens Louis Jordan, und dann musste ich die Kurbel überdreht haben, weil die Box nicht mehr spielen wollte. Ich fing an, die Kiste ein wenig auseinanderzunehmen. Ich hatte furchtbare Angst, ich könnte die Spirale überspannt haben – sie vielleicht sogar zerbrochen haben – womit ich all die Musik wieder in die Scheiben verbannt hätte, um nie wieder zu entkommen. Ich war erfüllt von einem schrecklichen, kalten Gefühl der Schuld, als ich mich hinsetzte und mein neues Messer und den Leatherman nahm, um den Deckel abzuschrauben und den Mechanismus sehen zu können. Ich schüttelte sie, aber nichts klang zerbrochen. Und dann verschwand John Dark, die bisher nur dagesessen und mich interessiert beobachtet hatte, um mit einer kleinen Dose mit einer kleinen Tülle und einem Kolben zurückzukommen.

*Übil*, sagte sie und drückte den Kolben. Ein kleiner Tropfen goldenen Öls erschien und fiel zu Boden. Sie gab mir die Dose.

Ich setzte das Öl ein, um den Mechanismus wieder beweglich zu machen, und spritzte auch etwas in das Loch, in den der Kurbelgriff gesteckt wurde. Dann baute ich alles wieder zusammen, und wie durch ein Wunder funktionierte die Kiste wieder.

Doch wir tanzten nicht mehr. Ich sah zum Himmel und stellte fest, dass es bereits auf den Mittag zuging. Ich wollte nicht aufbrechen, wusste aber, dass hierzubleiben hieß, in eine

Falle zu tappen. In eine hübsche Falle und gut gemeint von den Leuten, die hier gelebt hatten und das Haus versiegelt hatten, um es als Zufluchtsort für diejenigen zu erhalten, die vielleicht nach ihnen kamen. Aber trotzdem eine Falle.

Ich stellte klar, dass ich aufbrechen wollte.

*Say bo issi*, sagte John Dark.

Ich weiß, sagte ich. Aber ich muss gehen.

Ich deutete in Richtung Osten.

Ich muss meinen Hund holen.

Es folgte eine Pantomime mit viel Zeigen auf das Wörterbuch, dann machte John Dark einen Spaziergang im umfriedeten Garten, und ich ging mit Jip Kaninchen jagen ... doch sie waren inzwischen alle verschwunden oder schliefen tief unter der Erde. Ich setzte mich mit Jip hin und sah über das Meer aus Bäumen im Westen und Süden hinweg, lauschte auf die Vogelgesänge und das Murmeln des Winds. Jip rollte sich vor meinen Füßen auf den Rücken – was er nicht allzu oft tut –, und ich deutete das als Versuch, mich aufzuheitern. Ich kraulte ihn an dieser speziellen Stelle seitlich an seinen Rippen, und seine Beine zuckten, wie sie es immer taten.

Dann gingen wir zurück ins Haus und fanden John Dark mit einem Berg neuer *Pesch* und einem Finger, der auf das Wörterbuch zeigte, um dort auf das Wort für *morgen* einzustechen.

Okay, sagte ich.

Okay, sagte sie.

Wir beide wanderten getrennt voneinander noch einmal durchs Haus, bevor es dunkel wurde, um uns die ordentlich aufgereihten Dinge anzusehen, die für diejenigen verstaut worden waren, die später kamen. Ich beschloss, noch andere Bücher über Bäume und Pflanzen mitzunehmen und noch einige eher taschengroße ledergebundene Bände, deren Papier so dünn war wie Zwiebelhaut. Groß, aber leicht. Das waren Bücher, von denen ich in anderen Büchern gelesen hatte. Eines war die *Illias*, eines *Die Schatzinsel* und das nächste *Die Odyssee*. Es wirkte, als wäre eine Menge Lesezeit in diesen dünnen Bänden versteckt … und ich ging davon aus, dass noch viele Nächte vor uns lagen.

Außerdem nahm ich mir einen Regenhut und einen langen Regenmantel aus Ölzeug. Der Kragen war von irgendetwas angefressen worden, vielleicht einer Familie Motten, aber das grünbraune Ölzeug war dick und schwer. Auf nassem Boden konnte der Mantel auch als schützende Plane dienen.

Wir spielten Tannhäuser, während wir die Sonne beim Untergehen beobachteten, und dann schürten wir das Feuer und schliefen, in Erwartung eines großen Tags. Ich schlief tief und kann mich an keine Träume erinnern, weder prophetische noch andere. Im ersten Morgenlicht erwachte ich und stellte fest, dass John Dark bereits wach war, ihre Sachen packte und die Pferde belud. Ich sah mich ein letztes Mal in der Bibliothek um – wobei ich mich bemühte, nicht über all die wunderbaren Geschichten nachzudenken, die ich hier zurückließ –, dann startete ich meine eigenen Vorbereitungen für den Aufbruch.

# 27

# FEHLSTART … ODER HIN UND WIEDER ZURÜCK

Der Tag nahm einen frühen Anfang und war von Beginn an von Trauer getrübt, während wir die Pferde sattelten und ihre Lasten schnürten, um uns dann vom Heimeligen Haus zu verabschieden.

Ich hoffte, dass ich, wenn alles gut lief, eines Tages wieder hier vorbeikommen würde, aber die Welt – groß und leer, wie sie ist – enthält immer noch mehr Überraschungen, als man sich vorstellen kann, also wusste ich sogar, bevor mir passierte, was mir eben zustieß, dass ich mich nicht darauf verlassen konnte, an diesen glücklichen Ort zurückzukehren.

Wir hatten uns der Aufforderung entsprechend Dinge genommen, die für uns nützlich waren. Wir hatten die Gemütlichkeit und die Ruhe im Haus genossen. Wir hatten darüber diskutiert, ob wir den Plattenspieler mitnehmen sollten, hatten uns aber letztendlich entschieden, ihn dazulassen. Eines Tages findet vielleicht jemand anders seinen Weg zu diesem Haus, und dann könnten sich die Räume erneut mit Musik füllen. Ich glaube, das Paar im Bad hatte das verdient.

Während John Dark die Pferde belud, schnitt ich mir ein Büschel Lavendelblüten von der Hecke, die den Garten in zwei Teile teilte, und zog los, um mich zu bedanken. Ich weiß, es ist seltsam, so etwas gegenüber einer Eisenbadewanne voller toter Knochen zu tun, aber die Idee hatte mich gepackt … und ich tat es schnell und leise, weil ich es nicht vor John Dark erklären wollte. Ich schämte mich nicht, und es war mir auch nicht peinlich oder irgendwas. Es war einfach nur zu kompliziert, meine Gedanken in Zeichensprache zu erklären oder indem ich mit dem Finger auf ein Wörterbuch zeigte. Ich war mir nicht mal ganz sicher, warum ich es tat, außer, dass ich das Gefühl hatte, ich sollte. Jip begleitete mich nach oben.

John Dark war bereits vor mir da gewesen. Sie hatte die trockenen Stängel aus einer der Vasen gezogen und sie mit frisch geschnittenen Rosen gefüllt – den großen, vollen Blüten, die an der sonnigen Wand des Hauses wuchsen. Ich grinste Jip an und entfernte die trockenen Stängel aus einer weiteren Vase, wobei die Hälfte in meinen Händen zu Staub zerfiel. Dann steckte ich meinen Lavendel hinein und nickte in Richtung Badewanne.

Danke, sagte ich. Wir waren hier auch glücklich.

Nur Jip hörte meine Worte, und er schien sie nicht allzu dumm zu finden. Auf dem Weg nach draußen schloss ich die Tür, dann stiegen wir die Treppe hinunter. John Dark wartete auf uns. Sie sah die Reste der Blumenstängel in meiner Hand und brummte. Ich weiß nicht, ob es ihr peinlich war, dass ich ihre Rosen gesehen hatte, oder ob sie dachte, es mache mich verlegen, dass sie mich mit den Beweisen für mein eigenes Abschiedsgeschenk in der Hand ertappt hatte, aber wir sprachen nie darüber.

*All onsie*, sagte sie forsch. *Fo par tier.*

Wir schlossen die Haustür und vergewisserten uns, dass

sie so wetterdicht war wie bei unserer Ankunft. Und dann stiegen wir auf und ritten nach Osten.

Letztendlich war das Heimelige Haus ein Ort des Todes, doch seine gefährliche und verführerische Lektion lautete, dass der Tod eventuell gar nicht schrecklich war, sondern vielleicht nichts anderes als eine dringend benötigte Ruhepause … ein endloser sanfter Schlaf. Dies waren die Gedanken, die mich beschäftigten, als ich davonritt. Und obwohl sie nicht unbedingt schlecht waren, wusste ich doch, dass es keine nützlichen Gedanken waren, zumindest nicht für jemanden, der in der Welt noch Dinge zu tun hatte. Es waren Gedanken für eine andere Zeit, die es abzulegen galt, um sie erst wieder aufzunehmen, wenn ich älter war. Es waren Gedanken, die einem Menschen den Biss raubten … und zu diesem Zeitpunkt glaubte ich, ich hätte noch Jahre vor mir, gefüllt mit unerforschten Gebieten, durch die ich mir meinen Weg bahnen musste.

Enden kommen schnell, und oft sind sie da, bevor man eine Vorwarnung erhalten hat.

Jip rannte in fröhlichen Kreisen um uns herum, während wir den Abhang hinunterstiegen und in eine flachere Landschaft eindrangen, die nicht so dicht bewaldet war wie das Land, das wir hinter uns gelassen hatten. Die Gegend war immer noch baumreich, aber der Bewuchs war spärlich genug, um hier und dort die Umrisse alter Felder auszumachen – anhand der geraden Hecken, die zu etwas herangewachsen waren, das eher an natürliche Befestigungsanlagen erinnerte. In der ersten Stunde mussten wir zweimal den Weg zurückreiten, den wir gekommen waren, weil wir uns auf drei Seiten von undurchdringlichen Schwarzdornhecken eingekesselt fanden.

Und dann erreichten wir eine offene Wiese, die passierbar war, aber vollkommen überwuchert von Riesenbärenklau. Ich wusste zu diesem Zeitpunkt nicht, wie die Pflanze hieß; aber dann, zwischen dem, was als Nächstes geschah und dem Ort, wo ich jetzt bin, gab es genug einsame Nächte am Lagerfeuer, um sie in einem der Bücher zu finden, die ich aus dem Heimeligen Haus mitgebracht hatte. Falls du je Wiesenkerbel gesehen hast, weißt du, wie die Pflanze aussah – nur viel, viel größer. Gerippte Stängel dicker als mein Arm, stoppelig und mit purpurfarbenen Flecken, erhoben sich vielleicht drei oder vier Meter über uns: Diese Stängel stützten ausladende schüsselförmige Blütenstände voller weißer Blumen, wie ein umgedrehter Regenschirm, jeder davon ungefähr zwei Meter breit. Alle Blüten zeigten zum Himmel. Die Wiese verhieß gutes Durchkommen, da zwischen den Stängeln genug Platz war, und Jip sprang fröhlich vor uns her. Aber John Dark zügelte ihr Pferd und drehte sich zu mir um. Sie deutete auf die Stängel und sagte: *Mal.*

Inzwischen wusste ich, dass das ›schlecht‹ bedeutete. Sie vollführte eine Pantomime, bei der sie sich wie wild kratzte, dann zog sie ihre Kapuze über den Kopf und ihre Ärmel so tief nach unten, dass sie ihre Hände bedeckten. Ich tat dasselbe. Wir waren vielleicht dreißig Meter in die Plantage aus Riesenbärenklau eingedrungen, und ich musterte im Vorbeireiten den gerippten, stoppeligen Stängel einer besonders großen Pflanze, weil ich mich fragte, ob es die Borsten daran waren, die *mal* waren – als ich einen Knall hörte und einen Schrei und dann ein schreckliches Knirschen, gefolgt von einem Aufprall, heftig und fleischig genug, um ihn über die

Hufe meines Pferds zu fühlen. Als ich mich umdrehte, entdeckte ich, dass John Dark vom Antlitz der Erde verschwunden war. Ich sah auch in die andere Richtung, für den Fall, dass ich nicht bemerkt hatte, wie sie mich überholt hatte, doch ich stand allein zwischen den seltsam aussehenden Blütenständen.

Dann bellte Jip und rannte vorwärts und fing an, am Rand von etwas zu kratzen, das ich jetzt als Loch in der Bodenvegetation erkannte. John Dark und das Pferd waren nicht nur vom Antlitz der Erde verschwunden, sie waren in ihre Tiefen gestürzt.

Ich ließ mich vom Pferd gleiten und rannte zum Rand der Grube. Zu diesem Zeitpunkt bewegten sie sich beide noch, waren noch lebendig. Und obwohl es schwer war, in der Dunkelheit etwas zu erkennen, wusste ich schon, dass es schlimm war, bevor meine Augen sich anpassten. Sogar bevor das Pferd anfing zu schreien. Sogar bevor ich sah, wie es versuchte, sich auf grauenhaft gebrochenen Vorderbeinen aufzurichten, um sich aus dem senkrecht stehenden, verrosteten Rohr zu befreien, das seinen Körper beim Aufprall durchbohrt hatte.

Jemand hatte – vor langer, langer Zeit – einen Wassertank in diesem Feld vergraben. Einen großen. Er war dort geblieben, als das Feld sich in eine Wildnis aus Bärenklau verwandelt hatte, und dann war er verrostet und hatte gewartet ... und dann hatte John Dark sich für den falschen Weg um einen Stängel herum entschieden und war durch das Dach gestürzt. Sie war aus dem Sattel gestürzt, als ihr Pferd gepfählt worden war, und in ungefähr dreißig Zentimeter hohem Wasser gelandet.

Ich konnte ihr Gesicht erkennen, das zu mir aufsah, den Mund vor Schreck aufgerissen. Daher wusste ich, dass sie richtig herum lag und nicht in Gefahr war zu ertrinken. Ich rannte zum Packpferd und schnappte mir das Seil, das sie in einer ihrer Taschen aufbewahrte. Ich schlang es um den Fuß des größten Bärenklaustängels, den ich finden konnte, und rannte zurück zum Loch.

Jip bellte, und John Dark rief meinen Namen, obwohl die Schreie des Pferds und das Spritzen des Wassers es mir unmöglich machte, sie zu verstehen. Eilig testete ich das Seil, um sicherzugehen, dass es hielt, schickte ein Gebet an einen Gott, an den ich nicht glaubte, und ließ das Seil in den Tank gleiten, was dafür sorgte, dass Jip noch drängender bellte.

Alles in diesem Tank lief schlecht und ging schnell, und selbst heute kann ich mich nicht genau erinnern, in welcher Reihenfolge was passierte. Die Geschehnisse fühlen sich in meinem Kopf an wie eine zerbrochene Schüssel. Ich kann die Scherben sehen, aber sie sind einfach nicht mehr genug verbunden, um einen kompletten Gegenstand zu bilden.

Es war dunkel dort drin, und der Himmel über dem Loch im Dach war hell, also versuchten meine Augen ständig, sich an den heftigen Kontrast zwischen den Lichtgegebenheiten anzupassen.

Wahrscheinlich ist es gut, dass ich nicht allzu gut sehen konnte – doch die kurzen, aufblitzenden Fragmente und Bilder sorgten dafür, dass alles noch mehr wie ein Albtraum wirkte.

John Dark lief Blut über den Kopf, und ihre Nase war seitlich verbogen. Sie versuchte, durch das dunkle Wasser zu dem Pferd zu kriechen, doch irgendetwas war mit ihrem Bein geschehen.

Ich versuchte, nicht an das Pferd zu denken, aber es hing auf seinem Pfahl aus verrostetem Rohr fest, und seine Vorderbeine zeigten in vollkommen falsche Richtungen.

Es schnaubte pinke Blasen aus Blut und Schaum aus, während es keuchte und schrie.

Seine rollenden Augen waren das Weißeste, was in der Welt existierte. Heller als der Himmel über mir.

Ich stolperte durch das Wasser zu John Dark. Sie hatte es geschafft, sich auf den Hals des Pferds zu werfen. Es bockte unter ihr und wand sich in ihren Armen. Ich dachte, sie würde versuchen, es zu beruhigen. Ich wollte sie anschreien.

Ich erinnere mich, dass ich wütend war. Zumindest glaube ich, dass ich wütend war, für einen kurzen Moment.

Ich wollte ihr sagen, dass das Tier sich jenseits jedes Trosts befand. Ihr sagen, was wir tun mussten – was ich jetzt tun musste –, schnell und vor allem anderen. Aber mir fehlten die Worte. Ich hatte mein Messer bereits in der Hand, ohne mir bewusst zu sein, dass ich es gezogen hatte.

Selbst heute sehe ich das alles als erlebten Albtraum vor mir. Als wäre ich immer noch dort.

Ein Ausschnitt ihres Gesichts, der mich anstarrt.

Ich denke, sie versteht nicht.

*Non, Griz!*, schreit sie.

Ich denke, sie will nicht, dass ich es tue. Ich bin überzeugt, sie versteht nicht, was für unendlich schreckliche Schmerzen das Pferd erleidet.

Dann sehe ich, dass sie nicht versucht, das Pferd zu trösten. Sie versucht verzweifelt, die Arme um das Tier zu schließen. Sie kann es nicht. Ihre Finger deuten auf mich.

Sie zittern vor Anspannung, zeigen in die Richtung dessen, was ich sehen sollte, woran ich selbst hätte denken sollen.

Ich werfe mich durch den Tank und versuche, das Gewehr aus einer Hülle zu ziehen.

Zuerst will es sich nicht lösen, dann zuckt das Pferd, als

es ein weiteres Mal aufzustehen versucht, und das Gewehr gleitet heraus.

*Witt, Griz!*, schreit sie und vergräbt das Gesicht in der Mähne ihres Pferds, wendet den Blick ab.

*Witt!*

Ich beuge mich über sie und halte den Lauf ungeschickt gegen den Kopf des Pferds, wo die Wirbelsäule ins Hirn übergeht. Es ist eine ungünstige Position. Ich kann den Kolben nicht richtig gegen die Schulter drücken, aber mir fehlt die Zeit für Perfektion.

Ich drücke den Abzug.

Wie ich schon sagte, es ist nicht ungewöhnlich, dass alte Munition einfach nur Klick macht und nicht feuert.

In diesem Fall muss das Gebet an einen Gott, an den ich nicht glaube, einen Empfänger gefunden haben, weil der Metalltank vom Knall des Schusses erschüttert wurde. Der Kolben des Gewehrs rutschte beim Rückstoß von meiner Schulter und knallte gegen meinen Wangenknochen.

Das Pferd sackte zusammen, dann zuckte es ein letztes Mal und wurde schlaff.

Ich war taub. Meine Ohren klingelten. Ich wusste noch nicht, dass der Rückstoß die Haut über meinem Wangenknochen aufgerissen hatte. Ich wusste noch nicht, dass ich noch viele Tage ein schwarz verfärbtes, blutunterlaufenes Auge haben würde. Noch heute weiß ich nicht, ob das leise Schluchzen, das ich hören konnte, von mir oder John Dark stammte.

Wahrscheinlich von uns beiden.

Sie aus dem Tank zu holen gestaltete sich als fast unmöglich. Hätte sie nicht dieses Seil auf ihrem Packpferd gehabt, wäre es das gewesen. Ihr Bein war gebrochen, und sie hatte beim Aufprall einen wirklich heftigen Schlag gegen Gesicht und Kopf bekommen. Sie war außerdem – genau wie ich – vollkommen durchnässt von dem widerlichen Wasser vom Boden des Tanks. Es mochte nur dreißig Zentimeter hoch stehen, aber jeder davon stank, und jetzt vermischte es sich auch noch mit dem Pferdeblut.

Glücklicherweise wurde John Dark bewusstlos, als ich das erste Mal versuchte, sie mit einer Seilschlinge unter ihren Armen aus dem Tank zu ziehen.

Das gesamte schlaffe Gewicht eines Menschen anzuheben ist unendlich schwer, ich konnte es nicht aus eigener Kraft schaffen. Ich ließ John Dark wieder nach unten sinken, um das Gesicht zu verziehen, als sie zusammengesackt auf dem Körper ihres Pferds liegen blieb. Dann löste ich das Seilende von seiner Verankerung am Bärenklau und befestigte es am Sattel meines Pferds, um das Tier wegzuführen.

Es kostete mich einige Versuche … und ich fürchte, John Dark steckte noch ein paar Schläge ein, als ich versuchte, gleichzeitig das Pferd zu dirigieren und das Seil straff genug zu halten, um zurückzulaufen und sie zu packen, bevor sich das Pferd bewegte und sie wieder aus meiner Reichweite sackte.

Schließlich schaffte ich es, ihre Kapuze zu packen und sie aus dem Loch zu zerren, bevor das Pferd wieder zurückwich. Sie bekam dabei noch ein paar zusätzliche Kratzer und Schrammen, aber letztendlich landete sie an der Luft. Sie atmete seltsam, und ihre Augen waren geschlossen, so als würde sie nie wieder aufwachen.

Ich wusste nicht, was ich mit ihrem Bein tun sollte. Ich wusste überhaupt nicht, was ich als Nächstes tun sollte. Aber sie lebte. Irgendetwas zu tun ist immer der beste Weg, um nachzudenken, also warf ich das Seil ein weiteres Mal ins Loch und stieg wieder nach unten, um ihre Satteltaschen zu holen und das Gewehr zu retten – genauso wie das Messer, das ich fallen gelassen hatte, auch wenn es mich im Wasser eine Weile kostete, es zu finden.

Ihr Pferd hatte inzwischen aufgehört zu zucken. Ich tätschelte ihm entschuldigend den warmen Hals und ließ es dort, während ich nach draußen kletterte. John Dark war immer noch bewusstlos.

Es gab keinen ordentlichen, sauberen Weg, um zu tun, was ich tun musste. Also ging ich in den Wald am Rande des Felds, in der Hoffnung, dass sie bewusstlos bleiben würde, schnitt ein paar gerade gewachsene Äste ab und brachte sie zu ihr zurück. Ich maß sie an ihrem Bein ab und schnitt sie auf die richtige Länge. Ich hatte gesehen, wie so etwas gemacht wurde, als einer der Lewisleute auf North Uist von einem Dach gestürzt war. Ich war noch klein gewesen, aber letztendlich war es ganz einfach. Ich nahm meinen Gürtel ab, genauso wie ihren. Dann stach ich mit der Spitze meines Messers neue Löcher in das Leder.

Und dann verletzte ich sie schlimm. Sie wimmerte und zuckte und öffnete einmal sogar die Augen, ohne etwas zu sehen, während sie ein Stöhnen ausstieß, so tief, dass es auch von einem Mann hätte stammen können. Doch sie wachte nicht wirklich auf, als ich ihr Hosenbein aufschnitt, um mir den Schaden anzusehen und dann nach dem Bruch tastete und ihr Bein so gerade legte, wie es eben ging. Und dann – ohne mir sicher zu sein, dass ich das Richtige tat – wappnete ich mich innerlich und zog an ihrem Bein, bis die zerbrochenen Teile so gut wie eben möglich in einer Linie lagen.

Sie stöhnte die ganze Zeit. Schnell band ich die Pfähle auf beiden Seiten ihres Beins fest, um es gerade zu halten. Sobald ich die ersten zwei Äste mit den Gürteln festgezurrt hatte, fiel es leichter, die anderen Pfähle zu befestigen, sodass ihr Bein gerade lag und von einem Bündel von Ästen geschützt wurde.

Ich sah auf John Darks Gesicht hinunter und fragte mich, ob ich auch versuchen sollte, ihre Nase zu richten, während sie bewusstlos war, doch mir fehlte der Mut. Ich schwitzte vor Anstrengung und Angst. Wenn ich sie schon weckte, sollte es sein, weil ich etwas Nützliches tat, denn wahrscheinlich würde ich nur diese eine Chance bekommen. Also führte ich das Packpferd heran und ordnete die Satteltaschen auf beiden Seiten so an, dass ihre Oberseiten eine Art flaches Bett bildeten, parallel zur Wirbelsäule des Pferds. Und dann nutzte ich meine letzte Kraft und mein letztes Glück, um sie auf das Pferd zu heben und daran festzubinden. Ich verwendete das Seil und wand es immer wieder um ihren Körper, damit sie auf keinen Fall abstürzen konnte.

Dann wendete ich mein Pferd und ging, mit dem Packpferd hinter mir, durch das Feld voller Bärenklau, zurück in Richtung des Heimeligen Hauses.

Es fing an zu regnen. Entweder der Gott, an den ich nicht glaubte, hatte einen gut ausgebildeten Sinn für Fairness und wollte das Glück ausgleichen, weil das Gewehr schon beim ersten Versuch gefeuert hatte, oder er hatte einen miesen Charakter. Vielleicht gibt es aber auch mehr als einen eingebildeten Gott, und dieser spezielle Gott mochte es, wenn Wetter und Laune zusammenpassen.

Ich versuchte erst gar nicht, trocken zu bleiben, weil ich sowieso durchnässt war von dem Wasser am Grund des Tanks, aber ich zog den Ölzeug-Mantel, den ich eigentlich als Plane hatte verwenden wollen, über John Dark, um den Regen aus ihrem Gesicht zu halten. Dabei stieg der scheußliche Gedanke in mir auf, dass ich ihr ein Totenhemd anzog, wie einer Leiche, und fragte mich, ob sie wohl immer noch atmen würde, wenn ich die schützende Hülle wieder von ihrem Gesicht zog.

Ich stieg auf und folgte unserer eigenen Spur zurück zum Heimeligen Haus … und der Aufstieg über den Hang schien dreimal länger zu dauern als unser Abstieg. Jip zog keine schützenden Kreise mehr um uns; stattdessen trottete er neben mir her und sah hin und wieder zu mir auf, als wollte er abschätzen, wie es mir ging. Ich erklärte ihm, ich wäre okay, aber meine Stimme klang belegt und schien in meinem Schädel widerzuhallen. Die Bäume hielten einen Teil des Regens ab, aber nicht viel, und als mein Gehör zurückkehrte, hörte ich nichts als das Stampfen der Pferdehufe und das Tropfen des Wassers auf den Blättern. Dann stiegen wir in einem heftigen Regenschauer die letzte Anhöhe hinauf, und obwohl die Pferde auf dem regennassen Gras kaum ausrutschten, schienen sie doch unsicherer und weniger trittsicher.

Ich stolperte, als ich vor der Tür abstieg, die wir heute Morgen voller Trauer, aber doch hoffnungsvoll hinter uns geschlossen hatten, und fiel hart auf ein Knie. Jip bellte besorgt und leckte mir das Gesicht. Ich stand wieder auf und zog los, um zu sehen, ob John Dark überlebt hatte.

Ich zog die Plane zur Seite und sah, dass ihre Augen weit offen waren, ohne zu blinzeln. Wieder gaben meine Knie nach, doch dann bewegten sich ihre Lider.

Okay, sagte ich. Es wird wieder gut.

Sie sah mich nicht an. Sie schloss nur die Augen und wandte den Kopf ab.

Sie muss gewusst haben, dass ich ihr wieder wehtun würde. Sie vom Pferd zu holen war einfacher, als sie nach oben zu heben, aber nicht viel. Ich hängte die Tür eines der heruntergekommenen Schuppen im Garten aus und lehnte sie in einem Winkel an einen Tisch, den ich aus dem Haus gezerrt hatte, um eine Art Rampe zu bauen. Dann band ich John Dark los und versuchte, sie auf die Rampe zu ziehen, ohne ihr Bein dabei zu sehr zu erschüttern.

Ich bemühte mich, so sanft wie möglich zu sein, aber wieder einmal musste ich totes Gewicht bewegen. Zu Beginn gab sie kaum Geräusche von sich, um gegen meine Anstrengungen zu protestieren. Und dann verstummte sie vollkommen, weil ich glaube, dass der Schmerz sie erneut in die Ohnmacht trieb. Oder vielleicht lag es auch an dem Schlag auf den Kopf.

Ich schaffte es, sie auf die Tür zu ziehen, und dann zerrte ich die Tür über den Boden, auf die Veranda und gerade so durch den Türrahmen – wobei ich mir die Knöchel aufschürfte – ins Haus und aus dem Regen.

Ich verwendete einen großen gepolsterten Stuhl, um die Tür so darauf zu balancieren, dass sie auf einer Höhe mit dem langen, weichen Sofa vor dem Feuer schwebte, und dann schob ich John Dark von der Tür auf die Kissen. Ihre Lider zuckten, als ich ihr so gut wie möglich die nasse Kleidung auszog, wobei ich noch mehr hässliche Quetschungen auf ihrem Körper enthüllte. Ich glaube, sie hatte auch ein paar gebrochene Rippen. Ich sah ihre Nase an, die seitlich verbogen war. Dad hatte Bars Nase gerichtet, als sie vor zwei Sommern auf einem Stein ausgerutscht war und sie sich an Deck der *Sweethope* gebrochen hatte. Daher wusste ich, dass es so schnell wie möglich passieren musste. Und inzwischen war ein halber Tag vergangen, also hieß es *Jetzt oder nie*. Ich glaube, hätte sie nicht so seltsam geatmet, hätte ich trotzdem nichts unternommen … aber ich dachte, ich könnte vielleicht dafür sorgen, dass sie nicht mehr von dem schweren Schnauben erschüttert wurde, das sie ab und zu schüttelte. Also legte ich meine Hände rechts und links an ihr Gesicht, packte die Nase mit den Daumen und erklärte mir selbst, dass das gar nichts war im Vergleich zu dem Richten ihres Beins, und dass ich es jetzt tun sollte, mit einer schnellen, entschiedenen Bewegung. Ich biss die Zähne zusammen und bog ihre Nase wieder in die Mitte ihres Gesichts. Sie knurrte vor Schreck, und für einen Augenblick riss sie die Augen weit auf, doch dann senkten sich ihre Lider flatternd wieder. Das knirschende Gefühl unter meinen Fingern erfüllte mich kurz mit Übelkeit, aber als ich die Hände hob, war ich unendlich erfreut, dass sich ihre Nase mehr oder minder wieder an der richtigen Stelle zu befinden schien und nicht mehr an ihrer Wange klebte. Als ich eine Decke über sie ausbreitete, schien sie wieder zu schlafen, obwohl ich keine Ahnung habe, wo der Unterschied zwischen Schlaf und Koma war.

Ich wollte mich auf das andere Sofa legen und ebenfalls schlafen, aber erst machte ich ein Feuer, und dann zog ich los und nahm den Pferden die Sättel und die Taschen ab und ließ sie geschützt unter einem Baum stehen.

Ich aß etwas, weil ich wusste, dass ich bei Kräften bleiben musste, hatte aber kein Vergnügen daran. Die *Pesch* schmeckten sauer, und das geräucherte Kaninchen war so zäh, dass meine Zähne wehtaten, als ich versuchte, es weich zu kauen. Und dann stellte ich einen geschlossenen Topf mit ein wenig Wasser und Eberfleisch auf das Feuer, um es vor sich hinköcheln zu lassen, während ich schlief, und zog meine dreckige, feuchte Kleidung aus.

Ich war seit langer Zeit nicht mehr nackt gewesen ... nicht, seit ich in dem Teich hinter dem Haus, das ich verbrannt hatte, geschwommen war. Und noch nie hatte ich mich jemandem nackt gezeigt, der nicht zu meiner Familie gehörte. Ich war müde und nass und erschöpft, mir war kalt, und in meinem Herzen spürte ich, dass John Dark wahrscheinlich in einem Koma lag, aus dem sie nicht allzu bald aufwachen würde, wenn denn überhaupt jemals. Was ich wirklich dachte – besonders, nachdem ich die Quetschungen an ihrem Brustkorb gesehen hatte –, war, dass sie gerade starb. Ich hatte keine Ahnung, welche inneren Verletzungen sie vielleicht erlitten hatte, und keine Hoffnung darauf, dass alles wieder heilen würde, egal, was es auch sein mochte. Also stand ich hundemüde, nass, kalt und wie erschlagen von den Geschehnissen des Tages vor den Flammen, nackt, die Hände auf das hohe Kaminsims gestützt, um mich vom Feuer wärmen zu lassen.

Ihre Augen waren geöffnet, als ich mich umdrehte, um meinen Rücken zu wärmen. Sie starrte mich an. Ich starrte zurück, und dann wandte ich mich ab und zog eine Decke um meinen Körper. Als ich sie wieder ansah, waren ihre Augen geschlossen. Ich wusste nicht, ob sie etwas gesehen hatte.

Sie sagte am nächsten Morgen nichts dazu, oder überhaupt irgendwann in den nächsten zwei Tagen. Sie schwankte zwischen einem dumpfen, ungesunden Schlaf und einem Wachzustand, der voller Schmerzen und würdelos war. Ich fütterte sie, wann immer sie wach war, mit *Pesch* und der Brühe aus dem Eberfleisch. Zwischen Schüsseln und Pfannen und feuchten Lappen und einer Plane unter ihren Decken wurden wir irgendwie mit ihren Ausscheidungen fertig, obwohl sie unfähig war, sich zu bewegen. Mir machte das nichts aus, doch sie hasste es.

Das einzig Gute war, dass die Schwellung an ihrer Nase besser wurde, und obwohl beide Augen gelb und purpur verfärbt und ihre Augäpfel blutunterlaufen blieben, befanden sie sich wieder auf beiden Seiten eines mehr oder minder symmetrischen Gesichts.

Ich glaube, ich verstand ihr Schweigen. Sie war wie ein verletzter Terrier. Sie hatte sich einfach in sich selbst zurückgezogen, um zu heilen. Am ersten Morgen kam ich zurück, mit mehr Feuerholz im Arm, und stellte fest, dass Jip aufs Sofa geklettert war und sich an sie drückte, um ihr seine Wärme zu schenken. Er sah mich an.

Ich erklärte ihm, dass es *bon* war.

# 28
# WEITER, ALLEIN

Zu guter Letzt läuft immer alles auf pissen und kacken hinaus. Das pflegte Dad immer zu sagen, wenn es darum ging, alt und krank zu werden, oder um die Pflege von Verletzten. Er lag damit nicht falsch.

Jetzt, da alles eine Wendung zum Schlechteren genommen hatte, begann ich mir mehr und mehr Sorgen zu machen, dass Brand bei sich zu Hause ankommen und dann wieder aufbrechen würde, bevor ich dort ankam. Ich hasste es, Zeit zu verlieren, weil ich John Dark pflegte. Ich nehme an, ich hätte jederzeit aufbrechen und ihn verfolgen können, aber sie war nicht in der Lage, von der Couch aufzustehen und sich um sich selbst zu kümmern, also hätte ich sie damit dazu verdammt, in ihrem eigenen Dreck zu sterben. Und das konnte ich nicht.

Die Tage vergingen in einem Schleier aus Gleichartigkeit. Füttern; ihr helfen zu tun, was sie tun musste; sie säubern, wenn es passierte, wenn sie bewusstlos war … wieder und wieder, Tag um Tag. Da sie nicht reden konnte oder wollte, wurde es noch schwerer, und ich begann mir Sorgen zu machen, dass sie auch nicht mehr sehen konnte, weil sie manchmal die Augen zusammenkniff und manchmal mit weit aufgerissenem Blick um sich starrte, aber sie schien auf nichts zu reagieren.

Sie war nicht tot, aber vielleicht starb sie langsam. Jedenfalls schien sie sich nicht zu erholen. Ich füllte die Zeit am Tag, in der sie schlief, mit Büchern aus der Bibliothek – doch das Vergnügen des Lesens wurde gedämpft, weil ich wusste, ich sollte mich auf den Weg machen, um Brand und Jess zu erreichen. Die viele Zeit sorgte dafür, dass ich wieder und wieder darüber nachdachte, ob er wirklich dort sein würde. Ich ging all meine Gründe durch, warum ich mir so sicher gewesen war, dass die Markierungen auf der Landkarte bedeuteten, dass Norfolk seine Basis war … und jedes Mal fand ich mehr Begründungen dafür, dass ich ein Narr gewesen war, mich aufgrund so dünner Hinweise auf so eine verrückte Mission zu begeben. Ich beschimpfte mich selbst dafür, dass ich eine Illusion gejagt hatte, weil ich etwas hatte unternehmen wollen, statt meinen Verlust einfach zu akzeptieren. Ich erklärte mir, dass ich hätte zu Hause bleiben sollen, um dort auf meine Familie aufzupassen, glücklich, dass mir zumindest Jip geblieben war.

Aber letztendlich landete ich immer wieder am selben Punkt.

Brand hatte meinen Hund gestohlen. Ich hatte eigentlich keine Wahl gehabt. Er hatte damit rechnen müssen, dass ich ihn verfolgte. Es war eine Frage der Loyalität. Selbst wenn ich Jess nie finden würde, musste ich es versuchen. Ich musste mein Bestes geben. In meinen besseren Momenten wusste ich, dass ich es tat, weil ich nicht mehr fähig gewesen wäre, mit mir selbst – oder Jip – zu leben, wenn ich es nicht getan hätte.

Und so, um prinzipiell für eine bessere Zukunft zu planen – so unwahrscheinlich sie auch sein mochte –, hielt ich meinen Geist ruhig, indem ich meine Hände beschäftigte. Das funktionierte besser, als einfach herumzusitzen und zu lesen und mich in meinem Kopf zu verlieren, in dem ständig all diese Zweifel widerhallten. Ich bastelte John Dark ein Paar Krücken. Dann grub ich ein Loch direkt vor der Tür zum Garten, als Toilette, und schlug die Sitzfläche aus einem stabilen Holzstuhl mit Armlehnen, um ihn über das Loch zu stellen. Ich füllte einen Eimer mit Holzasche aus dem Kamin und positionierte ihn neben dem Stuhl.

Ich dachte darüber nach, John Dark auch einen Stuhl mit Rädern anzufertigen, aber keines der Räder, das ich fand, drehte sich noch: Sie waren durch Rost mit den Achsen verwachsen oder die Gummireifen zu Nichts zerfallen. Ich fing an, eifersüchtig auf die Aufmerksamkeit zu reagieren, die Jip John Dark angedeihen ließ. Das war dumm und kleinlich, aber ich empfand trotzdem so. Ich begann, Fleisch in dem großen Kamin zu räuchern, und sobald es fertig war, hängte ich einen guten Vorrat davon an den Wänden auf. Ich sammelte so viele Töpfe und Pfannen und Flaschen wie möglich zusammen und füllte sie alle mit Wasser, um sie an den Wänden des Raums aufzustellen.

Ich habe keine Ahnung, ob sie wusste, was ich tat. Sie beobachtete mich, ohne dass ihre Miene das Geringste verriet. Die Quetschungen in ihrem Gesicht verblassten zu allen Farben eines fahlen Regenbogens, und als sie ganz verschwanden, war ihr Haut darunter genauso grau und ausgewaschen wie ihr Haar.

Ich durchlebte diese Tage, als würde ich langsam in Verzweiflung ertrinken … und das lag zum Großteil daran, dass ich nicht wusste, wie ich gleichzeitig die zwei Dinge tun sollte, von denen ich wusste, dass sie richtig waren – zwei Dinge, die sich gegenseitig ausschlossen.

Letztendlich zeigte sie es mir.

Ich wachte auf, um festzustellen, dass sie verschwunden war. Das Licht der Morgendämmerung war dünn und das Feuer kalt und vor langer Zeit zu Asche zerfallen. Ich setzte mich auf und sah mich um. Die Krücken waren ebenfalls verschwunden. Genauso wie Jip.

Sie saß auf dem Stuhl über dem Loch im Garten und weinte. Ich glaube, teilweise lag es an der Anstrengung, dorthin zu kommen, teilweise war es Frustration, weil eine der Krücken ins Gras gefallen war und sie es einfach nicht schaffte, sie mit der anderen Krücke wieder heranzuziehen. Als ich auf das taubenetzte Gras trat, wandte sie den Blick ab, und ich hob die Krücke hoch und gab sie ihr wortlos. Nach einer Weile wurde mir klar, dass sie bewegungslos dasaß, weil sie nicht wollte, dass ich sah, wie viel Kraft es sie kosten würde, wieder auf die Beine zu kommen. Ich ging zurück in das Zimmer, beobachtete sie aber von hinten, durch das Fenster. Zitternd stand sie auf, und dann wankte sie unsicher zur Tür, wo sie sich anlehnte und um Luft rang. Die Anstrengung, ihr geschientes Bein über dem Boden zu halten, erschöpfte sie. Sie versuchte, Muskeln zu verwenden, die sie viele Tage, vielleicht sogar Wochen, nicht eingesetzt hatte. Ich hatte aufgehört zu zählen, weil die ständig steigende Anzahl verschwendeter Tage mich langsam zu ersticken drohte.

John Dark sah mich an und nickte. Ich half ihr von der Tür zum Sofa, und sie legte sich hin und schlief sofort ein.

Danach ging es ihr nicht unbedingt besser, aber sie wurde mobiler. Ich glaube, sie wusste, dass etwas mit ihrem Kopf nicht stimmte und zusätzlich noch irgendetwas im Inneren ihres Körpers nicht in Ordnung war. Ich sah, wie sie schmerzerfüllt das Gesicht verzog und die Hände an die Schläfen presste, bis das, was ihr Pein verursachte, wieder wegging. Ich musste daran denken, wie Dad ein Loch in Moms Kopf hatte bohren wollen, als sie sich den Schädel gebrochen hatte. Doch es kam keine Flüssigkeit aus John Darks Nase. Und ich zog definitiv nicht los, um einen Handbohrer zu suchen.

Sie bat durch Zeigen um Dinge. Ich brachte ihr das Wörterbuch und einen Bleistift. Sie deutete auf den Plattenspieler, und ich legte Musik auf. Dann winkte sie mich weg, weil sie allein sein wollte.

Ich ging mit Jip jagen. Er fing ein Kaninchen, und ich erlegte zwei, auch wenn ich ein drittes verfehlte und eine genervte halbe Stunde damit verbrachte, mitten in einem Brombeergebüsch nach meinem verlorenen Pfeil zu suchen.

Als ich zurückkam, schlief sie. Sie wachte auf und aß etwas, um sofort wieder einzuschlafen. Ich las, bis es dunkel wurde, dann ging auch ich ins Bett.

Die Morgendämmerung wurde begleitet von einem Pieken in die Rippen.

Sie stand über mir und stieß mich mit ihrer Krücke an. Ich setzte mich auf, und sie gab mir einen Zettel. Sie musste die gesamte Zeit meiner Jagd damit verbracht haben, die Worte aus dem Wörterbuch zusammenzusuchen. Sie wusste nicht, wie man Verben dekliniert, aber was sie mir sagen wollte, war schmerzhaft offensichtlich. Als ich den Zettel aufklappte, kämpfte sie sich in den Garten und machte lautstark Gebrauch von dem Loch im Boden.

Ich weiß, dass sie genau das geschrieben hat, weil ich diesen Zettel immer noch habe, zusammengefaltet in dem Buch, in das ich gerade schreibe.

DU GEHEN JETZT FINDEN DEINEN HUND.
ICH VERLETZT WERDEN NICHT BESSER.
ICH NICHT WOLLEN DU SEHEN MICH SO.
ICH SEIN GLÜCKLICH LASSEN ALLEIN MIT MEINEN ERINNERUNGEN
WASSER MUSIK ESSEN LOCH IM BODEN. DANKE GRIZ
GEHEN SCHNELL JETZT SOFORT
BESTER WEG SAGEN AUF WIEDERSEHEN
NEHMEN PFERDE

Wenn sie geglaubt hätte, sie würde sich erholen, hätte sie gesagt, ich solle ein Pferd nehmen. Die Tatsache, dass sie mich anwies, beide zu nehmen, sorgte dafür, dass ich mir über die Augen wischen musste.

Aber sie hatte recht mit der Idee eines schnellen Abschieds. Es hatte keinen Sinn, lange zu verweilen oder mit ihr zu diskutieren. Sie hatte mir ihre Erlaubnis erteilt. Sie hatte mein Problem für mich gelöst.

Sie kam zurück und lehnte sich in den Türrahmen.

*Bo?*, fragte sie.

Ich nickte.

*Witt*, sagte sie. *Alle witt.*

Ich brachte ihr die Satteltaschen voller Dinge vom Packpferd, zerrte sie ins Haus und positionierte sie in der Nähe des Sofas. Sie nickte. Sie hatte nicht nur nützliche Dinge gesammelt, sondern auch Erinnerungsstücke, die sie durch den Tunnel aus Frankreich mitgebracht hatte. Dann pflückte ich ihr einen Korb voller *Pesch*, sammelte auch einen Beutel voll für mich selbst und sattelte die Pferde.

Ich gab ihr den Korb, als ich ins Haus ging, um mich zu verabschieden. Ich ertappte sie dabei, wie sie Jip die Ohren kraulte, was er sehr genoss, auch wenn sie sofort damit aufhörte, als ich das Zimmer betrat. Ich stellte fest, dass ich nicht wusste, wie man sich richtig verabschiedet. Sie winkte mich näher heran und umarmte mich plötzlich so fest, dass ich das Gefühl hatte, sie umarme nicht nur mich, sondern alle Menschen, die sie verloren hatte.

Vielleicht wollte sie einfach den letzten Moment menschlichen Kontakts so gut wie möglich auskosten.

Dann sprach sie Englisch. Sie musste es aus dem Wörterbuch gelernt haben. Ihre Stimme war heiser und rau, und die Wörter verdrehten sich irgendwie in ihrem Mund und drangen mit einem französischen Klang daraus hervor, aber es war nicht schwierig, sie zu verstehen.

Griz, sagte sie. Griz. Danke, Freund.

Ich drückte sie ebenfalls und sagte auch ›Freund‹, und dann blieb mir der Rest von dem, was ich sagen wollte, irgendwie im Hals stecken, und wir blieben einfach so stehen, während wir uns wieder fingen. Dann ließ sie mich los und schob mich entschlossen von sich. Sie streckte mir ein weiteres gefaltetes Stück Papier entgegen.

Nicht lesen jetzt, sagte sie vorsichtig.

Und dann küsste sie mich auf beide Wangen und setzte sich wieder aufs Sofa, wich meinem Blick aus und entließ mich mit einer Handbewegung, so herrisch wie eine Königin.

Als ich davonritt, spürte ich immer noch diesen vertrauten Kloß des Verlusts in der Kehle. Noch während ich mich entfernte, hörte ich, wie der Plattenspieler anfing, diese schnelle, fröhliche Melodie zu spielen, zu der wir getanzt hatten, und ich wusste, dass sie nicht tanzte, sondern versuchte, mich aufzuheitern und sich gleichzeitig dem, was auf sie zukam, voller Mut zu stellen. Ich hörte das Lied dreimal, und dann wurde sie entweder zu müde, den Spieler wieder anzukurbeln, oder ich hatte mich zu weit entfernt, um ihn noch zu hören.

Jip sah immer wieder zu mir auf, um dann anzuhalten und in Richtung Haus zurückzusehen. Dann rannte er los, um mich einzuholen, und sah mich erneut an, als wollte er eine Frage stellen, auf die ich keine gute Antwort hatte. Sobald die Musik verklungen war, trieb ich das Pferd an, sodass wir uns schneller bewegten als bisher. Jetzt, da die Entscheidung gefallen war, hatte es keinen Sinn, mir mehr Zeit zu lassen als notwendig.

Wir ließen das Bärenklaufeld viele Klicks weiter hinter uns, bevor die Nacht hereinbrach, und fanden uns dann am Rande einer vielfältigeren Landschaft wieder, die sich flach vor uns erstreckte.

Ich ließ die Pferde an einem Teich trinken und hobbelte sie für die Nacht an. Erst nachdem ich etwas gegessen und meine Bettrolle geöffnet hatte, zog ich den Zettel heraus. Inzwischen war es zu dunkel, um zu lesen, aber ich fachte das Feuer wieder an und drehte mich, sodass das Papier genug Licht einfing. Auf dem Zettel stand nicht viel, aber es brach mir das Herz und sorgte dafür, dass ich mich wieder schrecklich fühlte, weil ich sie zurückgelassen hatte. Während ich dies schreibe, halte ich den Zettel in meiner anderen Hand.

DU LÜGEN MICH AN, GRIZ
ICH OKAY ICH VERSTEHEN
ABER ICH WISSEN WARUM DU SO STARK
DU ERINNERN MICH AN MEINE TÖCHTER

Und ja, meine Augen brannten, als ich die Lider schloss, in dem Versuch, Schlaf zu finden, der mich in dieser langen, kalten Nacht nur selten fand. Und es lag nicht am Holzrauch.

# 29
# EIN ERSTER BLICK

Ich weiß, dass das Lesen mich sentimental gemacht hat. Dad liest kaum etwas außer den praktischen Büchern, die keine Geschichten erzählen, und abgesehen davon, dass er manchmal neben Mom am Feuer sitzt und ihre Hand hält, wenn er denkt, wir sehen es nicht, ist er kein sinnlos zärtlicher Mann. Er ist forsch, oft barsch und entschieden. Er erledigt Dinge, als hätte er eine Liste in seinem Kopf, die er ständig anpasst, indem er neue Punkte daraufsetzt und andere abhakt.

Ich zwang mich, mehr zu sein wie er, während ich mich vom Heimeligen Haus und John Dark entfernte. Ich verbot mir, abends, wenn ich das Feuer entzündete, darüber nachzudenken, ob sie wohl an diesem langen Tag gestorben war oder ob sie ihr eigenes Feuer anzündete wie ich meins. Ob das Heimelige Haus wieder ruhig war und jetzt das Zuhause einer neuen Leiche.

Ich las keines meiner Bücher, nicht einmal die neuen. Ich ermahnte mich selbst, dass ich mich nicht mit solchen Ablenkungen verweichlichen sollte … dass ich mir aber, wenn ich mit meiner wilden Mission Erfolg hatte, als Belohnung erlauben würde, so viel zu lesen, wie ich wollte. Statt zu lesen, setzte ich einfach nur die Karte und den Kompass ein und versuchte zu bestimmen, wo ich mich befand, um auf dem richtigen Weg zu bleiben.

Eines Abends, als der Regen wieder einsetzte und ich nach einem Unterschlupf Ausschau hielt, hatte ich wirklich Glück und fand etwas, das ich für einen Unterstand aus Metall hielt, überwuchert von Pflanzen. Darin war genug Platz für mich und die Pferde – und erst als ich das Feuer anzündete, sah ich die Unterseite und die riesige Schrift darauf und stellte fest, dass es sich um ein großes, auf wundersame Weise noch lesbares Straßenschild handelte, das umgestürzt war und nun an den Bäumen lehnte, die drumherum gewachsen waren. Es kostete mich eine Nacht darunter, in der ich viel nachdachte, aber sobald ich mir zusammengereimt hatte, was ich tun musste, wurde es einfach herauszufinden, wo ich mich wirklich befand: Ich sah mir einfach die Entfernungsangaben zu den verschiedenen Städten an und verwendete ein Stück Schnur, um diese Entfernungen gegen den Maßstab unten auf der Karte abzumessen. Dann fand ich die Städte, die auf dem Schild genannt wurden, und zog im richtigen Abstand Kreise um die Punkte – wo sie sich trafen, musste ich mich gerade aufhalten.

Meine Position genau zu kennen erfüllte mich mit zusätzlicher Entschlossenheit, während ich weiterritt. Ich ignorierte die Häuser, an denen ich vorbeikam, und verschwendete keine Zeit mehr darauf, in ihnen zu wikingern. Ich schlief unter den Sternen oder unter John Darks Planendach und zwang mich selbst, mich nur auf das zu konzentrieren, was vor mir lag. Ich nehme an, so musste sich ein Soldat gefühlt haben, der sich darauf vorbereitete, in den Krieg zu ziehen. Nicht unbedingt erfüllt von Kampfeslust, aber konzentriert, sodass man bereit war, sich allem zu stellen, was das Schicksal für einen bereithielt. Jeden Morgen wachte ich auf und trainierte mit meinem Bogen, schoss drei Köcher voll ab, bevor ich etwas aß und weiterritt. Und am Mittag wieder drei. Abends, kurz vor der Dunkelheit, noch einmal drei. Jip stand oft neben mir und beobachtete mich, als frage er sich, wieso ich Baumstämme jagte oder wie oft ich noch Pfeilspitzen in einem davon vergraben wollte, bevor ich ihn endlich umbrachte.

Ich schärfte meine Gedanken, indem ich versuchte, mich an jeden Moment zu erinnern, den ich mit Brand verbracht hatte – um ihn besser lesen zu können, wenn wir uns das nächste Mal trafen. Ich probte die Argumente, die ich vielleicht vorbringen musste. Und zusätzlich schärfte ich meine Messer.

Ich versuchte, innerlich ganz kalt zu werden, methodisch und nüchtern wie mein Dad. Jip machte mir meine Aufgabe schwer, weil er so viel Spaß hatte, ständig durch die neu entdeckten Gebiete rannte, um den Anblick und die unzähligen neuen Witterungen zu genießen, die ihm diese sich ständig verändernde Landschaft bieten musste. Selbst mit meiner einfachen menschlichen Nase bemerkte ich, dass die Dinge anders rochen: Für ihn muss das Festland gewesen sein, wie es für mich war, die größere Musik auf dem Plattenspieler zu entdecken. Die Inseln sind einfach – Meer, Salz, Heidekraut und Wildblumen auf dem Machair. Diese Düfte waren wie die Musik einer Gitarre oder einer Blechflöte oder Brands einzelner Violine. Das Festland mit seiner Vielzahl an Pflanzen und Blumen und Bäumen muss für Jip gewesen sein wie ein riesiges Orchester. Tannhäuser durch die Nase. Er jagte mit mir und schlief nah an meiner Seite, um Wärme zu teilen. Sein Glück war ansteckend. Er brachte mir Kaninchen und Ratten – und eines Morgens jagte er einen Hasen über einen niedrigen Hügel vor mir, und als ich die Spitze der Anhöhe erreichte, zehn Minuten später, stand Jip hasenlos da, eine Silhouette vor der immer noch aufgehenden Sonne, die Nase in der leichten Brise, den Schwanz steif hinter sich ausgestreckt, und starrte etwas an, das sich laut meiner Karte nicht dort befinden sollte.

Es war eine Meeresmarsch, und dahinter schickte die See selbst einen Duft aus, den sogar ich wahrnehmen konnte. Das Meer war viel näher, als ich nach der Karte erwartet hatte. Das Land war verschwunden, verschlungen von dem Wasser, dessen Pegel gestiegen war, weil die Welt wärmer geworden war. Auf Eriskay kann man schwimmen und dabei auf den alten Fähranleger hinuntersehen, der ungefähr einen Meter unter der Oberfläche liegt. Auf Berneray kann man in die Bucht segeln und das Boot an den Kaminen der Häuser befestigen, die einst an der Küste standen. Obwohl also die Welt immer noch groß ist, sind die trockenen Teile wahrscheinlich kleiner als zu deiner Zeit. Und das flache Land im Osten, das an die Nordsee grenzte, war nun im Meer versunken.

Womit es Sinn ergab, dass Brands Stützpunkt auf der Karte so weit flussaufwärts von der Mündung lag. Denn jetzt befand er sich plötzlich gar nicht mehr so weit vom Meer entfernt. Die See war gekommen und hatte ihn gefunden. Das erklärte auch einige Linien, die ich bisher für Unsinn gehalten hatten, weil sie über trockenes Land ›flogen‹. Dieses Land war jetzt nicht mehr trocken, sondern Meeresboden oder Marsch. Ich stieg von meinem Pferd und fand das neue Fernglas, legte es auf einen niedrigen Ast und betrachtete das Land vor mir prüfend. Der Baumbewuchs lichtete sich und ging in eine Art Zwischenland über, wo sich trockene Landzungen und Halbinseln in die Marsch erstreckten. Die

Marsch selbst war an manchen Stellen mit jeder Menge Schilf bewachsen, das kleine Inseln im Wasser bildete, belebt von Wattvögeln. An anderen Stellen konnte man die Form der riesigen Felder erkennen, die sich hier einst befunden hatten, anhand der Skelette alter Hecken, die mit den Wurzeln im flachen Wasser standen. Hier und dort neigten sich die Gerippe alter Häuser über das Wasser und wirkten fast überrascht, sich schiffbrüchig wiederzufinden. Manche der alten riesigen Strommaste hatten ein Jahrhundert oder mehr der Stürme überlebt, und die Stromkabel, die einst daran befestigt gewesen waren und sich in majestätischen Schwüngen über das ganze Land gezogen hatten, hingen hier und dort ins Wasser, um sich letztendlich in den anrollenden Wellen zu verlieren.

Das Geschrei der Möwen war weit entfernt, aber sofort zu erkennen, und das Geräusch ließ eine verräterische Welle aus Nostalgie über mich hinwegschwappen und brach die harte Schale auf, die ich um meine Gefühle errichtet hatte. Ich hatte gelesen, dass Düfte einen am tiefsten in die eigenen Erinnerungen führen, aber auch das richtige Geräusch kann so etwas auslösen. Für einen Moment wanderte mein Geist zurück nach Mingulay und mein einfacheres Leben. Und dann bellte Jip und riss mich zurück in die Gegenwart.

Er sah mit schiefgelegtem Kopf zu mir auf. Als würde ich etwas übersehen. Dann bellte er erneut und sah wieder über die Landschaft hinweg, mit zuckender Nase, um eine Witterung im Wind zu kosten.

Ich zog die Karte heraus und versuchte, mir anhand der Markierungen einen Reim auf alles zu machen; aber es war sehr schwer, besonders, nachdem ich nur eine vage Vorstellung davon besaß, wo ich mich befand. Aber ich nahm mir die nötige Zeit – vor allem, weil ich mich immer noch auf einer kleinen Anhöhe befand. Sobald ich mich der neuen Küste näherte, wäre alles flach und bewaldet, und es wäre unmöglich, irgendwelche Landmarken zu erkennen.

Es war die niedrig stehende Sonne, die die überwucherte Stadt verriet. Ich bemerkte ein Blitzen, schaute in diese Richtung und sah die Hausfenster, die hinter ein paar Weiden das Licht in meine Richtung reflektierten, weit in der Ferne. So weit entfernt, dass ich den Fluss dahinter bisher nicht bemerkt hatte. Doch sobald ich die Häuser und die überwucherten Ruinen dahinter entdeckt hatte, ließ ich den Blick über die Umgebung gleiten und erkannte zwei Dinge. Das Erste war eine Windturbine, die sich sehr langsam drehte. Und dann, direkt dahinter, standen aufrechte Formen, die zu regelmäßig waren, um Bäume zu sein und die ich zuerst für lampenlose Laternenpfähle hielt. Als mein Blick weiterglitt, entdeckte ich das dumpfe Glitzern von Wasser. Das musste der Fluss sein, und ein Stück seewärts davon sah ich etwas, das mich darauf brachte, dass die Laternenpfähle Masten waren und ich einen Anlegeplatz am Rand des Flusses betrachtete.

Ich überlegte gerade, dass er sich wahrscheinlich nicht weiter als einen halben Tagesritt entfernt befand, als ich ein Stück weiter am Ufer die Segel entdeckte.

Die roten Segel.

# 30

# SEI VORSICHTIG, WAS DU DIR WÜNSCHST …

Es war immer ein Glücksspiel gewesen.

Seit ich die Karte gestohlen hatte, hatte ein kleiner Teil von mir immer gewusst, dass ich vielleicht einen riesigen Fehler beging. Die Linien, die von dem Ort ausgingen, über den ich jetzt hinwegblickte, hätten gar nicht auf Brands Zuhause hinweisen müssen … und selbst wenn sie das taten, hatte nie eine Garantie bestanden, dass er dorthin zurücksegelte. Er hätte sich genauso gut auf eine weitere jahrelange Reise begeben können, um andere unerforschte Teile der Welt zu sehen. Oder die Linien hätten vielleicht gar nicht Brands Kommen und Gehen markiert – denn es hätten auch die Markierungen von jemand anderem sein können, die Spuren eines lange verstorbenen Seemanns auf einer alten Karte, die Brand später gewikingert hatte.

Als ich über das zerbrochene Rückgrat des Festlands gereist war, hatte ich genug einsame Tage und Nächte durchlebt, um all diese Möglichkeiten abzuwägen. Ich hatte angefangen zu überlegen, ob meine Mission mehr mit dem zu tun hatte, was ich mir wünschte, als mit dem, was ich vernünftigerweise erwarten konnte. Und als sich die Anstrengungen und Verluste summiert hatten – nicht nur der Verlust von Jess, mit dem alles begonnen hatte, sondern auch die *Sweethope* und sogar John Dark –, hatte ich begonnen, den Moment meiner Ankunft zu fürchten, statt darauf hinzufiebern. Ich hatte ausreichend Gründe, um zu vermuten, dass mich das Glück verlassen hatte; aber nachdem mein Boot verbrannt war, hatte ich keine andere Wahl gehabt, als den Versuch zu wagen, alles zu Ende zu bringen. Als dann der Unfall mit dem vergrabenen Wassertank passiert war, hatte ein Teil von mir gewusst, dass das Schicksal gegen mich war. Und trotzdem war ich weitergezogen … nicht wirklich wegen meiner Hartnäckigkeit oder meiner tiefen Überzeugung, sondern weil ich nicht wusste, wie ich all diesen schrecklichen Verlusten sonst einen Sinn verleihen sollte. Mir blieb nur, das Blatt auszuspielen, das ich in der Hand hielt, und mich weiterhin an diese wilde Hoffnung zu klammern. Natürlich war das nur eine andere Art auszudrücken, dass ich zu dumm war, um herauszufinden, was ich sonst tun sollte. Eigentlich hätte ich Schadensbegrenzung betreiben müssen, wusste aber nicht, wie.

Ich war immer ein schlechter Kartenspieler gewesen. Ferg oder Bar gewannen fast immer, weil ich gewöhnlich ein wenig zu lange im Spiel blieb, immer sicher, dass die nächste oder selbst die letzte Karte bei einer Chance von eins zu einundfünfzig diejenige sein würde, die mir den Sieg schenken würde.

Weniger hoffen, mehr zählen!, hatte Bar immer gesagt.

Doch Karten zu zählen, als wären sie ein mathematisches Problem, war mir nie wie ein Spiel erschienen. Also genoss ich das Spiel wegen der Kameradschaft, gewann aber selten. Doch bei den seltenen Gelegenheiten, zu denen ich siegte, war der Triumph besonders süß, weil sich meine vorsichtigeren Geschwister so darüber ärgerten.

Die roten Segel zu entdecken vermittelte mir ein ähnliches Gefühl: ein erhoffter, aber eigentlich vollkommen unerwarteter Sieg. Sehr, sehr süß. So süß, dass ich niemals hätte in meiner Wachsamkeit hätte nachlassen dürfen, sondern stattdessen damit hätte rechnen müssen, dass mein Glück endete.

Ich musste näher heran. Ich musste mich verstecken und das Land auskundschaften. Ich musste clever und unauffällig vorgehen und die überstürzte Leichtsinnigkeit meiner Entscheidung, mich auf diese Verfolgungsjagd zu begeben, durch einen vorsichtigen, gut durchdachten Plan ergänzen, damit alles ein gutes Ende fand. Ich durfte dieses unwahrscheinliche Glück nicht verspielen.

Von nun an bewegte ich mich vorsichtig weiter und sorgte dafür, dass die Pferde und ich uns zwischen Bäumen hielten, um nicht auf den freien Flächen sichtbar zu werden. Ich wollte nah genug herankommen, um mich zu verstecken und alles eine Weile zu beobachten, bevor ich irgendetwas anderes unternahm.

Jip hielt ich in meiner Nähe, indem ich ihm ein Seil um den Hals band. Dabei erklärte ich ihm, dass wir ruhig sein mussten und er nicht bellen sollte und dass ich es nur tat, um ihn davon abzuhalten, eine Jagd zu beginnen und uns so aus Versehen zu verraten. Natürlich redete ich dabei eigentlich mit mir selbst, doch ich hatte immer mit den Hunden geredet und ihnen Dinge erklärt. Und selbst wenn sie die Details nicht verstanden, verstanden sie doch meinen Tonfall. Jip hasste die Leine, aber nach einer Weile gab er es auf, daran zu zerren, und trottete neben mir her, sodass das Seil schlaff herunterhing. Hin und wieder sah er zu mir auf, als wollte er mich fragen, ob dieses Spiel jetzt nicht langsam ein Ende finden könnte, doch ich schüttelte nur den Kopf und erklärte ihm, dass es weiterhin sein musste.

Nach ein paar Stunden sehr langsamen Vorankommens hobbelte ich die Pferde an und kletterte auf einen Baum. Du bist wahrscheinlich auf eine Menge Bäume geklettert. Vielleicht hattest du sogar ein Baumhaus. Für mich war es das erste Mal. Mein Sprung in den Baum auf der Flucht vor dem Eber zählte nicht. Ich prüfte jeden Ast, bevor ich mich höher und höher zog, und dann hielt ich an, schlang zur Sicherung einen Arm um den Stamm und spähte durch das karge Blätterdach nach Osten, in Richtung der Anlegestelle.

Wieder dachte ich erst, ich wäre vom Weg abgekommen, weil ich sie einfach nicht entdecken konnte. Es herrschte eine leise Brise, und die Äste bewegten sich in einem langsamen Wogen wie die See, das dafür sorgte, dass die Wolken aus Blättern um mich herum murmelten und raschelten. Es war sehr friedlich. Ich sah ein weiteres Mal durch das Fernglas, und diesmal entdeckte ich die Segel und die Gebäude – näher, als ich erwartet hatte.

In der Ferne, am äußersten Rand meiner Wahrnehmung, meinte ich, einen Hund bellen zu hören. Ich kletterte so schnell wie möglich wieder nach unten, weil ich mir Sorgen machte, dass Jip auf das entfernte Bellen antworten und uns so verraten könnte.

Der Wind blies über unsere Schultern, und auf dem Boden zwischen den Bäumen erklangen alle Geräusche gedämpfter, sodass er weder etwas wittern noch hören konnte. Trotzdem wollte ich unbedingt verhindern, dass er uns irrtümlich verriet, also ging ich ungefähr einen Klick weit auf unserem Weg zurück und band ihn – zu seiner vollkommenen Verwirrung und Wut – an einen einzeln stehenden Baum und ließ ihn beim Packpferd zurück. Der Baum war eine alte, sehr hohe Kiefer. Ihre rote Borke zickzackte sich in den Himmel und stützte dunkelgrüne Schwärme von Nadeln und Zapfen, die sich sanft im Wind bewegten. Ältere Kieferbrüder und -schwestern waren um den Baum herum zu Boden gestürzt, sodass ihre ergrauenden Stämme und Wurzeln eine Art natürliche Umzäunung um ihre Basis bildeten. Der Baum war eine Landmarke, die ich auf dem Rückweg leicht finden konnte, und außerdem weit genug entfernt, dass Jips protestierendes Bellen ungehört bleiben würde. Ich stellte eine Pfanne mit Wasser für ihn auf und zauste ihm mit beiden Händen das Nackenfell, während ich ihm tief in die Augen sah.

Ich werde bald zurück sein, sagte ich. Alles ist okay. Ich kann das nur allein machen.

Zu diesem Zeitpunkt war ich von jeder dieser drei Lügen überzeugt.

Ich fühlte mich seltsam, als ich ohne Jip loszog. Fast nackt. Er begleitete mich immer auf der Jagd. Dass er nicht vor mir von rechts nach links eilte und vorauslief, um zu sehen, was uns erwartete, um dann zurückzukommen und nach mir zu sehen, war seltsam. Als fehle mir ein Arm. Als würden meine Bewegungen davon beeinflusst. Ich fühlte mich befangen. Fast unnatürlich. Schief. Und ungeschützt.

Aber ich zog weiter, hielt die Augen und Ohren offen, meinen Bogen in der Hand.

Ich wollte nur die Lage erkunden. Ich hatte nicht vor, etwas Voreiliges zu tun. Das erklärte ich mir selbst. Obwohl ich darüber nachdachte, wie wir – falls Jess durch ein Wunder zu mir kam – einfach fliehen und darauf vertrauen könnten, dass Brand, der keine Pferde besitzen dürfte, mich in dem weitläufigen Labyrinth aus Leere und Ruinen niemals finden würde. In meiner Vorstellung konnte ich immer noch zur Ruine der alten Skye-Brücke reiten, um mit den Hunden nach Skye zu schwimmen, selbst wenn ich kein altes Boot fand, das ich reparieren und damit zurückreisen konnte, sobald ich die Westküste erreicht hatte. Von Skye aus wäre es einfach, den westlichsten Rand der großen Insel zu erreichen und Dinge zu verbrennen, bis Dad oder Ferg oder Bar oder sogar die Lewisleute übers Wasser kamen, um zu sehen, was dort vor sich ging.

Hoffnung kann einen in unruhigen Zeiten über Wasser halten. Sie kann einen aber auch ertränken, wenn man sich im falschen Moment von ihr ablenken lässt. Ich genoss gerade, mir vorzustellen, wie überrascht sie alle wären, wenn sie mich mit beiden Hunden am Strand entdeckten, als mir der Baum vor mir Borkensplitter ins Gesicht spuckte, weil ihn ein Pfeil getroffen hatte.

Keine Bewegung, sagte eine gedämpfte Stimme vor mir. Oder der nächste Pfeil gehört dir.

Das Gute: Es war nicht Brand. Allerdings hatte ich mich in Bezug auf die Pferde geirrt: Es waren drei Reiter, die Gesichter verborgen hinter alten Gasmasken und Tüchern. Einer von ihnen hielt ein Gewehr mit einem langen, gebogenen Magazin darunter, die anderen hielten Bögen auf mich gerichtet.

Okay, sagte ich.

Sie starrten mich an. Es war zermürbend, ihre Gesichter nicht sehen zu können, aber aus irgendeinem Grund wirkten sie genauso verunsichert wie ich. Als wüssten auch sie nicht, was sie tun sollten.

Ich bin Griz, sagte ich und hob die Hand, um ihnen zuzuwinken.

Keine Bewegung, wiederholte der Reiter mit dem Gewehr. Und kein Wort.

Ich hatte das drängende Gefühl, dass er Ruhe brauchte, um darüber nachzudenken, was sie als Nächstes tun sollten.

Ich nickte.

Bist du krank?, fragte einer der Bogenschützen. Seine Stimme klang jünger.

Ja, sagte der Gewehrmann. Gut. Bist du krank?

Nein, sagte ich. Nur müde.

Warst du krank?, fragte der andere Bogenschütze.

Nicht besonders, sagte ich.

Wo ist der Rest von euch?, fragte der erste Bogenschütze.

Es gibt nur mich, sagte ich.

Der Gewehrmann schnaubte.

Und woher bist du gekommen?, fragte er.

Norden, sagte ich. Ich komme aus dem Norden. Wer seid ihr?

Halt den Mund, sagte der Gewehrmann genau in dem Moment, in dem der zweite Bogenschütze antworten wollte. Dann wandte er sich wieder mir zu.

Lass deine Waffen hier, sagte er.

Ich hängte meinen Bogen und den Köcher voller Pfeile an den Baum.

Alle, sagte er.

Also zog ich mein Messer und dann mein anderes Messer und rammte sie mit den Spitzen in den Baumstamm.

Keine weiteren Messer?, fragte er.

Ich schüttelte den Kopf. Mein Leatherman war eigentlich kein Messer. Falls sie mich durchsuchten, konnte ich so tun, als hätte ich ihn vergessen.

Aber sie durchsuchten mich nicht. Sie kamen nicht näher heran.

Wer seid ihr?, fragte ich. Ich habe nichts Böses im Sinn …

Später haben wir noch jede Menge Zeit zum Reden, sagte der Gewehrmann. Er griff in seine Satteltasche und warf mir etwas zu, das mit einem metallischen Klirren im Gras vor mir landete.

Leg sie dir jeweils um ein Handgelenk und drück sie zu, bis ich das Klicken höre. Keine Spielchen.

Es waren zwei Paar Handschellen, geschaffen, um die Arme an den Gelenken zu fesseln. Eines leuchtete silbrig, das andere zeigte ein dumpfes Schwarz.

Warum?, fragte ich, während ich überlegte, ob sie mich wohl erwischen würden, wenn ich mich umdrehte und davonlief … aber der Moment dafür war schon verstrichen.

Weil ich dich erschießen werde, wenn du es nicht tust, sagte er. Es tut mir leid, aber ich werde es tun müssen.

Er klang sogar ein wenig betrübt, doch gleichzeitig auch, als würde er mich trotzdem erschießen.

Ich beugte mich vor und legte mir die Handschellen an. Die Scharniere waren geölt und schlossen sich klickend, dann stand ich auf und zeigte ihm, dass jeweils ein Paar von einem Handgelenk hing. Mir war nicht ganz klar, warum er das wollte.

Und jetzt schließ die Handschellen zusammen.

Das war schlüssig: Es wäre mir schwergefallen, mir selbst ein Paar Handschellen anzulegen, weil mein Gelenk sich nicht so weit biegen ließ … aber mit zwei Paaren war es einfach.

Sie hatten so etwas schon mal getan.

Ihr wollt nicht in meine Nähe kommen, oder?, fragte ich. Deswegen benutzt ihr diese zwei Handschellen. Sonst hättet ihr auch einfach zu mir kommen können und mich mit einem Paar fesseln. Wovor habt ihr Angst?

Wir haben keine Angst, sagte der zweite Bogenschütze, als hätte ich ihn beleidigt.

Spar dir deinen Atem, sagte der Gewehrmann. Wie ich schon sagte, uns bleibt jede Menge Zeit zum Reden, wenn er überlebt.

Wenn ich was überlebe?, fragte ich.

Die Quarantäne, sagte er.

# 31
# QUARANTÄNE

Die Quarantäne war eine Zelle, halb unter der Erde, in einem Bunker. Oder vielleicht war es auch der Keller eines Gebäudes, das eingestürzt war. Vielleicht eine Polizeiwache. Vielleicht eine alte Armee-Kaserne. Sie lag ein gutes Stück entfernt von der Anlegestelle mit den roten Segeln, obwohl man die Spitzen der Masten und die Siedlung daneben aus dem Fenster der Zellen auf einer Seite des Bunkers sehen konnte. Es gab sechs Zellen, jeweils drei auf jeder Seite eines Flurs, direkt gegenüber.

Die Entfernung von der Siedlung war Absicht. Es war Quarantäne. Sie wollten sich nicht einfangen, was auch immer ich in mir trug. Wenn ich ansteckend gewesen wäre, was ich natürlich nicht war.

Sie zwangen mich, vor ihnen herzugehen, während sie mir Anweisungen zuriefen, um mich durch die Bäume und die Randgebiete der alten, überwucherten Stadt zu dem Bunker-Gebäude zu leiten. Dann stiegen sie ab, und die Bogenschützen brachten mich dazu, eine Treppe nach unten zu steigen. Dann wies einer von ihnen mich an, so weit wie möglich von ihm entfernt stehen zu bleiben, während er eine Gittertür öffnete und zur Seite trat, während ich von dem anderen

Bogenschützen in den Bunker getrieben wurde. Sie zwangen mich, ans äußerste Ende des Flurs zu gehen, bevor sie sich der Gittertür näherten und sie wieder verschlossen.

Die sechs Zellen hatten alle Türen mit Schlitzen, sodass die Gefängniswärter vergangener Tage nach den Insassen hatten sehen können.

Schließ diese Türen nicht, sagte einer der Bogenschützen, die Stimme undeutlich, während er sich über die Treppe zurückzog. Wenn du sie schließt, hängst du für immer in der Zelle fest, weil wir keine Schlüssel dazu haben. Benutz die Toilette in der letzten Zelle rechts. Das alte Rohr ist durchgängig, aber du musst dein Geschäft mit einem Eimer Wasser wegspülen.

Warte, sagte ich. Wovor habt ihr Angst?

Keine Angst, sagte er. Wir sind klug. Der vorletzte Besucher hat eine Seuche mitgebracht, die drei Leute getötet hatte. Verdammter Freeman … Du wirst einen Monat hierbleiben; wir werden sehen, ob du krank wirst. Wenn du danach immer noch am Leben bist, kannst du dich uns gern anschließen.

Er will sich euch nicht anschließen, erklang eine Stimme aus den tiefen Schatten in einer der Zellen, die ich für leer gehalten hatte.

Die Stimme klang müde, enttäuscht und auf unheimliche Weise vertraut.

Er will nur seinen verdammten Hund, sagte die Stimme.

Ich drehte mich um und spähte ins Dämmerlicht. Sein Bart öffnete sich zu einem dünnen Lächeln, sodass weiße Zähne aufleuchteten.

Ich habe dir gesagt, du sollst nach Hause gehen, Griz. Ich habe dich gewarnt.

Brand. Mir blieb die Luft weg. Ich hörte, wie die Tür oben

an der Treppe zugeschlagen wurde, und dann, wie die Reiter sich entfernten.

Brand stand nicht von der Pritsche in seiner Zelle auf. Und er sagte nichts mehr.

Ich ging in die Zelle gegenüber von seiner und setzte mich auf den Betonsims, der als Bett diente, um ihn durch die Rahmen zweier Türen anzustarren. Es war, als verginge danach viel Zeit schweigend, und vielleicht war es auch so. Aber irgendwann schien all dieses Schweigen die Luft aus den Zellen zu saugen, sodass reden die einzige Möglichkeit zu sein schien, um weiterzuatmen.

Wo ist Jess?, fragte ich.

Es geht ihr gut, sagte er.

Wo ist sie?, fragte ich.

Du hast die Karte genommen, sagte er. So bist du hierhergekommen, richtig?

Wo ist mein Hund?, fragte ich.

Hast du ein anderes Boot gefunden?, fragte er. Ist es das? Aber andererseits, wie wahrscheinlich ist es, dass du ein Boot gefunden hast, das segelbereit war? Wenn man heutzutage ein Boot findet, muss man zwanzig weitere ausschlachten, um genug Leinen und Segel und funktionierende Flaschenzüge zu finden, um es seetüchtig zu machen. Nein. Du hast kein anderes Boot gefunden. Du bist gelaufen.

Er stand von der Pritsche auf, trat in das Licht vor der Tür und sah mich genauer an. Dann schüttelte er den Kopf und grinste.

Ich wollte ihn umbringen. Ich mag keine Gewalt. Ich glaube, Gewalttätigkeit ist eine Art von Dummheit. Doch in diesem Moment, für dieses Grinsen, hätte ich ihn töten können.

Du bist ein zäher Junge, sagte er. Stur. Ich meine, du bist wie ein irritierender kleiner Husten, den man einfach nicht loswird … aber das muss ich dir lassen. Meine Bewunderung ist dir sicher.

Ich will sie nicht, sagte ich. Ich will nur Jess.

Jess ist eine Handelsware, sagte er. Eine Hündin, die Welpen bekommen kann, ist etwas Seltenes.

Hündinnen bekommen Welpen, sagte ich. So ist das nun einmal.

Nein, sagte er. Nein, so ist das nicht.

Ich starrte ihn weiter böse an.

Du bist quer über das Festland gelaufen?, fragte er.

Ich nickte nicht.

Du hast kein einziges Mal ein Rudel wilder Hunde gesehen, oder?, fragte er. Ist doch seltsam, oder?

Ich zuckte mit den Achseln.

Wir haben doch damals auf deiner Insel darüber gesprochen, nicht wahr?, fragte er. Die Kinderlosen haben irgendein Gift für die Rudel hungriger Hunde ausgelegt, vor denen sie Angst bekommen haben, weil die Bevölkerung so geschrumpft war. Und dieses Gift hat die Gebärfähigkeit der Hündinnen beeinflusst. Zumindest habe ich das munkeln hören.

Ich wandte den Blick ab. Seine Worte trugen die unangenehme Schwere einer unliebsamen Wahrheit in sich. Ich schämte mich dafür, ein Mensch zu sein.

Hunde haben uns von Anfang an begleitet. Und von all den Tieren, die uns durch die Jahrtausende begleitet haben, waren uns die Hunde immer am nächsten.

Und dann haben sie den Preis dafür bezahlt. Zum Teufel mit uns.

Vielleicht war die Kastration kein Unfall. Vielleicht war sie nur eine Nachspeise.

Das macht sie zu einer Handelsware, sagte er.

Was soll das bedeuten?, fragte ich.

Ich wusste es, irgendwie. Aber ich war mir nicht sicher, was er wirklich sagen wollte. Und ich wollte Zeit gewinnen, um meine Gedanken zu ordnen und die traurige Vorstellung der Millionen Hunde zu verdrängen, die sich gefragt haben mussten, warum sie keine Welpen mehr bekamen.

Dass man damit handelt, sagte er.

Und du bist ein Händler, sagte ich. Wenn du nicht gerade ein Dieb bist.

Manchmal, sagte er nickend. Überwiegend bin ich ein Reisender. Ich treffe nicht genug Leute, um mit ihnen zu handeln.

Aber du triffst genug Leute, von denen du stehlen kannst, sagte ich.

Tue ich das?, fragte er.

Ja, sagte ich.

Dieser Spannungswandler. Für das Windrad. Derjenige, den ich deinem Dad im Handel angeboten habe.

Was ist damit?, fragte ich.

Du bist auf mein Boot gekommen, sagte er. Selbst wie ein Dieb. Ohne Einladung. Hast meine Karte genommen.

Das ist etwas anderes, sagte ich.

Hast du diesen Spannungswandler gesehen, als du dort warst?, fragte er.

Ich ließ das Schweigen noch ein wenig mehr Luft aus dem Raum saugen, während ich nachdachte. Ich habe nicht danach gesucht, sagte ich. Es war dunkel.

Dann hast du also nicht gesehen, dass ich ihn auf dem Strand eurer Insel zurückgelassen habe, sagte er.

Ich starrte ihn an.

Er grinste wieder, dann zuckte er großmütig mit den Schultern. Ich meine, das ist verständlich – du hast mich verfolgt, als stände dein Arsch in Flammen, also fehlte dir wahrscheinlich die Zeit, dich in Ruhe umzusehen, sagte er.

Aber, sagte ich.

Du hast tief geschlafen, während dein Dad und ich noch redend neben dem Feuer gesessen haben, sagte er. Also weißt du eigentlich nicht, welche Handel stattgefunden haben. Oder?

Dad hätte Jess nicht hergegeben, sagte ich. Jess ist mein Hund.

Und da bist du dir vollkommen sicher?, fragte er. Du bist dir sicher, dass dein Dad niemals einen Handel abschließen würde, in dem er ein Ding opfert, um etwas Größeres zu retten?

Jess gehört mir, sagte ich. Niemand kann mit ihr handeln.

Okay, sagte er. Wenn du das sagst.

Lügner lügen. Und das tat er gerade. Er log … und damit versuchte er, mich dazu zu bringen, auch mich selbst anzulügen. Er versuchte, dafür zu sorgen, dass ich meiner Familie nicht traute. Lügner lügen, indem sie dich von dem trennen, was du für sicher gehalten hast, und dich davon überzeugen, dass dieses andere Ding, mit dem sie vor dir herumwedeln, die neue Wahrheit ist. Du wirst in deiner dicht bevölkerten Welt einer Menge Lügnern begegnet sein. Ich nehme an, du wusstest das von Beginn an. Ich stelle mir vor, dass du auf sie vorbereitet warst und wusstest, wie man mit ihnen umging. Ich hatte noch nie einen Lügner getroffen, bevor Brand in unser Leben gesegelt war. Aber ich weiß bereits jetzt viel darüber, wie sie vorgehen und wovon sie sich nähren. Lügner wollen dich isolieren und aus dem Gleichgewicht bringen, damit du in Selbstzweifeln ertrinken kannst.

Brand hatte sein Ziel schon halb erreicht, bevor mir klar wurde, was er gerade tat.

Wenn du so gut klarkommst, sagte ich, was tust du dann hier drin?

Das, sagte er, ist eine gute Frage. Aber bevor ich sie beantworte, beantwortest du meine Frage. Mann zu Mann. Wirst du versuchen, mich umzubringen?

Was?, fragte ich. Seine Direktheit raubte mir erneut den Atem.

Du starrst mich an, als wolltest du mir jeden Moment an die Kehle springen, und wir scheinen uns hier auf engem Raum zu befinden. Wir sollten das klären, sonst wird alles sehr anstrengend. Also frage ich dich noch mal, Mann zu Mann. Wirst du versuchen, mich umzubringen?

Du bist größer als ich, sagte ich. Und Gewalt ist sowieso dumm. Und du hast meinen Hund gestohlen. Du hast nicht meine Familie umgebracht.

Ich hielt einen Moment inne und fragte mich, ob Dad und Ferg und Bar sich wohl erholt hatten. Schließlich hatte ich sie sich übergebend und mit grauen Gesichtern zurückgelassen.

Also?, fragte er, die blauen Augen glitzernd.

Also, sage ich. Mann zu Mann? Ich werde dich nicht töten.

Er nickte.

Okay. Nun, das ist vernünftig, wenn wir eine Weile hier drin eingeschlossen sein werden.

Besonders, wenn du mir meinen Hund zurückgibst, sagte ich.

Er wusste nicht genau, was er damit anfangen sollte. Er beschloss, es mit einem Lächeln zu kommentieren, doch der Ausdruck wirkte ein wenig schiefer als normal, und das schenkte mir das befriedigende Wissen, dass er sich meiner nicht ganz sicher war.

Also, was tust du hier?, fragte ich.

Es ist, wie sie gesagt haben, sagte er. Ein einsamer Reisender, ein Freeman, ist vorbeigekommen und hat eine Krankheit mitgebracht, bei der Geschwüre in den Achselhöhlen entstehen und die drei von ihnen getötet hat, nachdem er nach Norden weitergereist war.

Das musste derselbe Reisende sein, von dem John Dark mir erzählt hatte. Derjenige, der *La Pest* verursacht hatte, der Freeman, dessen Schlüssel ich um meinen Hals trug.

Also haben die Kons beschlossen, dass jeder von außerhalb in die Quarantäne und einen Monat lang zeigen muss, dass er nicht krank ist, bevor sie ihn ins Lager lassen. Deswegen haben sie diese Masken und Tücher vor dem Gesicht. Sie wollen unsere Luft nicht atmen, bevor sie sicher wissen, dass wir sauber sind.

Die Kons?, fragte ich.

Konservatoren, sagte er. So nennen sie sich selbst. Sie sind nicht unbedingt die nettesten Menschen der Welt. Sie haben kaum Sinn für Humor. Stattdessen haben sie eine Mission. Aber obwohl sie nicht viel reisen, sind sie großartige Handelspartner für uns wenige, die um die Welt reisen.

Wie sieht ihre Mission aus?, fragte ich.

Sie wollen die menschliche Rasse retten, sagte er. Sie wollen die Welt neu besiedeln. Sie wollen in Ordnung bringen, was sich verändert hat, weil sie glauben, dass ›verändert‹ dasselbe bedeutet wie ›kaputt‹ und dass die Pracht dessen, was einst war, immer besser ist als der Reiz dessen, was in der Zukunft liegen könnte. Sie vermehren sich gut, und sie wollen die Uhr zurückdrehen … und es ist unmöglich, ihnen klarzumachen, dass sie auf verlorenem Posten kämpfen. Sie sind stur – wie du. Aber mit weniger Herz.

Das war typisch für Brand. Er verunsicherte einen, und dann schmuggelte er ein Kompliment ein, sodass man ihm ein kleines bisschen mehr vertraute.

Und das war nie etwas Gutes. Wie ich herausfinden sollte. Mal wieder.

Gefahr erkannt heißt nicht immer Gefahr gebannt. Manchmal strengt man sich so sehr an, die Falle zu entdecken, von der man weiß, dass sie da ist, dass man diejenige übersieht, von der man nicht wusste.

# 32
# BESUCHER

Ich musste ihnen von Jip erzählen. Ich ging davon aus, dass er einen, vielleicht sogar zwei Tage lang klarkommen könnte – aber die Pfanne mit Wasser, die ich ihm hingestellt hatte, würde nicht lange halten, und es wäre besser, wenn sie ihn hatten, als dass er langsam und grausam verdurstete. Und das Packpferd würde auch von seinen Fesseln befreit werden müssen, um mitgenommen oder freigelassen zu werden.

Ich entschied allerdings, dass ich diesen ersten Tag abwarten konnte, für den Fall, dass ich einen Fluchtweg fand und Jip mir das vergeben könnte. Schließlich hatte ich noch meinen Leatherman. Sie hatten mich nicht durchsucht, weil sie zu viel Angst davor gehabt hatten, mich zu berühren.

Hast du versucht zu fliehen?, fragte ich Brand.

Wieso sollte ich?, fragte er. Sie werden mich irgendwann rauslassen. Ich habe die Seuche nicht. Sie ernähren mich gut. Es ist sehr erholsam. Ich hole mal ein wenig Schlaf auf. Es gibt nichts, worum ich mir Sorgen machen müsste. Und sie mögen mich.

Also kennen sie dich nicht besonders gut, sagte ich.

Wieder blitzte dieser weiße Streifen in seinem Bart auf,

dieses kleine Grinsen, das mir inzwischen die Zehennägel aufrollte.

Sie haben aufgehört zu reisen, sagte er. Früher haben sie es getan. Aber dann sind eines schönen Sommertags ihre besten drei Seeleute losgezogen und hinter dem Horizont in einem dunklen Sturm verschwunden, der einen ganzen Tag und eine ganze Nacht angehalten hat. Sie sind nie zurückgekehrt. Ich vermute, dass die See sie geholt hat. Und diejenigen, die jetzt noch übrig sind … nun, sie finden, es wäre zu gefährlich. Also mögen sie mich, weil ich hinausgehen kann in die Welt, vor der sie Angst haben, und ihnen nützliche Dinge zurückbringen.

Wie meinen Hund, sagte ich.

Na ja, ja, sagte er. Sie mögen die Vorstellung, Wachhunde züchten zu können. Dann seufzte er. Hier treiben sich Wölfe herum, die ihre Schafe angreifen. Und sie machen sich Sorgen, dass die Wölfe eines Tages sie angreifen könnten, was dämlich ist, weil Wölfe keine Menschen angreifen. Das habe ich in einem Buch gelesen.

Ich erzählte ihm nicht, dass er sich irrte. Vielleicht würde er eines Tages einem Wolf trauen, weil er die Lüge glaubte, die er gelesen hatte, und das wäre eine genauso gute Gelegenheit wie jede andere, die unangenehme Überraschung zu erleben, die ich ihm an den Hals wünschte.

Ich werde versuchen zu entkommen, sagte ich.

Tu das nicht, sagte er. Du wirst sie nur wütend machen.

Wenn ich entkomme, ist das nicht mein Problem, sagte ich.

Das wirst du nicht, sagte er. Wieso setzt du dich nicht hin und erzählst mir von deiner Reise? Ich mag gute Geschichten.

Ich auch, sagte ich. Aber die hier ist noch nicht zu Ende.

Also folgte weiteres Schweigen, was mir nichts ausmachte und ihm nicht gefiel.

Ich vertrieb mir die Zeit, indem ich aus den drei verschiedenen Zellenfenstern auf der dem Meer zugewandten Seite des Bunkers blickte. Ich konnte den oberen Teil der Segel seines Boots sehen, und dahinter war eine Rauchsäule, wie von einem Kochfeuer, die die Siedlung der Konservatoren markierte. Ich konnte Bewegungen jenseits der Bäume sehen, hinter denen die Häuser verborgen lagen, aber nur hin und wieder. Die stetigere Bewegung stammte von den Segeln, die ständig nach unten fielen und dann wieder nach oben wanderten.

Was machen sie mit deinem Boot?, fragte ich.

Er überquerte den Flur, kam in meine Zelle und sah aus dem Fenster neben meinem. Mir war es unangenehm, dass er mir so nahe kam. Ich weiß nicht, warum. Er roch nach Meer und Holzrauch. Und er strahlte immer etwas Gefährliches aus, wie der finstere Sog einer Klippe.

Ich trat zur Seite.

Er saugte erst scharf Luft ein, dann schnalzte er mit der Zunge. Es klang, als wäre er frustriert.

Ich würde sagen, sie fummeln daran herum, sagte er. Ich würde sagen, einer von ihnen versucht herauszufinden, wie alles funktioniert.

Vielleicht haben sie gar keine Angst vor dem Meer, sagte ich. Vielleicht werden sie dich gar nicht mehr so sehr mögen, wenn sie lernen, was du kannst.

Eine Weile beobachtete er schweigend sein Boot. Ich konnte sehen, dass er nicht allzu glücklich war mit dem Gedanken, dass Leute berührten, was ihm gehörte. Ziemlich ironisch.

Sie haben alle Angst vor irgendwas, sagte er. So ticken sie.

Wie viele von ihnen gibt es?, fragte ich.

Jetzt willst du reden, sagte er.

Ich beobachtete seinen Rücken.

Ich werde einen Handel mit dir abschließen, sagte ich. Ich werde dir erzählen, wie ich hierhergekommen bin, wenn du mir von den Kons erzählst.

Er drehte sich um und sah mich an.

Ich will über sie Bescheid wissen.

Willst du nicht, sagte er. Willst du wirklich nicht. Es wird dich nicht glücklich machen.

Ich bin schon jetzt nicht glücklich, sagte ich. Ich habe noch nicht viele Menschen getroffen. Ich bin neugierig. Mir wurde erklärt, auf dem Festland gäbe es keine Überlebenden mehr.

Und wenn du herausfinden würdest, dass andere Dinge, die man dir gesagt hat, auch nicht ganz wahr sind, wärst du noch unglücklicher, sagte er.

Nein, sagte ich. Ich wäre weniger unwissend.

Du willst über sie Bescheid wissen, weil du etwas vorhast, sagte er. Und das ist sinnlos. Warte einfach. Was passieren wird, wird passieren.

Wie viele von ihnen gibt es?, fragte ich.

Du gibst nicht auf, oder?, fragte er und setzte sich wieder auf seinen Vorsprung aus Beton.

Nein, sagte ich. Eigentlich nicht.

Ich glaube, es gibt neun, sagte er. Aber ein paar von ihnen wohnen in einem anderen, verschlossenen Gebäude.

Einem Bunker wie diesem?, fragte ich.

Nein, sagte er. Nicht wie eine Gefängniszelle. Wie ein abgeschlossener Bereich. Hinter einem Zaun.

Wenn es kaum noch Menschen auf der Welt gibt, wen

versuchen sie fernzuhalten?, fragte ich. Sie können den Zaun doch nicht nur für dich gebaut haben.

Der Zaun ist nicht da, um Leute davon abzuhalten, dort einzudringen, sagte er. Er ist da, um die Bewohner darin festzuhalten, glaube ich.

Warum?, fragte ich.

Das ergab für mich einfach keinen Sinn. Es war ja nicht so, als gäbe es noch so viele Leute auf dem Planeten, dass man wertvolle Körper verschwenden konnte, indem man sie einsperrte.

Weil das der Ort ist, an dem sie die Züchterinnen beschützen, sagte er. Dort bewahren sie die Mädchen und Frauen auf.

Züchterinnen?, fragte ich.

Ihr Wort, sagte er. Nicht meines.

Ich fühlte, wie sich Kälte in mir ausbreitete, bis mir ein wenig schlecht wurde. Ich setzte mich und starrte auf meine Füße, bis das Gefühl verklungen war.

Ich nehme an, ich hatte mich geirrt. Sie verschwendeten keine wertvollen Körper.

Ich fühlte seinen Blick im Nacken.

Fühlst du dich schon glücklicher?, fragte er.

Du hast gesagt, sie wären tolle Händler, sagte ich. Womit handeln sie gern?

Mit Leuten, Griz, sagte er, und es klang Trauer in seiner Stimme mit, als erklärte er mir das bereits zum zweiten Mal; als wäre das etwas, das ich aus dem hätte schließen müssen, was er mir bereits gesagt hatte. Sie tauschen Dinge gegen Menschen. Besonders gegen Mädchen.

Und dann brachte er mich dazu, ihm vom ersten Teil meiner Reise zu erzählen, wie ich ihn von der Kapelle zu dem Pier verfolgt hatte, wo er die *Sweethope* verbrannt hatte. Ich berichtete ihm nur das absolute Minimum, und obwohl es das Letzte war, was ich tun wollte, tat ich es aus zwei Gründen doch. Zum einen, weil er sich weigerte, mir mehr zu erzählen, bis wir ›gehandelt‹ hatten. Und zum Zweiten, weil ich mich damit, dass ich mich an meine Reise erinnerte und darüber redete, von dem ablenken konnte, was er mir erzählt hatte.

Ich brach meine Geschichte an dem Punkt ab, wo er mein Boot verbrannt hatte, und erklärte ihm, dass er dran wäre. Und so lieferte er mir die Geschichte der Kons, und ich berichtete ihm von meiner Reise nach Süden quer durch das Festland. Ich erzählte ihm nicht von den Wölfen oder von John Dark. Ich gehe davon aus, dass er mir auch nicht alles über die Kons erzählte … aber in diesem Geben und Nehmen gab er Folgendes preis: Soweit er wusste, waren die Kons die einzigen Menschen, die noch auf dem Festland lebten. Sie waren die größte Gruppe, der er auf seinen Reisen je begegnet war. Sie glaubten, ihre Mission laute, die Welt erneut zu besiedeln, wie er mir bereits erklärt hatte. Und sie glaubten, dass diese Mission so wichtig war, dass sie rechtfertigte, Dinge zu tun, die nicht so gut waren. Brand glaubte, dass die Kons, wenn es mehr von ihnen gegeben hätte, auch Überfälle gestartet hätten, um ganze Familien zusammenzutreiben und zurückzubringen in das, was sie das Konservatorium nannten – um sie zu zwingen, dort zu leben und wie Sklaven zu arbeiten. Doch glücklicherweise gab es nicht genug von ihnen, um das zu tun, also taten sie stattdessen etwas anderes. Diejenigen, die es konnten, brachen zu Reisen auf – und wenn sie Familien fanden, boten sie ihnen einen Handel an. Niemand bei normalem Verstand würde ein Kind eintauschen, aber sie boten es immer an, weil sie sich selbst als gute Menschen sahen, die etwas Gutes taten, selbst wenn andere ihre Motive nicht verstanden. Dann kamen sie zurück, vorzugsweise bei Nacht, stahlen das Kind, wenn sie konnten, und verschwanden vor Sonnenaufgang wieder hinter dem Horizont. Es war ein Diebstahl, aber für das übergeordnete Wohl. So rechtfertigten sie ihre Handlungen.

Und dann waren ihre Seeleute aufgebrochen und niemals zurückgekommen. Vielleicht hatte sie der Sturm erwischt, über den Brand gesprochen hatte. Ich ging davon aus, dass es genauso gut sein konnte, dass sie versucht hatten, ein Kind von der falschen Familie zu stehlen, erwischt worden waren und man sich um sie gekümmert hatte. Meiner Meinung nach war das ein glücklicheres Ende der Geschichte.

Danach waren die Kons zu Hause geblieben, zu verängstigt, um sich weiter aufs Meer zu wagen, als nötig war, um im flachen Wasser vor ihrer Küste zu fischen. Stattdessen verließen sie sich jetzt auf diejenigen, die Brand See-Nomaden nannte. Er gehörte zu ihnen, sagte er, und er wusste von zwei anderen, obwohl er nur einen von ihnen getroffen hatte. Es waren Leute wie er, die über das Wasser hierhin und dorthin reisten, immer auf der Suche nach Handel; ruhelos, aber immer froh darüber, Dinge, die sie gefunden hatten, gegen Essen oder anderes einzutauschen, das sie allein nicht finden konnten. Wie Kameradschaft.

Kameradschaft klang wie ein Wort, das mit nicht nur einer Bedeutung aufgeladen war. Ich hakte allerdings nicht nach, und er sprach einfach weiter.

Die Kons besaßen einen Vorrat von Medikamenten aus der Zeit vor der Kastration, und wundersamerweise schienen sie überwiegend noch zu wirken. Sie waren kostbar und damit fast jeden Handel wert. Außerdem züchteten sie eine Pflanze, die man rauchen oder mit der man kochen konnte und die dafür sorgte, dass die Welt schöner wurde und Schmerzen und Sorgen für eine Weile dämpfte. Sie hatten den See-Nomaden erzählt, dass sie für ihre Mission Mädchen brauchten und gut dafür zahlen würden. Es interessierte sie nicht, ob die jungen Frauen durch Handel oder Diebstahl den Weg in ihr Konservatorium fanden, und sie versuchten, ihr Gewissen zu beruhigen, indem sie darauf hinwiesen, wie gut man sich um die Mädchen kümmerte. Dass man sie behandelte wie Familie.

Brand sah meine Miene.

Ich weiß, sagte er. Und, wozu es auch immer gut sein mag, ich habe dieses Angebot nie angenommen. Aber ich weiß, dass einer der anderen See-Nomaden es getan hat. Und weißt du, was das Schlimmste an alledem ist?

Im Moment scheint mir das eine lange Liste zu sein, sagte ich.

Er nickte. Das Schlimmste ist, dass die Kons immer noch glauben, sie wären gute Menschen.

Dann hörten wir Geräusche vor dem Fenster und standen auf, um zu sehen, was kam.

Das ist das Essen, sagte er. Sie ernähren uns hier gut. Du wirst sehen.

Es waren drei. Ich erkannte einen von ihnen an seiner Gasmaske, aber die anderen beiden waren neu. Einer trug eine andere Art Gasmaske, noch ein anderer hatte sich ein Tuch ums Gesicht gewickelt und trug eine Art Schutzbrille.

Sie hatten alte Plastikkörbe an das Ende langer Stäbe gebunden, kamen nah genug heran, um die Körbe gegen die Gitter des Fensters zu halten, und entfernten sich dann schnell, als wäre es sogar potenziell gefährlich, das Gebäude, in dem wir uns aufhielten, mit der Spitze eines langen Stabs zu berühren.

Wie fühlt ihr euch?, rief der Mann, den ich erkannte.

Gesund wie ein Fisch im Wasser, schrie Brand zurück. Er ließ seine Stimme locker und fröhlich klingen, als hätte er keine einzige Sorge.

Ich hoffe, es bleibt auch so, rief der Mann, als wäre er ein Freund.

Nun, das werden wir schon bald wissen, sagte ein anderer. Er klang nicht, als würde er Brand so sehr mögen wie der erste. Morgen Abend findet die Inspektion statt.

Mir fällt gerade etwas ein, sagte Brand. Wärt ihr so nett und würdet mir meine Fiedel vom Boot bringen? Sie steht am Fußende meiner Koje. Ein schwarzer Koffer, ihr könnt ihn nicht übersehen.

Wir werden ihn dir später bringen, sagte der freundlichere Mann. Und wir freuen uns schon darauf, die Musik zu hören.

Nun, sagte Brand, zumindest können wir Musik teilen, ohne uns vor einer Infektion fürchten zu müssen.

In der Tat, sagte der Mann.

Oh, sagte Brand, nur noch eine Sache … wer fummelt da mit den Segeln auf meinem Boot herum?

Oh, sagte der Mann. Das ist Tertia. Sie will einfach verstehen, wie es funktioniert. Ich kann ihr sagen, dass sie damit aufhören soll, wenn du willst.

Das wäre schön, sagte Brand. Mein Boot ist mein Zuhause. Ich möchte nicht, dass es kaputtgemacht wird.

Natürlich, sagte der Mann. Sie ist sowieso viel zu neugierig. Aber sie passt sehr gut auf deine Hunde auf.

Dankt ihr von mir, sagte Brand nach einem schnellen Blick zu mir.

Sie gingen davon, und Brand, der größer war, hob den Arm und holte das Essen und Wasser zu uns herein.

Ich werde nicht zulassen, dass Leute sich so an meinem Boot zu schaffen machen, sagte er.

Tertia, sagte ich. So einen Namen habe ich noch nie gehört.

Er entstammt der alten Sprache, sagte er. Eine Zahl. Sie benutzen Zahlen, um sich selbst zu benennen.

Warum?, fragte ich.

Ich habe es dir doch erzählt, sagte er. Sie mögen die Vergangenheit. Deswegen tun sie alles, um sie wiederauferstehen zu lassen. Aber wenn du mich fragst, eine Zahl statt eines richtigen Namens zu haben sorgt dafür, dass die Leute sich fühlen wie Dinge, nicht wie Menschen. Der, der gesprochen hat, war Quintus. Das bedeutet fünf.

Was bedeutet Tertia?, sage ich.

Er zuckte mit den Achseln.

Ich weiß es nicht, sagte er. Wieder zuckte er mit den Schultern. Vier? Drei? Spielt keine Rolle. Die Zahlen-Namen der Mädchen und Frauen enden immer auf a. Das weiß ich.

Er sah mich an.

Was ist die Inspektion?, fragte ich.

Oh, das ist nichts, sagte er. Sie stellen sich einfach vor der Tür auf und sehen uns an, um zu schauen, ob wir schon Geschwüre entwickelt haben. Um zu sehen, ob wir infiziert sind.

Wo?, fragte ich.

Dort drüben, sagte er und deutete auf die Gittertür am Ende des Flurs. Wir stehen einfach dort, drehen uns um, zeigen ihnen unsere Achselhöhlen und unseren Schritt. Ist keine große Sache. Machen sie jeden zweiten Abend.

Also müssen wir unsere Kleidung ausziehen?, fragte ich.

Ja, sagte er, aber sie befummeln uns nicht oder irgendwas. Sie stehen einfach nur ein Stück entfernt und mustern uns genau, um auf Nummer sicher zu gehen. Und jetzt Kopf hoch. Lass uns essen. Das Essen ist gut, und mit vollem Magen sieht man alles positiver. Sie werden dich nicht vergiften.

# 33
# DIE WAHRHEIT WIRD EUCH FREI MACHEN (UND ANDERE LÜGEN)

Manche Gifte nimmt man über den Mund auf. Andere über das Ohr.

Brand war immer ein guter Redner gewesen, fähig, seine Worte mit einem Grinsen oder einem Witz zu versüßen, sodass man den verräterischen Geschmack von etwas übersah, das einen später von innen zerfressen sollte.

Das Essen war gut: Brot, Kartoffeln, irgendwelche grünen Blätter, die angenehm bitter schmeckten, und Hammel – Salzmarsch-Hammel, sagte er. Man konnte den scharfen Geschmack des Meeres wahrnehmen, genauso wie eine darunterliegende Süße. Es schmeckte ein wenig wie die Schafe zu Hause, und für einen Moment war ich in Gedanken wieder dort, fragte mich, was sie aßen und worüber sie sich unterhielten, während sie am Tisch saßen. Und obwohl Mom nicht am Gespräch teilnehmen würde, spürte ich eine so starke Sehnsucht danach, einfach neben ihr zu sitzen und ihre Hand zu halten, dass ich aufhörte zu essen.

Ich esse das gern auf, wenn du satt bist, sagte Brand.

Ich schüttelte den Kopf und schaufelte mir mehr Fleisch in den Mund. Kauen bedeutete, dass ich nicht reden musste, bevor ich mich dazu bereit fühlte.

Also hast du gelogen, sagte ich.

Habe ich das?, fragte er und zog eine Augenbraue hoch. Das erscheint mir unwahrscheinlich.

Du hast gesagt, du wärst hier aufgewachsen. Als du bei uns zu Hause warst. Als du deine Reisegeschichten erzählt hast, hast du erklärt, du wärst in dieser Marsch aufgewachsen, auf einer Insel in einer Flussmündung, und dass deine Familie gestorben wäre und du deswegen losgezogen, um durch die Welt zu reisen. Also entweder hast du damals gelogen, oder du lügst jetzt. Entweder du bist nicht hier aufgewachsen und lügst. Oder du bist hier aufgewachsen und bist selbst einer der Kons.

Er sah mich an.

Ich mag dich, Griz, sagte er. Ich mag die Art, wie du niemals aufgibst. Ich mag auch, dass du es schaffst, dass ich mich … unbehaglich fühle. Wie mit dieser Frage.

Es war keine Frage, sagte ich. Sondern nur die Feststellung von etwas, das wahr sein muss.

Und schon tust du es wieder, sagte er. Habe ich dir von der Inselgruppe in Schweden und den fahlen Mädchen erzählt?

Ja, sagte ich.

Das war mein Zuhause, sagte er. Und sie waren meine Schwestern.

Waren?, fragte ich.

Vielleicht sind sie es immer noch, sagte er. Aber wenn du den Konservatoren von ihnen erzählst, bringe ich dich um. Verstanden?

Wenn er nicht lächelte – wenn er einen so ansah, die Miene

hart wie Stein und seine Augen plötzlich starres blaues Eis –, war er ein vollkommen anderer Mensch.

Ja, sagte ich. Wenn das, was du mir über sie erzählt hast, stimmt, dann verstehe ich, wieso du nicht willst, dass die Kons von deinen Schwestern erfahren.

Und du verstehst, dass ich nicht scherze?, fragte er.

Ich weiß nicht, sagte ich.

Die Falten auf der schroffen Klippe, die seine Stirn bildete, veränderten ihre Position. Was?, fragte er.

Du bist ein wirklich guter Lügner, sagte ich. Du weißt, wie man Geschichten einsetzt, um zu bekommen, was man will. Und mir zu erzählen, dass du mich umbringen wirst, wenn ich je jemanden von dieser Inselgruppen-Sache erzähle, ist ein wirklich guter Weg, mich glauben zu machen, dass du die Wahrheit sagst.

Seine Miene wurde noch viel ernster, kälter, härter, und dann brach der große rote Spaten seines Barts erneut auf und war voller weißer Zähne, und ich konnte das pinkfarbene Innere seines Munds sehen, als er den Kopf nach hinten warf und vor Lachen grölte.

Griz, keuchte er und boxte mich hart gegen die Schulter – nicht, um mich zu verletzen, sondern um eine seltsame Art Zuneigung auszudrücken. Griz, ich mag dich wirklich. Ich mag dich sehr. Du bist nur ein Kind, aber du bist kein Narr, das ist mal sicher.

Ich bin kein Kind, sagte ich.

Wenn dein Bart sprießt, wirst du ein Mann sein, sagte er. Es ist nichts falsch daran, ein Kind zu sein.

Du hast recht, sagte ich. Aber mein Bart wird nicht sprießen.

Noch nicht, sagte er und boxte mich erneut gegen die Schulter.

Niemals, sagte ich. Und wenn du mich noch mal schlägst, werde ich zurückschlagen, und zwar nicht gegen deine Schulter.

Ich habe es nicht böse gemeint, sagte er.

Ich weiß, sagte ich, aber für einen cleveren Mann bist du ziemlich dumm.

Dumm also, sagte er.

Genauso dumm wie ich, sagte ich. Weil ich geglaubt habe, was du gesagt hast … weil du es gut gesagt hast und Geschenke wie Marmelade mitgebracht hast. Und du glaubst, was du siehst, weil man dir gesagt hat, was du sehen sollst.

Er sah mich an. Und dann sah er mich genauer an.

Dann lehnte er sich zurück, als hätte ihm jemand den Wind aus den Segeln genommen.

Ich bin dumm, sagte er. Ich kann genauso gut scheißen gehen und blind werden. Ich habe nicht gesehen, was direkt vor meiner Nase lag …

Du hast recht, sagte ich.

Du bist …, setzte er an.

Ja, sagte ich.

Ich bin ein Mädchen.

Er blies die Wange auf und starrte auf seine Stiefel. Als wäre es ihm plötzlich unangenehm, mich anzusehen.

Nun, sagte er. Das ist nicht gut. Nicht hier. Nicht jetzt.

Nein, sagte ich. Nein, ist es nicht.

# 34
# LÜGNER LÜGEN

Warum musstest du mir das erzählen?, fragte Brand, nachdem er seine Stiefel einer langen, eingehenden Inspektion unterzogen hatte. Ich habe dir doch gesagt, wie dringend sie Mädchen wollen.

Züchterinnen, sagte ich.

Vielleicht irrte ich mich, aber er schien das Gesicht zu verziehen.

Wenn sie wollen, dass wir uns ausziehen, hättest du es bald sowieso herausgefunden, sagte ich.

Wieso hast du es mir jetzt erzählt?, fragte er. Aus irgendeinem Grund wirkte er wirklich wütend.

Weil ich einen Handel mit dir abschließen will, sagte ich. Du bist ein Händler, richtig?

Griz, sagte er. Diese Kons, sie sind …

Ich weiß, was züchten bedeutet, sagte ich. Ich hatte nicht das Gefühl, dass er das Brechen in meiner Stimme hörte. Du denkst immer noch, ich wäre ein kleines Kind, weil mein Bart noch nicht gewachsen ist. Ich bin älter, als du denkst, schon vergessen?

Er nickte. Ich habe noch nie eine so zerrissene Miene gesehen wie seine in diesem Moment. Als wäre eine Hälfte von ihm fasziniert und könnte den Blick nicht abwenden, während die andere Hälfte überall sein wollte, nur nicht hier.

Also will ich einen Handel mit dir abschließen, sagte ich.

Griz, alles, was du zum Handeln hast, werden sie dir wegnehmen, sagte er.

Der Handel geht so, sagte ich. Sie werden sehen, dass ich ein Mädchen bin. Dann werden sie warten und schauen, ob wir *La Pest* haben.

La was?, fragte er.

Die Seuche, sagte ich und sprach eilig weiter, bevor er Fragen stellen konnte, die zu meiner Zeit mit John Dark führen würden. Sobald ich aus der Quarantäne raus bin, werden sie mich als eine ihrer Züchterinnen wollen, richtig?

Richtig, sagte er. Es tut mir leid.

Er wirkte so niedergeschlagen, dass ich ihm glauben wollte. Fast hätte ich es getan.

Also können wir nichts dagegen tun, sagte ich. Das wird einfach passieren.

Wieder hatte ich das Gefühl, dass er das Zittern in meiner Stimme nicht wahrnahm. Trotzdem räusperte ich mich, um auf Nummer sicher zu gehen.

Der Handel lautet wie folgt: Wenn ich draußen bin und nicht mehr hier eingeschlossen, stiehlst du mich und bringst mich nach Hause.

Er starrte mich an.

Du hältst mich für einen besseren Mann, als ich wirklich bin, sagte er.

Das tue ich, sagte ich. Ich glaube, du bist ein besserer Mann, als du selbst glaubst.

Ich hatte ihm nicht so lange zugehört, ohne ein paar Tricks zu lernen. Ein wenig Süße, um alles leichter zu machen. Es konnte nicht schaden, dafür zu sorgen, dass er mit sich zufrieden war.

Aber darauf verlasse ich mich nicht, sagte ich. Ich verlasse mich darauf, dass du tust, was am besten für dich ist. Einen besseren Handel abschließt, als sie dir je anbieten könnten.

Wie zum Beispiel?, fragte er.

Weißt du, es gibt da noch etwas, das du nicht über mich weißt, sagte ich und griff in den Kragen meines Hemds. Was weißt du noch nicht über meine Familie?

Nein, sagte er.

Nein, du weißt es nicht, sagte ich und zog den Schlüssel heraus, um ihn ihm zu zeigen.

Wir sind Freemen.

Ich zeigte ihm das Symbol auf dem Schlüssel. Weißt du, was dieses Symbol bedeutet?

Er beugte sich vor und starrte es an.

Unendlichkeit, sagte er. Und in dem Moment wurde mir bewusst, dass die Acht gar keine Acht war, sondern eigentlich liegend betrachtet werden sollte, nicht stehend. Es war das Symbol für Unendlichkeit.

Woher weißt du das?, fragte ich.

Weil ich es schon mal gesehen habe, sagte er. Es bedeutet unendlich in alle Richtungen.

Genau, sagte ich. Und weißt du, was hinter der Tür liegt, die man hiermit öffnen kann?

Tote elektrische Hirne, sagte er. Kaputte Computer.

Nein, sagte ich. Nicht überall. Wenn du mich rettest, bringe ich dich an einen Ort, wo Medikamente gelagert werden, die noch wirken. Wo es alte Technik gibt, die noch funktioniert.

Er starrte mich an.

Oder lass mich hier, und ich werde denselben Handel mit ihnen abschließen. Mir wäre es lieber, wenn du mir hilfst, weil du ein Boot hast. Aber ich kann sie den langen Weg über Land führen, und ich bin mir sicher, das wird auch gehen.

Alte Technik, die funktioniert, sagte er. Wie zum Beispiel?

Bildschirme, die sich bewegen, Bilder und Geschichten zeigen. Kleine Computer, die noch rechnen. Elektrische Kompasse, Fernstecher, die dir den Horizont in den Schoß legen und Bilder davon machen, die du dir später ansehen kannst. Musikspieler.

Mir gingen langsam die Dinge aus, mit denen ich ihn in Versuchung führen konnte.

Du glaubst, es wäre ein Handel nötig, damit ich versuche, dir zu helfen, sagte er. Er klang ein wenig verletzt.

Ja, sagte ich. Du hast es mir gesagt. Du bist ein Händler. Das ist ein guter Handel.

Glaubst du nicht, ich würde versuchen, dir zu helfen, einfach, weil das hier schlechte Menschen sind?, fragte er.

Ich würde es gern glauben, sagte ich. Wie gern würde ich das glauben. Tatsächlich kannst du dir gar nicht vorstellen, wie dringend ich das glauben will. Aber meine bisherigen Erfahrungen mit dir bestärken meine Überzeugung, dass das keine gute Idee wäre. Und wie du schon sagtest, bin ich kein Narr.

Er starrte mich an.

Zumindest in diesem einen Punkt hattest du recht, sagte ich.

Er holte tief Luft.

Das wird sicher nicht einfach, sagte er. Und wir müssen uns darauf einigen, wie wir vorgehen wollen, bevor sie hier ankommen.

Du hast recht, sagte ich.
Musikspieler?, fragte er.
Ich nickte.
Er hatte angebissen.

# 35
# EINE WAHL TREFFEN

Bis ich Brand begegnete, hatte ich noch nie jemanden getroffen, der Lügen erzählte. Infolgedessen war ich nicht besonders gut darin, mit Lügnern umzugehen. Aber das war damals. Dies ist das Heute, und ich weiß Folgendes über sie: Wenn Lügner behaupten, dass sie dir die Wahrheit erzählen, ist die Zeit gekommen, ganz genau auf ihre Geschichten zu lauschen – nicht, weil sie versuchen werden, die Wahrheit darin zu verstecken, sondern weil die Wahrheit überhaupt nicht da sein wird. Die wahre Wahrheit liegt in den Dingen, die sie nicht erwähnen. Wenn man also die Form ihrer Lüge erkennt, kann man den Raum sehen, den sie einnehmen, und dann sucht man in den leeren Stellen dazwischen nach der Wahrheit.

Du hast die Karte verwendet, um hierherzukommen, sagte Brand.

Ja, sagte ich.

Und wo ist sie jetzt?, fragte er.

Spielt keine Rolle, sagte ich. Ich wollte weder ihm noch sonst jemandem von Jip und den Pferden erzählen. Noch nicht. Nicht, bevor ich musste.

Du kannst nicht zulassen, dass sie sie finden, sagte er. Das meine ich ernst.

Okay, sagte ich. Sie werden sie nicht finden. Außer, ich sage ihnen, wo sie ist.

Wenn ich ihnen mitteilte, wohin sie gehen mussten, um Jip loszubinden und sich um die Pferde zu kümmern, würden sie die Karte finden. Ich konnte mir nicht vorstellen, dass sie meine Taschen unberührt lassen würden. Doch ich konnte keinen Sinn darin erkennen, Brand das zu sagen. Er sah mich an und schüttelte den Kopf. Ich nehme an, Lügner sind gut darin, andere Lügen und Halbwahrheiten zu erkennen.

Griz, sagte er, wenn sie diese Karte finden, bist du tot.

Das ist kein besonders guter Beginn unserer Abmachung, sagte ich. Wenn du mir drohst.

Ich drohe dir nicht, sagte er. Ich warne dich. Ich versuche zu helfen. Wenn sie diese Karte in deinem Besitz finden, werden sie denken, du hättest etwas sehr Schlimmes getan. Und sie werden dich dafür bestrafen.

Ich dachte ein wenig nach. Um die Form dessen auszutesten, was er sagte.

Du meinst, du hast etwas Schlimmes getan, sagte ich. Ich habe dir die Karte weggenommen. Wenn sie der Beweis dafür ist, dass du etwas Böses getan hast, werde ich ihnen das einfach sagen.

Und ich werde ihnen erklären, dass du lügst, sagte er. Ich würde es nicht wollen, aber wenn du ihnen das sagst, kann ich nicht anders. Das ist eine Frage des Überlebens.

Dein Wort gegen meines, sagte ich.

Sie kennen mich, sagte er. Sie vertrauen mir. Ich bringe ihnen Dinge, die sie mögen. Dinge, die sie brauchen. Dich haben sie beim Herumschleichen erwischt. Und du versteckst Dinge vor ihnen.

Wie dass ich ein Mädchen bin, sagte ich.

Das, sagte er, aber überwiegend meinte ich, dass du ein Freeman bist.

Ich fragte mich, ob ich wohl in meine eigene Falle tappen würde.

Der letzte Freeman, der hier vorbeigekommen ist, hat drei Leute getötet, die ihnen am Herzen lagen, sagte er. Also werden sie nicht geneigt sein, dich zu mögen oder zu hören, was du zu sagen hast. Aber, Griz …

Er wirkte fast, als hätte er leichte Schmerzen, als er innehielt und mich ansah.

Griz, sagte er. Das ist ein dummes Gespräch. Wir stehen auf derselben Seite. Ich würde dich nie verraten. Außer, du verrätst mich zuerst. Das ist alles, was ich sagen will. Und wie ich schon einmal versucht habe, dir zu erklären: die Karte nicht in ihre Hände fallen zu lassen ist eine Frage des Überlebens.

Manchmal sehen Jip oder Jess mich an und reißen dabei die Augen ganz weit auf, und gewöhnlich bedeutet das, dass sie Essen wollen, aber nicht herankommen – zum Beispiel auf dem Boot. So sahen seine Augen jetzt aus. Weich und warm, trotz ihrer Bläue. Ich zwang mich, daran zu denken, wie schnell sie eisig werden konnten.

Wer ist gestorben?, fragte ich.

Ich konnte meine Augen auch eisig werden lassen.

Sonst sagte ich nichts. Ich wartete einfach. Und Brand hatte Schweigen schon immer gehasst. Also rutschte er irgendwann näher an mich heran, die Hände geöffnet und die Handflächen nach oben gerichtet, um zu zeigen, dass er mir nichts Böses wollte, und dann begann er, mir eine andere Geschichte zu erzählen, wobei er so leise redete, als fürchte er, jemand draußen könnte es hören.

Ich habe dir gesagt, dass sie sich vor langen Reisen fürchten, sagte er. Die Reisen, die sie früher gemacht haben, um Mädchen zu rauben.

Ja, sagte ich. Du hast gesagt, die drei Männer, die diese Aufgabe übernommen hatten, wären davongesegelt und nie zurückgekommen, wegen des Sturms.

Ich habe nie behauptet, dass es drei Männer gewesen wären, sagte er. Interessant, dass du das denkst. Nein, es waren zwei Männer und eine Frau. Die Frau war ihre beste Seefahrerin, und sie nahm auch den Leuten die Befangenheit, wenn sie Fremde trafen. Sie redete mit den Mädchen und den Männern, und beide mochten sie, aus verschiedenen Gründen. Sie war diejenige, die diese Zeichen auf der Karte eingetragen hat.

Ich sah ihn an, womit ich mich ein wenig verriet.

Du dachtest, es wären meine Markierungen, sagte er. Richtig?

Ich denke das immer noch, sagte ich. Ich hatte die Bleistiftlinie gesehen, die seinen Weg zu unserer Insel markierte. Ich verstand nicht, warum er in diesem Punkt lügen sollte, war mir aber sicher, dass es klar werden würde, wenn er weiterredete.

Diese Karte gehört ihnen, sagte er. Den drei Seefahrern. Sie zeigt, wo sie waren. Wenn du jetzt auf der *Falki* wärst, würde ich es dir zeigen.

Was ist die Falki?, fragte ich.

Mein Boot, sagte er. Ich habe dort noch andere Karten versteckt.

Versteckt?, fragte ich.

Ich habe es dir doch gesagt, es wäre nicht gut, wenn sie gefunden werden. Aber es sind Karten ihrer Reisen.

Also sind die Seefahrer nicht ertrunken, sagte ich.

Er rutschte noch ein wenig näher heran.

Nein, sagte er. Sie sind nicht ertrunken. Sie haben ihr Ziel durchaus sicher erreicht. Sie haben es nur nie wieder verlassen.

Und dann erzählte er mir eine andere Geschichte.

Er erklärte mir, das sei die echte Wahrheit. Ich weiß nicht, ob es stimmt. Die Konservatoren waren zu dem Haus gekommen, das sein echtes Zuhause auf der Inselgruppe vor Schweden gewesen war – scheinbar, um zu handeln, doch eigentlich, um die fahlen Mädchen zu stehlen, die seine Schwestern waren. Und er und seine Verwandten hatten sie aufgehalten, weil sie keine Narren waren.

Sie kamen, sie blieben, sie aßen mit uns, sie haben uns gefragt, ob wir kommen und uns ihrer Siedlung anschließen wollen – und als wir Nein gesagt haben und dass es uns gefällt, wo wir sind, sind sie weniger freundlich wieder aufgebrochen. Und dann sind sie nach Einbruch der Dunkelheit zurückgekommen, sagte er. Ohne Freundschaft in den Herzen. Mit Waffen in den Händen. Und Handschellen. Sie sagten, sie wollten nur ein Mädchen. Sie nannten es ›Zehnt‹. Weißt du, was ein Zehnt ist?

Nein, sagte ich.

Es ist wie eine Bestechung, sagte er. So wie sie früher Steuern von Leuten verlangt oder sie ins Gefängnis gesteckt haben, wenn sie nicht bezahlt haben. Nur dass ein Zehnt für Götter ist. Diese Leute sind gefährlich, weil sie glauben, dass sie das alles tun, weil ein Gott will, dass sie es tun. Das bedeutet, dass sie nicht denken müssen wie Menschen.

Also habt ihr sie umgebracht, sagte ich.

Keine andere Wahl, sagte er. Selbst wenn wir uns versteckt

hätten – oder sie einfach nur abgewehrt –, wären sie zurückgekommen. Sie wussten, wo wir lebten. Wir mochten es dort. Mögen es immer noch. Wir wollten unser Leben nicht damit verbringen, uns vor ihnen zu verstecken; ständig weiterzuziehen, in Angst vor ihrem nächsten Versuch und vor dem, was passieren würde, wenn sie mehr Leute mitbrachten, die ihnen helfen konnten. Wir hatten keine Ahnung, wie wenige von ihnen es gibt. Deswegen bin ich hierhergekommen … das erste Mal … um zu sehen, ob sie eine Bedrohung darstellen. Da habe ich herausgefunden, dass sie Angst bekommen haben, als die anderen nicht zurückgekehrt sind. Sie haben sich vom Meer abgewandt.

Und ihr habt sie umgebracht, sagte ich wieder. Die anderen.

Das haben wir, sagte er. Meine Schwestern sind starke Frauen. Sie waren nicht begeistert von der Idee, die Züchterinnen von anderen zu sein. Ich war nicht begeistert von der Idee, dass jemand meine Schwestern stiehlt. Genauso wie meine Eltern. Oder unsere Freunde.

Freunde. Eltern. Als er die Geschichte das erste Mal erzählt hatte, hatte er nicht gesagt, dass es dort mehr Leute gab als die fahlen Mädchen. Jetzt klang es, als stamme er aus einem Dorf. Ich sagte nichts, behielt den Gedanken aber im Hinterkopf. Es hätte eine weitere Lüge sein können.

Wir wussten, dass sie zurückkommen würden, weil da ein Extra in den Augen der Männer war, nachdem sie meine Schwestern getroffen hatten, sagte er. Also haben wir gewartet. Und als sie zurückgeschlichen kamen, haben wir getan, was wir tun mussten. Ich habe es nicht gern getan, aber es musste erledigt werden. Es war ihre Entscheidung. Sie hätten wegbleiben können, aber sie sind zurückgekommen, mit Waffen und Handschellen.

All das, und doch dachtest du, du könntest meinen Hund stehlen, und niemand würde dich verfolgen, sagte ich.

Ein Hund ist keine Schwester, sagte er.

Nein, sagte ich. Aber trotzdem Familie.

Und dann wurde es lange Zeit still zwischen uns, und irgendwann ging er und legte sich in seine eigene Zelle gegenüber und schien dort nichts zu tun als an die Decke zu starren.

Du glaubst, ich wäre ein schlechter Mann, sagte er nach einer Weile.

Ich antwortete nicht, denn ich sah keinen Sinn darin. Ich war zu sehr damit beschäftigt, darüber nachzudenken, was ich tun sollte. Wenn ich ihnen sagte, dass sie losziehen und nach Jip und den Pferden sehen sollten, würden sie die Karte finden – und das wäre nicht gut, weil ich nicht vorhersehen konnte, wie sie darauf reagieren würden. Es war eine Art Beweis, dass der aktuelle Besitzer der Karte vielleicht etwas mit dem Verschwinden und dem Tod ihrer Lieben zu tun hatte. Aber wenn ich ihnen nichts sagte und es nicht schaffte, rechtzeitig zu entkommen, dann würden die Pferde und Jip sterben, angebunden und angehobbelt. Und in diesem halb versunkenen Bunker mit seinen Betonwänden, den vergitterten Fenstern und der verschlossenen Tür ging ich nicht davon aus, dass eine Flucht schnell gehen würde, selbst wenn sie mir irgendwann gelingen könnte.

Die Wahl selbst fiel mir natürlich nicht schwer. Ich wusste, was ich zu tun hatte; aber es fiel mir schwer zu entscheiden, wie ich die Sache angehen sollte. Ich rang mit mir. Ich versuchte, weiterhin daran zu glauben, dass es – wenn ich nur ruhig und clever genug war – einen Weg geben würde, das durchzuziehen. Ohne dass alles noch schlimmer wurde, als es sowieso werden musste. Weil Brand recht hatte. Sie würden ihm glauben, lange bevor sie mir glaubten. Und da es aussah, als müsste ich mich darauf verlassen, dass er mir bei der Flucht von hier half, sobald die Quarantäne vorbei war, war es unsinnig, ihn zu verraten oder auch nur dafür zu sorgen, dass sie ihm mehr misstrauten als vielleicht jetzt schon. Ich hatte gesehen, dass einer der Männer, die das Essen gebracht hatten, ihn mochte, aber der andere war nicht so freundlich gewesen. Es ergab keinen Sinn, die Bedenken des anderen noch zu nähren.

Meine Gefühle für Brand ließen sich momentan damit zusammenfassen, dass ich das Bedürfnis verspürte, den Flur zu durchqueren und die Tür an seiner Zelle fest zuzuschlagen, um ihn hinter einer Tür ohne Schlüssel einzuschließen – wovor man uns gewarnt hatte. Ich fand, es geschähe ihm recht, und ich dachte auch, dass mir damit die Ablenkung seiner Gegenwart erspart bliebe. Ich kann mir nicht vorstellen, dass es vielen anderen Leuten gelungen wäre, sich so irritierend aufdringlich auf ein Bett zu werfen und schweigend an die Decke zu starren. Es war fast kindisch. Als nähme er – der Dieb – mir übel, dass ich – das Opfer – Anstoß an dem Diebstahl genommen und ihn als das bezeichnet hatte, was er war.

Der Hund riss mich aus meinen Gedanken. Ich erkannte ihr aufgeregtes Bellen sofort.

Es war Jess, und sie war ganz in meiner Nähe und kam mit jedem Bellen näher. Mein Herz fühlte sich plötzlich an, als wäre es auf doppelte Größe angeschwollen und versuche, aus meinem Brustkasten zu springen.

Ich kletterte auf den Vorsprung unter dem Fenster und sah zwischen den Gittern hinaus. Wie ich schon sagte, war der Bunker halb in den Boden eingelassen, sodass sich die Öffnung vielleicht zwanzig Zentimeter über dem Gras befand. Ich sah Jess und Saga und dann eine Gestalt, die hinter ihnen herlief und sich dabei ungeschickt eine Gasmaske über das Gesicht zog, während sie sich dem Bunker näherte. Saga befand sich immer noch an einer Leine, aber als Jess auf mich zusprang, glitt ihre Leine frei hinter ihr über das Gras. Sie musste meine Witterung aufgefangen haben und die Leine der Hand entrissen haben, die sie hielt.

Jess!, schrie ich und streckte meine Hand aus dem Fenster, um nach ihr zu greifen, meine Schulter fest zwischen die engen Gitterstäbe gepresst. Jess! Gutes Mädchen!

Der verfolgende Kon schaffte es, auf das Ende des gleitenden Seils zu treten und Jess damit plötzlich und brutal zu stoppen. Sie verlor den Halt und jaulte, als sie nach hinten gerissen wurde. Der Kon beeilte sich, das Seil zu packen, dann stürzte er und landete auf dem Hintern, bevor er Jess zu sich zerrte.

Hey, schrie ich, dann fühlte ich eine Hand auf meiner Schulter, die mich nach hinten zog.

Quarantäne, sagte Brand und spähte über meinen Kopf. Sie können nicht zulassen, dass der Hund dich berührt, oder sie müssten etwas tun, um zu verhindern, dass er die Infektion weiterverbreitet, die du vielleicht in dir trägst.

Der Kon zog Jess in seine Arme und saß einfach da. Er oder sie trug eine Art Handschuh an einer Hand, der irgendwie in sich verdreht wirkte, als bedecke das Leder eine Verletzung … obwohl er anscheinend nicht darauf achtete. Die leeren Glasaugen der Maske schienen auf mich ausgerichtet, nicht auf den Hund.

Keine Sorge, rief Brand. Der Hund muss mich gewittert haben.

Es gibt keinen Grund, sie herausfinden zu lassen, dass du den Hund bereits kennst, sagte er dann leise, nur für meine Ohren bestimmt. Das wird nur weitere Fragen aufwerfen, auf die wir keine bequemen Antworten haben.

Die Gasmaske beobachtete uns einfach nur. Jess schien sich ein wenig zu beruhigen, doch sie wand sich immer noch in den Armen des Kons, um einen Weg zu mir zu finden.

Obwohl ich es hasste, wie Jess von den Pfoten gerissen worden war, ergaben Brands Worte Sinn. Und ich konnte erkennen, dass der Kon tatsächlich freundliche Hände hatte und versuchte, den Hund zu beruhigen, nicht, ihn zu verletzen.

Sie hätten das Tier vielleicht erschossen, wenn sie geglaubt hätten, dass er uns berührt hat, sagte Brand, als hätte er meine Gedanken gehört.

Also musste ich mich damit zufriedengeben, Jess anzustarren und mich darüber zu freuen und erstaunt zu sein, dass sie – nach all diesen Meilen und wie ich entgegen aller Hoffnung trotzdem gehofft hatte – am Ende meiner Reise einfach da war.

Der Kon stand auf und starrte mich an. Ich konnte nicht erkennen, ob sein Blick freundlich oder feindselig war. Die Maske machte es unmöglich, das Gesicht zu erkennen: Das Glas reflektierte das Licht des stahlgrauen Himmels und verriet nichts.

Jess jaulte und bellte wieder, dann zerrte sie an der Leine. Der Kon senkte die Hand und beruhigte sie mit Händen, die, erneut, freundlich waren und offenbar wussten, wie Hunde gern berührt werden. Und dann wandte er sich abrupt ab.

In diesem Moment entschied ich mich. Wenn ich jetzt zurückblicke, bin ich mir sicher, dass ich sie teilweise aus den richtigen und überwiegend aus den falschen Gründen getroffen habe. Zuerst einmal war da die Art, wie der Kon Jess behandelt hatte, nachdem er sie zuerst so brutal gestoppt hatte. Das war kein Verhalten von jemandem, der grausam zu Tieren war, ganz im Gegenteil. Und Jess hatte darauf reagiert, als vertraue sie dem Kon irgendwie.

Der zweite Grund war: Als sich die Kon umdrehte, schwang ein dicker geflochtener Haarzopf über ihren Rücken, der mich sofort an Bar erinnerte.

Fälschlicherweise ging ich davon aus, dass eine Frau freundlicher und verständnisvoller sein würde.

Der dritte Grund lautete: Wenn es dort draußen wirklich Wölfe gab, wie die Kons glaubten, hätten Jip und die Pferde selbst in einer Nacht keine Chance gegen sie, festgebunden, wie sie waren.

Diese Entscheidung zog unzählige schlechte Dinge nach sich, doch ich glaube, es war trotzdem richtig, in Anbetracht dessen, was ich zu diesem Zeitpunkt eben wusste.

Hey, rief ich. Hey, du!

Die Kon hielt an, drehte sich aber nicht um.

Ich habe auch einen Hund, rief ich. Und Pferde. Sie sind dort draußen, festgebunden. Sie warten darauf, dass ich komme und sie hole.

Griz, sagte Brand, seine Stimme ein tiefes, warnendes Knurren.

Wenn ich dir sage, wo du sie findest, könntest du sie holen gehen?, fragte ich und schüttelte die Hand ab, die meinen Arm gepackt hatte. Sie sind nicht weit entfernt. Aber allein sind sie nicht sicher.

Griz, zischte Brand. Tu das nicht.

Sie sind angebunden, sagte ich. Sie können nicht fliehen

oder kämpfen, wenn sich irgendetwas auf sie stürzt. Und der Hund wird verhungern oder an Durst sterben, wenn er festgebunden bleibt.

Wenn sie die Karte finden …, sagte Brand.

Das werden sie, wobei ich den Kopf zur Seite drehte, um meinen Mund zu verbergen, als könnte die Gasmaske meine Lippen lesen, selbst wenn ich leise sprach. Aber dagegen kann ich nichts tun. Ich habe es dir gesagt. Was für Jess gilt, gilt auch für Jip. Sie gehören zur Familie. Und selbst wenn es nicht so wäre – was für ein Mensch lässt ein Tier hilflos und ohne Nahrung zurück?

Jemand, der am Leben bleiben will, sagte er, die Miene grimmig. Diese Kons besitzen keinerlei Sinn für Humor. Und der Gott, den sie mögen, scheint zur unversöhnlichen Sorte zu gehören.

Die Kon wandte sich um und legte den Kopf schräg.

Bitte, sagte ich.

Das ist Tertia, sagte Brand.

Tertia, sagte ich. Ich bin Griz. Ich kann sehen, dass du Hunde magst. Ich sehe, dass du mit ihnen umgehen kannst. Bitte rette meinen Hund, dann kannst du die Pferde haben.

Tertia starrte mich noch ein bisschen an.

Du glaubst, sie wird freundlich sein, einfach, weil sie kein Mann ist, sagte Brand leise. Wieder wirkte es irritierenderweise so, als wüsste er, was ich dachte. Dummer Fehler.

Jess winselte und zerrte am Seil, mir entgegen.

Die Frau, Tertia, stand da wie eine Statue. Ich konnte nicht erkennen, zu welchem Schluss sie kam. Sie stand so still, dass ich mir nicht mal sicher sein konnte, ob sie überhaupt über meine Worte nachdachte.

Ich habe einmal gefragt, warum sie nicht bei den Züchterinnen lebt, sagte Brand. Sie haben erklärt, sie wäre zu hart. Wie eine kalte, felsige Klippe, an der sich kein Leben halten kann. Sie ist auf jeden Fall zäh, das ist sicher, aber sie hat eine Schwäche für Saga. Und ich nehme an, jetzt hat sie auch den anderen Hund lieb gewonnen.

Und damit wandte er sich vom Fenster ab und setzte sich auf den Vorsprung, um in den Raum zu starren.

Den Hund, den du gestohlen hast, sagte ich. Ihr Name lautet Jess.

Du wirst dafür sorgen, dass wir umgebracht werden, sagte er.

Mein Hund, sagte ich. Meine Verantwortung.

Aber mein Hals, sagte Brand. Faire Warnung. Ich mag ihn, wie er ist, unaufgeschlitzt und ungebrochen. Ich werde alles tun, was nötig ist, um ihn so zu behalten.

In der Liebe und im Krieg ist alles erlaubt, sagte ich.

Was?, fragte er.

Das habe ich mal gelesen. Es bedeutet, dass man tun muss, was man eben tun muss. Ich habe einfach nur getan, was nötig war.

Und dann wandte ich mich wieder Tertia zu und erklärte ihr genau, wo ich Jip und die Pferde zurückgelassen hatte, beschrieb die einsam stehende Kiefer und ihre gefallenen Brüder und Schwestern.

Ich wusste immer noch nicht, ob sie tatsächlich etwas unternehmen würde, aber sie hörte zu und drehte mir dann abrupt den Rücken zu, zog die beiden Hunde hinter sich her und verschwand über den niedrigen Hügel in Richtung der Siedlung.

Nichts von dem, was du gerade getan hast, ändert etwas, sagte Brand. Sie werden immer noch warten, bis die Quarantäne beendet ist, und bis dahin werden sie herausgefunden haben, dass du ein Mädchen bist, und dann werden sie dich zur Züchterin machen. Du hast nichts geändert und hast es geschafft, uns in Gefahr zu bringen.

Ich habe meinen Hund gerettet, sagte ich. Und …

Ich brach ab, bevor ich *John Darks Pferde* sagen konnte. John Dark war etwas Gutes gewesen, und ich hatte nicht die Absicht, irgendetwas Gutes mit diesem Dieb zu teilen. Wenn er darüber gesprochen hätte, hätte das nur eine saubere Erinnerung beschmutzt.

Und meine Pferde, sagte ich. Ich habe meine Pferde gerettet.

Du glaubst wirklich, das Leben eines Hunds ist ein Menschenleben wert?, fragte er.

Ein Leben ist ein Leben, sagte ich. Und diese Leben befanden sich in meiner Obhut.

Du bist verrückt, sagte er.

Ich weiß, was ich bin, sagte ich. Und ich weiß auch, was du bist.

Und das wäre?, fragte er.

Jemand, der nicht weiß, was er ist, sagte ich. Jemand, der lügt, sogar vor sich selbst. Ein Dieb, der glaubt, er wäre kein schlechter Mann.

Da sah er mich an, die Augen so ausdruckslos und kalt wie Eis.

Du glaubst, du wärst ein Held, weil du etwas Gutes getan hast … weil du deine Schwestern gerettet hast?, fragte ich. Vielleicht warst du das damals. Aber jetzt? Wo du stiehlst, lügst, die Hunde anderer Leute mitnimmst?

Ich stellte fest, dass ich ihn zusätzlich schlagen wollte. Stattdessen spuckte ich auf den Boden.

Helden sind nicht für immer, sagte ich. Wenn du auf deine Vergangenheit scheißt, wird sie nicht weiterglänzen.

Ich glaube, ich mochte dich lieber, als du noch ein Junge warst.

Nein, mochtest du nicht, sagte ich.

Ich sah zu ihm auf, blickte ihm direkt in die Augen.

Siehst du? Du weißt nicht das Geringste über dich selbst.

# 36

# EIN VERRATENES WIEDERSEHEN

All die Lügen kamen im ersten Tageslicht zurück. Und sie kamen nicht zurück, um zu brüten wie sanfte Tauben, sie kamen nach Hause wie gierige Raubvögel, reißend und zerrend, bis nichts übrig blieb als die bloßen Knochen.

Brand und ich hatten nicht mehr miteinander geredet, bis die Nacht hereinbrach. Ich weiß, dass er mich beobachtet hatte, während ich wartend am Fenster stand und die Augen anstrengte, um zu erkennen, ob tatsächlich jemand aufgebrochen war, um Jip und die Pferde zu holen. Auch als die Schwärze alles auslöschte außer den Sternen und einem Schimmern in der Siedlung, das von einer Lampe oder einem Küchenfeuer stammen konnte, blieb ich dort stehen und lauschte stattdessen, strengte meine Ohren an, um die Dunkelheit zu durchdringen.

Doch bald schon setzte ein prasselnder Regen ein, der die ganze Nacht anhielt, und ich hörte und sah nichts anderes mehr als diesen Wolkenbruch. Ich benutzte die alte Metalltoilette in der letzten Zelle und versuchte, keine Verlegenheit wegen der Geräusche zu empfinden, die Brand gehört haben musste. Dann schüttete ich einen Eimer Wasser in die Schüssel, damit alles verschwand, ging zurück in eine Zelle, die Brand von seiner Zelle aus nicht einsehen konnte, und schlief, erstaunlich tief und traumfrei.

Das war der letzte gute Nachtschlaf, den ich hatte. Heutzutage sind meine Nächte zerrissen und unangenehm … und obwohl ich irgendwann gegen Morgen wegdämmere, erwache ich müder als am Tag zuvor, als hätte ich meine Traumzeit damit verbracht, zu rennen und zu rennen, nur um immer wieder in diesen vier Wänden aufzuwachen, mit einem vergitterten Schlitz als Fenster.

Vielleicht wusste das Schicksal, was mich erwartete, und wollte mir aus Mitleid eine letzte Nacht erholsamen Schlaf schenken.

Ich erwachte zum Geräusch von rhythmisch und drängend klapperndem Metall. Ich stolperte aus meiner Zelle und blinzelte in Richtung der Gestalten, die hinter der Gittertür am anderen Ende des Flurs standen. Brand trat aus seiner Tür, und da hörte die größte Gestalt auf, den Pistolenlauf zwischen den Gittern hin- und herzuschlagen. Das war der Lärm, der uns geweckt hatte.

Ich fand, sie sahen aus wie Richter, wie sie da Seite an Seite standen, Schulter an Schulter hinter den Metallstäben, ihre Gesichter verborgen hinter Masken, die – von Nahem betrachtet – alle unterschiedlich aussahen und mit Klebeband oder aufgenähtem Leder geflickt waren. Ihre Stimmen waren gedämpft, aber gut verständlich. Es waren vier – drei große Gestalten und die kleinere Gestalt von Tertia.

Die nächstkleinere Gestalt stand zwischen den zwei anderen Männern – doch dieser Mann war offensichtlich derjenige, der das Sagen hatte. Trotz der Maske strahlte eine Energie von ihm aus, die mich an das Surren des Bienenstocks in dem zerstörten Stadion vor so langer Zeit erinnerte.

Er hielt die Karte in den Händen.

Kaum hatte ich sie gesehen, versuchte ich, mich gegen das zu wappnen, was kommen würde – doch gleichzeitig empfand ich tiefe Erleichterung, weil die Tatsache, dass sie sich im Besitz der Karte befanden, auch bedeutete, dass Jip gerettet worden war.

Du, sagte der Mann mit der Karte und deutete auf mich.

Mein Name ist Griz, sagte ich und versuchte, das schwarze Metall der Pistole in seiner Hand zu ignorieren, die jetzt Richtung Boden zeigte.

Bring ihn nicht gegen dich auf, sagte Brand hinter mir, wobei er so leise sprach, dass nur ich ihn verstehen konnte. Das ist Ellis. Er ist der Vater.

Ellis schüttelte die Karte in meine Richtung.

Wo hast du das her?, fragte er.

Ich habe sie gefunden, sagte ich.

Wo?, fragte er. Wo hast du sie gefunden?

Seine Stimme klang, als rede er mit einem Kind, das entweder dumm war oder sich absichtlich unhöflich benahm. Wie er selbst war seine Stimme klein und angespannt, als könnte sie jeden Moment lauter und sehr viel unangenehmer werden.

Auf einem Boot, sagte ich.

Er zitterte tatsächlich vor Ungeduld.

Wo?, fragte er.

Eine der Gestalten neben ihm sprach. Obwohl sie größer war als er, überraschte mich die Stimme damit, dass sie weiblich war.

Wer war auf dem Boot?, fragte die Frau. Wer war auf dem Boot, und was hast du mit ihnen gemacht?

Da war niemand auf dem Boot, sagte ich.

Und während ich das sagte, gab ich mir viel Mühe, Brand

nicht anzusehen, dessen Blick förmlich Löcher in die Seite meines Gesichts brannte. Sein Schweigen erschien mir so laut wie ein Schrei. Ich hoffte nur, dass sie es nicht auch hören konnten … oder anfangen würden, sich zu fragen, wieso der sonst so redselige Pirat sich in Schweigen hüllte.

Es war verlassen, sagte ich. Das stimmte. Schließlich hatte ich die Karte wirklich auf einem leeren Boot gefunden. Das sorgte dafür, dass mir die Lüge leichterfiel. Ich würde mir nicht aus dem Nichts heraus eine Geschichte ausdenken müssen. Ich hatte eine Wahrheit, auf der ich aufbauen konnte.

Es war niemand an Bord, sagte ich.

Lügner, blaffte die Frau und trat einen Schritt auf mich zu, als könnte die plötzliche Wut, die sie antrieb, ihr erlauben, einfach durch die Metallgitter zu treten, um mich zu packen und zu schütteln.

Lass ihn reden, sagte Ellis. Lass ihn erzählen, was er uns erzählen will.

Die Ruhe in seiner Stimme war kleinlich und voller Hass.

Ich stellte fest, dass ich nichts zu sagen hatte.

Sie starrten mich an.

Er ist kein Junge. Er ist ein Mädchen.

Das Schweigen wurde durchbrochen von einer vertrauten Stimme.

Aber es war nicht die von Brand.

Es war das Mädchen. Tertia.

Sie zog mit der verdrehten Handschuhhand die Maske von ihrem Gesicht und starrte mich böse an.

Meine Welt brach in zwei Teile.

Ich hatte diese Frau noch nie gesehen. Und doch kannte ich sie mein gesamtes Leben lang.

Die Frau, die sie jetzt war, hatte ich noch nie gesehen, aber das Mädchen, das sie einst gewesen war, war genauso Teil meines Selbst wie mein Herz. Tatsächlich war sie der tiefste Riss in diesem Herzen – der meistgeliebte, zerbrochene Teil, mit dem wir alle lebten.

Ich hatte damit gerechnet, von Brand verraten zu werden.

Aber ich hatte niemals erwartet, von meiner eigenen toten Schwester verraten zu werden.

Und der Hass in ihren Augen ließ den Spalt in meinem Herzen breiter werden und zerriss mich innerlich, sodass ich so unerwartet und hart auf die Knie fiel, dass nur Brand, der mich auffing, verhinderte, dass ich noch weiter stürzte.

Tertia!, blaffte Ellis. Setz deine Maske wieder auf, jetzt *sofort!*

Joy stand einfach nur da und starrte mich an. Die Feindseligkeit und die Wut in ihren Augen fesselten uns für einen endlos langen Moment aneinander. Ich konnte nicht atmen. Und ich glaube, ihr ging es genauso.

Aber wie …?, war alles, was ich sagen konnte.

Sie haben mich verkauft, sagte sie.

Ich wusste nicht, was sie meinte. Wen sie meinte. Ich kämpfte mich wieder auf die Beine und trat auf sie zu, wie sie da auf der anderen Seite der Gitterstäbe stand.

Sie haben mich verkauft, um ein ruhiges Leben zu bekommen, sagte sie. Für den Rest von euch.

Wer?, fragte ich.

Da schlug sie mich. Als wäre die Frage, die ich gestellt hatte, zu groß, um sie zu beantworten. Ihre behandschuhte Faust war ein harter Knoten aus Knochen und Haut, der durch den Spalt zwischen den Gittern schoss und meine Lippe aufplatzen ließ, sodass ich Blut schmeckte. Der Geschmack überraschte mich mehr als der Aufprall, der mich nach hinten warf. Ein Schlag ist ein Schlag, aber Blut macht daraus etwas Persönliches.

Wieso bist du nicht früher gekommen?, fragte sie, Tränen in den Augen, sodass sie aussahen wie feuchter Stahl. Du warst meine Schwester. Du warst ein Teil von mir. Aber ihr alle habt mich gehen lassen, um in dieses flache Land gebracht zu werden …

Tertia!, schrie Ellis. Deine Maske! Oder bei Gott, ich werde …

Der Mann zwischen Ellis und Joy packte die Maske und rammte sie ihr wieder über das Gesicht. Wir hörten nie, was Ellis bei seinem Gott oder irgendetwas anderem tun würde. Er schnippte einfach nur mit den Fingern und stotterte, als ersticke er fast an seiner ganz eigenen Wut.

Zieh diesen Handschuh aus und verbrenn ihn!, knurrte er. Hättest du ihn nicht getragen, würde ich dich auch in Quarantäne stecken, du dummes kleines Miststück! Und jetzt verschwinde, bevor ich dir auch noch die verdammte andere Hand verstümmele.

Ich bin mir sicher, es war die Tatsache, dass sie nicht länger in meiner Nähe sein wollte, die dafür sorgte, dass sie den Handschuh auszog und die Stufen nach oben stolperte … nicht die grauenhafte Drohung.

Und dann wurde es schlimm.

Ich erinnere mich nicht an die Reihenfolge, weil ich vor Schock quasi schlafwandelte. Aber das ist das Flickwerk, an das ich mich entsinnen kann. Sie zwangen mich dazu, mich auszuziehen. Sie wollten sichergehen, dass ich kein Junge war. Mich störte nicht das Ausziehen oder die Art, wie sie ihre Macht über mich demonstrierten, indem sie mich dazu brachten, mich meiner Kleidung zu entledigen, damit sie mich sehen konnten – ich bin nackt mit meiner gesamten Familie und auch den Lewisleuten geschwommen, ohne groß darüber nachzudenken. Schließlich sind es nur Körper. Schrecklich wurde es, weil die Männer sich abwandten, während die Frau mich prüfend ansah. Als wäre mein Körper etwas Schmutziges, das zu sehen sie nicht gezwungen sein sollten. Ich weiß nicht, ob Brand einen Blick wagte, weil er hinter mir stand … aber da er ein Dieb war, ging ich davon aus.

Dann ließen sie mich auf einem Stuhl Platz nehmen, sodass ich ihnen gegenübersaß, das Gitter zwischen uns, und ließen mich von der Karte erzählen und davon, wie ich sie gefunden hatte. Ich erzählte die Geschichte wieder und wieder. Die Worte drangen stockend über meine aufgeplatzte und geschwollene Lippe. Und je mehr sie nachfragten, desto realer wurde die Geschichte in meinem Kopf, vielleicht, weil ich meine Lüge auf der Wahrheit aufbaute, wie ich die Karte von Brands Boot, der *Falki*, gestohlen hatte. Ich fügte nur zwei Dinge hinzu. Ich erzählte ihnen, ich hätte das Boot angetrieben neben einem Pier wie dem gefunden, an dem ich die *Sweethope* in Blackpool verankert hatte. Ich erzählte ihnen, dass ich davon ausging, dass auf See irgendetwas geschehen sein musste, weil die Segel zerrissen, aber immer noch gesetzt, und die Anker nicht ausgeworfen worden waren.

Und als sie mich dann fragten, was mit den drei Leuten geschehen war, von denen sie erklärten, sie hätten sich auf dem Boot befunden, erzählte ich ihnen, dass ich es nicht wusste … dass sie aber, wenn sie es an die Küste geschafft hatten, wahrscheinlich von Wölfen erwischt worden waren, weil es an diesem Teil der Küste förmlich von den Tieren wimmelte. Das erzählte ich ihnen, weil ich zu diesem Zeitpunkt immer noch der Illusion unterlag, ich könnte irgendwie entkommen, und dass es gut wäre, wenn sie genauso viel Angst vor dem Festland hinter sich hatten wie vor dem Meer vor ihnen. Da wusste ich noch nicht, dass ich dort landen würde, wo ich jetzt bin und dies hier schreibe. Gefangen. Hoffnungslos. Und ohne eine Chance, jemals wieder nach Hause zu kommen.

Und danach steckten sie mich plötzlich dorthin, wo ich mich jetzt befinde. In die letzte Zelle. Und sie schlossen die Tür, bis das Schloss einrastete.

Ich wusste nicht, dass sie die Tür schließen würden. Ich schrie, als ich es sah, und hörte, wie Brands Stimme meine übertönte, als auch er versuchte, sie aufzuhalten.

Doch das Klicken des Schlosses, das mich gefangen setzte, war lauter als wir beide. Vielleicht war es so laut, weil wir wussten, dass sie keinen Schlüssel besaßen, um die Tür wieder zu öffnen.

Danach erinnere ich mich an ein Chaos aus Stimmen, gedämpft hinter der schweren Stahltür. Letztendlich ging es darum, dass sie uns weiter in Quarantäne lassen mussten, aber nicht zulassen durften, dass Brand und ich zusammen eingeschlossen waren, für den Fall, dass wir fickten.

Sie verwendeten dieses Wort nicht. Sie nannten es ›züchten‹. Und irgendwie verdunkelte dieses Wort den Tag, viel mehr als es ein ehrlicher Fluch getan hätte.

Brands Proteste, dass es keinen Schlüssel zur Tür gab, wurde mit der Versicherung abgetan, dass sie nach Ablauf der Quarantäne schon einen Weg finden würden, mich aus der Zelle zu holen … selbst wenn es bedeutete, ein Loch in die Wand zu schlagen.

Keine Sorge, sagte Ellis. Wir haben nicht so viele, dass wir zulassen, dass sie hier verrottet. Sie wird genauso gut gefüttert und gewässert wie du. Wir sind keine schlechten Menschen. Sie wird das auch erkennen. Wir werden sie gut behandeln.

Mit ›nicht so viele‹ meinte er Züchterinnen.

Sonst erinnere ich mich kaum noch an diesen Tag, weil ich immer noch benommen davon war, Joy am Leben zu sehen und das wahre Ausmaß ihres Hasses auf mich zu erkennen. Ich war tief gespalten. Wie der vom Blitz geteilte Baum, den ich auf diesem Hügel gefunden hatte und der die Quelle des Lichts gewesen war, das ich vom Turm aus gesehen hatte. Ich war in zwei Teile gepalten – mein Kernholz aufgeplatzt und ausgebrannt. Und vollkommen erschöpft. Es gelang mir nicht, den Geschmack von Blut aus meinem Mund zu vertreiben. Das, und die Gedanken, die damit einhergingen, sorgten dafür, dass mir schlecht wurde. Wortwörtlich. Ich lag auf dem Bettvorsprung, während meine Gedanken um das Entsetzen der Situation kreisten und versuchten, sich selbst einzuholen, taub gegenüber allem, was Brand durch den Schlitz in der Tür sagte, und dann fühlte ich, wie sich mein Körper verkrampfte, als erhebe er sich in Rebellion gegen die Fakten des Tages. Ich schaffte es gerade so bis zur Schüssel, bevor ich den gesamten Inhalt meines Magens in einer scheinbar endlosen Reihe von Krämpfen von mir gab. Es fühlte sich an, als würde ich meine Innereien hervorwürgen, und als es endlich aufhörte, blieb ich zitternd und schwach zurück, aber auch zu müde, um Erleichterung im Schlaf zu finden. Ich lag da, überzeugt, dass ich niemals wieder schlafen würde. Der Horror von Joy verdrängte alles aus meinem Kopf. Ich glaube nicht, dass ich an Jip oder Jess dachte oder an irgendetwas anderes als an den Albtraum, in dem ich erwacht war.

Irgendwann an diesem in meiner Erinnerung so verschwommenen Tag brachten sie mir etwas zu essen und

Wasser – Wasser, um es zu trinken, und Wasser, um die Toilette zu spülen. Sie schoben ein altes Stahlrohr durch mein Fenster und gossen aus der Ferne, während ich wie in Trance eine Kanne und die Eimer füllte. Und dann fragten sie, ob ich noch etwas haben wolle, und ich war geistesgegenwärtig genug, um nach meinem Rucksack zu fragen. Sie brachten ihn mir und nahmen alles heraus, was an ein Werkzeug oder ein Messer erinnerte, genau wie jegliche Medizin … aber so habe ich zumindest dieses Notizbuch bekommen, in das ich schreibe.

Willkommen im Jetzt.

# 37
# DAS JETZT

Ich nehme an, alles wird zu einer Routine, an die man sich gewöhnt, wenn man es ständig tut – selbst Trauer und Entsetzen und Einsamkeit. Ich vermisse Jip und Jess, obwohl ich manchmal einen kurzen Blick auf sie erhasche, wenn sie an einem Seil in der Ferne hinter den Bäumen spazieren geführt werden. Ich stelle fest, dass ich die Hunde mehr vermisse als mein Zuhause, was seltsam ist. Vielleicht liegt es daran, dass sie nah genug sind, um sie zu sehen, und fast nah genug, um sie zu berühren.

Ich stecke jetzt seit dreiundzwanzig Tagen allein in dieser Betonkiste fest und schreibe das hier. Es ist, als würde man mir nie wieder erlauben, diesen Raum zu verlassen.

Ich habe nur noch ein Viertel vom meinem Bleistift übrig. Ich werde um einen neuen bitten müssen.

Sie ernähren uns durchaus gut und sorgen dafür, dass das Wasser fließt … und oft fragen sie mich, ob ich etwas will. Ich antworte, dass ich rauswill, und das so regelmäßig, dass sie es für einen Witz halten und lachen, als würden sie etwas Angenehmes, Lustiges mit mir teilen. Sie haben mir erklärt, dass in dieser Betonkiste eingesperrt zu sein nur meinem eigenen Besten dient. Es ist gut für meinen Schutz (vor

Brand) und ihren (vor den eingebildeten Keimen, die ich haben könnte, um sie zu zerstören). Wahrscheinlich glauben sie das wirklich. Sie sagen, dass sie es wiedergutmachen werden, wenn mir erlaubt wird, die Zelle zu verlassen, und dass ich sie und ihr Zuhause so sehr mögen werde, dass ich es auch zu meinem machen will. Ich bemühe mich zu lächeln und sage, vielleicht, aber ich lächele nicht besonders überzeugend, wenn ich lieber schreien will. Ich lächele trotzdem, damit sie sich entspannen.

Sie wissen nicht, was ich nachts tue.

Sie kommen zu jeder beliebigen Stunde des Tages, setzen sich auf einen alten Hocker vor meinem Fenster und stellen jede Menge Fragen. Über meine Familie und wie ich hergekommen bin, ohne von Wölfen gefressen zu werden. Ob es mir gefallen würde, von ihrem Gott zu hören, weil er einem wirklich das Verständnis darüber schenken könnte, warum die Welt voller Widrigkeiten und Beschwernisse ist … und dass dies die Art ist, wie er uns seine Liebe zeigt.

Weil sie auch an Keime glauben, behalten sie immer ihre Masken auf.

Ich erzähle ihnen, dass meine Familie tot ist, weil ich nicht will, dass sie erfahren, wo sie lebt, und erkläre ihnen, dass ich im Inland sicherer war, weil Jip sehr gut darin ist, Wölfe zu vertreiben. Ich will, dass sie ihn und Jess füttern und behandeln, als wären sie wertvoll. Ich erzähle ihnen auch, dass ich gern wissen würde – nachdem ihnen die Fortpflanzung offenbar so wichtig ist –, wieso ihr Gott ein Vater und keine Mutter ist. Aber ich habe ihnen auch erzählt, dass mir der Klang der Glocken ihrer Kirche gefällt.

Und das stimmt. Ich mag es, sie am Ende jedes Tages zu hören, wenn sie alle zu ihrem großen gemeinsamen Gebet gehen – weil es bedeutet, dass ein Tag weniger vergehen muss, bis sie kommen und die Wand einschlagen und mich hier rausholen. Und dann muss ich einfach nur die Zähne zusammenbeißen und mich darauf verlassen, dass Brand Wort halten und mir bei der Flucht helfen wird, bevor die Gefangenschaft zu grauenvoll oder monoton wird. Doch da Brand und ich in dem Moment, in dem ich das hier schreibe, nicht miteinander reden, hasse ich die Kirchenglocken vielleicht auch ein wenig, weil sie nur die Zeit abmessen, bis er mich wieder verrät.

Ellis hat mir erklärt, dass es ein Anfang wäre, dass ich die Glocken mag – und dass ich wahrscheinlich seinen Gott bald schon lieben würde, weil sein Gott jeden liebt. Ich habe nicht widersprochen. Jeder in meiner Familie mag die Hummer, die wir aus dem tiefen, klaren Wasser ziehen. Ich glaube allerdings nicht, dass die Hummer uns sehr mögen. Und ich glaube auch nicht, dass sie in irgendeiner Art dazu verpflichtet sind.

Ellis hat mich gefragt, ob ich je mit einem Mann zusammen war. Sein Verhalten war dabei gleichzeitig prahlerisch und verstohlen.

Ich habe nicht geantwortet.

Er wagte es, näher zu kommen, als wolle er nicht belauscht werden. Er erklärte mir, dass ich es mögen würde, in einem sanften Ton, der mir Schauer über den Rücken jagte. Dass er mich sehr glücklich machen würde. Dass es nicht schmerzhaft sein würde, sondern er mich in eine Welt voller wunderbarer Empfindungen einführen wolle. Er erklärte mir, ich solle mir keine Gedanken darum machen, dass ich ihn enttäuschen könnte, weil er mir zeigen würde, wie ich auch ihm Vergnügen bereiten konnte.

Ich glaube, als er mich verließ, stolperte er, weil das Glas seiner Gasmaske beschlagen war. Ich sah, wie er es abwischte, als er die Maske abnahm und davonging.

Als Brand und ich noch miteinander sprachen, habe ich ihn nach Joys Hand gefragt. Warum sie so verwachsen ist. Warum sie diesen Handschuh trägt.

Was er mir erzählte, traf mich so hart wie diese verkrüppelte Faust, die durch die Gitter geschossen kam.

Ich weiß nur, was sie mir erzählt haben, sagte er. Ich weiß nicht, wie viel davon stimmt.

Sag es mir einfach, sagte ich.

Er sah mich durch den Spion in der Tür an.

Ellis hat ihr ein Kind gegeben, sagte er.

Meinst du damit, dass er ihr ein Kind von jemand anderem gegeben hat oder dass er sie geschwängert hat?, fragte ich.

Er hat sie geschwängert, sagte er.

Dafür gibt es eine Bezeichnung, sagte ich.

Ich weiß, sagte er.

Mir fehlten die Worte. Ich empfand nur Trauer und den plötzlichen Drang, Joy zu finden und sie zu halten und ihr zu versichern, dass ich verstand, warum sie so hart und wütend war. Ich war immer noch eine Närrin. Weich. Ich wusste gar nichts.

Sie trug das Baby aus, aber es wurde tot geboren, sagte er. Vielleicht hätte es eine Zeit gegeben, in der die Ärzte es hätten retten können.

Joy. Sie brach mir wieder und wieder das Herz. Ich ließ mich auf das Bett sinken und starrte auf den Boden.

Sie war zu jung, sagte Brand. Das hat die Frau gesagt.

Welche Frau?, fragte ich.

Die Große, die neben Ellis stand, sagte Brand. Mary. Sie

wird Mary genannt, wie die Mutter ihres Gottes. Sie meinte, Tertia wäre zu jung gewesen, daher starb das Baby, und dann war sie nutzlos, weil sich kein Leben mehr in ihrem Schoß mehr hält.

Ihre Hand, sagte ich.

Ellis wollte es noch mal versuchen, hat sie mir erzählt. Jahre später. Vielleicht hat er behauptet, es ginge um die Fortpflanzung, aber ich gehe davon aus, dass er es einfach tun wollte, sagte Brand. Er hat heiße, kleine Augen, dieser Ellis. Er hat versucht, sie zu zwingen und sie mit einem heißen Schüreisen aus dem Feuer zu verängstigen. So wurde ihre Hand zu dieser vernarbten Klaue verbrannt.

Er hat ihr die Hand verbrannt, presste ich hervor.

Nein, sagte Brand. Sie hat Nein gesagt. Und sie hat erklärt, sie hätte keine Angst. Er sagte, das würden sie sehen, und hat ihr das rot glühende Schüreisen vors Gesicht gehalten und sie gefragt, ob sie immer noch so mutig ist …

Seine Stimme verklang.

Und?, fragte ich. Und was?

Und sie war mutig, sagte Brand. Sie hat einfach das glühende Ende des Schüreisens gepackt und es vor sein Gesicht geschoben. Deswegen ist ihre Hand verkrüppelt und durch die Brandnarben verbogen, und er hätte fast ein Auge verloren und trägt unter dieser Maske ihr Mal auf seiner Wange.

Gut für sie, sagte ich.

Ja, sagte er. Gut für sie. Zäher kleiner Brocken. Es besteht kein Zweifel daran, dass sie deine Schwester ist. Sie sieht dir auch ähnlich.

Deswegen hatte ich mir zuerst das Haar an den Seiten und hinten gekürzt wie bei einem Jungen. Weil sich Mum selbst zu ihren schlimmsten Zeiten aufregte, wenn sie mich sah …

weil sie dachte, Joy wäre zurückgekommen. Ich hatte gedacht, Dad würde wütend auf mich werden, weil ich meine Zöpfe abgeschnitten hatte, aber das wurde er nicht. Er meinte, es sähe gut aus, und hat mir sogar alles etwas ordentlicher geschnitten. Heute glaube ich, er wollte, dass ich aussah wie ein Junge, für den Fall, dass sie auf der Suche nach mehr jungen Mädchen zurückkamen. Ich weiß nicht. Ich mag mein Haar einfach so. So ist es nicht im Weg und macht keinen Ärger, wenn man im Wind arbeitet.

Ich weiß jedenfalls, dass er mich Brand deshalb als Jungen vorgestellt hat. Zu meinem eigenen Schutz. Es war eine Warnung, selbst damals. Vertrau diesem Fremden nicht. Oder irgendwelchen Fremden. Deswegen habe ich die Lüge auch bei John Dark weitergeführt. Dad war in Bezug auf mich immer überängstlich, aber aus irgendeinem Grund war Bar in seinen Augen immer groß genug gewesen, um auf sich selbst aufzupassen. Er hat sich nie an den Gedanken gewöhnt, dass ich groß geworden bin und inzwischen genauso widerstandsfähig wie sie.

War es immer sicherer, ein Junge zu sein als ein Mädchen, selbst als du noch gelebt hast?

Ich dachte darüber nach, was Joy noch gesagt hatte.

Glaubst du, sie haben sie verkauft?, fragte ich. Meine Eltern?

Brands Augen verschwanden vom Türspion. Ich hörte, wie sein Körper an der Tür nach unten rutschte, bis er sich sitzend mit dem Rücken an das Metall lehnen konnte.

Glaubst du es?, fragte er.

Nicht mal für eine Sekunde, sagte ich. Nicht mal für eine Sekunde.

Als Zehnt, sagte er. Hätten sie sie als Zehnt gezahlt?

Du meinst, wegen dem, was sie gesagt hat?, fragte ich. Damit sie den Rest von uns in Frieden lassen?

Ja, sagte er. Hätte dein Vater das getan?

Ich musste nicht mal darüber nachdenken.

Nein, sagte ich.

Weil du dir so sicher bist, dass er ein guter Mann ist?, fragte er.

Nein, sagte ich. Weil er nicht weich ist.

Nein, sagte er nach einem Augenblick. Nein. So wirkte er nicht.

Ist er nicht, sagte ich. Genauso wenig wie ich.

Oder ich, sagte Brand.

Wir sind uns nicht ähnlich, sagte ich. Du bist nicht so wie wir.

Vielleicht, sagte er. Aber wir stammen alle aus dem Norden. Dort ist es härter. Und wenn man weich ist, bekommt man nicht viel erledigt.

So war Brand. Er sagte immer einen Satz zu viel. Ich glaube, er mochte einfach den Klang seiner Stimme. Also redete er zu viel und wurde angeberisch – und dann vertraute man ihm weniger, als wenn er einfach den Mund gehalten hätte.

»Wir stammen alle aus dem Norden« gehörte zu den Dingen, die gut klangen, bis man sich die Aussage genauer ansah und feststellte, dass sie so hohl war wie ein leerer Eimer.

Es tut mir leid, dass sie dich hasst, sagte er.

Und so war er auch – er konnte genau das Richtige sagen, die Worte aussprechen, die alle Schutzmauern unterliefen und einen ins Herz trafen.

Mir auch, sagte ich. Aber ich weiß nicht, was ich dagegen unternehmen soll.

Ich habe darüber nachgedacht, sagte er.

Sie ist nicht deine Schwester, sagte ich. Das musst du nicht.

Nein, sagte er. Aber ich kann nicht anders als zu überlegen, wie sie hätte sein können. Und wie es sich anfühlen muss.

Er konnte mit seinen Worten so nah an einen herankommen, dass man ihn hassen musste, um sich gegen ihn zu schützen.

Sie haben ihren Geist vergiftet, sagte er. Sie müssen das getan haben, um sie dazu zu bringen zu akzeptieren, was passiert ist. Um zu verhindern, dass sie zu fliehen versucht ... denn wenn ihr alle sie einfach aufgegeben hättet, wohin sollte sie noch fliehen?

Sie war so jung, sagte ich.

Diese Welt?, fragte er. Sie ist so alt, dass niemand mehr jung ist. Wir leben alle auf geborgte Zeit.

Das bedeutet nichts, sagte ich, nachdem ich darüber nachgedacht, seine Worte eine Weile im Kopf gedreht und gewendet hatte.

Ich versuche nur zu sagen, dass wir alle an der Kante stehen, sagte er. Weißt du, was ausgestorben bedeutet?

Irgendwie, sagte ich. Ja.

Nun, das sind wir. Menschen. Quasi ausgestorben.

Das war, als wir noch geredet haben. Jetzt tun wir das nicht mehr. Wegen des Leathermans und dem, was ich nachts mache. Wenn ich unter meinem Bett liege und an der Wand kratze. Ich habe damit angefangen, um die Tage zu markieren, habe das scharfe Ende des Schraubenziehers eingesetzt, um den Tag mit einem Strich in der Farbe anzuzeichnen. Nur dass die Farbe abgeplatzt ist und den Blick auf das weiche Pflaster darunter freigegeben hat. Als ich noch ein wenig weiterkratzte, stellte ich fest, dass dieses Pflaster nur eine dünne Schicht über diesen knubbeligen Blöcken bildete, die ihr eingesetzt habt, um damit zu bauen – größer als Ziegel und mit Hohlräumen dazwischen. Ich kroch unter das Bett und kratzte noch ein wenig weiter, und schnell hatte ich das Pflaster von einem Block entfernt und beschloss, dass ich – wenn ich den Block bewegen könnte – in die nächste Zelle kriechen und im Anschluss vielleicht dasselbe mit der halben Wand am Ende des Flurs tun könnte, wo Joy mich geschlagen hatte.

Brand erklärte mir, ich sei verrückt.

Dann sagte er, sie würden mich hören.

Dann sagte er, dass ich uns beide in große Schwierigkeiten bringen würde. Und dann erklärte er, dass er es ihnen sagen müsse, wenn ich weitermachte, denn selbst wenn sie mich am Anfang nicht hören würden, könnten sie irgendwann herausfinden, dass ich versuchte, mich zu befreien. Und dann wüssten sie auch, dass er nichts gesagt hatte.

Ich erklärte ihm, er müsse tun, was er eben tat. Und dasselbe gelte für mich.

Er hat es ihnen nicht gesagt.

Aber er hat aufgehört, mit mir zu reden.

Ich habe dir erzählt, dass mich ein Buch gerettet hat. Die ganze Zeit über, als ich dort auf der Seite lag und den Zement aus dem Spalt zwischen den Blöcken kratzte, dachte ich an *Der Graf von Monte Cristo*, einen Abenteuerroman voller Verwechslungen um einen Mann, der nicht aufgibt, während er versucht, aus dem unmöglichen Chateau d'If zu entkommen.

Meine Aufgabe war ähnlich unmöglich. Selbst wenn ich eine Wand durchdrang … was ließ mich glauben, dass es mir auch bei der nächsten gelingen könnte? Aber man darf sich von Was-wäre-wenns und Abers nicht aufhalten lassen.

Also aß und schlief ich und schrieb in dieses Notizbuch und kratzte an der Wand und war mir sicher, dass die Kons mich nicht hören würden. Ich wurde wie eine benommene Figur in meinem eigenen Abenteuerroman – unsicher, wie er ausgehen wurde, und nur angetrieben von dem Wissen, dass ich nicht aufhören konnte, egal, wohin mich mein Weg führte.

Und sosehr ich auch nach ihr Ausschau hielt, ich sah Joy nie wieder. Doch in manchen Nächten wachte ich auf und blickte zum Fenster, sicher, dass sie mich im Schlummer beobachtet hatte.

Es war ein stärkeres Gefühl als ein Traum … fast greifbar, so als hätte mein Geist ihre Witterung aufgenommen. Doch wann immer ich aufsprang und zum Fenster lief, um sie zu sehen, war die Nacht leer und nur erfüllt von meinen unerfüllten Hoffnungen, die in der Dunkelheit schwebten.

Die Hoffnung wurde irgendwann wie so viele Dinge, die mich auf meiner Reise über das Festland verfolgt hatten: nicht wirklich da, sondern nur eine Form in meinem Geist, die mich von der finsteren Wahrheit meiner Situation ablenkte.

Es gibt noch einen Grund, warum Brand und ich aufgehört haben, miteinander zu reden, und vielleicht schreibe ich nicht darüber, weil ich ins Jetzt geführt habe und jeder Tag so sehr wie der andere ist, dass ich angefangen habe, die Dinge zu rationieren.

Denn wenn ich all das niedergeschrieben habe, kann ich mich nicht mehr mit dir unterhalten, und dann werde ich wirklich allein sein.

*Worte auf der Rückseite des Fotos, das jemand zwischen diese letzten Seiten gesteckt hatte:*

Buch, in das ich meine Geschichte geschrieben habe, wurde letzte Nacht gestohlen. Also schreibe ich letzte Worte auf die Rückseite dieses Fotos. Nicht viel Platz. Habe bis Einbruch der Nacht am Fenstersims geschrieben, um letztes Licht zu nutzen und traurigsten Teil hinter mich zu bringen, damit es nicht auch noch den Tag besudelt. Habe Buch auf Sims liegen gelassen. Versucht zu schlafen. Jetzt Buch weg. Wieder bricht mir das Herz. Nicht einmal meine Geschichte bleibt. Nicht groß, aber mein.

Ich bin für meinen Hund hierhergekommen. Habe meine tote Schwester gefunden. Sie hasst mich. Ich bin verloren.

Wenn du Buch findest, bitte lege diese Worte hinein, wer auch immer du bist. Mein eingebildeter Freund. All meine Freunde sind eingebildet. Selbst derjenige auf diesem Foto, der Junge und sein Hund am Ende der Welt. Wünschte, ich hätte mit ihm sprechen können – hätte ihn irgendwo anders als zwischen den Zeilen von Geschichte getroffen, die ich für ihn geschrieben, aber jetzt verloren habe. Aber es gibt keine Happy Ends. Mein Name war Griz. Bye. X

# 38

# DAS DANN

Ich bin diejenige, die das Foto mit den letzten Zeilen genommen und zwischen die Seiten gelegt hat, die du in der Hand hältst, wenn du das hier liest. Zuerst habe ich alles noch einmal gelesen – die Geschichte im Buch. Einiges war inzwischen schwer zu erkennen, die Zeilen eng aneinandergedrängt, um das Papier so gut wie möglich auszunutzen, manchmal so schwach, dass ich raten musste, was sie bedeuten sollten. Und als ich das Ende erreicht hatte, dachte ich, ich solle das Foto zwischen die Seiten schieben und erklären, wie meine Geschichte und dieses Foto wieder zusammengekommen und so weit weg von der Stelle geendet sind, an dem mein Buch gestohlen wurde. Es sind nur noch ein paar Seiten übrig, aber ich glaube, es sind genug dafür.

Ich heiße Isabel. Meine Mutter hat mir immer erzählt, dass das ein hübscher Name sei. Dass es der Name ihrer Mutter war. Und ja, Isabel wurde im Mund meines Vaters zu Grizabel, als ich noch zu klein war, um auch nur zu laufen, und dann wurde er zu Griz verkürzt – und jetzt kennst du meinen schickeren Namen. Den, der überhaupt nicht zu mir passt.

Was ich nicht wusste, obwohl ich es vermutete, war, dass Joy mein Buch gestohlen hat.

Ich habe dir erzählt, dass Geschichten mich gerettet haben. Diese hat es jedenfalls getan, weil meine Schwester sie gelesen hat. Und wie ein Zauber oder ein Gebet – die richtigen Wörter in der richtigen Reihenfolge – hat das alles verändert. Oder vielleicht war es auch ein Fluch. Vielleicht ist ein Fluch manchmal ein verzweifeltes Gebet, von der falschen Seite aus betrachtet.

Schließlich wartete noch ein Tod in der Zukunft.

Doch zuerst hörte ich ein Geräusch vor meinem Fenster. Zwei Tage, nachdem das Buch verschwunden war, hatte ich all meine Energie und Verzweiflung in mein Kratzen um den Block unter meinem Bett kanalisiert.

Ich hatte gekratzt und gekratzt und gemeißelt und gehackt und geflucht, bis meine Hände schmerzten und mein Rücken sich anfühlte, als würde er sich nie wieder entspannen und gerade werden. Und dann, während ich noch auf der Seite in dem engen Raum unter dem Bett lag, drang ein Geräusch an meine Ohren, und ich hörte auf.

Ich hörte sonst nichts mehr … doch das Nichts, das ich hörte, klang gefährlich nach jemandem, der sich ganz still hielt und ebenfalls angestrengt lauschte. Auf mich. Also rollte ich mich leise unter dem Bett heraus, legte mich mitten auf dem Boden auf den Rücken und sah durch die Dunkelheit hinauf zu dem Mondlicht, das durch das vergitterte Fenster fiel.

Bist du krank?, fragte eine Stimme.

Joys Stimme – aber sie klang ganz anders als beim letzten Mal, als sie mich angezischt hatte.

Ich hörte auf zu atmen. Nicht absichtlich, sondern einfach, weil mein Körper offenbar vergessen hatte, dass es nötig war. Ich versuchte herauszufinden, was sich in ihrem Ton verändert hatte.

Ja, sagte ich. Ich bin krank davon, hier zu sein. Aber nein. Ich habe keine Krankheit.

Gut, sagte sie. Weil ich ihre dämliche Maske nicht trage.

Ein Arm erschien, und dann packte eine Hand – die vernarbte – einen der Gitterstäbe, und ihr Gesicht erschien vor dem Fenster und blockierte die Hälfte des Mondlichts. Und da war sie und sah auf mich hinunter.

Für mich war sie in diesem Moment ein Wunder. Mir wurde klar, dass sie aussah wie ich. Und wie Mum. Und sie trug ihr Haar wie Bar. Ich weiß nicht, ob es daran lag, dass ich sie so vermisste, oder weil ich einfach so lange keine Menschen gesehen hatten, aber ich starrte sie lange Zeit einfach nur an; saugte gleichzeitig die Fremdheit ihres Anblicks und seine Vertrautheit in mich auf.

Joy, sagte ich und setzte mich auf.

Mum ist nicht tot, sagte sie.

Nein, sagte ich vorsichtig. Nein – ist sie nicht. Aber sie redet nicht. Trotzdem lächelt sie immer noch, und ihre Hand ist immer noch ihre Hand, und sie mag es, wenn wir bei ihr sitzen und sie halten.

Ich stand langsam auf – bewegte mich absichtlich vorsichtig, um sie nicht zu erschrecken, damit sie nicht weglief.

Sie wird meine Hand nicht mögen, sagte sie, und ihre Stimme brach. Sie ist jetzt nur noch eine hässliche Klaue.

Ich streckte den Arm und legte meine eigene Hand auf ihre. Sie zuckte zusammen und versuchte, sich mir zu entziehen, aber ich ließ es nicht zu. Ich packte ihre Hand fester. Ich spürte Narbengewebe, aber sonst fühlte sie sich warm und normal an. Wie eine Hand es sollte.

Brand hat mir erzählt, wie es passiert ist, sagte ich. Es tut mir so leid. Und ich bin so froh, dass …

Ich weiß, sagte sie. Ich habe deine Geschichte gelesen.

Und dann war eigentlich nichts mehr zu sagen, weil es plötzlich zu viel zu sagen gab. Also standen wir einfach da und sahen einander an. Nach einer Weile entspannte sie sich und gab den Versuch auf, mir ihre Finger zu entziehen. Sie wandte den Blick ab und sah zum Mond auf. Ihre Stimme war rau, aber gleichmäßig. Nur das fahle Mondlicht verriet die Feuchtigkeit, die über ihre Wangen rann.

Sie atmete tief durch.

Sie haben mir erzählt, sie wäre tot, sagte sie. Sie haben es mir erzählt, und ich habe sie auf dem Boden liegen gesehen. Und dann bin ich in Ohnmacht gefallen, oder sie haben irgendetwas mit mir gemacht, denn als Nächstes erinnere ich mich daran, dass es Nacht war, vielleicht auch ein oder zwei Nächte später. Und als es wieder Tag wurde, erkannte ich die Landschaft nicht mehr, an der wir vorbeikamen. Sie haben mir erklärt, ich wäre eingetauscht worden, und dass Dad den Handel abgeschlossen hätte. Dass Mom es sich anders überlegt hätte und mir nachgelaufen und dabei gestürzt wäre, dass sie sie nicht verletzt hätten, wie ich dachte.

Und du hast ihnen geglaubt, sagte ich.

Zuerst nicht, sagte sie. Aber als Dad und Ferg nicht gekommen sind, um mich zu suchen, war die einzige Erklärung dafür, dass sie mir die Wahrheit gesagt hatten.

Es tut mir leid, dass du dein Baby verloren hast, sagte ich.

Ja, sagte sie. Ja, mir auch, obwohl ich ihn erst nicht wollte. Aber dann, als er so geboren wurde, wie er war – ein armes, kleines blaues Bündel –, fand ich, dass er aussah wie eine Puppe, die niemand außer mir hätte lieben können, und ich war trauriger, als du dir jemals vorstellen kannst.

Er war ein Junge, sagte ich.

Ellis hat mir gesagt, dass es kein so großer Verlust war, wie es ein Mädchen gewesen wäre, sagte sie. Sie wollen mehr Züchterinnen. Nicht mehr Jungs. Deswegen ist Ellis so aufgeregt darüber, dass du hier bist.

Ellis, sagte ich. Er ist …

Ja, sagte sie. Alles Schlechte, was du gerade denkst? Er ist das und mehr. Und wenn er mich so ansieht, ist es, als wüsste er es.

Wüsste was?, fragte ich.

Dass ich ihn umbringen werde, sagte sie. Das hatte ich immer vor. Jetzt muss ich es tun.

Ich hatte den Großteil meines Lebens – seit diesem schlimmsten Tag – an Joy als kleines Mädchen gedacht. Aber ihre Stimme klang wie die von Bar. Oder wie Bar geklungen hätte, wenn sie je das Bedürfnis verspürt hätte, gefährlich und beschützerisch zu klingen. Da redete gerade meine große Schwester.

Musst du nicht, sagte ich. Kannst du mich hier rausholen?

Nein, sagte sie. Ich meine, ich kann die Gittertür am Ende des Flurs öffnen, aber es gibt keinen Schlüssel zu deiner Tür. Ellis will sich einen Vorschlaghammer nehmen und ein Loch in die Wand schlagen, wenn es Zeit ist, dich rauszuholen.

Aber ich habe es fast geschafft, sagte ich. Die Aufregung sorgte dafür, dass meine Stimme brach. Ich habe es fast geschafft. Ich habe einen der großen Blöcke unter meinem Bett freigekratzt. Es braucht nur noch ein paar Schläge mit einem Hammer, um ihn aus dem Weg zu schieben, und dann kann ich durch das Loch kriechen.

Einen Vorschlaghammer werden sie hören, sagte sie. Geräusche werden weit getragen. Aber ich weiß, was du tun kannst.

Meine Aufregung war auf sie übergesprungen.

Was auch immer ich tun kann, es heißt ›wir‹, sagte ich. Oder ich mache es nicht.

Was meinst du damit?, fragte sie.

Ich meine, dass ich gar nichts tue, sagte ich. Allein werde ich gar nichts tun. Vielleicht nie wieder. Aber definitiv nicht das. Wir werden es tun. Wir gemeinsam.

Was?, fragte sie.

Du weißt, was, sagte ich.

Wir gehen nach Hause.

Ihre Idee war besser als ein Vorschlaghammer. Es war ein Heber. Die Art, wie man sie unter schwere Dinge wie Autos geschoben hätte, um sie hochzuheben, indem man den Hebel bewegte. Sie verschwand für eine Weile und kam mit einem davon zurück, den sie mir durch die Gitterstäbe schob. Sie gab mir noch ein Rohr, wie das, das sie einsetzten, um mir Wasser zu bringen.

Folgendes musst du tun, sagte sie.

Schon verstanden, sagte ich. Guter Plan. Brillant eigentlich.

Sie lächelte.

Schwer zu glauben, sagte sie. Aber du bist wirklich fast so alt wie ich, oder?

Ja, sagte ich.

Okay, sagte sie. Ellis hat mir verboten, auch nur in die Nähe dieses Orts zu kommen. Aber wenn der Heber funktioniert, ruf nach den Hunden, wenn ich am Morgen mit ihnen spazieren gehe. Ich werde nach ihnen pfeifen, damit du weißt, wann du schauen musst. Wenn es nicht funktioniert, ruf sie nicht, wir werden uns dann etwas anderes einfallen lassen müssen.

Was wollen wir tun, wenn wir mich befreien können?, fragte ich.

Nun, sagte sie, ich habe lange Zeit darüber nachgedacht, sie eines Tages in ihrer Kirche einzuschließen und das Gebäude niederzubrennen. Aber das erscheint mir etwas zu extrem. Sie sind keine wirklich schlechten Menschen. Nicht ohne Ellis. Sie sind nur einfach zu führen. Sie mögen dieses Gotteszeug. Es gibt ihnen das Gefühl, etwas Besonderes zu sein … und sie fühlen sich weniger einsam damit, dass sie auf diese Weise am Ende der Dinge zurückgelassen wurden. Ich glaube, Ellis weiß, dass das Gotteszeug nicht real ist. Oder zumindest nicht für ihn. Aber es war eine gute Art, eine Geschichte zu erzählen, auf die sie sich alle einigen können und die dafür sorgte, dass er an der Spitze stand. Zudem wirkten Züchterinnen so wie eine gute Idee. Als wäre das alles Gottes Werk und könne deshalb ein wenig unmenschlich erscheinen.

Wir werden sie nicht bei lebendigem Leib in ihrer Kirche verbrennen, sagte ich.

Nein, sagte sie, und ihre Augen huschten für einen Moment zur Seite, als wollte sie nicht, dass ich sehe, was sie dachte. Nein. Das werden wir nicht tun. Aber wir müssen sie davon abhalten, uns zu folgen.

Wir können Brands Boot nehmen, sagte ich leise.

Sie schüttelte den Kopf und beugte sich vor, um zu erklären, warum das nicht ging.

Ich glaube eigentlich nicht, dass er uns belauscht hat. Aber trotzdem war es klug.

Er hörte mich später, als ich das Metallrohr quer durch den Raum ausrichtete und den Heber an der anderen Wand einsetzte, um das lange Metall gegen den Wandblock zu drücken. Das kratzende Geräusch, als der Stein sich bewegte, weckte Brand ... und er kam, um zu sehen, was los war.

Es funktionierte gut. Als der Heber sich öffnete, wurde der Block nach hinten geschoben – und obwohl er sich ein paar Mal verhakte, musste ich nur ein wenig nachlassen, das Rohr neu ausrichten, und schon bald hatte ich meine Falltür in die Freiheit geöffnet.

Brand saß auf dem Bett in der Nebenzelle, als ich mich in den Raum schob.

Du wirst uns noch umbringen, war alles, was er sagte.

Ich fragte ihn, ob er einen besseren Plan hätte.

Ja, sagte er. Der, auf den wir uns geeinigt haben. In dem ich dich rette, sobald wir aus der Quarantäne heraus sind.

Kannst du nicht die beiden Gründe erkennen, warum mein Plan besser ist?, fragte ich. Ich meine, ganz abgesehen davon, dass ich auf diese Weise nicht unter Ellis ende, bevor du mich rausholen kannst?

Nun ja, sagte er. Nun, zumindest einen Grund. Du musst nicht darauf vertrauen, dass ich dich wirklich rette.

Das ist ein wichtiger Grund, sagte ich. Und der andere ist noch wichtiger. Ich rette mich selbst.

Nun, ich weiß, dass du mir vertrauen kannst, sagte er. Aber davon kann ich dich nicht überzeugen. Und gegen den Ellis-Punkt habe ich keine Argumente. Ich verstehe nur nicht, wie das helfen soll, sagte er und deutete auf das Loch, durch das ich gekommen war, und dann auf die verschlossene Gittertür am Ende des Flurs.

Das ist okay für mich, sagte ich. Gute Nacht.

Damit kroch ich zurück, zog den Block wieder an seinen Platz und versteckte den Heber und das Rohr unter meinem Bettvorsprung, damit die Kons sie nicht sehen konnten, wenn sie am Morgen hineinspähten. Und dann versuchte ich, mir selbst einzureden, dass ich nicht zu aufgeregt war, um zu schlafen.

Ich hörte Joy am Vormittag nach den Hunden pfeifen … und als ich aus dem Fenster schaute, sah ich, dass sie scheinbar unschuldig an meinem Fenster vorbei spazieren ging, in angemessenem Abstand. Jips Bewegungen waren unrund.

Jip, schrie ich, Jess! Gute Hunde!

Sie ließ Jip frei, ließ gespielt aus Versehen das Seil fallen und rannte dann hinter dem Hund her. Er sprang auf mich zu, und sein Glück ließ ihn vollkommen vergessen, was auch immer sein Humpeln verursacht hatte. Einer der anderen Kons war in der Ferne sichtbar.

Jip rannte an mein Fenster und bellte mich fröhlich an.

Guter Junge!, sagte ich. Guter Junge.

Es tat uns beiden weh, nicht die Hand auszustrecken und ihn zu berühren, aber ich wollte nicht, dass die Kons dachten, er wäre ansteckend – nicht jetzt, da wir der Freiheit vielleicht so nahe waren.

Komm her!, schrie Joy, als sie Jip packte und ihn in gespielter Wut vom Fenster wegzerrte.

Dann heute Abend, flüsterte sie mit einem Zwinkern.

Warum humpelt er?, fragte ich.

Ellis ist über ihn gestolpert, sagte sie. Und hat ihn dann heftig getreten.

Warum?, fragte ich.

Weil ich ihn mag, sagte sie.

Dann richtete sie sich auf und winkte dem entfernten Kon zu, der sich umgedreht hatte und auf sie zukam.

Ist in Ordnung, schrie sie. Ich habe den Hund erwischt, bevor sie ihn berühren konnte.

Der Kon nickte und winkte und wandte sich wieder ab.

Das war ein langer Tag. Und dann brach die Nacht herein, nachdem sie uns Essen gebracht und mein Wasser durch das Rohr nachgefüllt hatten. Und dann passierte aufreizend lange gar nichts, während die Dunkelheit undurchdringlicher wurde. Und ich musste eingeschlafen sein.

Ich erwachte davon, dass sie gegen die Gitterstäbe trommelte.

Jetzt, sagte sie. Wir brechen jetzt auf.

Mein Herz begann wie wild zu schlagen, als ich vom Bett sprang und darunterkroch, um den Betonstein zur Seite zu schieben, bevor ich mit dem Kopf voran in die benachbarte Zelle kroch.

Joy bewegte sich schnell, denn sie war bereits an der Gittertür und versuchte, sie aufzusperren, als ich im Flur erschien. Sie probierte verschiedene Schlüssel an einem großen Ring in ihrer Hand aus.

Keine Sorge, sagte sie. Einer von denen hier ist es. Ich habe ihn gleich.

Jip und Jess drängten sich um ihre Beine und versuchten, mich durch das Gitter zu erreichen. Ich vergrub mein Gesicht in ihrem Nackenfell und hoffte, dass niemand in der Nähe war, der ihr glückliches Winseln hören konnte.

Die Pferde sind draußen, sagte sie. Es wird nicht lange dauern, dann sind wir weg.

Was ist mit mir?

Brands Worte schossen seitwärts durch die Dunkelheit hinter mir.

Du kannst auch mitkommen, sagte Joy nach einem kurzen Moment.

Danke, sagte er, obwohl er nicht klang, als würde er es ernst meinen. Er trat ins Mondlicht. Er wirkte nicht wirklich bedrohlich, aber die Atmosphäre im Raum veränderte sich. Aber wenn ich das täte, könnte ich niemals hierher zurückkommen und vielleicht gibt es nicht so viele Orte mit Menschen, die mit mir handeln wollen, dass ich einen davon verlieren will.

Dann können wir dich hier zurücklassen, sagte ich. Ist besser so.

Und wenn sie dich hinter uns herschicken und du es tust, sagte Joy, werde ich dich umbringen.

Joy, sagte ich. Es muss nicht in Blut enden.

Vielleicht ja, vielleicht nein, sagte sie. Aber das ist meine Wahl. Sie haben mir alles genommen, aber diese eine Sache haben sie mir gelassen. Ellis verdient …

Aber wir können entkommen, ohne Ellis zu töten, sagte ich.

Nein, sagte sie, ihre Stimme leise und vollkommen ausdruckslos. Nein, Griz. Ellis zu töten ist bereits erledigt. Deswegen müssen wir jetzt gehen.

Ich fühlte, wie sich Kälte in meinem Bauch ausbreitete. Ich starrte sie an. Sie zuckte mit den Achseln. Sie wirkte nicht verändert. Doch wegen dem, was sie getan hatte, hatte sie sich verändert. So musste es sein. Mir war Ellis ziemlich egal. Ich machte mir Sorgen, dass ihn getötet zu haben, sie verletzen und verändern würde, aber sie wirkte ruhiger als jemals zuvor. Fast erleichtert.

Es ist vollbracht, sagte sie. Das war meine Aufgabe.

Was?, fragte Brand. Seine raue Stimme füllte das Schweigen,

das plötzlich im Raum explodiert zu sein schien und den Flur in einen winzigen, klaustrophobischen Ort verwandelt hatte.

Er hat etwas gegessen, das er nicht hätte essen sollen, sagte Joy, während sie weiter einen Schlüssel nach dem anderen ausprobierte. Schien mir ein passendes Ende zu sein. Er war immer gierig darauf, sich Dinge zu nehmen, die ihm eigentlich nicht zustanden.

Bar hatte Joy viel über Kräuter beigebracht, bevor sie entführt wurde. Das war eines der Dinge, die Joy so eilig gehabt hatte zu lernen. Ständig hatte sie Bar in den Ohren gelegen.

Der Mond beleuchtete eine Seite ihres Gesichts, als sie sich leicht bewegte und am Gitter abstützte, um einen weiteren Schlüssel auszuprobieren. Ich sah, dass sie mich direkt ansah. Abschätzte, wie sehr das die Lage zwischen uns verändert hatte.

Er freute sich schon darauf, sich noch etwas zu nehmen, was er aber nicht auch noch bekommen sollte, sagte sie.

Joy, sagte ich.

Das konnte ich nicht zulassen, sagte sie. Du weißt das, Griz. Die anderen sind auch ein wenig krank. Aber sie haben nicht genug gegessen, um dauerhafte Schäden zu erleiden. Er hat die spezielle Portion bekommen. Sie werden glauben, es wäre das gepökelte Schaffleisch gewesen.

Aber werden sie nicht ahnen, dass du es warst?

Nein, sagte sie. Sie ahnen nicht, dass ich weiß, was ich weiß. Hätten sie es gewusst, hätten sie sich nicht gefragt, warum ich nie ein weiteres Baby bekommen habe. Aber es spielt keine Rolle. Sie werden vermuten, dass ich mir einfach meinen eigenen Busch gesucht habe, um mich dahinter zu übergeben.

Und dann öffnete der richtige Schlüssel das Schloss mit einem Klicken, und sie öffnete die Gittertür weit. Ich eilte hindurch und füllte meine Arme mit Jess, von der ich nie wirklich geglaubt hatte, sie wiederzusehen, und die jetzt mit wild wedelndem Schwanz in Kreisen um mich herumsprang, während sie gleichzeitig versuchte, mir das Gesicht zu lecken und Jip zur Seite zu schieben, der dasselbe vorhatte. Obwohl wir noch nicht frei und ein gutes Stück entfernt waren, roch und klang es wie Zuhause, und fühlte sich auch so an.

Kommst du?, fragte Joy.

Ich blickte auf und stellte fest, dass sie Brand ansah.

Ich nehme an, das werde ich müssen, sagte er, sonst werdet ihr die *Falki* stehlen.

Ist das der einzige Grund?, fragte sie.

Ja, sagte er. Na ja …

Ich schloss die Tür. Als ich sie verriegelte, starrte er mich an.

Zu spät, dein Boot zu stehlen, sagte Joy. Ich habe mich darum gekümmert, bevor ich wusste, dass Griz und ich hier verschwinden würden.

Was hast du getan?, fragte er, sprang vorwärts und umklammerte die Gitterstäbe.

Ich habe dein Boot nicht verbrannt. Nicht so, wie du die *Sweethope* verbrannt hast, sagte sie. Als ich das gelesen habe, wollte ich es tun. Aber dann hatte ich eine bessere Idee.

Öffne die Tür, sagte er. Lass uns …

Und ich habe dir deinen Hund gelassen, sagte sie. Also gibt es keinen Grund für dich, uns zu folgen.

Griz, sagte er. Was hat sie getan?

Ich habe alle Seile an deinem Boot zerschnitten. Und die Ruderbefestigungen. Nicht so endgültig wie Verbrennen. Also kannst du mir dafür danken, sagte Joy. Ich habe sie ins Wasser geworfen. Genauso wie die Anker. Du hast eine Menge Arbeit vor dir, bevor dieses Boot wieder seetüchtig ist.

Aber sie hat es nicht verbrannt, sagte ich. Und wenn du dich anstrengst, kann die *Falki* dich wieder nach Hause bringen.

Seine Augen bohrten sich in meine.

Ich weiß, wo ihr lebt, sagte er.

Und ich weiß auch, wo dein Zuhause ist, sagte ich.

Du hast diese Geschichte geglaubt, hm?, fragte er.

Ja, sagte ich. Jetzt, wo du versuchst, auf diese Art Zweifel in mir zu säen, ja, jetzt glaube ich sie.

Er sah mich an, lang und intensiv. Dann brach sein Bart auf und enthüllte dieses ärgerliche weiße Aufblitzen, das bedeutete, dass er lächelte.

Ich könnte euch folgen, sagte er, und dann?

Wenn du diese Leute mitbringst, wird es schlecht für dich laufen, sagte ich. Ich gehe davon aus, dass es dann Blut am Ende dieser Geschichte geben wird.

Und wenn ich allein komme, fragte er. Griz?

Tu es nicht, sagte ich. Es ist auch nicht diese Art von Geschichte.

Joy sah uns an.

Du hast es gehört, sagte sie. Komm nicht mit ihnen. Und komm nicht allein.

Er starrte mich nur an. Ich weiß nicht, was er dachte. Und ich hatte diesen Ausdruck in seinen Augen noch nie gesehen.

Vielleicht waren es Zweifel.

Komm nicht allein, sagte sie. Bring deine Schwestern mit.

Joy, sagte ich und riss den Kopf herum, um sie anzusehen. Sie zuckte mit den Achseln.

Ferg würde sie vielleicht gern kennenlernen, sagte sie. Und niemand kennt das Ende seiner eigenen Geschichte, bis auf das absolute Ende, wo wir sterben. Nicht einmal du, Griz. Und jetzt müssen wir gehen.

# 39
# NACH NORDEN

Unser Aufbruch war ein schnelles, verstohlenes Eilen in Richtung der Ställe und dem, was sich darum erstreckte und die Weiden sein mussten. Die Hunde rannten neben uns her. Jips Humpeln ließ mit jedem Schritt nach – und sie blieben ruhig, als wüssten sie instinktiv, dass wir keine Aufmerksamkeit auf uns ziehen sollten. Joy hatte meinen Bogen und die Pfeile am Sattel befestigt, und die Pferde waren bereit zum Aufbruch. Wir befreiten die anderen Pferde der Kons, damit sie uns nicht folgen konnten, behielten aber die zwei besten Tiere für den Transport aller nützlichen Dinge, die wir auf der bevorstehenden Reise vielleicht wikingern würden. Und dann ritten wir schnell in die Nacht, trieben sie und meine Pferde nach Norden, den Weg zurück, den ich gekommen war, immer verfolgt von den glücklich wiedervereinten Hunden.

Bis wir die Siedlung hinter dem ersten Hügel endlich aus den Augen verloren, blieben meine Schultern hochgezogen, und ich atmete kaum, als rechnete ich mit jedem Hufschlag mit einer Kugel aus der Dunkelheit. Sobald wir außer Sicht und in die Nacht eingetaucht waren, entspannte ich mich. Niemand verfolgte uns, weder am nächsten Tag noch am übernächsten.

Die Reise, die folgte, ist eine ganz andere Geschichte, und auf diesen Seiten ist nicht mehr genug Platz, um sie richtig zu erzählen. Aber wir legten zwei Stopps ein, die noch zu dieser Geschichte gehören:

Zuerst hielten wir am Heimeligen Haus, um John Dark zu beerdigen.

Ich wurde ein wenig melancholisch, als wir uns näherten, vielleicht, weil ich wusste, dass uns dort der Tod erwartete. Ich glaube, Joy empfand ähnlich … also war es vielleicht auch nur die Niedergeschlagenheit nach der Erleichterung wegen unserer Flucht.

Hätten wir die anderen Frauen befreien sollen?, fragte ich, während wir vorsichtig das weitläufige Feld voller Riesenbärenklau in der Nähe des Hauses durchquerten.

Sie waren frei, sagte sie. Die meisten von ihnen. Zwei von ihnen haben mich festgehalten, als Ellis versucht hat, mich mit dem Schürhaken einzuschüchtern.

Wir ritten ein wenig weiter.

Für die Weicheren wird alles einfacher, jetzt, da Ellis weg ist, sagte sie.

Und als wir begannen, den Hügel zum Haus aufzusteigen, seufzte sie. Ich weiß nicht, Griz. Vielleicht hätten wir versuchen sollen, sie zu überzeugen … aber dann wären wir vielleicht nicht entkommen. Vielleicht hatte ich einfach zu viel Angst, um alles richtig zu machen.

Vielleicht reicht es, die meisten Dinge richtig zu machen, sagte ich.

Vielleicht, sagte sie.

Und dann, nach einer kurzen Pause: Vielleicht sollten wir eines Tages zurücksegeln und schauen, ob ich recht habe.

Wir konnten John Dark nicht beerdigen, wie ich es vorgehabt hatte. Hauptsächlich, weil John Dark fand, das sei eine schlechte Idee, nachdem sie es nicht geschafft hatte zu sterben. Stattdessen humpelte sie jetzt – was ihr nicht gefiel, sie aber auch nicht zu bremsen schien. Also kam sie mit uns nach Norden, und sie sitzt jetzt neben meiner Mutter und Joy und Bar vor dem Feuer, während ich diese letzten Worte schreibe. Sie krault Jess hinter den Ohren.

Jess scheint jetzt zu Joys Hund geworden zu sein. Und ich könnte mich nicht mehr darüber freuen. Es fühlt sich richtig an. Es ist ein guter Anblick – und besäße ich die Begabung, würde ich das Bild zeichnen und als Schlusspunkt für diese Geschichte verwenden. Die einst tote Tochter, die nie gestorben ist, sondern nur verschwunden war, die zu ihrer Mutter zurückgekehrt ist … und die trauernde Mutter, deren Mädchen verschwunden sind, die sich aber im Schoß einer neuen Familie wiederfindet. Irgendwie liegt darin eine schiefe Symmetrie, eine zusammengeschusterte Glückseligkeit. Vielleicht ist es das, womit wir uns jetzt zufriedengeben müssen, hier am Ende der Welt. Oder vielleicht haben Menschen das immer schon getan, seit Anbeginn der Zeit.

Den zweiten Stopp legten wir in Glasgow ein, wo wir unser Lager in der Bibliothek aufschlugen, in der Mum und Dad einst in einer Festung von Büchern geschlafen hatten. Das Dach hatte gehalten, und dort fand ich das Buch des Freeman. Das war der andere Grund, warum wir dort anhielten. Abgesehen davon, dass wir nach einem Boot suchten, dass wir wikingern und reparieren und mit dem wir nach Hause segeln konnten. Das Buch liegt jetzt in meinem Schoß, unter den dünnen letzten Seiten, auf die ich schreibe. Es ist ein wunderbares Buch, über Wissenschaft, die wir verloren haben, und

Hoffnung, die wir noch besitzen. Es steht viel darin, was ich nicht verstehe, aber das, was sich mir erschließt, macht mich gleichzeitig glücklich und traurig. Es geht genauso sehr um eine Wesensart wie um Wissenschaft, und beschäftigt sich mit dem Leben allgemein, nicht nur mit dem menschlichen – wie seltsam und beharrlich es ist und wie gut es sich an fast alle Umstände anpasst. Wie wir, wenn wir in Bestform sind. Es heißt *Infinite in all Directions – Unendlich in alle Richtungen* –, und der andere Name dieses ersten Freemans lautete Dyson. Ich kann verstehen, wieso es die Freemen inspiriert hat zu versuchen, das Leben in die Computer zu übertragen, bevor wir aussterben. Obwohl ich glaube, dass sie damit gescheitert sind, machte der Versuch sie in meinen Augen menschlich. Und ich glaube, ich hätte den Autor des Buchs gemocht.

Das Leben auf den Inseln ist dasselbe und doch anders. Es gibt mehr Lachen, aber auch mehr Vorsicht. Nachdem ich die Ruinen eurer Welt durchwandert habe, fühle ich die Zerbrechlichkeit des Lebens deutlich wie nie zuvor, aber gleichzeitig auch seine Herrlichkeit. Ich glaube, Jip und ich werden noch mehr Reisen unternehmen. Aber vielleicht nicht allein. Vielleicht wird Joy uns begleiten, und Jess.

Ich glaube nicht, dass die Kons hierherkommen werden. Aber ich halte trotzdem öfter am Horizont nach Segeln Ausschau, als ich es früher getan habe. Jip und ich finden fast jeden Tag Zeit, am höchsten Punkt der Insel zu sitzen. Von dort aus hat man an einem klaren Tag das Gefühl, in die Ewigkeit blicken zu können.

Joy sagt, ich halte nach roten Segeln Ausschau, die wahrscheinlich aus dem Norden kommen werden, und ich erkläre ihr, sie soll gehen und ihren Kopf auskochen.

Sie hat mir gesagt, dass niemand das Ende der eigenen Geschichte kennt, bis auf das absolute Ende, wo wir alle sterben. Aber ich habe noch eine halbe Seite zu schreiben, und dann ist dieses Buch voll.

Ich habe dir nie wirklich erzählt, warum Brand und ich aufgehört haben zu reden, bevor das Buch von Joy gestohlen wurde … und jetzt ist kein Platz mehr. Das ist in Ordnung. Vielleicht war der Grund gar nicht so wichtig, wie ich zu diesem Zeitpunkt dachte. Wie wir beide dachten. Keine Ahnung.

Aber das ist es, was ich weiß, hier auf dieser letzten Seite.

Ich weiß, dass ich zäh bin. Ich weiß auch, dass ich dumm bin. Ich bin auch clever. Ich fürchte mich vor Dingen. Ich versuche, mutig zu sein. Überwiegend gelingt es mir. Manchmal verbringe ich so viel Zeit damit nachzudenken, dass ich eigentlich nichts tue. Manchmal arbeite ich so schwer, dass ich vergesse zu essen. Manchmal plane ich nicht voraus. Ich werfe mich einfach in etwas hinein und handele impulsiv, ohne einen Gedanken daran, was als Nächstes passiert. Ich rede zu viel. Ich sage nicht immer, was ich meine. Ich meine auch nicht immer, was ich sage. Ich töte Dinge. Ich mache Dinge. Ich zerbreche Dinge. Ich baue Dinge an. Ich verliere mich in Geschichten. Ich finde mich dort auch. Ich lese sie, weil ich es mag, mich zu verlieren. Und ich habe diese Geschichte geschrieben, weil ich dachte, ich wäre verloren … wirklich und für immer. Und vielleicht habe ich – weil ich keine Hoffnung hatte und mich machtlos fühlte und vollkommen allein war – einen Freund erfunden und mit ihm geredet in einer Welt, die ich aus nichts außer Worten erbaut habe.

Und dann hat ein Buch mich gerettet. Denn Joy hat es gelesen und so die Wahrheit gefunden. Also bin ich jetzt hier und schreibe viel mehr, als ich für möglich gehalten hätte, direkt bis zum Ende der letzten Seite.

Damit sieht alles ordentlich aus, aber es ist nicht gelaufen, wie ich es geplant hatte. Nichts ist perfekt. Besonders nicht ich. Ich bin einfach so, wie du auch warst. Menschlich. Ich halte durch. Hoffe auf ein glückliches Ende. Aber ich weiß, dass es schlecht endet.

Und dann überrascht mich die Freude.

# DANKSAGUNG

Die Äußeren Hebriden haben einen besonderen Platz in meinem Herzen: Daher schulde ich Lucy Rickards ein riesiges Dankeschön, die mir diese Inseln zum ersten Mal gezeigt und dafür gesorgt hat, dass ich mich sofort verliebt habe. Außerdem möchte ich Mary Miers danken, deren freigiebige Großzügigkeit in späteren Jahren es mir ermöglicht hat, die Schönheit der Inseln mit meinen Kindern zu teilen, deren Welt deswegen viel größer und wilder ist.

Ich danke allen bei Orbit – besonders Jenni Hill und Joanna Kramer in UK und Priyanka Kirshnan in den USA (Jenni besonders für ihre Geduld, ihr Verständnis und ihre Zurückhaltung …). Ich bin Lauren Panepinto für das Cover dankbar (und Jack Fletcher (@kid_woof) für die Hilfe, genau den richtigen Hund dafür zu zeichnen). Ich danke meiner Familie, dass sie die Anwesenheit des schlecht gelaunten Schriftstellers in ihrer Mitte so gut gelaunt hingenommen hat, und D, dir möchte ich dafür danken, dass du ein guter Zuhörer bist. Wie immer ist das hier für dich.